dtv

In Cholon, südlich von Tel Aviv, wird die Leiterin eines Kindergartens bedroht und brutal zusammengeschlagen. Als sie aus dem Koma erwacht, kann sie den Täter identifizieren, und damit scheinen alle Fragen beantwortet. Der Fall lässt Inspektor Avraham dennoch keine Ruhe. Entgegen den Anweisungen seines Chefs ermittelt er weiter. Denn er verdächtigt jemand ganz anderen: Cateringunternehmer Chaim Sara, dessen Sohn in besagten Kindergarten geht und der ein höchst seltsames Verhalten an den Tag legt …
»Avi Avraham ist eine bestechend glaubwürdige literarische Figur, wie man sie in diesem Genre eher selten findet.« (Sylvia Staude in der ›Frankfurter Rundschau‹)

Dror Mishani, geboren 1975, ist Literaturprofessor, spezialisiert auf die Geschichte der Kriminalliteratur, und lehrt an der Universität in Tel Aviv, wo er auch mit seiner Familie lebt. Nach ›Vermisst‹ (dtv 21596) ist ›Die Möglichkeit eines Verbrechens‹ der zweite packende Fall seiner in zahlreichen Ländern erscheinenden, preisgekrönten Krimireihe um Inspektor Avi Avraham.

Dror Mishani

Die Möglichkeit eines Verbrechens

Avi Avraham ermittelt

Roman

Aus dem Hebräischen von
Markus Lemke

dtv

Von Dror Mishani
ist bei dtv außerdem erschienen:
Vermisst (21596)

Für meinen erstgeborenen Sohn
Benjamin

MIX
Papier aus verantwortungsvollen Quellen
FSC® C019821
FSC www.fsc.org

Ungekürzte Ausgabe 2018
dtv Verlagsgesellschaft mbH & Co. KG, München
Lizenzausgabe mit Genehmigung des Paul Zsolnay Verlags

Titel der israelischen Originalausgabe:
›Efsharut shel alimut‹ (Keter, Jerusalem 2013)

Umschlaggestaltung: Isabella Grill/dtv unter Verwendung
eines Fotos von REUTERS/Ammar Awad
Satz: Druckerei C.H.Beck, Nördlingen, nach einer Vorlage
von Eva Kaltenbrunner-Dorfinger, Wien
Druck und Bindung: Druckerei C.H.Beck, Nördlingen
Gedruckt auf säurefreiem, chlorfrei gebleichtem Papier
Printed in Germany · ISBN 978-3-423-21717-0

Teil I

»Es gibt Geheimnisse, die nicht gestatten,
dass man sie ausspricht.«

Edgar Allan Poe,
Der Mann in der Menge

Im Verlauf des langen Sommers, den sie zusammen in Brüssel verbrachten, gab es einen Moment, in dem das unbeschwerte Glück, das sie umfing, einen Riss bekam, durch den in sein Bewusstsein, oder genau genommen in ihrer beider Bewusstsein, sickerte, dass es auch anders sein konnte.

Sie saßen auf einer schattigen Bank an einer der breiten Alleen im Parc de Bruxelles, neben dem Museum für Moderne Kunst. Avraham saß, und Marianka lag, den Nacken auf seinem Oberschenkel. Es war sechs Uhr abends und der Himmel blau und wolkenlos. Sie las, und er spielte mit ihrem kurzen Haar. Er mochte nicht mehr lesen, da er den größten Teil des Tages mit der Lektüre eines Kriminalromans von Boris Akunin verbracht hatte, zuerst in ihrer Wohnung, dann in zwei Cafés, während er darauf wartete, dass ihr Dienst zu Ende ging. Wie immer konnte er, als er das Buch fertig gelesen hatte, beweisen, dass der Detektiv im Roman einem Irrtum aufgesessen war.

Plötzlich hörten sie hinter sich einen Schrei.

Avraham verstand nicht, was die farbige Frau kreischte, aber er sah, wie sie auf sie zulief. Sie schlug sich mit der linken Hand gegen den Kopf und kratzte sich über das Gesicht, doch er unternahm nichts. Marianka fuhr von der Bank hoch und ging auf die Frau zu, die großgewachsen war und ein verblichenes Kleid trug, das an ein Totengewand erinnerte. An den Füßen hatte sie mehrere Paar dicker Socken übereinander und darüber Sandalen. Marianka blieb vor ihr stehen und sprach auf sie ein, packte ihr Handgelenk, damit sie aufhörte, sich das Gesicht zu zerkratzen. Auf Englisch sagte sie zu Avraham: »Jemand hat ihre Tochter entführt. Sie sucht nach ihr und kann sie im Park nicht finden. Ich begleite sie zur Polizeistation.«

Und Avraham fragte: »Willst du, dass ich mitkomme?«

Er blieb sitzen, mit Mariankas Rucksack und ihrem Buch, das aufgeschlagen mit den Seiten nach unten auf der Bank lag. Er sah den beiden Frauen hinterher. Marianka hatte ihren Arm um die Taille der Frau gelegt und hielt mit der anderen Hand noch immer ihren Arm fest. Sie hatten die Plastiktüte der Frau bei ihm zurückgelassen, worin er lediglich andere Plastiktüten sehen konnte. Unzählige Plastiktüten der Spielzeugladenkette Toys'R'Us.

Als sie zurückkam, ließ sich Marianka in einigem Abstand vom ihm auf der Bank nieder und bat um eine Zigarette. Er sah, dass sie geweint hatte.

»Hat man sie gefunden?«, fragte er. Marianka antwortete nicht. »Marianka, hat man sie gefunden? Hat jemand sie entführt?«

Schließlich antwortete Marianka: »Sie hat gar keine Tochter. Die Polizistin kennt sie. Sie läuft schon seit drei Wochen hier durch den Park. Bei den ersten Malen haben sie noch nach ihrer Tochter gesucht, aber dann haben sie herausgefunden, dass sie gar keine Tochter hat. Zumindest nicht hier in Brüssel. Sie ist vor ein paar Jahren aus dem Kongo gekommen. Sie kratzt sich bis zur Besinnungslosigkeit.«

Zu Hause nahmen sie ein sommerliches Abendessen zu sich, das Avraham vorbereitet hatte, ehe er aufgebrochen war. Und sprachen wenig dabei.

Am nächsten Morgen empfanden sie schon nicht mehr so, aber an jenem Abend hatten sie geahnt, dass alles, was entzweigehen konnte, entzweigehen würde.

Und genau das geschah.

1

Ein Schauder lief durch Avrahams Körper, als er zum ersten Mal nach drei Monaten den Verhörraum betrat. Die Klimaanlage arbeitete seit den Morgenstunden, und in dem Zimmer war es kalt. Er erinnerte sich noch gut an das letzte Mal, als er dort gewesen war, und an die Frau, die vor ihm gesessen hatte.

In den vergangenen Monaten hatte er mehr als einmal nur an die nächste Vernehmung gedacht, die er in diesem Raum führen würde. Hatte sich ausgemalt, wie er zum ersten Mal das Zimmer wieder betreten würde, gefestigt und selbstsicher, hatte sich erste Fragen überlegt, die er mit harter Stimme stellen würde. Das hätte zwar nicht an diesem heutigen Tag passieren sollen, aber vielleicht war es gut, dass es so gekommen war. Wie der Sprung von einer Klippe ins tosende Meer, ohne viel Vorgeplänkel.

Das Erste, was er bemerkte, als er vor dem Verdächtigen Platz nahm, waren dessen schmales dunkles Gesicht, die kleinen schwarzen Äuglein und danach die dünnen Arme, an denen dicke Adern sichtbar hervortraten. Seine Hände waren schmutzig, die Fingernägel auch. Er war von mittlerer Größe, hager und unrasiert. Vielleicht Anfang, Mitte dreißig. Der Verdächtige saß auf der anderen Seite des langen Tisches. Er fragte: »Wer sind Sie?«

Avraham überging seine Frage. Er ordnete seine Unterlagen vor sich, als wäre er allein im Zimmer. Sich eingehend mit dem Material in der Akte zu befassen, dazu hatte er keine Zeit gefunden. Während des kurzen Gespräches, das er mit der Streifenbeamtin führte, die den Verdächtigen in den frühen Morgenstunden festgenommen hatte, hatte er alles einmal überflogen.

Dem Bericht der Kollegin zufolge war die Meldung über den Sprengsatz um 6.44 Uhr in der Telefonzentrale eingegangen. Obgleich es sich wahrscheinlich um einen Fehlalarm handelte, war trotz der angespannten Personalsituation umgehend ein Streifenwagen in die Lavon-Straße entsandt worden. Den Streifenbeamten gelang es nicht, den Tatort ausfindig zu machen, weshalb auf ihre Bitte hin die Zentrale telefonisch Kontakt zu der Anruferin aufgenommen hatte, die daraufhin im Morgenmantel auf die Straße gekommen war und die Polizisten hingeführt hatte. Keine zehn Minuten später war ein Sprengkommando am Tatort eingetroffen, hatte eine Sperrung der Straße für Autos und Fußgänger angeordnet und mit den Vorbereitungen für die Entschärfung der Ladung begonnen. Bei einer ersten Überprüfung war in dem Koffer ein Wecker der Marke Supratech entdeckt worden, der über Drähte zum einen an einer 7UP-Flasche hing, in der sich eine undefinierbare Flüssigkeit befand, und zum anderen an etwas, das wie ein Zünder aussah. Den Aufzeichnungen des Sprengkommandos zufolge war der Koffer um 7.50 Uhr in die Luft gejagt worden.

Unmittelbar bevor er die Tür des Vernehmungszimmers geöffnet hatte, hatte Avraham Marianka eine SMS geschickt: *Bin auf dem Weg in ein überraschendes Verhör. Rufe dich an, wenn ich fertig bin.*

Und sie hatte postwendend geantwortet: *Sind die Ferien vorbei? Viel Erfolg!*

Alles war bereit. Das Aufnahmegerät lief. Er fragte den Verdächtigen nach seinem Namen, und der Mann antwortete: »Amos Usen. Sind Sie Polizist? Wissen Sie, dass ich hier schon seit fünf Stunden warte?«

Er machte sich nicht die Mühe, darauf zu antworten. »Geburtsdatum?«

»Meines? 10. Juli 1980.«

»Adresse?«

»Ha-Zionut 26.«

»In Cholon?«

»In Las Vegas.«

»Beruf?«

»Dirigent der Philharmoniker.« Amos Usen grinste. »Kein Beruf. Schreiben Sie auf, dass ich im Moment nicht arbeite.«

Dem Bericht der Streifenbeamtin zufolge war Usen mitnichten Musiker. Er war Koch im Café Riviera an der Strandpromenade von Bat Yam gewesen, hatte danach einen kleinen Motorradpannenservice und zuletzt einen rund um die Uhr geöffneten Kiosk im Stadtzentrum von Cholon betrieben. Neben den Einnahmen aus diesen Beschäftigungen verdiente er sich offenbar noch etwas mit kleinkriminellen Aktivitäten hinzu – vor allem Hehlerei und dem Verkauf von Haschisch. Er war in Bat Yam geboren und ohne Vater aufgewachsen. Seine Mutter war Kosmetikerin, und er hatte zwei ältere Schwestern. Die Familie war dem Sozialamt hinlänglich bekannt. Er selbst war ohne Abschluss von der Mittelschule abgegangen. Straffällig war er zum ersten Mal mit fünfzehn geworden. War zusammen mit einem Freund in einem gestohlenen Wagen festgenommen worden. Avraham sah ihn an, senkte den Blick dann wieder auf die vor ihm liegenden Papiere und sagte: »Sie werden verdächtigt, in den frühen Morgenstunden vor einem Kindergarten in der Lavon-Straße …«

Aber Usen unterbrach ihn: »Wovon reden Sie eigentlich? Ein Mensch geht morgens vor die Tür, um einen Spaziergang zu machen, und wird verhaftet. Was habe ich mit irgend so 'nem Kindergarten zu schaffen?«

»Das wird sich noch zeigen.«

»Aber weswegen denn? Was für Beweise haben Sie überhaupt?«

Nach flüchtiger Durchsicht der Akte und einer kurzen Instruktion durch die Streifenpolizistin erschien es Avraham wirklich so, als hätten sie keine Beweise. Usen war dank der Geistesgegenwart der Kollegin festgenommen worden, die, noch ehe die Bombenattrappe unschädlich gemacht werden konnte, eine detaillierte Zeugenaussage von der Anruferin aufgenommen hatte. Sie war vierundsechzig und Rentnerin. War frühmorgens aufgestanden, um mit dem Hausputz vor dem Neujahrsfest zu beginnen. Hatte die Jalousien im Wohnzimmer geöffnet und die Teppiche zum Lüften über das Fensterbrett gehängt. Ausklopfen wollte sie die Teppiche erst nach acht. Ihr Gatte habe noch geschlafen. Als sie die Teppiche ausbreitete, habe sie einen Mann gesehen, der in den Hof der Lavon-Straße Nummer 6 gekommen sei. Genau genommen habe sie ihn nicht kommen gesehen, sondern wie er sich hinter den Büschen dort bückte, als suchte er etwas. Zunächst habe sie gedacht, es würde sich um einen der Mieter handeln, dem etwas von oben in den Hof gefallen war. Doch dann habe sie gesehen, wie er den Koffer hinter den Büschen versteckte, neben dem Weg, der zu dem Kindergarten führt. Warum sei ihr das sonderbar vorgekommen? Weil nur wenige Meter entfernt die Müllcontainer stünden, und wäre er ein Bewohner des Hauses gewesen, hätte er den Koffer dort hineingeworfen. Und warum den Koffer mit solcher Vorsicht hinter den Büschen verstecken und ihn nicht einfach auf dem Bürgersteig abstellen? Das Gebäude, in dem die Zeugin wohnte, lag am Ende der Straße, aber die Sicht von ihrem Fenster aus war ausreichend. In ihrem Blickfeld lagen zwar mehrere Baumwipfel und ein Strommast, aber diese verdeckten die Stelle nicht.

Sie schätzte, dass sie den Verdächtigen länger als eine Minute beobachtet hatte, und erzählte, er habe sich nicht gleich davongemacht, sondern sei noch einige Augenblicke im Hof geblieben und habe sich umgeschaut. Trotz der Entfernung habe die Zeugin befürchtet, er könne sie sehen, weshalb sie sich ins Wohnzimmer zurückgezogen habe. Als sie den Kopf dann abermals aus dem Fenster gesteckt hatte, sei der Verdächtige bereits in die entgegengesetzte Richtung gegangen, zur Aharonowitsch-Straße. Gemächlich schlendernd allerdings, nicht im Laufschritt. Wobei es ihr so vorgekommen sei, als würde er hinken. Ihre Beschreibung war wie erwartet ziemlich allgemein gehalten. Der Verdächtige war eher kleingewachsen und von schmächtigem Körperbau und trug, soweit sie sich erinnern konnte, eine Trainingshose und ein Kapuzenshirt, braun oder in irgendeiner anderen dunklen Farbe. Seine Gesichtszüge hatte sie nicht sehen können.

Wenige Minuten nachdem sie die Zeugenaussage aufgenommen hatte, hatte die Streifenbeamtin den Verdächtigen in der Menge ausgemacht, die sich am Ende der für den Durchgang gesperrten Straße versammelt hatte, und zwar aufgrund der Zeugenbeschreibung seiner Statur und Kleidung. Er verfolgte, wie der Sprengsatz unschädlich gemacht wurde, und habe nervös gewirkt. Die Streifenbeamtin bat ihn, sich auszuweisen, woraufhin er versucht habe wegzurennen. Tatsächlich schaffte er es, etwa fünfzig Meter weit zu kommen, ehe einer der Polizisten vor Ort ihn stellte. Usen trug keine Ausweispapiere bei sich und bestritt, einen Fluchtversuch unternommen zu haben. Auch jegliche Verbindung zu dem Koffer stritt er ab und behauptete, er sei bloß dort gewesen, weil er Brot und Milch kaufen gegangen war. Anfangs weigerte er sich, seine Personalausweisnummer mitzuteilen, konnte aber überzeugt werden, der Aufforderung schließlich doch Folge zu leisten. Eine Abfrage des Strafregisters ergab, dass er bereits einige Vorstrafen hatte, zumeist Rauschgiftdelikte.

»Zu den Beweisen kommen wir, wenn wir so weit sind«, sagte Avraham. »Zunächst erzählen Sie mir, was Sie heute Morgen in der Lavon-Straße gemacht haben.«

Usen erwiderte: »Was jeder Mensch mal tut. Ich bin raus, um ein bisschen frische Luft zu schnappen.«

»Der Beamtin haben Sie gesagt, Sie seien unterwegs gewesen, um Milch und Brot zu kaufen. Woraus ich schließe, dass Sie Ihre Version geändert haben.«

»Was soll ich gesagt haben? Ich hab gar keine Version geändert. Ich bin raus, um frische Luft zu schnappen und auch, um Milch zu kaufen.«

»Sie sind bis zur Lavon-Straße gegangen, um dort einzukaufen? Das ist ziemlich weit von Ihrer Wohnung entfernt.«

»Ja.«

»Weshalb?«

»Warum muss ich Ihnen darauf antworten? Ich kann doch wohl einkaufen, wo ich will, oder?«

»Sie sind nicht verpflichtet zu antworten. Ich schreibe, Sie haben kein Interesse daran, zu erklären, was Sie in der Lavon-Straße gemacht haben.«

Anders als bei der letzten Ermittlung saß jetzt ein Verdächtiger vor ihm, der sich mit Vernehmungsräumen der Polizei bestens auskannte. Wenn er eine Frage gestellt bekam, deren Beantwortung ihn in Schwierigkeiten zu bringen drohte, reagierte er nicht sofort, sondern ließ sich Zeit, bis er die richtige Antwort gefunden hatte. So wie jetzt: »Ich bin da hingegangen, weil ich bei dem Laden in meiner Nachbarschaft schon anschreiben lassen musste. Reicht Ihnen das als Erklärung?«

»Und warum sind Sie stehen geblieben, um dem Sprengkommando zuzusehen?«

»Wissen Sie, wie viele Leute da standen? Da ist was entschärft worden, ich bin stehen geblieben, um zu sehen, was das war.«

»Und Sie sind geflüchtet, als die Beamtin Sie gebeten hat, sich auszuweisen.«

»Ich bin nicht getürmt, das habe ich Ihnen schon erklärt. Ich hatte genau da beschlossen weiterzugehen und habe nicht gehört, dass sie mich ruft. Und dann sind plötzlich zwei Polizisten auf mich drauf und haben gesagt, ich sei abgehauen.«

»Und das sind Sie nicht?«

»Sollte ich? Glauben Sie mir, wenn ich getürmt wäre, hätte mich kein Bulle geschnappt.«

Etwas an Usens Antwort verwirrte Avraham. Er schlug den Festnahmebericht auf und begriff plötzlich, was es war. Er hob den Blick und betrachtete das Zimmer, als würde er dessen Größe bemessen. Zwei Neonröhren leuchteten an der Decke. Auf dem Foto aus der Polizeidatenbank war Usens Gesicht glattrasiert, aber seit der Aufnahme hatte er sich einen kleinen Charlie-Chaplin-Schnurrbart stehen lassen, der, im Unterschied zu seinen Fingernägeln, sehr gepflegt wirkte. »Und wo sind Milch und Brot?«, fragte Avraham.

»Was?«

»Wo sind die Milch und das Brot, die Sie eingekauft haben?«

»Ich konnte nichts kaufen. Die Straße war ja abgesperrt.«

Avraham lächelte. »Ich verstehe. Dann haben Sie bestimmt schrecklichen Hunger. Aber was genau haben Sie eigentlich mit dem Kindergarten zu tun?«

Usen seufzte. »Ich habe überhaupt nichts mit irgendwelchen Kindergärten zu tun. Gott sei gepriesen, Kinder habe ich keine.«

»Und warum haben Sie dann den Bombenkoffer dort deponiert?«

»Ihr seid ja vollkommen durchgeknallt. Ich sage Ihnen doch, ich habe überhaupt keinen Bombenkoffer irgendwo deponiert. Ihr müsst alle einen Sonnenstich gekriegt haben.«

Die Aufregung war verschwunden. Und auch die Furcht, die Avraham beim Betreten des Raumes noch verspürt hatte. Er war am richtigen Ort. War zu sich selbst zurückgekehrt, zu seiner Aufgabe, zu dem, was er am besten konnte. Sollte Usen gewusst haben, dass sich in dem Koffer eine Sprengstoffattrappe befunden hatte, dann war er nicht in die Falle gegangen. Avraham bot ihm an, sich einen Becher Wasser aus dem Spender neben der Tür am anderen Ende des Raumes zu holen, doch Usen meinte: »Ich habe keinen Durst.«

»Sie müssen etwas trinken. Wir werden hier noch ein paar Stündchen zusammen verbringen, daher ist es wichtig, dass Sie etwas trinken. Sonst dehydrieren Sie mir noch. Gehen Sie ruhig.«

Er wartete.

Usen erhob sich von seinem Stuhl und ging zu dem Wasserspender. Er musste an Avraham vorbei, und nachdem er sich kaltes Wasser in einen durchsichtigen Becher gefüllt hatte, kam er auch auf dem Rückweg wieder an ihm vorbei. Seine Schritte waren leicht und geschmeidig. Der Zeugenaussage der Nachbarin zufolge hatte der Verdächtige, der den Koffer vor dem Kindergarten deponiert hatte, den Tatort langsam gehend verlassen, wobei es für sie den Anschein gehabt hatte, dass er hinkte. Die Beamtin hingegen, die die Festnahme durchgeführt hatte, hatte zu Protokoll gegeben, dass Usen davongerannt sei, als sie ihn bat, sich auszuweisen. Und auch jetzt hinkte er nicht.

Avraham blieben nur noch ein paar Stunden, bis er entscheiden musste, ob er Usen vor einen Richter bringen sollte, um Untersuchungshaft zu erwirken. Doch ihm war bereits jetzt klar, dass es nicht so weit kommen würde. Es war jetzt halb drei. Usen würde nichts sagen, und gegen Abend, allerspätestens jedoch am nächsten Morgen würde man ihn nach Hause entlassen. Und noch immer wusste Avraham nicht, ob er dann einen Menschen gehen lassen würde, der früh am Morgen das Haus verlassen hatte, um frische Luft zu schnappen und eine Tüte Milch und ein Brot zu kaufen, und aufgrund des falschen Bauchgefühls einer Streifenpolizistin verhaftet worden war, oder ob er einen Menschen laufenließ, der am Morgen auf dem Zugangsweg zu einem Kindergarten einen alten Koffer abgestellt hatte, in dem sich eine Bombenattrappe befunden hatte. Er erklärte: »Laut einer Zeugenaussage trug derjenige, der den Koffer abgestellt hat, ein Kapuzenshirt, und Sie haben so ein Kapuzenshirt an. Ist das nicht sonderbar, dass ein Mensch bei dieser Hitze ein Kapuzenshirt trägt, was meinen Sie?«

Jetzt verlor Usen die Beherrschung und brüllte: »Sagen Sie, wer sind Sie überhaupt? Was kümmert es Sie, was ich anhabe? Am Morgen war es kühl. Und überhaupt, laufen Sie etwa wie ein Polizist herum?«

Er war tatsächlich nicht wie ein Polizist gekleidet. Statt der Uniform trug Avraham eine weite weiße Hose, die oberhalb der Knöchel endete, und ein neues apricotfarbenes Hemd. Aber das auch nur, weil er offiziell noch immer beurlaubt war.

Er war erst wenige Tage zuvor, Anfang September, nach Israel zurückgekehrt. Nun blieben ihm noch ein paar Urlaubstage bis zum Neujahrsfest, die er darauf verwenden wollte, die Wohnung für Mariankas Einzug vorzubereiten. Früh am Morgen, kurz nach Sonnenaufgang, fuhr er an den Strand von Tel Aviv, stieg mit den Füßen ins Wasser und rauchte, auf die sanfte Dünung schauend, eine erste Zigarette. Das Wasser war warm. Als er in Brüssel gewesen war, hatte das Meer eine unverständliche Sehnsucht in ihm geweckt. Zwar herrschte eine unerträglich drückende Spätsommerhitze, aber in seinem Inneren war eine Leichtigkeit, die er bisher nicht gekannt hatte. Er trug leichte luftige Hemden in Farbtönen, die er früher nie gewählt hätte. Marianka hatte gesagt, er sähe phantastisch darin aus. Sie hatten geplant, nach ihrer Ankunft die Wohnung gemeinsam einzurichten, Elektrogeräte zu kaufen, die noch fehlten, die Wände neu zu streichen und für ein paar frische Farbtöne zu sorgen, vielleicht sogar Bad und Küche gründlich zu renovieren. Ein paar Veränderungen aber hatte er gebeten, schon vorher vornehmen zu dürfen. Vor allem wollte er alte Sachen wegwerfen. Angebrannte Töpfe und angeschlagene Teller aus der Küche, verblichenes Bettzeug und vom vielen Waschen dünn gewordene Handtücher. Kleidungsstücke, die er nicht mehr tragen würde, stopfte er in Müllbeutel und räumte mehrere Fächer im Kleiderschrank im Schlafzimmer aus.

Als er am Morgen aufs Revier gekommen war, war David Esra von seinem Platz hinter dem Tresen des wachhabenden Beamten aufgesprungen und hatte ihn umarmt.

»Das war's? Bist du endlich wieder da?«, fragte er.

Avraham entgegnete: »Noch nicht ganz. Ich bin nur für ein Treffen mit dem neuen Kommandanten gekommen. Hast du ihn schon kennengelernt? Wie ist er?«

Aus irgendeinem Grund, den Avraham nicht verstand, zwinkerte David Esra und sagte dann: »Entscheide selbst.«

Er war von einem Büro zum nächsten gegangen, hatte an halb geöffnete Türen geklopft und die erwarteten Fragen zu seinem Urlaub und zu Marianka beantwortet. Die meisten Leute freuten sich, ihn zu sehen, und sie begrüßten ihn freundlich. Als er das Licht in seinem Büro anschaltete, war er erneut überrascht, wie klein der Raum war. Aber die drangvolle Enge darin war angenehm und beschützend, und die Tatsache, dass der Raum fensterlos war, gab ihm ein Gefühl von Sicherheit. Die Wände waren nackt und zum Greifen nah. Seit drei Jahren hatte er an eine der Wände ein Bild hängen wollen und nicht gewusst, welches. Aber jetzt besaß er die Reproduktion eines farbenfrohen Gemäldes mit zahlreichen kleinen Details, das ihn beeindruckt hatte, als er sich an einem der verregneten Sommertage mit Marianka in ein Museum für moderne Kunst geflüchtet hatte.

Der Computer war ausgeschaltet. Er drückte auf den Startknopf.

Überall lag Staub, eine graue Schicht auf der Arbeitsplatte des Tisches, auf den Regalen und der schwarzen Schreibtischlampe. Woher kam all der Staub in einem Zimmer ohne Fenster? Im Papierkorb lagen ein zerrissener brauner Umschlag und einige zusammengeknüllte Blätter, die weggeworfen zu haben er sich nicht erinnerte.

Um punkt zwölf stand Avraham im Vorzimmer des Büros im dritten Stock und wurde gebeten zu warten, bis Vizekommandant Benny Saban sein Telefonat beendet hätte. In der Zwischenzeit schickte er Marianka eine SMS: *Gleich Gespräch mit dem neuen Kommandanten. Werde dir berichten, wie es war. Küsse.* Auch die Sekretärin telefonierte, doch nicht in dienstlichen Belangen.

Saban kam um Viertel nach zwölf aus seinem Zimmer und forderte Avraham auf einzutreten. Er drückte ihm die Hand und sagte: »Ich weiß nicht, wo mir der Kopf steht bei all dem Chaos, das sie mir hier hinterlassen haben.« Er bedeutete Avraham, Platz zu nehmen, und bot ihm einen Kaffee an. »Das halbe Revier ist krank, als steckten wir im tiefsten Winter, und die andere Hälfte ist im Urlaub. Ich arbeite mit null Personal, und heute Morgen hatte ich schon einen bewaffneten Raubüberfall auf eine Filiale der Igud-Bank, eine Bombenattrappe neben einem Kindergarten und jemanden, der versucht hat, sich auf dem Dach des Sozialamtes anzuzünden. Ich habe Leute hier sitzen, die seit fünf Uhr darauf warten, Anzeige erstatten zu können, und Festgenommene, bei denen ich beim besten Willen nicht weiß, was ich mit ihnen machen soll. Ich habe keine Vernehmungsbeamten, und wenn ich ihnen bis heute Abend nicht jemanden hinsetze, gehen die Verdächtigen nach Hause.«

Avraham erklärte, er habe bereits Kaffee getrunken.

Saban machte ihn neugierig. Er hatte ein rundliches, weiches Kindergesicht, und seine glatten braunen Haare fielen ihm wie ein Kleinjungenpony in die Stirn. Sein Schreibtisch war aufgeräumt und leer von Akten und Papieren, bis auf einen schmalen Stoß Blätter, auf denen in großer Type kurze Sätze ausgedruckt standen, bereit, verlesen zu werden. Er hatte offenbar noch keine Gelegenheit gefunden, das Büro mit persönlichen Gegenständen zu versehen, sodass sich dort bisher nichts verändert hatte. An den Wänden hingen Urkunden und Auszeichnungen, die das Revier erhalten hatte.

»Kann ich irgendwie helfen?«, fragte Avraham, und Saban lachte.

»Können Sie mir bis zum Abend fünf Personalstellen beschaffen?«

Die Sekretärin kam, ohne anzuklopfen, herein und stellte einen Glasteller vor ihn hin, darauf ein großer Becher mit heißem Wasser und zwei Bagels. Abermals fragte er Avraham, ob er nicht einen Kaffee wolle. »Vielleicht sollte Merav sie vernehmen«, meinte er, nachdem die Sekretärin gegangen war.

Von Sabans Ernennung zum Distriktkommandanten hatte Avraham durch ein Telefonat mit Eliyahu Maalul erfahren, als er in Brüssel war. Er hatte ihn noch nie getroffen und wusste nichts über ihn, nur dass sein neuer Chef die letzten drei Jahre den Tal-Distrikt befehligt hatte und davor stellvertretender Leiter der Planungsabteilung gewesen war. Er war weder Ermittler noch Praktiker und hatte sich vor allem über Verwaltungsaufgaben hochgearbeitet. Seine Hände waren klein und glatt und die kurzen Ärmel seines Hemdes akkurat gebügelt. Immer wieder lehnte er sich in seinem Bürosessel zurück, um sich dann in einer plötzlichen Bewegung wieder nach vorn zu beugen und die Hände auf die Tischplatte zu legen. Jetzt nahm er einen Stift zur Hand und unterteilte die Seiten, die vor ihm lagen, mit energischen Strichen in Spalten. In seinen Augen war ein unkontrolliertes Zucken. Für einen Moment ließ er seinen Blick auf Avraham ruhen und begann dann zu blinzeln, als blendete ihn etwas. Er senkte den Blick wieder auf den Tisch und verdeckte seine Augen mit einer linkischen Bewegung der kleinen Hand. »Wie dem auch sei, zu unserer Angelegenheit«, sagte er. »Ich weiß, dass Ihr Urlaub noch nicht vorüber ist, aber mir war wichtig, Sie möglichst bald zu treffen und von Ihnen zu hören, dass Sie zurückkommen und alles in Ordnung ist. Es gab Gerüchte, Sie kämen nicht wieder.«

Avraham erwiderte, er habe nie vorgehabt, den Dienst zu quittieren, und Saban meinte: »Gut, das ist gut zu hören. Das freut mich. Ich habe viel Positives über Sie erfahren, und wir brauchen wahrlich gute Leute. Ich habe über Ihren letzten Fall gelesen und auch den Bericht, den Ilana Liss verfasst hat, und ich denke nicht, dass es mit der Art und Weise, wie Sie die Ermittlungen geführt haben, irgendein Problem gab. Von meiner Seite haben Sie volle Rückendeckung. Alles auf Anfang. Die Schuldigen sind gefasst, und wir machen weiter.«

Saban zwinkerte erneut. Versuchte zu lächeln.

Avraham wusste nichts von einem Bericht, den Ilana Liss über den letzten Fall geschrieben hatte. Auf wessen Bitte hin? Und wer hatte ihn gelesen? Und warum hatte sie ihm nichts davon erzählt? Sie hatten ein paarmal während seines Urlaubs miteinander telefoniert, und Ilana hatte den Bericht mit keinem Wort erwähnt.

»Danke«, sagte er zu Saban. »Ich weiß nicht, was Sie wo gelesen haben, aber die Ermittlung, von der Sie da sprechen, habe ich hinter mir gelassen.«

»Ausgezeichnet, hervorragend. Gut zu hören. Ach ja, wenn Sie nun schon hier sind, ich würde mich freuen, falls Sie noch bleiben könnten, bis wir auf meine Amtseinführung heute Nachmittag ein Gläschen erheben. Was meinen Sie? Ich werde über die Ziele der Polizeiarbeit in unserem Distrikt sprechen.«

Avraham versprach, er werde nach Möglichkeit bleiben, und Saban meinte: »Wissen Sie was? Nehmen Sie die Seiten mit, Sie können Sie ja auch zu Hause lesen. Ich mache noch einen Ausdruck. Das ist meine Vision von unserer gemeinsamen Arbeit in den kommenden Jahren.«

Sabans akkurat geschnittene und gekämmte Frisur ließ Avraham vermuten, dass er am Morgen auf dem Weg zum Revier noch extra beim Friseur gewesen war. Waren auch all seine sonstigen Anzeichen von Nervosität in der Rede begründet, die er am Nachmittag halten würde? Avraham dankte ihm, faltete das Redemanuskript zusammen und schob es in die Brusttasche seines Hemdes.

»Also, wann treffen wir uns offiziell?«, fragte Saban dann. »Wann genau sind Sie wieder im Dienst?«

Avraham entgegnete: »Nach dem Neujahrsfest. Aber ich kann auch jetzt einen der Festgenommenen verhören, wenn Sie niemanden sonst haben. Ich habe kein Problem damit, noch ein paar Stündchen zu bleiben.«

Saban zögerte, was Avraham verletzte. Dann sagte er: »Aber Sie haben noch Urlaub, oder? Und ich hatte gedacht, es wäre gut, wenn Sie trotz allem erst einmal langsam wieder ankämen. Sich vielleicht einem Ermittlerteam anschließen, das schon mit der Arbeit an einem Fall begonnen hat. Schade um Ihren Urlaub.«

Doch jetzt wollte Avraham unbedingt im Vernehmungsraum sein, in genau diesem Moment, gerade wegen Sabans Zögern. »Ich kann bleiben. Sagen Sie mir, wer am dringendsten ist.«

Und Saban erwiderte: »Ich muss nachfragen. Vielleicht der Verdächtige in der Sache mit der Bombenattrappe. Er wartet schon seit fast fünf Stunden, und außer Vorstrafen haben wir nichts gegen ihn.«

»Geben Sie mir ein paar Minuten, um mich mit der Sachlage vertraut zu machen, und dann gehe ich zu ihm hinein. Wissen Sie etwas über den Fall?«

Saban war sich noch immer nicht sicher, ob er richtig handelte. Zögernd antwortete wer: »Nicht viel. Wahrscheinlich geht es um eine Abrechnung im kriminellen Milieu oder einen Streit unter Nachbarn. Die Frage ist, warum eine Sprengsatzattrappe und warum vor einem Kindergarten? So eine Attrappe ist doch wohl ein Warnsignal, oder? Aber wen wollten sie warnen, und was hat diese Warnung zu bedeuten? Vor allem jedoch, wie verhindern wir die nächste

Straftat, ehe sie verübt wird? Und am allerwichtigsten: Hat die Sache irgendetwas mit dem Kindergarten zu tun? Dieser Verdächtige – oder irgendjemand sonst – hat am helllichten Tage dort eine Sprengsatzattrappe deponiert, genau zu der Zeit, zu der die Eltern ihre Kinder abliefern, und das macht mir Sorgen. Noch größere Sorgen macht mir allerdings der Gedanke, beim nächsten Mal könnte es eine echte Bombe sein.«

Er hätte Marianka anrufen und ihr von dem Treffen mit Saban erzählen sollen, doch unmittelbar danach sagte er sich, er würde sich direkt nach der Vernehmung bei ihr melden, aber in den darauffolgenden Stunden führte er einen Wettlauf gegen die Zeit und vergaß es. Und auch wenn er es nicht vergessen hätte – es fand sich einfach keine Gelegenheit. Die erste Stunde des Verhörs mit Usen brachte ihn nicht weiter, im Gegenteil. Zum einen war da der Widerspruch zwischen der Zeugenaussage der Nachbarin, die einen Hinkenden gesehen haben wollte, und Usens geschmeidigem Gang, und zum anderen stritt er immer vehementer ab, mit der Tat etwas zu tun zu haben. Auf dem Koffer hatten keine Fingerabdrücke festgestellt werden können, und auch die Spurensicherung hatte am Tatort nichts gefunden, was sich mit dem Verdächtigen in Verbindung bringen ließ. Ebenso wenig in der Wohnung, in der Usen mit seiner Mutter wohnte. Die Kollegin von der Streife hatte die Nachbarin für eine Gegenüberstellung aufs Revier gebracht, mit dem Resultat, dass die Frau sich ihrer Aussage weniger sicher war als vorher.

»Natürlich könnte er es sein, aber wie soll ich das mit Gewissheit sagen können? Haben Sie eine Ahnung, aus welcher Entfernung ich ihn gesehen habe?«

Avraham befragte sie zu dem Hinken, doch ausgerechnet

in diesem Punkt hatte sie keine Zweifel. Die Person, die den Koffer abgestellt hatte, hatte sich langsam hinkend in Richtung der Aharonowitsch entfernt. Um halb vier brachte er Usen in die Untersuchungshaftzelle und schloss sich in seinem Zimmer ein, um nachzudenken, so wie er es immer zu Beginn einer Ermittlung tat.

Den Tatort hatte er noch nicht aufgesucht, aber das würde der nächste notwendige Schritt sein. Zum Beispiel erinnerte er sich nicht, ob es in der Lavon-Straße eine Ampel gab. Wenn ja, würden dort eventuell Autofahrer gestanden haben und sich somit weitere Zeugen finden, die den Verdächtigen gesehen hatten, wie er den Koffer abstellte oder sich hinterher aus dem Staub machte. Avraham erkundigte sich, ob irgendjemand die Betreiberin des Kindergartens oder die Nachbarn im Gebäude hinsichtlich einer möglichen Verbindung zu Usen befragt hatte, aber wie sich herausstellte, war dies nicht der Fall. Im Grunde genommen, begriff er, hatte die eigentliche Ermittlung noch gar nicht begonnen. Sie mussten herausfinden, wo sich Usen üblicherweise aufhielt. Außerdem galt es, Beweise für die Anfertigung der Bombenattrappe zu finden. Auch Usens Mutter, die im Krankenhaus lag, musste vernommen werden, aber all das war bis zum Abend nicht zu schaffen und schon gar nicht allein. Obendrein durfte man sich nicht nur auf den einen Verdächtigen konzentrieren. Alle Möglichkeiten mussten berücksichtigt werden – nicht nur wegen des Zweifels, den das fragliche Hinken hervorrief. Avraham musste an Ilana Liss und ihr warnendes Mantra denken: »Wir dürfen nicht mit einer vorgefertigten Schlussfolgerung an den Fall herangehen, denn dann gibt es Einzelheiten, die wir nicht sehen, und Details, die wir aus zu großer Nähe betrachten.« Gut möglich, dass die Person, die den Koffer vor dem Kindergarten deponiert hatte, jetzt nicht in der Untersuchungszelle auf dem Revier saß, sondern sich an einem ganz anderen Ort befand. Und vielleicht schon den nächsten Angriff plante, wie Saban gemutmaßt hatte.

Mit einem Mal wusste Avraham, dass es ihm nicht leidtat, den Fall übernommen zu haben.

Er suchte in den Schubladen und auf den Regalborden. Schließlich fand er auf dem Fußboden der Materialkammer ein Paket mit Druckerpapier, riss es noch auf dem Weg in sein Büro auf und zog ein weißes Blatt aus dem Papierstoß, das er mit schnell hingeworfenen Notizen füllte:

Der Kindergarten.
Genaue Entfernung von dem Kindergarten. Wann öffnet er?
Leiterin des Kindergartens – mit Amos Usen bekannt?
Elternliste. Vorstrafen.
Drohungen – vielleicht gegen die Eltern eines der Kinder?
Tatort.
Viertel vor sieben morgens (exakt?). Es müssen noch mehr Menschen auf der Straße unterwegs gewesen sein.
Weitere Nachbarn, die etwas gesehen haben?
Ampeln? Überwachungskameras?
Der Koffer – vielleicht trotz allem irgendeine Besonderheit, die sich nachverfolgen lässt?
Ist er aus einem Auto gestiegen?
Wenn es einen Wagen gegeben hat, hat jemand darin auf ihn gewartet?
Nachbarschaftsstreit.
Liste der Mieter.
Straftäter in der Gegend.
Wenn es um eine Warnung geht – was ist die Botschaft? Und an wen richtet sie sich? Welche Bedeutung hat sie?
Was wird die nächste Straftat sein?
Gibt es in der Straße einen Lebensmittelladen?

Um halb fünf ließ er Usen zurück in den Vernehmungsraum bringen, was aber zu dem Zeitpunkt kaum noch sinnvoll war. Er hatte keine Fragen mehr, und Usen strich sich über sein Bärtchen, lächelte ihn mit seinen kleinen Äuglein an und meinte: »Ich habe gegessen, getrunken und mich ausgeruht. Wir hatten eine interessante Unterhaltung. Wird's nicht langsam Zeit, dass Sie zugeben, jemanden grundlos festgenommen zu haben? Dann sollten Sie ihn jetzt laufenlassen.«

»Wieso so eilig?«, fragte Avraham. »Möchten Sie hier nicht noch zu Abend essen?«

Aber um halb sechs begab er sich, mit ein wenig Verspätung, auf den Hof, um ein Gläschen auf Sabans Amtseinführung und das anstehende Neujahrsfest zu heben, und als er zurückkam, unterschrieb er das Entlassungsformular. »Ich verspreche Ihnen, wir sehen uns wieder«, sagte er zu Usen, als er sich vom ihm verabschiedete.

Usen erwiderte: »Sie vergeuden nur Ihre Zeit, aber liebend gern.«

Am Abend machte sich Avraham nach einer kurzen kalten Dusche zu Hause einen schwarzen Kaffee und setzte sich, nur in Unterwäsche gekleidet, auf den Balkon. Die Ermittlungsakte lag aufgeschlagen vor ihm, und er las erneut den Bericht, den die Streifenbeamtin über die Vorkommnisse am Morgen verfasst hatte. Danach fiel ihm Sabans Rede ein, die zusammengefaltet in der Brusttasche seines Hemds steckte, das er ausgezogen und im Bad aufgehängt hatte. Die meisten Kollegen waren der Meinung, die Rede sei lächerlich gewesen, aber in Avrahams Augen hatte sie etwas Hoffnung Weckendes gehabt.

Er verspürte das Verlangen, Marianka von seinem Tag zu erzählen, doch ausgerechnet jetzt war ihr Mobiltelefon abgeschaltet. Er wusste nicht mehr, ob sie Dienst hatte, aber wenn, dann war dies einer ihrer letzten Arbeitstage bei der Brüsseler Polizei, bevor sie kündigen und zu ihm ziehen würde.

Die Entschlossenheit und Konzentriertheit, die Benny Saban an den Tag gelegt hatte, als er zum ersten Mal vor seinen neuen Untergebenen gesprochen hatte, hatte in krassem Widerspruch zu der Nervosität und Unsicherheit bei ihrer Unterredung in seinem Büro gestanden. Diese Diskrepanz hatte etwas Rätselhaftes, Unerklärliches.

Saban hatte im Hof auf einem improvisierten Podium gestanden und seine Rede vom Blatt abgelesen. Trotz der Hitze hatte er nicht geschwitzt.

Zu Beginn seiner Rede sprach er über den Sommer.

»Wir hatten einen langen, harten und gewalttätigen Sommer«, sagte er. »Im Juni hat sich der Zorn im Süden Tel Avivs entzündet. Illegale Einwanderer ohne Arbeit und Heim, sich mehrende Klagen der Anwohner über sexuelle Übergriffe und Gewaltausbrüche, organisierte Racheaktionen, Molotowcocktails, Brandstiftung in Häusern und Flüchtlingszentren. In den Stabssitzungen herrschte das Gefühl vor, das Feuer könnte jeden Augenblick auch auf unser Stadtgebiet übergreifen, aber es ist uns gelungen, es einzudämmen und einen Flächenbrand zu verhindern.«

Avraham war denkbar weit weg von all dem gewesen, in einem Urlaub, der kein Ende zu haben schien. Er hatte sich via Internet auf dem Laufenden gehalten und hin und wieder auch durch Telefonate mit Eliyahu Maalul und Ilana.

Sein Sommer war glücklich gewesen.

»Danach kamen die Demonstrationen. Jeden Schabbat wurden abends Hunderte Polizeibeamte unseres Distrikts auf dem Platz vor der Cinemathek zusammengezogen und nach einer Einweisung auf das gesamte Stadtgebiet von Tel

Aviv verteilt, um für Ordnung zu sorgen und Gewaltausbrüche bei den genehmigten oder auch nicht genehmigten Protestmärschen zu unterbinden. Bei einem dieser Märsche wurden, wie ihr euch sicher erinnert, die Absperrungen durchbrochen und die Fensterscheiben einer Bankfiliale im Stadtzentrum von Tel Aviv eingeworfen. Bei einer anderen Demonstration zündete einer der Aktivisten sich selbst an und erlag später seinen Verletzungen. Jeder Kollege, der Überstunden leisten konnte, hat dies getan.«

Im weiteren Verlauf seiner Rede widmete sich Saban der Verbrechensstatistik des Distrikts. »Die Zahlen zeigen, dass ihr ein hervorragendes Jahr hattet, Kollegen«, sagte er. »Ihr habt die euch gesetzten Ziele erfüllt und in einigen Bereichen sogar mehr als das. Ihr habt die Zahl der Einbrüche und Eigentumsdelikte um fünf Prozent senken können. Habt einen Rückgang von mehr als zehn Prozent bei Fahrzeugeinbrüchen und -diebstählen verzeichnen können. Dank eures Einsatzes wurden sieben Prozent weniger Gewaltverbrechen und acht Prozent weniger Verkehrsdelikte verübt.« Einer seiner Zuhörer klatschte, und Saban sagte: »Ja, ihr habt absolut Beifall verdient.« Andere schlossen sich dem Applaudierenden an.

Der Beifall verstummte, als Saban die Stimme senkte und fortfuhr: »Aber es hat auch Ziele gegeben, denen sich der Distrikt nicht gewachsen gezeigt hat. Es hat in diesem Jahr einen Anstieg bei der Jugendkriminalität gegeben. Eine Zunahme bei Betrugsdelikten und Sittlichkeitsverbrechen. Wenn ich die Statistik eures Distrikts betrachte – Verzeihung, ich muss mich erst noch daran gewöhnen: unseres Distrikts –, sehe ich einen Distrikt, dessen gesetzestreue Bürger ruhiger in ihren Häusern schlafen können, aber, sobald sie das Haus verlassen, sich einem erhöhten Risiko ausgesetzt sehen, mit Prostitution oder Rauschgiftdelikten konfrontiert zu werden.« Saban ließ seinen Blick über die Polizisten schweifen, die ihm ungeachtet der drückenden Hitze schweigend lauschten. Er hob die Stimme: »Meine Vision ist es, auch wenn sich das für einige von euch abwegig anhören mag, dass der gesetzestreue Bürger in unserem Distrikt gar nicht mit Gewalt, in welcher Form auch immer, konfrontiert wird. Ich möchte, dass der ehrliche Bürger aus Bat Yam oder Cholon oder Rishon LeZion morgens aus dem Haus tritt, in seinen Wagen steigt, die Kinder beim Kindergarten oder der Schule absetzt, unterwegs haltmacht, um sich einen Kaffee zu holen, zu tanken und dann weiter zu seiner Arbeitsstätte zu fahren, und auf diesem seinem tagtäglichen Weg keinerlei Form von Gewalt oder Angst erlebt. Mein Ziel ist es, im Ayalon-Distrikt möglichst viele Zonen zu schaffen, die frei von potenzieller Gewalt sind. Zonen der persönlichen Sicherheit und Unbesorgtheit. Wer sich entschließt, ein kriminelles Leben in kriminellen Zonen zu führen, der wird das auch weiterhin tun. Doch auch dort werden wir eingreifen, falls erforderlich. Aber aus meiner Sicht ist unser Kunde der rechtschaffene, gesetzestreue Bürger, der sein Leben angstfrei führen möchte und ohne mit Gewalt konfrontiert zu werden. Unsere Aufgabe ist es, ihm zu Diensten zu sein.«

Am Ende seiner Rede gab es Beifall, aber auch so manches Grinsen und Feixen. Saban stieg von seinem Podium und legte Avraham, der am Tisch mit den Softdrinks stand, die Hand auf die Schulter und flüsterte ihm zu: »Schön, dass Sie gekommen sind. Wie war ich?«

Danach traf Avraham endlich Eliyahu Maalul, der meinte: »Was ist los, Avi, hast du abgenommen? Du siehst aus wie ein neuer Mensch.«

Avraham bemühte sich, nicht einzuschlafen, bevor er mit Marianka gesprochen hätte, aber die Augen fielen ihm immer wieder zu. Er rief Marianka mehrere Male an, aber ihr Telefon war abgeschaltet, und irgendwann gab er es auf.

Im Traum wirbelte er Bruchstücke von Sätzen aus Sabans Rede durcheinander und ließ sie aus dem Mund von Amos Usen im Vernehmungsraum kommen. Usen sah ihn mit seinen schwarzen Äuglein an und sagte auf Englisch: »Mein Ziel ist es, in Las Vegas möglichst viele gewaltfreie Zonen zu schaffen.«

Um drei Uhr morgens wachte er in seinem Sessel auf dem Balkon auf, verstört und am ganzen Körper klebrig von Schweiß. Er zog das Unterhemd aus und ging ins Bad, um sich zu waschen. Dabei hatte er das Gefühl, wenn er jetzt aus dem Fenster schaute, könnte er die Person mit dem Koffer sehen, die durch die Dunkelheit hinkte, aber auf der Straße war nicht eine Menschenseele.

2

Erst am Abend, als er sie ins Bett brachte, begriff Chaim Sara, dass das, was am Morgen geschehen war, die Kinder mehr verstört hatte, als sie zeigten. Eser lag im oberen Bett auf dem Rücken und bewegte sich nicht. Er starrte mit offenen Augen an die Decke und wartete darauf einzuschlafen. In den letzten Nächten war Chaim klar geworden, dass sein älterer Sohn tatsächlich so einschlief, und das bereitete ihm Unbehagen. Der Kleine war unruhiger als in den vorangegangenen Nächten und warf sich auf dem unteren Bett hin und her, kämpfte mit der Decke, mit dem Kopfkissen, stieß mit seinen kurzen Beinen gegen das Begrenzungsbrett des Bettes. Chaim nahm an, dass die Hitze ihm zusetzte.

Er brachte die Jungen jetzt seit ein paar Tagen ins Bett, und bis zu diesem Abend hatten sie nicht nach Jenny gefragt. Hatten sich mit den wenigen Worten begnügt, die er ihnen in der ersten Nacht gesagt hatte. Und sie hatten auch nicht geweint.

Er saß auf einem niedrigen, blauen Plastikstuhl neben ihrem Bett und wartete schweigend darauf, dass sie einschliefen. Im Zimmer war es nicht vollkommen dunkel. Die Sonnenblenden standen wegen der Hitze und der Luftfeuchtigkeit auf Durchzug, und das Spiel der Lichter, die in den Wohnungen des Nachbarhauses angingen und erloschen, setzte sich auf den Wänden und dem Fußboden fort. Im Zimmer gab es keine Klimaanlage.

Plötzlich wälzte sich der Kleine auf die Seite, drehte ihm den Rücken zu und fragte: »Warum bringt Mama uns nicht ins Bett?«

Chaim hörte aus der Frage kein Anzeichen von Sehnsucht heraus und verband sie noch immer nicht mit dem, was geschehen war. Er antwortete: »In ein paar Tagen macht sie das wieder.« Und der Junge warf sich nicht mehr unruhig hin und her. Nach ein paar Minuten war er eingeschlafen. Chaim war sich sicher, auch Eser würde schlafen, aber als er von seinem Stuhl hochkam, schlug Eser die Augen auf. »Warum schläfst du noch nicht?«, fragte er ihn. Eser antwortete nicht. Den ganzen Nachmittag über hatte er auch kein Wort herausgebracht. Hatte stundenlang vor dem Fernseher gesessen mit wachsamem, misstrauischem Blick.

Chaim ließ sich wieder auf den blauen Plastikstuhl sinken und wartete weiter. Plötzlich hörte er von oben Esers Stimme: »Ich weiß, wer den Koffer vor Schaloms Kindergarten verloren hat.«

Da er sich nicht sicher war, ob er richtig verstanden hatte, fragte Chaim seinen Sohn: »Welchen Koffer?«

»Den Koffer, den irgendjemand verloren hat. Wegen dem Schaloms Kindergarten geschlossen war.«

Das war es, was Chaim ihnen am Morgen erzählt hatte.

Er musste etwas sagen, als sie bei der Lavon-Straße ankamen und feststellten, dass sie abgesperrt war. An der Straßenecke Lavon und Aharonowitsch hatte sich eine Menschenmenge gebildet, und Chaim sah die Eltern einiger Kinder aus dem Kindergarten, unter ihnen auch den jungen Vater mit Brille, der seinen kleinen Sohn auf dem Arm hatte. Ein Streifenwagen der Polizei stand quer auf der Fahrbahn, und zu beiden Seiten hinderten Polizisten Passanten daran, die Straße zu überqueren. Aber es dauerte einige Zeit, bis Chaim eine Erklärung erhielt. Er stand wie erstarrt und wusste nicht, wohin er sich wenden sollte. Ja, er war so über den Anblick der Polizisten erschrocken, dass er seine Söhne ganz vergaß. Als Erstes kam ihm in den Sinn, dass er zurück in die Wohnung musste. Für einen Moment meinte er, den Schlüssel in der Tür stecken gelassen zu haben, aber als er seine Hose abtastete, konnte er den Bund in der Tasche fühlen. Er fasste die beiden Jungen fest an den Händen und sagte: »Kommt, wir drehen um.«

Aber eine junge Frau, die neben ihnen stand, meinte: »Warum, die machen gleich auf.« Und der Weg nach Hause war ihnen versperrt.

Auf der anderen Straßenseite sah er die Kindergärtnerin mit zwei Polizeibeamten sprechen. Und plötzliche Aufregung. Zwei Polizisten rannten los.

Sie warfen sich auf einen jungen Mann, und einer der beiden Polizisten zwang ihn bäuchlings auf den Gehweg, drückte ihm ein Knie in den Rücken und bog seinen Arm nach hinten. Jemand aus der Menge meinte danach: »Kann sein, dass er es war.«

Aber das beruhigte Chaim nicht. Er ergriff erneut die Hände der Jungen und sagte: »Wir gehen zuerst zu Esers Schule.« Um der Kindergärtnerin nicht zu begegnen, wechselten sie auf die andere Seite der Aharonowitsch und folgten der Straße, bogen dann nach rechts in die Straße der 2. Aliya ab und von dort in die Arlosorov. Chaim Sara ging schnell und zog die Kinder hinter sich her. Er dachte nicht daran, dass seine Eile sie ängstigen könnte. Schalom fragte immer wieder: »Gehe ich heute nicht in den Kindergarten?«

Erst als sie vor dem Schultor standen, erklärte er ihnen, dass jemand einen Koffer vor dem Kindergarten verloren habe und die Polizisten jetzt nach ihm suchten, um ihm den Koffer zurückzugeben. Bald würden sie ihn gefunden haben, und der Kindergarten könne öffnen. Die Angst war verflogen, und den Tag über dachte er nicht mehr an den Vorfall. Auch am Nachmittag sprachen sie nicht darüber, aber offenbar waren die Kinder verstörter, als er angenommen hatte. Vermutlich war Schalom deshalb auch nervöser als sonst.

Chaim stand wieder von dem Stuhl auf, und sein Gesicht war jetzt auf der Höhe von Esers Bett. Er fragte ihn: »Wer hat den Koffer verloren?«

»Das kann ich nicht sagen«, antwortete Eser. Auch dabei blieb er weiter reglos auf dem Rücken liegen und starrte an die Decke.

»Woher weißt du denn, wer ihn verloren hat?«, fragte Chaim, und Eser zögerte, ehe er leise entgegnete: »Mein früherer Papa hat es mir gesagt.«

Chaim zuckte zusammen. In den zurückliegenden Wochen hatte Eser immer wieder von seinem vorherigen Papa gesprochen, und jedes Mal, wenn er ihn erwähnte, war Chaim ein Schauder über den Rücken gelaufen.

»Und was hat er dir gesagt?«

»Dass das streng geheim ist.«

Chaim war unschlüssig, ob er das Gespräch noch weiterführen oder den Jungen in Ruhe lassen sollte. Schalom bewegte sich unruhig in seinem Bett, und er wollte nicht, dass er aufwachte. Er flüsterte: »Und woher weiß er das?« Aber Eser antwortete nicht. Seine Augen waren geschlossen.

Während er das Geschirr abwusch, das er nach dem Abendessen in die Spüle gestellt hatte, und die Küche für die Arbeit vorbereitete, dachte Chaim über das Gespräch im Kinderzimmer nach. Was ihn belastete, war, dass Eser den früheren Papa brauchte, weil er selbst, wie Jenny ihm mehrfach vorgehalten hatte, seinem Sohn nicht genügte. Weil er nicht genug sprach. Vielleicht, weil er zu alt war. Nicht stark genug war. Er wusste, dass er nicht ausreichend mit den Jungen redete, vor allem mit Eser nicht, und dass das eine der Sachen war, die er würde ändern müssen. Und er musste stärker sein. Durfte keine Angst oder Schwäche zeigen. Musste ihnen das Gefühl geben, dass er sie beschützte. Was er vergangene Woche, ohne Erfolg, in Schaloms Kindergarten zu tun versucht hatte.

Das Küchenfenster stand offen, und Geräusche von der Straße drangen herein. Autos fuhren unter dem Fenster vorüber, und das Heulen eines Krankenwagens war zu hören. Die Angst kam und ging, unkalkulierbar.

Das wird noch lange so sein, dachte er.

Die Sache mit dem Koffer vor dem Kindergarten war Pech, aber wenn ein Verdächtiger festgenommen worden war, wurden die Ermittlungen vielleicht eingestellt.

Er wusste, dass sie gut ohne Jenny zurechtkommen würden, auch wenn es nach wie vor Probleme gab, für die sich noch keine Lösung gefunden hatte. Vor allem ging es um die Nächte. Er klaubte die schmutzige Wäsche zusammen, die ihm Bad lag, und wischte den nassen Fußboden mit einem Lappen. Die Socken rochen noch nicht, sodass er sie zusammenfaltete und auf die kleinen Schuhe an der Tür legte. Die Hosen und T-Shirts stopfte er in die Maschine.

Bis um zehn spielten sie im Radio Musik, und nach den Nachrichten begann das Programm mit den Höreranrufen.

Jenny hatte um diese Zeit meist schon geschlafen oder im Wohnzimmer gesessen, hatte sich Filme im Fernsehen angeschaut und sein Vorhandensein ignoriert. Jetzt war er allein, drehte das Radio aber dennoch nicht lauter, um die Kinder nicht aufzuwecken. Er schnitt Zwiebeln und rote Paprika in feine Würfel und tat sie in eine Schüssel, dann gab er den Inhalt von zehn Konservenbüchsen Tunfisch dazu und verrührte alles mit ein paar Löffeln Mayonnaise und Senf. Danach presste er eine ganze Zitrone über der Schüssel aus und streute Pfeffer und Salz darüber.

Im Radio erzählte eine Frau aus Beer Sheva, wie sie ihre Krebserkrankung besiegt hatte. Nachdem die Ärzte alle Hoffnung aufgegeben hätten, habe sie sich an einen Rabbiner aus Ofakim gewandt, damit er sie segne, und allein dieser Rabbiner habe ihr geholfen. Der Moderator im Studio sagte: »Dann benötigen Sie ja im Grunde genommen gar keine Hilfe mehr. Ich verstehe nicht, warum Sie angerufen haben.«

Die Frau antwortete darauf: »Ich habe angerufen, um anderen zu helfen und dem Volk Israel ein gutes neues Jahr zu wünschen.«

Der Moderator weigerte sich, sie die Telefonnummer des Rabbiners in der Sendung angeben zu lassen, und schaltete zum nächsten Anrufer, der seinen Sohn bei einem Verkehrsunfall verloren hatte. Chaim schnitt Tomaten in dünne Scheiben und Gurken in Streifen und legte sie auf zwei Teller. Inzwischen waren die Eier im Topf auf dem Herd hart geworden. Er schnitt fünf in die Schüssel mit dem Tunfisch und bereitete danach in einer zweiten Schüssel den Eiersalat zu. Der nächste Zuhörer war ein Mann, der sich weigerte, seinen Namen zu nennen. Seine Frau habe ihn ausgerechnet zu dem Zeitpunkt verlassen, als er an Zucker erkrankt sei, habe ihn mit einem Kollegen betrogen. Chaim konnte sich die schreckliche Geschichte nicht anhören und schaltete das Radio aus. Einige Minuten lang arbeitete er in vollkommener Stille.

Der vorherige Vater ließ ihm keine Ruhe.

Was genau meinte Eser, wenn er sagte, er habe mit ihm gesprochen?

Hätte er nicht diese Scheu vor Gesprächen gehabt, hätte er jetzt beim Sender anrufen und um Rat bitten können, aber das kam nicht in Frage. Er wusste, dass Kinder nicht schweigend groß werden können, dennoch war es ihm gelungen, seinen Jungen nicht eben wenig mitzugeben, auch ohne viele Worte zu machen. Schalom hing seit der Geburt an ihm, und auch Eser hatte sich, bis vor ein paar Monaten, gern in seiner Nähe aufgehalten und diese gesucht. Erst in letzter Zeit hatte er sich von ihm entfernt und war verschlossen geworden, ihretwegen.

Er musste an seinen Vater denken, während er die Bewegung seiner geschickten Finger verfolgte. Wie er hatte sein Vater es immer vermieden, viel zu sprechen. Von Beruf war er Schneider gewesen, hatte es aber nicht immer vermocht, von seinem Geschäft zu leben, und deshalb auch mit Stoffen gehandelt oder in Nähereien gearbeitet. Chaim hatte seinen Vater beständig rauchend in Erinnerung. Immer mit einer Zigarette zwischen den Lippen. Und an die geschickte Bewegung seiner Finger, wenn sein Vater nähte, erinnerte er sich auch. Was noch? Dass er am Freitagabend stets in die Synagoge gegangen war, ebenso am Schabbatmorgen und zu den Feiertagen. Dass er groß und hager gewesen war und sehr stattlich in seinen Kleidern. Zu den Feiertagen hatte er immer Anzug getragen. Wenn die Kinder wach wurden, war er immer schon auf, angekleidet und rasiert. Und er hatte langsam gekaut. Das Abendessen immer erst nach seiner Frau und den Kindern beendet. In lauschigen Nächten hatte er vor dem Haus in Nes Ziona gesessen, hatte geraucht und Radio gehört. Er starb, als Chaim in der Schule war, im Monat Nissan war das. Aus irgendeinem Grund wurde niemand losgeschickt, um Chaim zu informieren und ihn abzuholen. Erst als er nach der Schule nach Hause kam, erfuhr er es. Er war acht damals, und wie sie ihm erzählt hatten, hatten sie ihn einige Nächte danach zum ersten Mal im Hof schlafwandelnd und mit sich selbst redend gefunden. Als Eser geboren wurde, war klar, dass er nach seinem Vater benannt werden würde.

Um elf hatte er seine Arbeit in der Küche beendet und rief seine Mutter von dem Apparat im Schlafzimmer aus an. Er fragte, wie es ihr gehe, und sie sagte, die Beine seien geschwollen. »Hast du viel gestanden heute?«, fragte er.

»Nein, ich habe gesessen.«

Er bat, sie solle sich mehr ausruhen. Nach Möglichkeit nicht stehen, wenn sie nicht müsse. Sie fragte ihn, was sein Bein mache, und er sagte, es sei schon viel besser. Dann fragte er: »Hat dich jemand besucht?«

Und sie antwortete: »Adina.«

»Was wollte sie?«

»Sehen, wie es mir geht.«

Einen Augenblick lang schwiegen sie, aber das machte sie beide nicht verlegen. Die Gespräche mit seiner Mutter kosteten ihn keine Anstrengung. Für gewöhnlich redete sie, und er hörte zu und antwortete hin und wieder. Sie wartete im Bett auf seinen Anruf, und erst danach würde sie den Fernseher und das Licht im Zimmer ausschalten und versuchen einzuschlafen. Auch ihre Nächte waren nicht selten schlaflos, und zuweilen machte sie kein Auge zu, bis der Morgen graute. Schließlich fragte sie: »Wie geht es den Kindern?«

»Sind eingeschlafen«, entgegnete er.

»Hast du ihnen schon gesagt, dass sie gefahren ist?«

»Nicht zu viel auf einmal. Ich warte noch ein bisschen.«

»Auf was wartest du denn? Sag es ihnen endlich, damit sie sich daran gewöhnen.«

Er antwortete nicht. »Und wie läuft es mit dem Haushalt? Vielleicht sage ich Adina, sie soll vorbeikommen, um dir zu helfen?«

Er erklärte, das sei nicht nötig, und nach erneutem Schweigen fragte sie: »Hast du noch einmal mit Schaloms Kindergärtnerin gesprochen?«

Es gab Dinge, die erzählte er ihr nicht, damit sie sich keine Sorgen machte, aber von dem Zwischenfall mit der Kindergärtnerin hatte er ihr berichtet, und sie hatte ihn unterstützt und seinen Ausbruch verstanden.

Über die Bombenattrappe am Kindergarten verlor er kein Wort, da er wusste, wenn er ihr davon erzählte, würde sie nicht schlafen können. Er sagte: »Habe ich nicht geschafft. Wir waren zu spät beim Kindergarten.«

»Hast du ihn gefragt, wie es war?«

»Heute war es besser«, log er.

Und sie sagte: »Siehst du? Nur weil du laut geworden bist. Alles geht nur mit Schreien.«

Er wollte über den Zwischenfall im Kindergarten nicht weiter sprechen und fragte: »Ist im Haus alles in Ordnung?«

»Heiß ist es. Kommst du nicht, den Hof vor den Feiertagen fertig machen?«

Für einen Moment war er ungehalten, dass sie ihm diese Frage stellte. Er unterdrückte seine Wut und stieß hervor: »An den Feiertagen. Hör auf, dir Sorgen zu machen.«

»Schlaf gut«, sagte sie noch und legte auf.

Neben seinem Bett lagen einige Bücher, die er sich vorgenommen hatte zu lesen, um sie den Kindern fehlerfrei vorlesen zu können. Flüssig und natürlich. Anfang des Jahres hatte die Kindergärtnerin gefragt, ob sie Schalom denn etwas vorlesen würden, hatte Jenny die Titel einiger Bücher aufgeschrieben, und die Verkäuferin im Laden hatte noch zwei weitere empfohlen. Er hatte die Frage der Kindergärtnerin als Beleidigung aufgefasst, als Geringschätzung seines Sohnes und indirekt auch von ihm selbst. Möglich, dass diese Frage auch mit dafür gesorgt hatte, dass er ihr gegenüber ausfallend geworden war. Er war nicht der Meinung, dass er Schalom ein Buch vorlesen musste. Sein Vater hatte ihm auch nie Bücher vorgelesen, und auch Eser hatte er nicht vorgelesen.

Eines der Bücher, die er gekauft hatte, faszinierte ihn besonders. Es war die Geschichte eines Jungen, der nachts über die Wände läuft. Nachdem man ihn zu Bett gebracht hatte, stand der Junge auf, ging über die Wände des Zimmers und schlüpfte in die gemalten Bilder, die an der Wand hingen. Die Bilder erwachten zum Leben, und der Junge sprach mit den darauf dargestellten Gestalten. Auf dem Buch-Cover ging der Junge mit steifem Rücken und ausgestreckten Händen über die Wand, als wandelte er im Schlaf. Sein Haar war rötlich und sein Gesicht sehr hell. Er sah keinem von Chaims Söhnen ähnlich. Auch ihm selbst nicht.

In den Nächten, die nun ohne Jenny vergangen waren, war Chaim ziemlich sicher nicht aufgewacht. Er war spät ins Bett gegangen und um vier Uhr morgens aufgestanden, um nicht zu lange zu schlafen. Und wie in seiner Jugend hatte er in Kniehöhe einen Faden Nähgarn von einem Türpfosten des Schlafzimmers zum anderen gespannt, um am Morgen zu wissen, ob er sein Zimmer verlassen hatte. Die Tür abzuschließen war unmöglich, der Kinder wegen. Seit er Jenny kennengelernt hatte, waren seine Nächte ruhiger gewesen. Ihr Schlaf war leicht, und sie wachte auf, wenn er aus dem Bett stieg. Manchmal passierte ihm das jede Nacht und dann wieder monatelang gar nicht, vor allem, wenn er weniger angespannt war und mit seiner Arbeit genug verdiente. Wenn es passierte, führte sie ihn zum Sofa im Wohnzimmer und schaltete den Fernseher ein, denn das half ihm, wach zu werden. Ausgerechnet im Schlaf, sagte sie einmal, rede er viel.

»Und was sage ich?«, fragte er.

»Ich verstehe nicht alles. Aber du redest ohne Ende.«

Ein paar wenige Kleidungsstücke von ihr lagen noch immer ordentlich in den Fächern des Kleiderschranks im Schlafzimmer. Die meisten aber waren schon nicht mehr dort, auch die beiden großen Koffer nicht.

Nach Mitternacht zog er sich um und löschte das Licht in seinem Zimmer. Dann ging er zu den Jungen hinüber, zog die Jalousien zu, ließ aber das Fenster angelehnt, da mit einem Mal Wind aufgekommen war. Auf Schaloms Stirn hatte die tiefe Schramme eine Kruste gebildet. Eser lag schon nicht mehr auf dem Rücken, in der starren Haltung, in der er eingeschlafen war. Jetzt lag er auf dem Bauch, die Wange im Kopfkissen vergraben, und wirkte auf Chaim wieder wie ein Kind. Beide sahen sie Jenny ähnlicher als ihm, aber auch etwas von ihm, das er nicht genau hätte benennen können, war in ihren Gesichtern.

Seit ihrer Geburt fragte sich Chaim, was seine Söhne wohl von ihm in Erinnerung behalten würden. Würden sie sich an ihn erinnern, so wie er sich an seinen Vater erinnerte? Er hoffte, ihm würde nichts zustoßen, ehe Eser das Alter erreicht hatte, in dem sich die Figur des Vaters unauslöschlich ins Gedächtnis gebrannt hätte. Vielleicht weil sein eigener Vater gestorben war, als er selbst noch ein Kind gewesen war, oder vielleicht weil er bei Esers Geburt schon über fünfzig gewesen war. Er wollte, dass der Junge ihn als einen starken Menschen in Erinnerung behielte, ohne aber Angst vor ihm gehabt zu haben. Und bis vor einigen Monaten war er sich sicher gewesen, seinem Sohn so im Gedächtnis zu bleiben.

Du hast keinen vorherigen Papa, ich bin der einzige Vater, den du je gehabt hast, wollte er ihm ins Ohr flüstern, tat es aber nicht.

In dieser Nacht wachte er nicht auf oder blieb zumindest in seinem Zimmer. Der Wecker klingelte um vier, und Chaim stand gleich auf und vergewisserte sich in dem fahlen Lichtschein, der von draußen hereinfiel, dass der Faden noch an Ort und Stelle war. Er schaltete das Licht in der Küche und im Badezimmer an, ließ aber das Wohnzimmer im Dunkeln, damit die Jungen nicht aufwachten. Schalom fand er am Bettende vor, zusammengerollt wie eine Schnecke. Eser schlief noch in genau derselben Haltung, in der er ihn in der Nacht gesehen hatte, eingewickelt in seine Decke bis zum Hals, als wäre ihm kalt.

Er zog sich im dunklen Schlafzimmer an und rasierte sich im Bad. Bevor er mit der Arbeit begann, schloss er die Küchentür. In drei Pfannen briet er die normalen Omelettes und die mit Petersilie und Dill und stellte sie zum Abkühlen ans Fenster. Der Duft des Kaffees, den er sich gemacht hatte, vermischte sich mit dem Bratgeruch und den Aromen des Morgens. Danach ordnete er auf dem Tisch die Käsescheiben und die Schüsseln mit den Gerichten an, die er am Abend zubereitet hatte. Um Viertel nach fünf öffnete er vorsichtig die Wohnungstür, trat hinaus und schloss hinter sich ab. Einen Augenblick lang wartete er vor der Tür, um zu hören, ob einer der Jungen aufgewacht war, dann stieg er die Treppe zu seinem Wagen hinunter. Auch für dieses Problem hatte er noch keine Lösung gefunden, also blieb ihm bislang keine andere Wahl. Er hatte die Möglichkeit in Betracht gezogen, einen Lieferservice in Anspruch zu nehmen, der ihm die Brötchen nach Hause bringen würde, aber der Preisunterschied war gewaltig. Und um diese Uhrzeit brauchte man für die Fahrt keine zehn Minuten. Obgleich er nicht glücklich damit war, die Kinder in der Wohnung einzuschließen, war diese Lösung immer noch besser, als die Wohnungstür unverschlossen zu lassen.

Und so hatte er es auch am ersten Morgen ohne Jenny gemacht.

Er fuhr auf der Weizman-Straße bis zur Sokolov, bog links ab und hielt am Struma-Platz. Obwohl es schon dämmerte, waren die Straßen leer. Glücklicherweise waren die meisten Ampeln nach wie vor auf Nachtbetrieb geschaltet und blinkten orange. Die Läden am Platz waren alle noch geschlossen, bis auf die Bäckerei der Brüder. Er betrat die Backstube durch den Hintereingang, und sogleich stieg ihm der Teiggeruch in die Nase.

Einer der Brüder sah ihn und brüllte: »Die Bestellung für Sara.«

Und aus einem der innenliegenden Räume antwortete ein Mitarbeiter: »Kommt.«

Eine Minute später saß er bereits wieder im Wagen.

Alle schliefen noch, und nur sein Tag hatte schon begonnen. Chaim liebte diese Augenblicke seiner Arbeit sogar noch mehr als die schweigsamen Stunden am Abend.

Die stillen Gehwege, wenn nur Tauben, Katzen und Straßenkehrer unterwegs waren und kein Wort zu hören war. Er fuhr über die Schenker-Straße, die Fichman und die Barkat, bog schließlich in die Lavon-Straße ab und passierte den Kindergarten.

In zwei Stunden würde er Schalom hierherbringen und zusehen, dass er eine Begegnung mit der Kindergärtnerin vermied.

Seit dem Zwischenfall in der Vorwoche hatten sie kein Wort mehr gewechselt. Er war in die Einrichtung gekommen, hatte sich darum bemüht, sie nicht anzusehen, war zu Schaloms Fach geeilt, hatte Wechselkleidung hineingelegt und sich hastig von dem Jungen verabschiedet. Ohnehin war ihm das Betreten des Kindergartens und die Begegnung mit den jungen Eltern, von denen die meisten glaubten, er wäre der Großvater, ein Gräuel.

Die Demütigung, die das Gespräch bedeutet hatte, wirkte noch immer nach – und auch, was hinterher passiert war.

Jenny hatte ihn gedrängt, das Gespräch zu führen, obwohl sie wusste, dass er das nicht wollte. Er war verlegen gewesen, hatte kaum vermocht, der Kindergärtnerin zu sagen, dass der Junge Angst hatte, in den Kindergarten zu gehen, und klagte, die anderen Kinder würden ihn schlagen. Dass seine Frau blaue Flecken und andere undefinierbare Male an seinem Körper gefunden habe, unter der Kleidung. Dass er mit einem tiefen Kratzer auf der Stirn nach Hause gekommen war.

Es war früh am Morgen gewesen und der Kindergarten voll Eltern. Die Kindergärtnerin hatte widersprochen. Hatte es abgelehnt, ihm Gehör zu schenken. Hatte ihn mit einem verächtlichen Blick bedacht, der, da war er sich sicher, nur ihm und seinen Kindern galt, denn bei anderen Kindern und Eltern verhielt sie sich mit Sicherheit nicht so. Sie war wortgewandter als er, und er hatte seine Selbstsicherheit verloren und nichts erwidert, auch als sie sagte, dass sein Sohn lüge. »Bei uns im Kindergarten wird nicht geschlagen«, erklärte sie. Und die Schramme habe Schalom sich zugezogen, weil er herumgetobt habe und auf die Holzschubkarre gefallen sei. Wenn Schalom sage, die anderen Kinder würden ihn schlagen, dann lüge er, schloss sie, und damit war das Gespräch für sie beendet. Er sah den verängstigten Blick von Schalom, der neben ihm stand, und unternahm einen erneuten Versuch, aber sie bestand darauf, sie habe keine Zeit, diese Unterhaltung morgens vor den Kindern zu führen. Sicher wollte sie auch nicht, dass die anderen Eltern etwas davon mitbekamen. Und als er nicht nachgab, fuhr sie ihn an: »Ich habe Ihnen gesagt, ich bin nicht bereit, diese Unterhaltung fortzusetzen, Herr Sara. Bei uns im Kindergarten gibt es keine Kinder, die schlagen, und wenn Ihr Junge sich über Schläge beklagt, dann sollten Sie vielleicht einmal sich selbst und Ihre Frau prüfen und fragen, wieso.« Er hatte nicht an sich halten können und war ebenfalls laut geworden, hatte sie gewarnt, er werde den Jungen aus dem Kindergarten nehmen. Daraufhin lächelte sie ihn nur an und meinte süffisant: »Und wenn schon, denken Sie etwa, Sie drohen mir damit?« Er zweifelte nicht daran, dass Jenny recht hatte und sie den Jungen dort nicht mochten. Aber im Viertel gab es keinen anderen Kindergarten, und außerdem war dies auch die einzige Einrichtung, die sie sich leisten konnten. Die anderen Eltern mischten sich nicht ein, auch, wie er meinte, weil es ihnen lieber wäre, wenn sein Sohn verschwände.

Beim Verlassen des Kindergartens hatte ihn ein Gefühl von Schmach überkommen und von Abscheu, vor allem gegen sich selbst, weil er trotz des unliebsamen Zwischenfalls Schalom dort gelassen hatte. War es das, was sein Sohn von ihm in Erinnerung behalten würde? Der Junge hatte geweint, doch er hatte sein Weinen ignoriert und war gegangen, nachdem er ihn zu der russischen Kindergartenhelferin geführt hatte, die sich zu dem Jungen hinabgebeugt und ihm das Gesicht mit ihren Händen abgewischt hatte. Am Abend hatte er Jenny erzählt, das Gespräch sei erfolgreich verlaufen. Das war vielleicht das letzte Mal gewesen, dass sie miteinander gesprochen hatten.

Die Kinder schliefen noch, als er um halb sechs die Tür aufschloss. Er schaltete das Radio an und fand einen Sender, auf dem zu dieser Uhrzeit nicht nur Musik gespielt wurde. Der Morgen war getrübt durch den Abstecher in die Lavon-Straße, durch die Erinnerung an den Zwischenfall im Kindergarten und die Furcht, die in ihm erwacht war, als er am Vortag den Polizeiwagen dort gesehen hatte. Er drehte das Radio leiser und versuchte, seine innere Ruhe wiederzufinden, während er die Baguettebrötchen aufschnitt und mit Tunfisch- oder mit Eiersalat füllte. Die übrigen bestrich er mit einer Schicht Mayonnaise und legte die Omelettes hinein. Dann belegte er alle mit Tomaten- und Gurkenscheiben, bevor er die Baguettes in Frischhaltefolie wickelte und jedes einzeln in eine Papiertüte packte.

Schalom wurde um halb sieben wach und kam in die Küche. Chaim setzte ihn auf einen Stuhl, und der Junge beobachtete ihn, wie er die letzten Baguettes verpackte und sie dicht gestapelt in zwei Pappkartons verstaute.

Es vergingen einige Minuten, bis der Kleine richtig wach war und fragte: »Gehe ich heute in den Kindergarten?«

Chaim erwiderte: »Gehst du. Eser geht auch in die Schule und ich zur Arbeit.«

Der Junge weinte nicht. Auch an diesem Morgen fragte er nicht nach Jenny. Der Schlaf hatte ihm gutgetan, und er wirkte ruhig. Er fragte: »Warum ist der Kindergarten heute nicht geschlossen?« Und Chaim wusste nicht, was er antworten sollte. Er zog ihn in seinem Schlafzimmer an, ehe sie beide ins Kinderzimmer gingen und Chaim das Fenster und die Jalousien öffnete. Licht überflutete Esers Etagenbett. Seine Kleider lagen auf dem Boden, und Schalom deutete darauf und sagte zu seinem Bruder: »Ich kann dir beim Anziehen helfen.«

Eser wurde nur langsam und schweigend wach, und Chaim trieb ihn zur Eile an. Es war bereits sieben. Schalom folgte seinem Bruder überallhin, auch ins Badezimmer, als er sich jetzt die Zähne putzen ging.

Die Kartons standen aufeinandergestapelt im Wohnzimmer, und die Küche war schon sauber und aufgeräumt, als sie sich setzten, um zu frühstücken. Eser bedachte seinen Vater mit diesem wachsamen Blick, vielleicht weil der Junge registrierte, dass Chaim gereizt war. Sie aßen ein Baguettebrötchen mit Käse und Gurke.

Plötzlich sagte Eser: »Weißt du, dass ich einmal nachts wach geworden bin und in dein Zimmer gegangen bin?«

Chaim war verblüfft. Der Nähgarnfaden war am Morgen an Ort und Stelle gewesen, gespannt zwischen den beiden Türpfosten.

»Offenbar war ich schon bei der Arbeit. Hast du in der Küche nachgeschaut?«

Eser erwiderte: »Nein. Du warst nicht zu Hause.«

Schalom schaute seinen Vater fragend an, und Chaim erklärte rasch: »Ich war die ganze Zeit zu Hause.« Doch dann fiel ihm die Fahrt zur Bäckerei ein. »War das morgens? Als es draußen schon hell war?«

»Nein. Es war dunkel. Das war nur einmal.«

Er aß weiter. Sollte er trotz allem und ohne sein Wissen

nachts doch aufgewacht sein? Aber der Faden war nicht abgerissen. Und wenn, wohin war er gegangen? Obwohl er lieber schweigen wollte, fragte er Eser: »Hattest du Angst, als du mich nicht gesehen hast?«

»Nein. Mein früherer Papa hat im Wohnzimmer auf mich gewartet.«

Er war nicht in der Lage, sich das anzuhören. Also stand er auf, stellte den Teller in die Spüle und schaltete das Radio aus. Dann fragte er Schalom, ob er fertig mit Frühstücken sei.

Aber Eser ließ nicht locker. »Weißt du noch, was ich dir gestern Nacht gesagt habe?«, fragte er.

»Was?«

»Dass ich dir heute sage, wer den Koffer vor Schaloms Kindergarten vergessen hat.«

Chaim drehte den Wasserhahn auf und begann, die beiden Teller abzuspülen. Seit dem gestrigen Tag hatte er sich bemüht, nicht mehr an den Koffer zu denken.

»Ich kann es doch noch nicht sagen. Ich habe mit ihm geredet, und er hat mich gebeten, ich soll's nicht erzählen.«

Chaim drehte den Hahn noch weiter auf. Schalom fragte seinen Bruder: »Weiß denn dein früherer Papa, wer die Tasche verloren hat?«

Eser lächelte und sagte stolz zu seinem Bruder: »Ich weiß es auch. Weil er's mir erzählt hat. Und er hat gesagt, ich soll's dir nicht verraten, weil das streng geheim ist.«

Chaim räumte schweigend Esers Teller vom Tisch, obwohl der Junge noch nicht aufgegessen hatte und ihn erstaunt ansah. »Das Frühstück ist vorbei, wir brechen jetzt auf. Und ich möchte nicht, dass du mit Schalom über den vorherigen Papa und über den Koffer sprichst. Es reicht, Schluss damit.«

Er entschied sich, den Gang zum Kindergarten noch hinauszuzögern, und brachte zunächst Eser zur Schule, genau wie am Tag zuvor. Sie verabschiedeten sich am Schultor von ihm und warteten bei dem Wachmann, bis sie sahen, wie sein großer Ranzen vom Eingang des Gebäudes verschluckt wurde. Schalom winkte seinem Bruder nach, auch noch, als der längst verschwunden war. Dann kehrten sie beide zur Lavon-Straße zurück, in der der Verkehr floss und nichts mehr an die Aufregung erinnerte, die am Vortag dort geherrscht hatte.

3

Er war offiziell zurück im Dienst, arbeitete wegen der Personalmisere aber allein.

Am Montag fuhr er in den frühen Morgenstunden in die Lavon-Straße, um zu der Uhrzeit am Tatort zu sein, zu der die Bombenattrappe deponiert worden war. Um 6.44 Uhr war der Verkehr dort noch spärlich, und es waren nur wenige Fußgänger unterwegs. Eine ruhige Straße in einem ruhigen Wohnviertel. Die Sonne ließ auf sich warten, der Morgen war bewölkt. Eine junge Frau führte ihren Hund aus und rauchte. Ein Junge machte sich zeitig auf den Weg in die Schule. Niemand trug eine dunkle Trainingshose in Kombination mit einem Kapuzenshirt, niemand hinkte.

Seine Arbeitshypothese lautete, dass der Koffer gezielt vor dem Kindergarten abgestellt worden war und mit diesem in Verbindung stand. Die Ermittlung musste zügig vorankommen, da es möglich war, dass die Sprengsatzattrappe bloß eine Warnung vor einem folgenschwereren Anschlag darstellte. Und Usen war der einzige Verdächtige.

Die erste Überraschung am Tatort war der Spirituosenladen.

Ein Beamter des Sprengkommandos erschien gegen Viertel nach sieben und zeigte ihm die genaue Stelle, an der der Koffer abgestellt worden war. Sie befand sich an dem Zugangsweg zum Haus Lavon-Straße Nummer 6 und lag hinter Büschen verborgen. Der Weg führte zum rückwärtigen Hof und zu dem Kindergarten, aber rechts davon, in einer Entfernung von nur drei Metern, gab es im Erdgeschoss des Hauses Lavon Nummer 4 einen Laden namens »Weine der Stadt«. Zwar trennte eine niedrige Steinmauer den Zugangsweg von dem Spirituosengeschäft, aber faktisch war der Koffer näher an dem Geschäft als am Kindergarten abgestellt worden. Avraham war fassungslos, dass Saban ihm nichts davon gesagt hatte. Er fragte den Sprengmeister, ob die Möglichkeit in Erwägung gezogen worden sei, dass die Sprengsatzattrappe wegen dieses Ladens an jener Stelle platziert worden sei, doch der Gefragte zuckte mit den Schultern. »Wir haben nicht mit dem Koffer gesprochen. Es hieß, es gibt ein verdächtiges Objekt vor einem Kindergarten in der Lavon-Straße Nummer 6, also haben wir ein verdächtiges Objekt vor einem Kindergarten in der Lavon Nummer 6 unschädlich gemacht. Alles Weitere ist euer Job.«

Auf den Bildern von dem Koffer, die vor der Sprengung aufgenommen worden waren, ließ sich erkennen, dass er zwar hinter einem der Büsche abgestellt worden war, die dürftig belaubten Zweige des Busches ihn aber nicht wirklich verborgen hatten. Hätte die Nachbarin nicht gesehen, wie der Täter ihn dort deponiert hatte, war anzunehmen, dass jemand anderes ihn bemerkt hätte, wenn er den Weg entlanggekommen wäre.

Auf dem Foto wirkte der Koffer altmodisch. Ein kleiner

Stoffkoffer der Marke Delonight in Altrosa, mit ledernem, grünem Handgriff, dessen Farbe verblichen war.

Um kurz vor acht schoben die ersten Eltern ihre Kinderwagen und Buggys über den Weg zum Kindergarten, und Avraham folgte ihnen in die Einrichtung. Vor ihm ging ein älterer Mann, und für einen Moment meinte er, ein Hinken an dessen rechtem Bein zu bemerken, aber möglicherweise waren seine Schritte auch nur schwerfällig, weil er einen kleinen Jungen auf dem Arm hatte.

Die Kindergärtnerin weigerte sich, jetzt gleich mit Avraham zu reden, und bat, er möge am Nachmittag wiederkommen. »Die Kinder sind gestern schon genug verängstigt worden. Das ist wirklich nicht dienlich, wenn hier Polizisten herumlaufen.« Er hätte sich durchsetzen können, ließ es jedoch. Sie hatte etwas Trotziges, Aggressives an sich und weckte ein Unbehagen bei ihm, dessen Bedeutung er erst im weiteren Verlauf des Tages verstehen sollte.

Er musste noch warten, bis das Spirituosengeschäft öffnete, und vernahm in der Zwischenzeit die Nachbarn, die er zu Hause antraf.

Seine Fragen waren immer dieselben:

»Ist Ihnen etwas über einen Streit zwischen Nachbarn und der Betreiberin des Kindergartens bekannt?«

»Erinnern Sie sich an besondere Vorkommnisse in der Vergangenheit, die mit dem Kindergarten im Hof in Zusammenhang standen?«

»Hat es hier in der Gegend kriminelle oder andere Zwischenfälle gegeben, zu denen Sie Angaben machen können?«

»Haben Sie zufällig diejenige Person gesehen, die am gestrigen Morgen den Koffer dort abgestellt hat?«

»Haben Sie in den Tagen vor der Tat eine verdächtige Person sich im Bereich des Gebäudes aufhalten gesehen?«

Zu diesen Fragen, die er am Vorabend in seiner Wohnung

formuliert hatte, fügte er eine weitere über den Spirituosenladen und damit in Verbindung stehende Vorkommnisse in letzter Zeit hinzu. Die Bewohner, die er antraf, verneinten sämtliche Fragen, und irgendwann änderte er die Reihenfolge der Fragen ab. Am Ende der Befragung zeigte er den Leuten ein Foto von Usen. Niemand erkannte ihn, bis auf eine Mieterin, Hausfrau und Mutter von vier Kindern, die im zweiten Stock wohnte. Sie behauptete, sie habe ihn während des vergangenen Jahres wiederholt in der Nähe des Hauses gesehen und geglaubt, es handle sich um den Vater eines der Kinder aus der Einrichtung. In letzter Zeit hingegen sei sie ihm nicht mehr auf der Straße begegnet und ganz gewiss nicht am gestrigen Tag, an dem sie erst aufgewacht war, nachdem der Koffer gesprengt worden war. Er vermerkte ihren Namen in seinem Notizbuch.

Um halb elf kehrte er zu dem Weinladen zurück und befragte ausgiebig die junge Verkäuferin. Sie sagte, der Besitzer käme erst in zwei Stunden. Sie öffneten das Geschäft um zehn, weshalb noch niemand im Laden gewesen sei, als der Koffer entdeckt wurde. Sie hätten erst hinterher durch einen der Kunden davon gehört, und auch der Besitzer werde wohl nichts zu der Ermittlung beitragen können, da er nie vor Mittag in den Laden käme. Die Verkäuferin wusste nicht, ob der Eigentümer in der Vergangenheit bedroht oder erpresst worden war. Sie selbst sei während ihrer Arbeit jedoch nie Zeugin irgendwelcher Gewalt geworden.

Im Schaufenster hingen Tonpapierbögen, auf denen mit Filzstift in hebräischen und kyrillischen Buchstaben verschiedene Sonderangebote angepriesen wurden. Avraham hätte zum Neujahrsfest zwei Flaschen chilenischen Rotwein für fünfunddreißig Schekel oder eine Flasche Wodka Absolut für fünfundfünfzig Schekel kaufen können.

Er aß in der Kantine mit Eliyahu Maalul zu Mittag, und

der nahm ihn wegen seiner Verlobung mit Marianka und ihrer baldigen Ankunft ins Verhör.

»Sie hängt den Polizeidienst dort an den Nagel, um her zuziehen und hier mit dir zu leben?«, fragte Maalul.

Avraham erwiderte: »Ja. So lautet im Großen und Ganzen der Plan.«

Maalul stieß einen Pfiff aus. »Eine schwerwiegende Entscheidung. Und was soll sie hier machen? Anfangen, Hebräisch zu lernen?«

»Das ist noch nicht klar. Um diese Fragen kümmern wir uns erst, wenn sie da ist.«

Über Ofer Sharabi und die letzte Ermittlung sprachen sie nicht. Avraham war nicht klar, ob Maalul den von Ilana Liss verfassten Bericht nur deshalb nicht erwähnte, weil er nicht von ihm wusste. Der erfahrene Jugendermittler sah ihn mit seinen tief liegenden, feuchten Augen an, die Avraham immer an die seines Vaters erinnerten, und meinte: »Du weißt gar nicht, wie sehr ich mich für dich freue, Avi. Ich habe dir ja schon gesagt, du wirkst wie ein ganz anderer Mensch. Und sobald sie gelandet ist, tretet ihr beide bei uns zum Abendessen an.«

Die Gespräche mit der Leitzentrale brachten nichts Neues, und auch der Beamte vom Beschattungsdezernat, der Usen überwacht hatte, hatte nichts zu berichten. Usen hatte seine Wohnung in der Straße des Zionismus 26 bis vormittags um elf nicht verlassen. Allem Anschein nach hielt er sich allein dort auf. Dann war er mit seinem schwarzen Honda Civic losgefahren, um seine Mutter im Wolfson-Krankenhaus zu besuchen. Auf dem Weg dorthin hatte er nirgendwo gehalten. Im Krankenhausladen hatte er eine Zeitung und einen Softdrink gekauft und war mit dem Fahrstuhl hoch in die Onkologische Abteilung gefahren. Er trug eine große Tasche bei sich, die er von zu Hause mitgebracht hatte und in der sich vermutlich Wechselkleidung und Bettwäsche befanden. Bis zur Stunde hatte er das Krankenhaus noch nicht wieder verlassen.

Avraham saß in seinem Büro auf dem Revier und schwankte, ob er Ilana anrufen sollte. Sie hatten sich seit seiner Rückkehr noch nicht getroffen, und jetzt hatte er einen Vorwand für ein Gespräch. Er hätte klären können, was sie über Bestechungsfälle und Schutzgelderpressung im Alkoholhandel wusste. Stattdessen rief er Marianka an. Ihr Handy war angeschaltet, aber sie meldete sich nicht.

Er schaltete den Computer an, und auf dem Bildschirm erschien Brüssel bei Sonnenaufgang, das Bild, das er an dem Tag gemacht hatte, an dem sie sich zum ersten Mal begegnet waren und sie ihn mit auf eine Besichtigungstour durch ihre Stadt genommen hatte. Damals hatte er sich nicht ausmalen können, dass diese Stadt für drei Monate sein Zuhause werden würde. Dass er im Sommer drei Monate lang jeden Morgen neben Marianka aufwachen sollte, im Schlafzimmer ihrer Wohnung, die auf einen kleinen Platz hinausging, in dessen Mitte die rußgeschwärzte steinerne Büste eines belgischen Komponisten stand, dessen Namen er noch nie gehört hatte. Bevor er zu ihr gefahren war, hatte Avraham sich die Adresse in sein kleines Notizbuch geschrieben: *Square Baron Alfred Bouvier, Haus Nr. 6, Wohnung Nr. 5 (grüne Tür, keine Klingel).*

Am Nachmittag kehrte er zum Tatort zurück.

»Haben Sie sonst nichts zu tun? Ich verstehe wirklich nicht, warum Sie ausgerechnet mich sprechen wollen«, herrschte ihn die Kindergärtnerin an, als er hereinkam. »Ich habe den Polizisten gestern schon gesagt, das hat nichts mit mir zu tun. Und ich habe inständig darum gebeten, dass Sie nicht mitten am Tag kommen, weil das sowohl die Kinder als auch die Eltern verängstigt. Auch so waren die Kinder schon völlig verstört, als sie morgens kamen und nicht ins Haus konnten.«

Sie war allein in der Einrichtung. Die kleinen Holzstühle standen umgedreht auf einem niedrigen Tisch in der Mitte des Raumes. Ihre Aggressivität und die Weigerung zu kooperieren weckten sogleich Ärger bei ihm, aber erst im weiteren Verlauf des Gespräches verstand Avraham, warum er in ihrer Gegenwart auch Beklemmung verspürte. Sie bat ihn, den Kindergarten weiter aufräumen zu dürfen, während er ihr seine Fragen stellte, woraufhin er andeutete, wenn ihr das lieber sei, könne er sie auch zur Vernehmung aufs Revier vorladen.

Der Fußboden war zwar gewischt, aber der ganze Raum wirkte überfüllt und düster. Sie saßen sich auf zwei Plastikstühlen gegenüber, die sie aus dem Hof geholte hatte. An einer der Wände türmte sich ein hoher Stapel dünner Matten, die stechenden Uringeruch verströmten. Durch die rostigen Gitterstäbe eines schmalen hohen Fensters drangen nur wenig Luft und Licht herein. Am Abend hielt Avraham dann in seinem Notizbuch fest, dass Chava Cohen den Kindergarten seit zehn Jahren betrieb und schon seit über zwanzig Jahren als Kindergärtnerin arbeitete.

Sie war Mitte vierzig, klein und stämmig, hatte große, kräftige Hände und ein müdes Gesicht. Sie hatte keine Zeit gefunden, den hohen schwarzen Mülleimer zu leeren, der in der Ecke des Raumes stand und randvoll mit Windeln war. Er fragte, ob sie in irgendeine Streitigkeit verwickelt sei, worauf sie gleich die Stimme hob: »Mit wem denn? Ich betreibe einen Kindergarten, in Gottes Namen. Seit gestern muss ich in einem fort erklären, dass mein Kindergarten damit nichts zu tun hat.«

»Vielleicht nicht der Kindergarten, aber vielleicht Sie.

Sind Sie in eine familiäre oder geschäftliche Auseinandersetzung verwickelt?«

»Erklären Sie mir, warum Sie meinen, dass das etwas mit mir zu tun haben soll. Verstehen Sie nicht, dass das schlecht für meine Arbeit ist? Vielleicht hängt der Koffer mit irgendjemandem zusammen, der hier im Haus wohnt?«

Ihre Antworten erinnerten ihn an sein Gespräch mit Usen. Er sagte: »Ich verstehe nicht, warum Sie sich sträuben, mit uns zusammenzuarbeiten. Wir befürchten, der Koffer könnte eine Warnung gewesen sein, und dass derjenige, der ihn hier deponiert hat, von Warnungen zu wirklich gewalttätigen Aktionen übergeht – wenn wir nicht rechtzeitig etwas unternehmen. Wir wissen nicht, wie viel Zeit wir haben, und sind auf die Zusammenarbeit eines jeden angewiesen, der behilflich sein kann …«

Doch sie unterbrach ihn: »Aber ich habe Ihnen doch schon erklärt, dass ich nichts damit zu tun habe. Ich kann Ihnen wirklich nicht weiterhelfen.«

Da verstand er den Grund.

In Gedanken war er erneut in dem Haus in der Straße des Gewerkschaftsbundes, in der Wohnung von Hannah Sharabi, am zweiten Tag der Suche nach ihrem vermissten Sohn Ofer. Er hatte in der Küche vor ihr gesessen, als sie ihm einen schwarzen Kaffee reichte. Es war Freitagmorgen gewesen, sein Geburtstag, und er hatte versucht, sie dazu zu bringen, ihm von ihrem vermissten Sohn zu erzählen. Auch Hannah Sharabi hatte gesagt, sie könne ihm nicht helfen. Dass sie nichts wisse. Im Unterschied zu der Frau, die ihm jetzt gegenübersaß, war Hannah sehr still und leise gewesen. Avraham hatte kaum ihre Stimme hören können, wenn sie sprach. Ab und an hatte sie geschluchzt. Und er hatte nicht gehört, dass sie log. Dass sie im Grunde genommen wusste, wo ihr Sohn war.

Erst drei Wochen später, nachdem ihr Mann den Totschlag an ihrem Sohn gestanden hatte, war es im Verhörraum aus ihr herausgebrochen.

Die Luft im Gruppenraum war drückend und machte ihn schwindlig. Avraham atmete tief durch, legte sein Notizbuch auf den Boden und betrachtete die Frau, die vor ihm saß. Wenn er eine Lehre aus seinem Versagen bei der letzten Ermittlung gezogen hatte, dann war es diese: künftig die Augen aufzumachen und genau hinzusehen. Und kein Wort zu glauben. Chava Cohen war einige Jahre älter als Hannah Sharabi, stämmiger, und ihr Haar war lockig. Er hatte sie noch immer nicht nach ihrem Namen gefragt. Leise sagte er: »Ich verlange, dass Sie ohne Umschweife meine Fragen beantworten.«

Sie legte sich eine Hand auf die Stirn. »Ich versuche es. Wie war die Frage?«

»Ich habe gefragt, ob Sie in irgendeine Auseinandersetzung verwickelt sind.«

Sie verneinte. Er sah ihre Hände ihr Haar am Hinterkopf zusammenfassen und ihren Blick, der den seinen mied, als sie antwortete.

»Wie war noch gleich Ihr Name?«, fragte er.

Und sie erwiderte: »Chava.«

»Chava und wie weiter?«

»Chava Cohen.«

»Wissen Sie, ob es Beschwerden gegeben hat vonseiten irgendeines Bewohners des Hauses, jemand, der die Tatsache nicht schätzt, dass Sie hier einen Kindergarten betreiben?«

»Wieso denn Beschwerden? Der Kindergarten besteht seit zehn Jahren. Mit Genehmigung.«

»Sie beantworten schon wieder meine Frage nicht, und ich verliere allmählich die Geduld. Ich habe nicht wissen wollen, ob Sie eine Genehmigung haben, sondern ob sich ein Bewohner des Hauses von dem Kindergarten gestört fühlt.«

Sie ließ sich zu keinem weiteren Ausbruch hinreißen, da sie sah, dass etwas an seiner Haltung dies nicht ratsam erscheinen ließ. »Ich versuche ja zu antworten. Soweit ich weiß, nein. Oder vielmehr, ich bin mir sicher, dass nicht.«

»Haben oder hatten Sie Konflikte mit Eltern von Kindern?«

»Absolut nicht. Bei uns im Kindergarten gibt es keine Konflikte. Sie können zehn Jahre zurückgehen und bei allen Eltern hier im Viertel nachfragen. Eltern bringen ihre Kleinen zu mir und flehen, ich möge Kindern, die noch nicht einmal geboren sind, einen Platz freihalten.«

Avraham nahm die vor der Sprengung von dem Koffer gemachten Aufnahmen aus seinem Aktendeckel und fragte Cohen, ob ihr das Gepäckstück bekannt sei. Danach zeigte er ihr das Foto von Usen, abermals ohne Resultat. »Ich möchte, dass Sie sich sein Bild genau anschauen«, mahnte er. »Sind Sie sich sicher, dass Sie diesen Mann nicht kennen? Dass Sie ihn in der Umgebung des Kindergartens nicht schon einmal gesehen haben? Er ist nicht der Vater eines Kindes in Ihrer Einrichtung?«

Die Antwort lautete erneut nein.

An der Wand vor ihm hing das große Bild eines Blumenstraußes, das seit dem Beginn ihres Gesprächs seine Aufmerksamkeit geweckt hatte. Im Zentrum jeder Blume klebte das Foto eines Kindes, und darum herum Blütenblätter aus buntem Krepppapier. Die Gesichter der Kinder konnte er von seinem Platz aus nicht erkennen. »Was ich Sie jetzt frage, bleibt in diesen vier Wänden. Ich möchte wissen, ob, Ihrem Wissen nach, die Eltern eines der Kinder in Ihrer Einrichtung an kriminellen Taten beteiligt waren oder sind.«

Chava Cohen sah ihn überrascht an. »Denken Sie, man hat versucht, Eltern zu bedrohen?«

»Ich frage.«

Sie schien weniger ungeduldig, sobald seine Fragen nicht mehr ihr galten. »Ich habe keine Kinder aus dem Jessy-Cohen-Viertel, und soweit ich weiß, sind die Eltern hier allesamt unbescholten.«

»Wenn ich Sie bitten würde, mir zu sagen, in welchem Bereich die Leute arbeiten – wären Sie dazu in der Lage?«

Sie drehte sich um und sah zu dem Bild, das seine Aufmerksamkeit erregt hatte. »Eher nicht. Ich bekomme nicht viele Väter zu Gesicht, hauptsächlich Mütter. Einige arbeiten, andere nicht. Außerdem hat das Jahr gerade erst angefangen, und ich kenne noch nicht alle. Ich kann Ihnen sagen, dass Arkadis Vater Elektriker ist, weil er uns letzte Woche hier bei einem Problem mit der Elektrik geholfen hat.«

Avraham erhob sich von seinem Stuhl und fragte, wer noch im Kindergarten arbeite, woraufhin sie erwiderte: »Niemand. Nur ich und die Hilfskraft.« Doch als er sie um die Telefonnummer der Frau bat, registrierte er ihre erneute Anspannung. Ungeachtet ihrer Bitte zu Beginn des Gesprächs lud sie ihn ein, am nächsten Tag noch einmal in die Einrichtung zu kommen, um mit der Kindergartenhelferin zu reden, da so gut wie keine Chance bestünde, sie am Telefon zu erwischen. »Was kann sie Ihnen sagen, das ich nicht gesagt habe? Sie ist kaum zwei Wochen hier. Ich habe sie einen Tag vor Beginn des Schuljahres eingestellt, und sie weiß wirklich nichts über die Eltern oder das Haus«, erklärte sie.

Das Gespräch mit Ilana führte er erst am nächsten Tag, nachdem er die dringlichsten Ermittlungsschritte erledigt hatte.

Usen hatte seine Wohnung abermals am Vormittag um elf Uhr verlassen und war mit dem schwarzen Honda ins Krankenhaus gefahren, ohne unterwegs anzuhalten. Als er aus dem Wagen stieg, trug er die große Tasche mit der Wechselkleidung bei sich.

Er verließ das Krankenhaus gegen vier, ohne die Tasche, und fuhr nach Hause. Avraham war unschlüssig, ob er ihn für eine weitere Vernehmung einbestellen sollte, aber es gab keine neuen Erkenntnisse, einmal abgesehen von der Aussage der Nachbarin, die Usen gesehen und angenommen hatte, er wäre der Vater eines Kindes aus der Einrichtung. Aber Usen hatte keine Kinder.

Avraham hatte zwei Nachrichten auf der Mailbox der Kindergartenhelferin hinterlassen, doch diese hatte, wie Chava Cohen ihm prophezeit hatte, noch nicht zurückgerufen. Dennoch beschloss er, sie für ihre Zeugenaussage aufs Revier zu bitten und sie nicht im Kindergarten in Gegenwart der Leiterin zu befragen, eine Entscheidung, die sich im Nachhinein als richtig erweisen sollte.

Obwohl sie auf der Stelle traten, hatte er das Gefühl, der Durchbruch wäre nah.

Zum ersten Mal seit seiner Rückkehr in den Dienst nahm er sich die Zeit und ging seine geliebte Zigarette auf der Eingangstreppe des Reviers rauchen. Die Hitze war erträglich, ab und an regte sich sogar ein Lüftchen, und er überlegte, dass er vor dem Neujahrsfest noch etwas einkaufen musste. Ilana rief er dann von seinem Büro aus an, und sie freute sich, seine Stimme zu hören.

»Du bist seit zwei Wochen im Land und noch nicht gekommen, um mir Hallo zu sagen?«

Er erzählte ihr, er sei bereits wieder im Dienst und kümmere sich ganz allein um den Fall einer Sprengsatzattrappe, die jemand in der Lavon-Straße deponiert hatte.

Ilana schwieg, und ihm kam es so vor, als läge in diesem Schweigen ein Vorbehalt.

»Wie kommst du voran?«, fragte sie schließlich.

»Genau deswegen rufe ich an«, erklärte er, um ihr dann von dem Spirituosengeschäft zu erzählen.

»Ich dachte, die Attrappe wäre vor dem Kindergarten deponiert worden.«

»Das war die Ausgangsthese«, erwiderte er. »Aber als ich am Tatort war, habe ich den Laden entdeckt, und ich meine, auch diese Möglichkeit sollte nicht von vornherein ausgeschlossen werden.«

Ilana stimmte ihm zu. Sie riet, er solle überprüfen, ob andere Gewerbetreibende in der Gegend erpresst würden, und er sagte, das habe er bereits getan. Nicht ein Ladenbesitzer im Viertel hatte Anzeige wegen versuchter Erpressung erstattet, und laut den Kollegen von der organisierten Kriminalität gab es in der Gegend auch keine Bande, die Schutzgelder eintrieb.

Er lauschte der vertrauten Stimme und wartete darauf, dass sie auf den Bericht, den sie über die Ermittlung im Fall Ofer Sharabi geschrieben hatte, zu sprechen käme.

Ilana erzählte, in den letzten Monaten habe in Kooperation mit Fahndern des Wirtschaftsministeriums eine verdeckte, landesweite Ermittlung gegen den Import von gepanschten Spirituosen nach Israel stattgefunden. Es handle sich dabei um eine gigantische Industrie, an der allem Anschein nach mehr als nur eines der Familiensyndikate verdiene. Sollte sich nun herausstellen, dass dies der Hintergrund sei, könnte die Ergreifung desjenigen, der die Bombenattrappe deponiert hatte, die Ermittler zu den Drahtziehern dieses einträglichen Gewerbes führen. »Möglich, dass es wirklich darum geht«, sagte sie. »Aber soweit ich weiß, verhökern sie die gepanschten Spirituosen vor allem in Kiosken, Clubs und Diskotheken, und deren Besitzer machen mit, weil die Preise um ein Vielfaches niedriger sind als die der Originalprodukte. Mir fällt schwer zu glauben, dass irgendjemand jetzt versucht, das Zeug auch in Läden zu platzieren, und noch dazu mit Gewalt. Fordere als Erstes einen Ermittler aus dem Wirtschaftsministerium an, der den Laden durchleuchten soll. Fang dort an.«

Er wartete bis zum letzten Moment, denn noch hatte Ilana den Bericht mit keinem Wort erwähnt, doch bevor sie das Gespräch beendeten, sagte sie: »Avi, es gibt etwas, das ich dir unter vier Augen erzählen muss, denn ich möchte nicht, dass du es zufällig von jemand anderem erfährst. Sagst du mir Bescheid, wenn du Zeit hast, damit wir uns außerhalb der Arbeit einmal treffen?«

Marianka klang weit entfernt, als es ihm am Abend endlich gelang, mit ihr zu sprechen.

Er sagte, er habe in den vergangenen Tagen mehrfach versucht, sie zu erreichen, und dass sie sich nicht gemeldet hätte. Trotzdem erzählte er ihr von seinen ersten Tagen im Dienst und auch von Sabans Rede und war überrascht von ihrer Reaktion. »Warum hört sich das so idiotisch für dich an?«, fragte er.

»Weil das nicht die Rede eines Polizisten, sondern die eines Politikers ist«, entgegnete sie. »Einfach leeres Gefasel, findest du nicht? Echte Polizisten wissen, es gibt keine Bereiche, die frei von Gewalt sind. Überall, wo es Menschen gibt, gibt es auch potenzielle Gewalt. Wir sind doch alle kaputt.« In ihrer Stimme schwang eine Wut mit, die Avraham nicht verstand.

Als er sie fragte, wie es ihr gehe und was ihre Reisevorbereitungen machten, drückte sie sich um eine Antwort. Stattdessen wollte sie wissen, wie er sich bei der Arbeit fühle, und er sagte, hervorragend. Seit seiner Rückkehr war er sensibler für Dinge, die ausgesprochen wurden oder ungesagt blieben, für das, was scheinbar offensichtlich war, und das, was nur zwischen den Zeilen anklang. Nichts entging ihm. Weder die Lügen Chava Cohens noch die Furcht in der Stimme der Kindergartenhelferin, ehe sie sich bereiterklärt hatte, am nächsten Morgen in sein Büro zu kommen, um eine Zeugenaussage zu machen, obschon das Neujahrsfest so gut wie vor der Tür stand. Erst spät am Nachmittag hatte er sie doch noch am Telefon erreicht.

»Wie geht es deinen Eltern?«, fragte Marianka, und er sagte, er würde sie am nächsten Tag sehen.

»Weißt du, dass mit dem morgigen Abend bei uns das neue Jahr beginnt?«

Sie wusste es nicht, und er erzählte ihr, dass das der Tag war, den er am meisten liebte. »Ich kann es dir nicht genau erklären«, meinte er. »Vielleicht müsstest du hier sein, um es zu verstehen.« Ein Satz meldete sich flüsternd in ihm, aber wegen der Entfernung zwischen ihnen sprach er ihn nicht laut aus: Wenn die Sonne an diesem Abend untergeht, ist es, als wüsste sie, dass sie zum letzten Mal untergeht. Bevor sie sich verabschiedeten, fragte er: »Vermisst du mich?«

Und sie sagte: »Ja.«

Am nächsten Tag, morgens um halb neun, erschien Natalie Pinchassov in seinem Büro und hatte ihm wenig später bereits von dem Warnanruf erzählt. Sie war zweiundzwanzig, blass und hübsch. Ihr kastanienbraunes Haar war von rotgefärbten Strähnen durchzogen. Avraham dankte ihr, dass sie eingewilligt hatte, so kurz vor Beginn der Feiertage noch eine Zeugenaussage zu machen. Die meiste Zeit waren ihre Augen gesenkt und ihre Stimme leise, und sie schaute sich um, als suchte sie nach einer weiteren Person, die sich verborgen im Zimmer aufhielt. Er fragte, wie lange sie schon in dem Kindergarten arbeite, und sie antwortete, seit Beginn des Schuljahres, noch keine drei Wochen also. Er bemerkte, dass sie im Nacken, unter dem kastanienbraunen Haar, eine lange Narbe hatte.

»Wie sind Sie an die Stelle in dem Kindergarten gekommen?«

»Eine ehemalige Chefin von mir hat mich empfohlen. Im letzten Jahr war ich nicht festangestellt, ich habe als Springerin in mehreren Kindergärten gearbeitet. Eine Woche hier, eine dort. Zurzeit gibt es nicht viel Arbeit in Kindergärten. Vor Beginn des Schuljahres hat mich eine Leiterin angerufen, bei der ich gearbeitet habe, und hat gesagt, Chava würde dringend eine Kindergartenhelferin suchen.«

»Warum dringend?«

»Weil die Kindergartenhelferin, die bei ihr gearbeitet hat, kurz vor Schuljahresbeginn gekündigt hatte.«

Er sprach mit sanfter Stimme zu ihr. Bot Kaffee oder Tee an. Fragte, wo sie wohne. Sie fuhr mit dem Bus zur Arbeit, musste einmal umsteigen und verließ das Haus so gegen halb sieben. Der Kindergarten öffnete um Viertel vor acht, aber sie sollte eine Viertelstunde eher da sein und Chava Cohen helfen, die Einrichtung vorzubereiten und die Kinder in Empfang zu nehmen.

Danach wollte er wissen, ob sie Zeugin außergewöhnlicher Vorkommnisse im Kindergarten geworden sei, und sie fragte vorsichtig: »In welcher Hinsicht außergewöhnlich?«

»Was Ihnen so einfällt. Irgendetwas, das Ihnen ungewöhnlich vorkam und das Sie vielleicht mit der Bombenattrappe in Verbindung bringen.«

Sie sah sich erneut im Zimmer um, und er erklärte: »Ich

verspreche Ihnen, dass alles, was Sie sagen, unter uns bleibt. Nicht ein Wort von Ihnen verlässt diesen Raum.«

Sie berührte die Narbe an ihrem Nacken. »Es gab zwei Eltern … die Streit mit Chava hatten. Aber ich denke nicht, dass das mit der Sprengstoffattrappe zu tun haben kann.«

»Egal. Ich möchte, dass Sie mir alles erzählen, was Ihnen einfällt. Also Eltern, die was …?«

»Die mit ihr gestritten haben.«

Chava Cohen hatte gesagt, sie habe mit niemandem Streit.

Den Worten der Kindergartenhelferin zufolge hatte eine Mutter, Orna Chemo, vollkommen zu Recht den Verdacht gehegt, ihr Sohn verbringe die meiste Zeit des Tages getrennt von den anderen Kindern, und zwar auf einem Stuhl in der Zimmerecke sitzend, ohne die Erlaubnis, sich zu rühren, weil er häufig weinte. Ein paar Tage nach Beginn des Kindergartenjahres habe die Mutter der Einrichtung einen Überraschungsbesuch abgestattet, in dessen Verlauf es zwischen ihr und Chava Cohen beinahe zu Handgreiflichkeiten gekommen wäre. Danach habe sie ihren Sohn aus dem Kindergarten genommen. Und vor wenigen Tagen erst sei einer der Väter, ein älterer Mann namens Chaim Sara, erschienen und gegenüber der Betreiberin fast gewalttätig geworden, weil er den Verdacht hegte, die anderen Kinder würden seinen Sohn schlagen, und weil Chava Cohen seine Beschwerde grob zurückgewiesen hatte. Saras Sohn komme nach wie vor in den Kindergarten, aber jetzt werde er nur noch von seinem Vater und nicht mehr von seiner Mutter gebracht, vielleicht, um die Betreiberin einzuschüchtern.

»Denken Sie, einer von ihnen könnte etwas mit der Bombenattrappe zu tun haben?«, fragte Avraham.

»Ich glaube nicht. Ich weiß es nicht. Vielleicht war …« Dann verstummte sie.

Es gab also noch etwas, das sie ihm bislang nicht gesagt hatte.

»Natalie, ich möchte Ihnen erklären, warum Sie verpflichtet sind, mir alles zu erzählen. Unsere Befürchtung ist, dass der Koffer nur eine Warnung war und derjenige, der ihn dort deponiert hat, noch folgenschwerere Taten begehen könnte, die die Kinder im Kindergarten in akute Gefahr bringen könnten. Ich verstehe, dass Sie Angst haben, Ihren Arbeitsplatz zu verlieren, aber ich verspreche Ihnen erneut, dass nichts, was Sie hier sagen werden, nach außen dringen wird.«

»Es gab einen Anruf«, erklärte sie leise. »Eine Frau hat angerufen, an dem Tag mit dem Koffer.«

Alarmiert bohrte er die Spitze des Stiftes, den er in der Hand hielt, in das aufgeschlagen vor ihm liegende Notizbuch.

»Und hat was gesagt?«

»Sie hat gesagt, dass das erst der Anfang war. Dass dieser Koffer nur der Anfang war und dass ich das Chava sagen soll.«

»Anfang von was? Versuchen Sie, sich an die genauen Worte zu erinnern.«

»Das ist alles, was sie gesagt hat. ›Dieser Koffer ist nur der Anfang. Sag Chava, der Hure, dass das der Anfang ist.‹ Und dann hat sie aufgelegt.«

»Wann genau war das?«

»Die Uhrzeit weiß ich nicht mehr genau. Es war mittags. Als die Kinder geschlafen haben.«

»Wann ungefähr?«

»Vielleicht nach eins.«

Er wusste, wie die Antwort auf seine nächste Frage lauten würde, dennoch fragte er, ob sie Chava Cohen von dem Anruf in Kenntnis gesetzt hatte. Und Natalie antwortete:

»Sicher, ich hab's ihr gleich erzählt. Sie hat gesagt, das sei sicher ein Irrtum. Dass das nichts mit ihr zu tun hat und jemand sich verwahlt hätte.«

»Und sie hat Sie gebeten, niemandem von dem Anruf zu erzählen?«

Natalie Pinchassov wurde noch eine Spur blasser, und er befürchtete schon, sie würde in Tränen ausbrechen. Aber sie antwortete tapfer: »Sie hatte Angst, das könnte die Eltern beunruhigen. Gestern Nachmittag hat sie mich zu Hause angerufen und noch einmal gebeten, nichts darüber zu sagen, weil das weitere Ermittlungen bedeuten und das ganze Durcheinander die Eltern verängstigen würde.«

Zu dem Zeitpunkt, als das Telefon im Kindergarten geklingelt hatte, hatte Usen vor ihm gesessen, im Verhörraum, und mit niemandem telefonieren können. Außerdem war es zweifelhaft, ob Usen seine Stimme so hätte verstellen können, dass er wie eine Frau klang, selbst wenn er Gelegenheit dazu gehabt hätte.

»Und Sie sind sich hundertprozentig sicher, dass es eine Frau war?«

»Ja. Es war die Stimme einer Frau.«

Dennoch zeigte er ihr das Foto von Usen, das sie lange prüfend betrachtete und dann meinte, sie habe den Mann noch nie gesehen.

Er begleitete sie vor die Tür des Reviers und bat die wachhabende Beamtin um Benny Sabans Telefonnummer. Dann zündete er sich auf den Stufen zum Eingang eine Zigarette an. Als er Sabans Stimme hörte, kam ihm in den Sinn, dass es das erste Mal war, dass er am Telefon mit seinem neuen Chef sprach und nicht wusste, wie er ihn anreden sollte. »Benny?«, sagte er.

»Ja, am Apparat. Wer ist da?«

»Inspektor Avraham. Ich entschuldige mich für die Störung am Feiertag, aber ich wollte Sie in der Sache mit dem Koffer auf dem Laufenden halten.«

»Welches Sofa? Wer ist denn da?«

Im Hintergrund waren schwere Hammerschläge zu hören, und Avraham meinte, jemanden Arabisch sprechen zu hören.

»Koffer. Der Koffer in der Lavon-Straße. Vor dem Kindergarten. Hier ist Inspektor Avraham, vom Revier.«

»Ah, ja, Avi. Wie geht's Ihnen? Ich freue mich, Sie zu hören. Ja, was ist mit dem Koffer? Die Verbindung ist wirklich miserabel.«

»Ich wollte Ihnen sagen, dass Sie recht hatten. Es war eine Warnung. Ich habe herausgefunden, dass am selben Tag noch eine Frau im Kindergarten angerufen und verkündet hat, das sei erst der Anfang.«

»Schön, schön. Freut mich zu hören. Und was machen Sie jetzt daraus?«

Er verstand die Frage nicht. »Das bedeutet, es kann sein, dass der Verdächtige, den wir festgenommen hatten, nicht der richtige Mann ist. Er war bei mir im Vernehmungsraum, als der Anruf mit der Warnung kam. Und wir suchen offenbar nach einer Frau und nicht nach einem Mann. Oder vielleicht nach einer Frau und einem Mann. Außerdem, diese Information habe ich nicht von der Kindergartenbetreiberin, die hat versucht, sie zu unterschlagen.«

Doch plötzlich war die Verbindung unterbrochen, und Saban rief nicht zurück.

Er hatte ihn noch fragen wollen, ob es Sinn machte, Chava Cohen zu einer sofortigen Vernehmung einzubestellen, oder ob er bis nach den Feiertagen damit warten sollte.

Auf dem Revier war es still, und die meisten Türen waren geschlossen. Er blieb bis zum Mittag, war unschlüssig, ob er aufbrechen sollte, und ging noch einmal die Aufzeichnungen in seinem Notizbuch durch. Abgesehen von der Information über den Telefonanruf standen dort zwei neue Namen: Orna Chemo und Chaim Sara, eine junge Mutter und ein älterer Mann. Neben dem Namen der Mutter war notiert: *beinahe Handgreiflichkeiten,* und neben dem von Chaim Sara: *ist fast gewalttätig geworden.* Auch diese beiden musste man zur Vernehmung bitten. Ganz unten auf der Seite stand in großen Buchstaben: *eine Frauenstimme.*

Er beschloss, nach den Feiertagen weiterzuarbeiten, auch weil der Kindergarten die nächsten drei Tagen geschlossen sein würde und den Kindern daher keine Gefahr drohte. Saban rief erst am Nachmittag zurück, als Avraham schon zu Hause war, und hieß seine Entscheidung gut.

Als er nach Hause fuhr, waren die Läden bereits geschlossen, und er kaufte einen Sechserpack Heineken und drei Schachteln Zigaretten am Kiosk.

Das war der letzte Tag des Jahres.

Das Jahr, in dem er Marianka getroffen hatte.

Ohne zu wissen, warum, stieg er am Nachmittag in seinen Wagen und fuhr zum Meer.

Der Strand war leer und der Sand unter seinen Zehen weich und warm. Er legte seine Kleider ab und stakste bis zur Brust ins Wasser. Lange betrachtete er den gleißenden Horizont. Danach tauchte er mit geschlossen Augen unter. Gegen Abend, als er durch die wenigen Straßen ging, die seine Wohnung von der seiner Eltern trennten, dachte er nicht mehr an den altmodischen Koffer mit dem blassgrünen Ledergriff und den Warnanruf, den Chava Cohen bekommen und verschwiegen hatte. Auch nicht an Amos Usen, der allem Anschein nach tatsächlich an jenem Morgen nur unterwegs gewesen war, um ein bisschen frische Luft zu schnappen.

»Ist dir nicht kalt in dem kurzärmeligen Hemd?«, fragte seine Mutter, als er in der Tür stand. »Hast du nicht mitgekriegt, dass der Sommer schon vorbei ist?«

Sein Vater küsste ihn auf die Wange und sagte: »Bei ihr fängt der Winter schon im Juli an. Einen Pullover sollte er anhaben, stimmt's? Eine dicke Jacke!«

Nicht einmal das regte ihn noch so auf wie in der Vergangenheit. Das Feiertagsmahl aßen sie schnell, ohne Gebet und Segenssprüche. Wie jedes Jahr servierte seine Mutter gehackte Leber auf Tomatenscheiben, eine klare Hühnerbrühe und schließlich den Braten, dessen faserige Struktur immer Ekel bei Avraham erweckte. Sie stießen auf das neue Jahr an und wünschten einander Gesundheit, denn mehr braucht es nicht, und danach schalteten sie den Fernseher ein und schauten sich einen Volksmusikabend an. Als sein Vater in seinem Sessel einschlief, begann seine Mutter, ihm Fragen über Marianka zu stellen, wann sie käme, ob alles in der Wohnung für ihre Ankunft vorbereitet sei und ob sie überhaupt schon beschlossen hätten zu heiraten. Er antwortete kurz angebunden, obwohl er an nichts anderes dachte, an die kommenden Wochen, den Tag, an dem Marianka landen würde, und wie sie vom Flughafen zusammen nach Hause fahren würden.

Er erinnerte sich an den Tag, an dem er zu ihr nach Brüssel geflogen war. Das Flugzeug war morgens um fünf gelandet, und Marianka hatte am Flughafen auf ihn gewartet.

Sie hatten sich erst vor einer Woche voneinander verabschiedet, aber jetzt gab es plötzlich eine Distanz des ungläubigen Staunens, ja, vielleicht auch der Bestürzung zwischen ihnen, weil all das wirklich passierte, weil er sich hatte beurlauben lassen, zeitlich unbegrenzt zunächst, und zu ihr gefahren war. Im Taxi auf dem Weg in die Stadt saßen sie eng nebeneinander, aber ihre Hände berührten sich nicht. Er sagte: »Du bist müde. Wann bist du aufgestanden?«

Marianka entgegnete, sie habe gar nicht geschlafen. Er suchte in ihrem Gesicht nach Anzeichen der Reue, aber sie lächelte ihn an und sagte: »Ich habe gewartet.«

Auf Zehenspitzen waren sie in ihre Wohnung geschlichen, um ihre Mitbewohnerin nicht zu wecken. Mariankas Zimmer war nicht klein, aber als sie die Koffer hineinrollten und zwischen Schrank und Bett standen, fragten sie sich beide, ob zwei Menschen dort tatsächlich auf unbestimmte Zeit miteinander auskommen konnten. Er bewegte sich so gut wie nicht und setzte sich erst auf ihr Bett, als sie ihn dazu aufforderte. Seine Knie streiften den Koffer, und er schüttelte den Kopf, als sie ihn fragte, ob er etwas frühstücken wolle. Als er sich auf die Seite legte, noch in Schuhen und Jacke, zog sie an seinem Arm. Sein Gesicht war dem ihren ganz nah, und er dachte, sie wollte, dass er sie küsste, aber sie sagte: »Ich brauche Zeit, um dich anzuschauen.«

Natürlich erzählte er seiner Mutter nichts von all dem, und um kurz nach zehn verabschiedete er sich von ihr und kehrte in seine Wohnung zurück.

4

Am Abend des Neujahrsfestes schliefen die Jungen bei seiner Mutter nach Mitternacht im Nu ein, erschöpft von etlichen Stunden Spielen mit ihren Cousins im Hof. Schalom wurde in seinen guten Kleidern im Wohnzimmer vom Schlaf übermannt, und Chaim trug ihn zu seiner Matratze und zog ihn dort aus, während Eser noch selbst aus Hemd und Hose schlüpfte, die Augen aber bereits eine Minute, nachdem er auf dem Sofa lag, das mit einem Laken bezogen worden war, fest geschlossen hatte. Beide hatten sie viel herumgetobt, hatten sich gefreut, mit den Cousins zusammen zu sein. Eser wirkte zwar noch immer distanziert und vorsichtig, hatte aber auch gelacht und sich an den Spielen beteiligt. Und er hatte den früheren Vater oder den Koffer mit keinem Wort mehr erwähnt, seit Chaim ihm verboten hatte, davon zu sprechen.

Er betrachtete ihre ruhigen, gleichmäßigen Atemzüge, bevor er den Raum verließ. Ihr Haar war verschwitzt, und ihre Gesichter waren gerötet. Sie schliefen in dem kleinen Zimmer, das als Kind ihm gehört hatte, mit dem rechteckigen Fenster, das auf den Hof hinausging, und der noch immer selben weißen Gardine davor. Er selbst hatte ein Bett im Nebenraum gemacht bekommen, der früher das Zimmer seiner jüngeren Geschwister, seines Bruders und seiner Schwester, gewesen war.

Hatte er da bereits einen Plan?

Offenbar nicht. Im einen Augenblick dachte er, er müsste flüchten, müsste mit den Kindern umgehend verschwinden. Und im nächsten war er der Meinung, er müsste Ruhe bewahren und abwarten, da kein Grund bestand zu fliehen. Er musste warten, bis der Koffer in Vergessenheit geraten war, und so lange durchhalten.

Und er wusste, wie man das machte. Seit vielen Jahren lebte er auf diese Weise. Das war zu jenem Zeitpunkt sein einziger Plan: Andere Dinge würden passieren und die Sache in Vergessenheit geraten lassen. Er hatte keinen Zweifel, dass der Vorfall vergessen werden würde. Als er Nachrichten hörte, erwartete er, es kämen Meldungen über weitere Gewalttaten in der Gegend. Vor den Feiertagen hatten sie im Radio von dem Versuch berichtet, eine Unterweltgröße in der Schenker-Straße über den Haufen zu schießen.

Am Abend des Neujahrsfestes selbst wusste er nicht mit Bestimmtheit, ob die Polizei noch immer wegen des Koffers vor dem Kindergarten ermittelte, denn erst nach den Feiertagen würde er zur Vernehmung einbestellt werden. Und bis zu der Vorladung hatte er nicht gedacht, dass sie auf ihn kommen würden, auch wegen des Mannes, der versucht hatte zu flüchten und vor seinen Augen festgenommen worden war. Und selbst wenn sie ihn wieder hatten laufenlassen, wie lange konnte die Polizei denn ermitteln, wer eine Sprengstoffattrappe in einem Koffer vor einem Kindergarten deponiert hatte, ohne dass irgendjemand zu Schaden gekommen war?

Er versuchte, nicht an sein Pech zu denken, denn das schwächte ihn. Außerdem war das auch seine Hoffnung, was die Kinder anbetraf: Sie sollten Zeit haben. Auch wenn er keinen Plan hatte, so hatte er doch ein Ziel: sie zu schützen. Sorge zu tragen, dass sie nichts erführen, dass sie keinen Schaden davontrügen. Ihnen, so gut er konnte, Schmerz zu ersparen und weiter daran zu arbeiten, dass er sich in ihrer Erinnerung einprägte. Und er wollte Eser wieder näherkommen, der sich wegen Jenny von ihm entfernt hatte.

Mit der Zeit würde alles in Vergessenheit geraten. Das hatte ihn das Leben gelehrt: Ereignisse wurden vergessen, obschon er selbst sie erinnerte.

Er verließ das Zimmer der Jungen und bat seine Mutter, sie solle sich ausruhen. Dann räumte er das Wohnzimmer auf, klappte die kleinen Tische zusammen, mit denen der Esstisch verlängert worden war, und stapelte die Plastikstühle im Hof. Adina besorgte in der Küche den Abwasch. Seine Schwester hatte während des Essens nur einmal nach Jenny gefragt, und seine Mutter hatte sie in ihrer Sprache gebeten, nicht vor den Kindern darüber zu reden. Da er der Erstgeborene war, hatte er die Segenssprüche verlesen müssen.

Als Adina gegangen war, machte er seiner Mutter ein Glas Tee. Es war ihre erste Gelegenheit, miteinander zu reden, und seine Mutter sagte: »Sie sehen gut aus.«

»Sie gewöhnen sich daran«, entgegnete er. Eser hatte mehr gelächelt als zuvor und sich sogar den Cousins angeschlossen, als sie die Lieder zum Fest gesungen hatten.

Sie fragte, ob er nicht auch etwas Warmes trinken wolle, und er stand auf, um sich ebenfalls ein Glas Tee zu machen.

»Du wirst sehen, es wird ihnen besser gehen. Sie hat sich nicht wie eine Mutter um sie gekümmert. Nimm Süßstoff. Keinen Zucker.«

Er wartete, dass das Wasser im Kessel erneut aufkochte.

»Und im Kindergarten, bist du dir sicher, dass alles in Ordnung ist?«, fragte sie.

»Ja.«

»Gut, dass du der Kindergärtnerin Bescheid gegeben hast. Die wird dir nicht mehr frech kommen. Und wie ist Eser in der Schule?«

»Er lernt gut«, antwortete er. Noch immer hatte er ihr nichts von dem Koffer mit der Bombenattrappe erzählt, weil er wusste, sie würde sich bloß unnötig Sorgen machen und seine Anspannung noch steigern.

»Fragen sie viel nach ihr?«

»Nein. Nur manchmal.«

»Kinder verstehen nicht viel.« Sie seufzte. Dann fragte sie: »Und was ist mit Geld?«

»Wir kommen schon klar«, sagte er nur.

Feiertage waren immer schwierig. Die Angestellten der Innenbehörde und die Belegschaft des Finanzamts in Cholon, seine Hauptkundschaft, machten Urlaub, und selbst wenn in den Büros an den halben Feiertagen regulär gearbeitet wurde, hatte ein Teil der Mitarbeiter dennoch frei. Außerdem brachten mehr Leute Essen von zu Hause mit, das vom Fest übrig geblieben war. In diesen Wochen verkaufte er pro Tag nur halb so viele Sandwiches wie sonst den Winter über.

Zwar hatte er durchaus Ideen, wie sich die Einkünfte aus dem Geschäft steigern ließen, hatte seine Mutter aber bislang noch nicht daran teilhaben lassen. So hatte er vor, erneut warme Gerichte anzubieten, ein Fleischgericht mit Reis und Salat, wie damals, als er mit dem Geschäft angefangen hatte, vor der Wirtschaftsflaute. Er hoffte, wenn er die Portion für fünfundzwanzig Schekel anböte, würde es trotz allem eine Nachfrage dafür geben. Möglich war es auch, Getränke in Flaschen und Dosen anzubieten, allerdings musste man die kalt verkaufen und zu einem Preis, der unter dem der Getränkeautomaten läge. Außerdem wollte er mit seinem Cousin, der ihm Zugang zu der Innenbehörde in Cholon verschafft hatte, klären, ob er nicht auch in Ämtern in anderen Städten etwas an den Mann bringen könnte, vielleicht in Rishon LeZion oder in Ramat Gan. Eine andere Möglichkeit wäre, die freien Morgenstunden zu nutzen und Kurierdienste anzubieten, allerdings hatte er Sorge, schwer heben und stundenlang hinter dem Steuer sitzen zu müssen. Aber so oder so, er würde mehr arbeiten müssen, den Tag über und auch abends, zu Hause. Was ihm keine Angst machte. In den letzten Monaten hatte Jenny ohnehin nicht gearbeitet, und sie hatten nur von den Einnahmen aus seinem Geschäft gelebt.

Seine Mutter sagte: »Adina wird kommen und dir mit den Jungen helfen.«

»Nicht nötig«, erwiderte er. »Ich will mehr mit ihnen zusammen sein.«

»Aber hast du gesehen, wie gut sie mit ihnen klarkommt?«

Hatte er. Seine Mutter hatte Adina neben Schalom gesetzt, und den ganzen Abend über hatte sie auf ihn achtgegeben, hatte seinen Fisch von Gräten befreit, hatte ihm die Hände abgewischt, wenn sie fettig waren, all das, was Jenny nicht gemacht hatte. Als Schalom von einem seiner Cousins einen Schlag abbekommen und geweint hatte, war er zu ihr gelaufen. Sie war fünfundvierzig, geschieden und kinderlos und hatte vor zwei Jahren begonnen, bei seiner Mutter ein bisschen sauberzumachen. Sie wohnte ganz in der Nähe, und die beiden hatten sich angefreundet. Adina war zutiefst dankbar, dass seine Mutter sie zur Neujahrsfeier eingeladen hatte.

»Ein Jammer, dass Gott sie nicht mit Kindern gesegnet hat. Sie wäre eine gute Mutter«, sagte seine Mutter, und er stand auf und stellte sein Teeglas in die Spüle.

Als er im Bett lag, hörte er sie den Wasserhahn in der Küche auf- und zudrehen und danach im Bad die Toilettenspülung betätigen. Er überlegte, dass es vielleicht ein Fehler gewesen war, mit den Kindern über die Feiertage zu seiner Mutter zu kommen, auch wenn er nicht gewusst hätte, was er vier Tage lang allein mit ihnen machen sollte. Beide hatten sich gefreut, bei ihrer Großmutter zu übernachten, besonders Schalom, der Kleine. Er hatte gefragt, was passieren würde, wenn Mama wiederkäme und sie nicht in der Wohnung finden würde, doch Chaim hatte ihn beruhigt. Hatte gesagt, sie werde nicht an den Feiertagen wiederkommen. Aber erneut hatte er nicht genug mit ihnen gesprochen, obwohl er es sich vorgenommen hatte. Hatte seine Mutter an seiner Stelle mit ihnen reden lassen. Als ob ihn etwas an ihr schwächte, dabei war sie selbst schwach und versuchte nur zu helfen. Achtzig war sie inzwischen. Sein Vater war etliche Jahre älter gewesen als seine Mutter und im Alter von sechsundfünfzig Jahren gestorben.

Bevor er einschlief, schloss Chaim die Tür von innen ab, denn er befürchtete, ausgerechnet in diesem Haus nachts aufzuwachen und umherzulaufen, und er wusste, sollten die Jungen aufwachen und etwas brauchen, würde seine Mutter bei ihrem leichten Schlaf sie hören.

Am nächsten Morgen ging Chaim in die Synagoge, in die sein Vater immer gegangen war.

Er hatte gut geschlafen und fühlte sich frisch und ausgeruht. Sein Körper kam ihm jünger und tatkräftig vor.

Er hatte gedacht, er würde Mühe haben, in der Synagoge einen Sitzplatz zu finden, und hatte sich schon darauf eingestellt, das Gebet stehend zu verbringen, aber der kleine Gebetsraum war keineswegs voll. Die meisten Besucher waren Greise, vielleicht im Alter seiner Mutter. Wenige erkannten ihn wieder und grüßten mit einem Kopfnicken oder wünschten ihm ein gutes neues Jahr. Er saß neben dem Vater von Schlomo Achuan und versuchte, mit großer Inbrunst zu beten, verlor bei der Gebetsabfolge aber bald schon den Faden. Und er vermisste seine Söhne, die noch schliefen, als er das Haus verlassen hatte. Er wollte einen Ausflug mit ihnen machen, in die Obstpflanzung, in der er als Kind mit seinem Vater gespielt hatte. Als er am späten Vormittag zurückkam, sahen die beiden schweigend fern. Die Fensterläden waren geschlossen wegen der Sonne. Eser saß mit untergeschlagenen Beinen auf dem Teppich, und sein kleiner Bruder lag neben ihm. Ihre Großmutter saß auf dem Sofa hinter ihnen und hielt ein Tellerchen mit geschälten Mandeln und Nüssen in der Hand.

Vielleicht war es etwas in Esers Blick, das Chaim unvermittelt sagen ließ: »Wollt ihr Mama anrufen?«

Schalom sprang auf und umklammerte sein Bein. Eser sah ihn mit seinem abwesenden Blick an, doch er meinte darin Freude zu erkennen. Begann so der Plan Form anzunehmen? Sie gingen ins Schlafzimmer seiner Mutter, und er wählte die Nummer. Wartete. Saß auf dem Bett, und die beiden standen vor ihm, hingen mit dem Blick an ihm. Schließlich hörte er seine eigene Stimme ansagen: »Dies ist der Anschluss von Chaim und Jenny Sara. Im Moment sind wir nicht zu Hause. Sie können eine Nachricht hinterlassen.«

Er legte den Hörer auf und sagte: »Sie geht nicht ran.«

Schalom fragte: »Warum geht sie nicht ran?«

»Vielleicht schläft sie.«

»Vielleicht will sie nicht mit uns sprechen?«, meinte Schalom.

Und Chaim versprach: »Wir rufen gleich noch einmal an.«

Eser schwieg, und ausgerechnet in seinen großen Augen, in denen am Vortag ein Lächeln gelegen hatte, sah Chaim Tränen glitzern, weshalb er sagte: »Ich habe heute Morgen mit Mama gesprochen, bevor ihr aufgestanden seid. Gleich rufen wir sie noch einmal an.«

Seine Mutter kam ins Schlafzimmer und sagte auf Persisch zu ihm: »Wäre es nicht besser, wenn du ihnen sagst, dass sie nicht wiederkommt?«

Er antwortete nicht.

Nichts von all dem war geplant.

Und er war sich nicht sicher, ob es eine gute Idee war, obgleich sie sich anfangs so gefreut hatten. Sie verließen das Schlafzimmer, und Schalom sagte zu seinem Vater: »Stimmt doch, dass ich als Erster mit Mama reden darf, vor Eser?«

»Ihr beide werdet gleichzeitig mit ihr reden«, entgegnete Chaim.

Seine Mutter schlug Schalom vor, Blätter im Hof zu sammeln, aber er sagte: »Ich will bei Eser bleiben.«

Obwohl Chaim wusste, dass Jenny nicht antworten würde, nahm er die Jungen abermals mit ins Schlafzimmer, und sie stritten sich, wer näher bei ihm stehen durfte, als er wählte und wartete. Und anstatt Jennys Stimme seine eigene hörte. »Dies ist der Anschluss von Chaim und Jenny Sara … Sie können eine Nachricht hinterlassen.« Beim letzten Versuch ging nur Schalom mit ihm mit, während Eser vor dem Fernseher sitzen blieb.

Am Morgen des zweiten Feiertags, es war ein Freitag, nahm seine Mutter sie mit zu Adina. Sagte, Adina habe für die Jungen Teller mit Süßigkeiten und Apfelscheiben mit Honig vorbereitet und Unmengen von Spielsachen besorgt. Sie habe außerdem den Sohn ihrer Schwester eingeladen, der ein paar Jahre älter als Eser war, die Jungen würden zusammen Ball spielen. Und danach würden sie alle bei ihr mittagessen.

Schalom freute sich, dort hinzugehen, vor allem nachdem er von den Tellern mit Süßigkeiten gehört hatte, und Eser verließ das Haus mit ausdruckslosem Gesicht und ohne ein Wort zu sagen wie ein Schlafwandler. Nachdem es nicht gelungen war, mit Jenny zu telefonieren, war seine Mine wieder verschlossen. Chaim besserte die Wand im Badezimmer aus. Schälte die alte, blättrige und wegen der Feuchtigkeit von schwarzem Schimmel überzogene Farbschicht mit dem Spachtel ab und brachte eine neue Schicht Latexfarbe auf. Auf allen Sendern wurde Musik gespielt, es gab keine Wortbeiträge. Er dachte darüber nach, wie er Eser näherkommen konnte. Später nahm er das Radio mit nach draußen und goss den Betonweg fertig, der zum Haus führte. Die Hitze war schon wieder unerträglich, und er zog das Hemd aus. Sein Rücken schmerzte. Trotzdem arbeitete er zügig und versuchte, an nichts zu denken. Wenn möglich, würde er trotz allem gern hierbleiben. Weit weg von ihrer beengten Wohnung, von dem kleinen Zimmer der Jungen, in das abends die Lichter des Hauses gegenüber fielen. Fürchtete er sich hier weniger, weil die Stärke seines Vaters greifbarer für ihn war, als befände sich dieser noch im Haus? Er machte sich Reis mit Huhn warm und aß allein in der Küche. Und dann überkam ihn Mutlosigkeit. Ohne zu wissen, warum, ging er ins Schlafzimmer seiner Mutter, kniete sich aber nur auf ihr Bett und wählte nicht. Danach ließ er sich darauf fallen und schlief ein. Noch einmal in die Synagoge zu gehen, wie er es vorgehabt hatte, vermochte er nicht.

Am nächsten Tag kam sein jüngerer Bruder mit den Kindern und nahm die Jungen mit ins Schwimmbad.

Erst als sie nach Cholon zurückkehrten, am Samstagabend, redete Eser plötzlich.

Unterwegs machten sie halt in Jaffa, denn dort waren die Geschäfte geöffnet, und Chaim kaufte Gemüse, Eier und Käse. Er rief die Bäckerei an und hinterließ eine Nachricht auf dem Anrufbeantworter, dass er für den nächsten Tag nur die Hälfte der üblichen Menge an Brötchen benötigte. Schalom schlief im Auto ein, weil er mittags nicht geschlafen hatte, und Chaim trug ihn ins Bett hinauf und holte dann die Tüten mit den Einkäufen aus dem Wagen. Es war noch früh am Abend, und Eser sah fern. Aber als die Sendung beendet war, schaltete er von sich aus den Fernseher ab. Chaim kochte Eier und schnitt Gemüse in der Küche. Als er ins Wohnzimmer kam, sah er Eser am Fenster stehen und durch die Sonnenblenden spähen. Sein Körper wirkte klein und schmächtig in dem weißen T-Shirt, und seine Beine waren dünn und dunkel.

»Hast du alle Hausaufgaben gemacht?«, fragte Chaim.

Eser sagte: »Wollte Mama nicht mehr bei uns bleiben?«

Chaim hatte das Gefühl, als schlüge ihm jemand ins Gesicht. »Sie ist für eine Weile weggefahren und kommt wieder«, entgegnete er und spürte, dass er diesmal mehr würde sagen müssen.

Eser drehte sich um und schaute seinen Vater mit seinen fremden Augen an. »Warum ist sie weggefahren?«, fragte er.

»Weil sie ihr Zuhause vermisst hat. Ihr Land. Sie wollte schon lange fahren.«

Die Gestalt seines Vaters trat ihm vor Augen, und er fragte Eser: »Möchtest du vielleicht, dass wir sie noch einmal anrufen?«

Schalom hustete in seinem Bett. Und Eser sagte nein.

Die Eier hatten gekocht, und Chaim drehte in der Küche die Flamme herunter. Als er zurückkam, legte er Eser, wie er es von seinem Vater in Erinnerung hatte, die Hand auf die Schulter. Dann sagte er, es sei Zeit, schlafen zu gehen.

»Wenn Mama in einem anderen Land geboren ist, wie hast du sie dann getroffen?«

Verstand er da, dass er ihnen, um sie zu schützen, die Wahrheit erzählen musste? Dass das der einzige Weg war?

»Sie ist zum Arbeiten hergekommen, und dann habe ich sie getroffen.«

»Wie?«

»Bei der Arbeit. Sie hat irgendwo gearbeitet, und ich bin hingekommen und habe sie gesehen.«

»Und hast beschlossen, sie zu heiraten?«

»Ja.«

Und zwar ungefähr ein Jahr nachdem Jenny nach Israel gekommen war. Sie hatte noch nicht gut Hebräisch gesprochen. Hatte bei einem Nachbarn seiner Mutter gearbeitet, einem Witwer, der sich die Hüfte gebrochen hatte und später an einer Herzerkrankung starb. Sie waren sich nicht im Haus des Witwers begegnet, sondern bei Chaims Mutter. Jenny war zu einem Abendessen eingeladen gewesen und er ebenfalls. Die Familie des Witwers hatte vor, den alten Herrn in eine Einrichtung zu geben, weshalb Jenny ihre Arbeitsstelle verlieren würde. Ihre Aufenthaltsgenehmigung war schon nicht mehr gültig. Er erinnerte sich nicht daran, was sie angehabt hatte, da er auf solche Einzelheiten nicht achtete, wusste nur noch, dass alle während des Essens geschwiegen hatten und Jenny verlegen und unsicher gewesen war. Man hatte ihr nicht gesagt, dass er auch kommen würde, sie verstand aber, wozu das Essen organisiert worden war.

Ein paar Wochen danach waren sie abends in ein thailändisches Restaurant gegangen, und sie hatte ihm die Gerichte erklärt. Als sie verstand, dass er nicht allzu gesprächig sein würde, hatte sie das Reden übernommen. Schnell und mit den Händen. Hatte ihm erzählt, ihre Eltern seien beide gestorben, als sie noch ein Kind war, zunächst ihre Mutter an einer Krankheit und zwei Jahre später ihr Vater an gebrochenem Herzen. Dann von ihrer Schwester, die einen türkischen Händler geheiratet hatte und in Berlin wohnte. Auf den Philippinen hatte sie niemanden mehr. Die Arbeit in Israel, sagte sie, sei gut. Sie hatte eine Fröhlichkeit an sich, die ihm fremd war, aber gefiel. Sie konnte reden und reden und er schweigen. Über eine Hochzeit hatten sie damals noch nicht gesprochen, auch nicht über Kinder.

Eser schaute ihn an, und Chaim sah in seinem Blick, dass er weitererzählen sollte.

Das Licht im Wohnzimmer fiel aus der Küche herein und ein wenig auch von draußen durch die Fensterläden.

Chaim hätte sich die Gesichter seiner Söhne stundenlang anschauen können, aber nicht aus dem Grund, aus dem die meisten Eltern dies taten, so dachte er. Er betrachtete die schmalen Augen, die andersartigen Gesichtszüge und versuchte zu erkennen, worin sich diese von seinen eigenen unterschieden und worin sie ihm doch ähnlich sahen. Von Schalom wurde immer gesagt, er gliche ihm etwas mehr, aber von seinem Charakter kam er eher nach Jenny. Quirlig und eine Plaudertasche. Während hingegen Eser, der Chaim mit seinem ausdauernden Schweigen und seiner Verschlossenheit so sehr an sich selbst erinnerte, ihr wie aus dem Gesicht geschnitten war, ja manchmal buchstäblich wie sie aussah.

Die Fremdheit in ihren Gesichtern würde ihnen stets anhaften. Er hatte dies vor allem durch die Augen anderer Menschen begriffen.

»Und warum hast du dich entschieden, sie zu heiraten?«, fragte Eser jetzt.

»Vielleicht, weil sie so viel gelacht hat und mir das gefallen hat.«

»Und wann wurden wir geboren?«

»Du bist als Erster zur Welt gekommen. Nach einem Jahr ungefähr.«

Auch an die Geburt erinnerte er sich. An Jennys Schreie und an seine Sorge, seinem Sohn könne während der Geburt etwas zustoßen. Die Ärztin auf der Entbindungsstation hatte es abgelehnt, Jenny aufzunehmen, auch als diese sagte, sie habe bereits Wehen. Sie wurden gebeten, in ein paar Stunden wiederzukommen, und Chaim war sich sicher gewesen, dass dies nur wegen ihrer Fremdheit geschah. Er hatte aber nicht zu protestieren vermocht und Jenny, die sich vor Schmerzen krümmte, wieder mit nach Hause genommen.

Eser pellte die hartgekochten Eier, bröckelte sie in die Schüssel mit dem Tunfisch und rührte um. Chaim hackte eine Zwiebel klein und gab sie dazu. So soll es sein, dachte er, und so würde es mit der Zeit auch werden. Je mehr Tage ohne sie vergingen, desto selbstsicherer wurde er, trotz des Koffers. Und auch Eser war ganz ruhig. Als er sich die Zähne putzte, fragte er, wo denn die Philippinen seien, und Chaim antwortete, das sei weit weg, mehr als zehn Stunden mit dem Flugzeug entfernt. Im Bett lag der Junge dann nicht in der erstarrten Haltung, die Chaim so verschreckt hatte, sondern auf der Seite und schob sein Gesicht nah an das seines Vaters heran. Chaim fragte, ob er noch ein bisschen im Zimmer bleiben solle, und Eser sagte: »Weißt du, erst habe ich gedacht, Mama kommt nicht wieder.«

Chaim lächelte und erklärte: »Aber sie kommt bestimmt bald wieder.«

»Jetzt weiß ich das«, meinte Eser. »Aber ich habe in ihrem Schrank nachgeguckt, und da war nichts. Sie hat alles mitgenommen.«

Chaim unterdrückte das Zittern, das durch seinen Körper lief. Er erinnerte sich nicht, dass Eser das Schlafzimmer betreten hatte, schließlich war er die ganze Zeit über bei den Jungen in der Wohnung gewesen. »Wann hast du das gesehen?«, fragte er.

»Vor ein paar Tagen. Und ich hab in der Schublade auch die Kette gefunden, von der sie mal gesagt hat, dass sie sie überall mit hinnimmt.«

Chaim verstand nicht, von welcher Kette Eser sprach.

»Die mit den Glasperlen, die wir zusammen gemacht haben. Sie hat gesagt, sie würde sie überall mit hinnehmen, aber sie hat sie nicht mitgenommen.«

»Die hat sie sicher vergessen«, sagte Chaim und streichelte die Wange des Jungen.

Er wollte ihm einen Kuss geben und gehen, aber Eser fuhr fort: »Und ich hab auch gedacht, sie kommt nicht wieder, weil sie weggefahren ist, ohne mir und Schalom zu sagen, dass sie fährt.« Seine Stimme klang eintönig, beinahe gleichmütig.

»Bestimmt, weil sie gedacht hat, dass es so leichter für euch sein würde«, sagte Chaim.

Eser redete weiter: »Weißt du, dass mein früherer Papa mir gesagt hat, sie kommt nicht wieder? Er hat ihr geholfen, mit dem Koffer zu fliehen.«

Diesmal verlor Chaim nicht die Kontrolle.

Eser begriff, dass er etwas Verbotenes gesagt hatte, und sah erschrocken aus. Aber Chaim überraschte ihn und ermutigte ihn weiterzureden. »Hat er sie denn gesehen?«, fragte er.

Eser zögerte, ehe er antwortete: »Nachts. Er hat ihr geholfen zu fliehen, und mir hat er gesagt, sie kommt nicht zurück.«

»Aber jetzt weißt du, dass sie zurückkommt, oder?«

»Ja«, Eser nickte und lächelte ihm zu.

In dieser Nacht spannte Chaim zum ersten Mal einen Faden Nähgarn auch zwischen den Türpfosten des Kinderzimmers.

Das Gespräch mit Eser hatte ihn erschüttert, obgleich er sich zusammengerissen und nichts hatte anmerken lassen. Nach dem Gespräch ging er ins Schlafzimmer, öffnete die Schränke und schaute hinein. Danach kontrollierte er die Schubladen des Nachtschränkchens und fand keine Kette.

Das war merkwürdig.

Er durchwühlte alle Schubladen, erinnerte sich aber auch nicht, ob Jenny eine Kette aus Glasperlen um den Hals getragen hatte. Plötzlich kam ihm der Gedanke, Eser könnte wie er nachts aufgewacht sein. Könnte unbewusst im Dunkeln durch die Wohnung gewandert sein. Den Faden befestigte er über Kniehöhe mit Klebeband am Türrahmen, damit Schalom, wenn er aufwachte, nicht darüber stolperte. Danach versuchte er, mit seiner Arbeit fortzufahren, gab es jedoch bald auf. Er ging früh ins Bett, konnte aber nicht einschlafen. Seine Augen starrten in die Dunkelheit. All das war wie ein Vorzeichen, denn am nächsten Tag kam am frühen Mittag der Anruf von der Polizei.

5

Der Besprechungsraum im zweiten Stock war leer, als Avraham ein paar Minuten vor der vereinbarten Zeit eintrat.

Aus dem Samowar ließ er kochend heißes Wasser in einen Pappbecher laufen, machte sich einen schwarzen Kaffee und nahm seinen Stammplatz vor dem Fenster ein, von dem aus die auf dem Parkplatz abgestellten Streifenwagen zu sehen waren.

Er war gut vorbereitet auf diese erste Besprechung des Ermittlungsdezernats, an der er seit seiner Rückkehr in den Dienst teilnehmen würde. Über die Feiertage hatte er das Material, das in dem Fall zusammengetragen worden war, mehrfach gelesen und eingehend analysiert und war am Schabbat mit seinem Wagen in die Lavon-Straße gefahren, um zu überprüfen, ob er irgendetwas wahrnahm, das er zuvor übersehen hatte. Und es gab einige Maßnahmen zu ergreifen, die er rasch genehmigt haben wollte: Die Observierung von Amos Usen sollte eingestellt, die Polizeipräsenz im Bereich des Kindergartens erhöht und aufgrund der gebotenen Eile ein weiterer Beamter für die Ermittlung abgestellt werden. Im Grunde war die Beschattung von Usen schon vor den Feiertagen abgebrochen worden, da es an Beamten fehlte. Doch er galt ohnehin nicht mehr als verdächtig.

Eine erhöhte Polizeipräsenz am Tatort sollte aus Avrahams Sicht mehreren Zielen dienen. Zum einen sollten der- oder diejenigen, die den Koffer deponiert und den Drohanruf getätigt hatten, davon abgehalten werden, den nächsten Schritt zu tun. Zum anderen sollten regelmäßig patrouillierende Streifenwagen den Anwohnern ein erhöhtes Gefühl von Sicherheit geben. Und drittens ging es dabei um Chava Cohen, die Betreiberin des Kindergartens. Die ihn bei ihrer Vernehmung angelogen und ihm den Drohanruf verschwiegen hatte. Er wollte, dass sie jedes Mal, wenn sie die Einrichtung betrat oder verließ, einen Streifenwagen durch die Straße rollen oder vor dem Haus parken sah. Außerdem hatte er beschlossen, sie vorerst noch nicht zu einer weiteren Vernehmung einzubestellen.

Die Brisanz des Falles ergab sich zweifellos aus der Warnung, der Koffer sei »erst der Anfang« gewesen.

Im Besprechungsraum war gespannte Aufmerksamkeit zu spüren, während er redete, vielleicht, weil er schon länger an keiner Dezernatsbesprechung mehr teilgenommen hatte. Nur Benny Saban war unruhig. Das heftige Wimpernzucken hatte seine Augen, die er wie unbewusst mit der Hand beschirmte, von neuem befallen. Und er hörte nicht auf, mit dem Kugelschreiber in seiner Hand auf den Tisch zu trommeln. Zunächst beglückwünschte er Avraham zu seiner Rückkehr in den Dienst und informierte die Anwesenden darüber, dass der Rückkehrer bereits vor den Feiertagen begonnen habe, den Fall mit der Sprengstoffattrappe in der Lavon-Straße zu bearbeiten. Dann bat er Avraham, als Erster zu reden.

»Wie bereits gesagt, es geht um eine Sprengsatzattrappe, die Anfang letzter Woche in einem Koffer vor einem Kindergarten in der Lavon-Straße in Cholon deponiert wurde«, begann er. »Die Spurensuche am Tatort hat keine nennenswerten Erkenntnisse geliefert, aber die anwesenden Streifenbeamten nahmen, aufgrund der vagen Zeugenaussage einer Anwohnerin, einen Verdächtigen fest. Die Zeugin hatte angegeben, ihn beim Abstellen des Koffers gesehen zu haben. Der Mann wurde von mir verhört und wieder auf freien Fuß gesetzt, wird jedoch seither observiert. Da konkrete Beweisstücke fehlen, konzentriert sich die Ermittlung auf mögliche Motive für den Anschlag. In den ersten Tagen habe ich mehrere Richtungen untersucht: den Kindergarten, das Gebäude, in dessen Hof der Koffer deponiert wurde, und einen Spirituosenladen, der sich im Nebenhaus befindet.«

»Was ist das für ein Laden?«, fragte Eyal Schärfstein, und Avraham sah ihn erstaunt an. Auch Eyal nahm an der Dezernatsbesprechung teil, und Avraham begegnete ihm zum ersten Mal seit seiner Rückkehr. Er kam gerade aus dem Familienurlaub in der Toskana, braungebrannt und erholt, sein Bürstenhaarschnitt von der Sonne gebleicht. Als er den Besprechungsraum betreten und Avraham gesehen hatte, hatte er lächelnd »Willkommen zurück« zu ihm gesagt und sich mit größter Natürlichkeit auf dem freien Stuhl neben ihm niedergelassen.

»Unmittelbar vor den Feiertagen hat es bei der Ermittlung einen gewissen Durchbruch gegeben, und ich kann jetzt mit Bestimmtheit sagen, dass der Bombenkoffer mit dem Kindergarten in Verbindung steht. Die Betreiberin der Einrichtung hat zwar bestritten, Drohungen erhalten zu haben, aber bei der Vernehmung der Kindergartenhelferin, die bei ihr arbeitet, habe ich herausgefunden, dass diese den

Anruf einer Frau entgegengenommen hat, die drohte, der Koffer sei erst der Anfang.«

Saban hörte auf, mit dem Kugelschreiber auf die Tischplatte vor sich zu trommeln, und fragte: »Eine Frau?«

»Ja.«

»Sehr sonderbar.«

»Stimmt, sehr sonderbar. Außerdem sind mir zwei Auseinandersetzungen zwischen Eltern und der Betreiberin bekannt, bei denen Eltern ihr gedroht haben oder sie verbal angegriffen haben. Die Leute sind für heute zur Vernehmung geladen. Im Augenblick ist das die Hauptstoßrichtung, und morgen oder übermorgen, nach der Vernehmung dieser Eltern, wird die Betreiberin zu einem weiteren Verhör geladen werden.«

Schärfstein fragte: »Was wissen wir noch über den Inhalt der Drohung?«

»Nichts«, antwortete Avraham. »Das ist alles, was bei dem Drohanruf gesagt wurde. Der Koffer sei ›nur der Anfang‹. Daher glaube ich, dass verstärkt Streifenwagen in der Straße patrouillieren sollten. Das dürfte den oder die Täter abschrecken und zugleich die Eltern beruhigen. Und außerdem müssen meiner Ansicht nach weitere Beamte abgestellt werden, um die Ermittlung mit Hochdruck voranzutreiben.«

Schärfstein lächelte, und Avraham bemerkte, dass er am rechten Handgelenk eine neue Uhr mit vergoldetem Gehäuse und Lederarmband trug. »Hast du die Möglichkeit in Erwägung gezogen, dass es blinder Alarm sein könnte? Wir haben schließlich Erfahrung mit solchen Spinnern«, sagte er.

Doch als Avraham Anstalten machte, darauf zu antworten, kam ihm Saban zuvor. Er hatte Schärfsteins Frage nicht beachtet und schlug vor: »Vielleicht sollten wir den Kindergarten schließen? Dann muss ich mir keinen Kopf machen, dass dort ein echter Sprengsatz platziert werden könnte, während Kinder im Haus sind.«

Avraham hatte sich für die Möglichkeit gewappnet, dass ein solcher Vorschlag von Saban kommen könnte. »Ich denke nicht, dass das sinnvoll wäre. Es erhöht bei den Anwohnern auf keinen Fall das Gefühl persönlicher Sicherheit. Im Gegenteil, das bringt ihren gewohnten Lebensfluss durcheinander und steigert die Verunsicherung noch.«

Saban sah ihn anerkennend an. »Du hast recht.«

»Außerdem gilt mein eigentliches Interesse der Betreiberin. Ich habe das Gefühl, sie weiß, wer den Koffer dort abgestellt hat. Sie soll begreifen, dass wir ein Auge auf sie haben, und morgen oder übermorgen, wenn ich mehr weiß, werde ich sie zu einer weiteren Vernehmung vorladen.«

Erst über die Feiertage hatte er den Sachverhalt richtig begriffen: Chava Cohen hatte bei ihrer Vernehmung behauptet, es gäbe keine Verbindung zwischen dem Bombenkoffer und dem Kindergarten, doch nicht etwa, weil sie dies wirklich glaubte oder weil sie Sorge hatte, die Überprüfung eines solchen Zusammenhangs könnte die Eltern in Panik versetzen. Sie hatte ihm dies einzig und allein aus dem Grund gesagt, weil sie wusste, dass es eine Verbindung gab. Sie wusste ganz genau, wer den Koffer dort deponiert und wer den Drohanruf getätigt hatte. Und sie hatte gelogen. Er war sich noch nicht sicher, ob sie dies getan hatte, weil sie Angst vor demjenigen hatte, der sie bedrohte, oder weil sie etwas zu verbergen hatte.

Sabans Sekretärin kam herein, stellte eine Tasse mit heißem Wasser und mehrere Bagels vor ihm ab und flüsterte ihm etwas ins Ohr. »Gut, Avi. Ausgezeichnet«, sagte er. »Hervorragende Arbeit. Können wir weitermachen?«

Avraham hatte keine Gelegenheit gehabt, auf Schärfsteins Frage nach einem Fehlalarm zu antworten. Und seiner Bitte, einen weiteren Ermittler für den Fall zugeteilt zu bekommen, wurde wegen des herrschenden Personalnotstands vorerst nicht entsprochen.

Im weiteren Verlauf der Besprechung berichtete Inspektor Eres Aini, er stehe kurz davor, den Fall des bewaffneten Raubüberfalls auf die Filiale der Igud-Bank zum Abschluss zu bringen. Einer der beiden Verdächtigen streite noch alles ab, aber der andere habe im Verhör gestanden. »Das dauert noch ein, zwei Tage, nicht länger«, versicherte er.

Schärfstein bekam die Leitung der Ermittlungseinheit übertragen, die den versuchten Mordanschlag in der Schenker-Straße untersuchen sollte. Der dabei angeschossene Kriminelle war allen bekannt und weigerte sich, bei der Ermittlung zu kooperieren. Durch die Befragung von Augenzeugen war lediglich bekannt, dass der Täter einen grauen Motorroller, Modell Yamaha T-Max, mit abgedecktem Nummernschild fuhr und ein schwarzes T-Shirt getragen hatte, mit dem Aufdruck eines Hahns und dem Wort POLSKA.

»Was soll das sein, POLSKA?«, fragte Saban.

»Das haben wir überprüft«, sagte einer der Ermittler aus dem Team. »Das heißt Polen. Auf Polnisch.«

Saban zwinkerte erneut heftig. »Polen? Das Land? Wie viele Leute tragen denn so etwas? Findet einfach heraus, wo man solche T-Shirts kauft und wer eines gekauft hat.«

Mindestens zweimal im Verlauf der Besprechung wollte Saban Avrahams Meinung auch zu den anderen Fällen hören.

Chaim Sara betrat mittags um halb eins Avrahams Büro. Er war deutlich älter, als Avraham angenommen hatte, hager, gerade Haltung, von der Größe ein wenig über dem Durchschnitt, makellos rasiert, das Haar silbergrau. Seine Kleidung wirkte sehr altmodisch: braune Stoffhose, von einem braunen Ledergürtel gehalten, ein weißes Hemd, vom vielen Waschen und Tragen leicht gräulich, mit angestoßenem Kragen, und dazu auf Hochglanz polierte braune Schuhe. Er war siebenundfünfzig und Betreiber eines Cateringservices, wohnhaft in der Aharonowitsch-Straße in Cholon, etwa zweihundert Meter von dem Ort entfernt, an dem der Koffer deponiert worden war. Avraham meinte, ihn schon einmal gesehen zu haben, erinnerte sich aber nicht, wann und wo.

Er hatte ihn um Punkt zwölf angerufen, und zu seiner Überraschung hatte Sara erklärt, er könne in einer halben Stunde auf dem Revier sein. Und noch etwas irritierte Avraham, ohne dass er es hätte erklären können.

Sara gab auf seine Fragen kurze, sparsame Antworten. Viele brachen unvermittelt ab, als könnte er sich nicht entscheiden, wie er die Sätze beenden sollte. Seine Stimme war kaum zu hören, und er wirkte angespannt, was besonders an seinem Blick zu erkennen war. Aber er log nicht und verschwieg nichts. Nur ein einziges Mal fiel seine Antwort länger aus und geriet beinahe beredt.

Avraham sagte: »Sie wurden vorgeladen, eine Aussage bezüglich der Sprengstoffattrappe zu machen, die vor dem Kindergarten in der Lavon-Straße deponiert wurde. Sehe ich das richtig, dass Ihr Sohn in diesen Kindergarten geht?«

Sara antwortete: »Ja, Schalom geht dorthin.«

Obwohl er es gerne getan hätte, versagte er es sich zu fragen, wie Sara so spät noch Vater geworden war.

»Ich bin Inspektor Avraham und mit dieser Ermittlung betraut. Ich versuche, im Gespräch mit den Eltern der Kinder herauszufinden, ob ihnen irgendwelche ungewöhnlichen Vorkommnisse in Erinnerung sind, irgendetwas, das Besorgnis erregt oder Argwohn geweckt hat.« Vielleicht aufgrund seines Alters war Avraham überzeugt, dass Sara nicht in engem Kontakt zu den anderen Eltern stand und daher nicht wusste, dass er bislang als Einziger zur Vernehmung vorgeladen worden war. Und er hatte nicht vor, ihm mitzuteilen, was er bereits über den Zwischenfall mit Chava Cohen wusste. Er würde abwarten, ob Sara aus eigenem Antrieb davon berichtete.

Sara schüttelte den Kopf. Nein, er erinnere sich an keine ungewöhnlichen Vorkommnisse. Er saß kerzengerade auf seinem Stuhl, den Rücken fest gegen die Lehne gedrückt, als wäre er mit einem Seil daran gefesselt, und seine Hände lagen gespreizt auf den Oberschenkeln.

»Haben Sie von einem Streit zwischen einem der Bewohner des Hauses und der Betreiberin des Kindergartens gehört?«

Hatte er nicht.

»Können Sie mir bitte sagen, wer den Jungen zum Kindergarten bringt und ihn von dort abholt? Sie oder Ihre Frau?«

»Jetzt ich. Meine Frau ist verreist.«

Avraham schrieb *Frau verreist* auf ein Blatt Papier, das er vor sich liegen hatte, und nahm sich vor, ihn später genauer danach zu fragen. Schließlich suchte er nach einer Frauenstimme.

»Ausgezeichnet. Als Sie Ihren Sohn hingebracht oder abgeholt haben, in den Tagen, bevor oder nachdem der Koffer entdeckt wurde, haben Sie da eine verdächtige Person in der Nähe des Kindergartens wahrgenommen, irgendjemanden, der Ihre Aufmerksamkeit geweckt hat?«

Die Antwort lautete nein, nach einem langen Schweigen.

»Sind Sie sich sicher? Gar nichts Ungewöhnliches? Vielleicht jemand, der ein Kapuzenshirt trug?«

Chaim Saras Haut war glatt, ohne Falten. Seine Zähne

waren gelblich, aber Avraham nahm keinen Zigarettengeruch wahr. Obgleich er seine Fragen ruhig und beherrscht beantwortete, war der ältere Mann, der vor ihm saß, angespannt und ängstlich. Avraham war schon in Begriff, ihm die wichtige Frage zu stellen, entschied aber im letzten Moment, noch einige unverfänglichere Fragen vorwegzuschicken, um die Spannung abzubauen.

»Wohnen Sie schon lange in der Gegend?«

Es dauerte eine Weile, bis Sara antwortete, als wüsste er es zunächst nicht. »Vielleicht zwanzig Jahre.«

»Und davor?«

»Davor?«

Es war sonderbar: Ausgerechnet bei den Antworten auf die simpleren Fragen geriet er ins Stocken und tat sich schwer.

Bevor er nach Cholon gezogen war, hatte er in Nes Ziona gewohnt.

»Kommen Sie, erzählen Sie mir ein bisschen von dem Kindergarten und der Betreiberin. Was halten Sie von ihr?«

»Der Kindergarten hat erst vor ein paar Wochen begonnen, und ich kann noch nicht …«

Sara verstummte.

Avraham wartete. Bis er begriff, dass Sara nicht fortfahren würde. Also fragte er: »Wissen Sie, ob jemand von den Eltern eine Auseinandersetzung mit ihr hatte?«

»Nein.«

»Hatten Sie eine?«

Ausgerechnet diese Frage beantwortete Sara umgehend. Und das wortreich. »Ich hatte vor ein paar Tagen Streit mit ihr«, sagte er. Und erzählte, er und seine Frau hätten, offenbar irrtümlich, geglaubt, andere Kinder im Kindergarten hätten seinen Sohn geschlagen. Er habe blaue Flecken an seinem Körper gefunden, und einen Tag später sei sein Sohn mit einer offenen Wunde an der Stirn nach Hause gekommen, die er sich zugezogen hatte, als er über eine Schubkarre gefallen war. Am Morgen darauf habe er nicht in den Kindergarten gehen wollen. Habe gesagt, er habe Angst. Seine Frau habe mit der Kindergärtnerin gesprochen, und die habe alles abgestritten. Daraufhin sei er zum Kindergarten gegangen, um mit ihr zu reden, und sie habe gesagt, es sei nie etwas passiert, um dann, wie er meinte, in Gegenwart anderer Eltern anzudeuten, er selbst könne seine Kinder geschlagen haben. Da sei er ihr gegenüber ausfallend geworden, zu Handgreiflichkeiten sei es zwar nicht gekommen, dennoch wisse er, dass er einen Fehler gemacht habe.

Avraham versuchte sich das Gespräch zwischen dem älteren Mann, dessen Ausdrucksweise umständlich verhalten war, und Chava Cohen vorzustellen. Auch ihm gegenüber war sie laut geworden, und er hatte sich angegriffen gefühlt. Außerdem hatte sie fortwährend gelogen. In Bezug auf den Drohanruf und hinsichtlich der Auseinandersetzungen mit den Eltern. Sara dagegen log nicht.

Plötzlich, zum ersten Mal überhaupt in dieser Ermittlung, dachte Avraham an die Kinder.

Alle im Alter zwischen eins und drei.

Einigen von ihnen konnten vielleicht noch nicht einmal sprechen. Hatte sie ihnen etwas getan? Er wusste nicht, ob sie dazu fähig war, aber die Möglichkeit schien ihm durchaus vorhanden. Es gab einen Grund dafür, dass er während ihrer Vernehmung im Kindergarten an Hannah Sharabi hatte denken müssen. Dass er versucht hatte, gegen die Gestalt des schmächtigen Jungen anzukämpfen, der sich gegen seinen Willen in seine Gedanken stahl. Der junge Körper, der gegen die Wand geschlagen wird und dann reglos am Boden liegt.

Ofer Sharabi. Vielleicht auch wegen der Begegnung mit Schärfstein während der Dezernatsrunde dachte er erneut an den toten Jungen.

Er fragte Sara: »Wann war das?«

Und Sara fragte zurück: »War was?«

Es dauerte einen Augenblick, bis er wieder bei sich war. »Ihr Streit mit ihr.«

»Vielleicht vor ungefähr eineinhalb Wochen.«

»Das heißt, bevor der Bombenkoffer deponiert wurde«, konstatierte Avraham, aber Sara antwortete nicht. Also fragte er: »Kann es sein, dass es noch mehr Eltern gibt, die Auseinandersetzungen mit der Kindergärtnerin hatten?«

»Ich weiß nicht. Vielleicht sind nur meine Kinder ...« Erneut vollendete er nicht, was er hatte sagen wollen.

»Denken Sie, sie hat Ihren Sohn geschlagen?«

»Die Kindergärtnerin? Gott behüte. Das haben wir nie gedacht, wir haben gedacht, dass die Kinder ... Ich hätte Schalom nicht dort gelassen.« Wieder brach er ab.

Gab es während der Vernehmung einen Moment, in dem Avraham der Verdacht kam, Sara könnte derjenige sein, der den Koffer deponiert hatte? Wenn ja, so war dieser Moment vergangen. Jetzt empfand er vor allem eine wachsende Aversion gegenüber Chava Cohen. Es gab noch ein paar Fragen, die er stellen musste. Also fragte er.

»An dem Morgen, an dem die Bombenattrappe platziert wurde, wo waren Sie da?«

»Bei den Kindern.«

»Zu Hause?«

»Ja. Ich habe sie in den Kindergarten gebracht.«

»Aber bis acht Uhr morgens waren Sie die ganze Zeit mit ihnen zusammen?«

»Ja. Nein, genau genommen nicht. Ich besorge morgens ganz früh immer die Brötchen für das Geschäft.«

»Um wie viel Uhr?«

»So gegen fünf.«

Avraham schaute auf die Uhr in der Ecke des Bildschirms, dann in seine Aufzeichnungen, und ihm fiel ein, dass er noch nach der verreisten Frau fragen musste. Der Koffer war lange nach fünf abgestellt worden, aber wenn Sara die Kinder um fünf allein gelassen hatte, hätte er dies auch später erneut tun können. Er wohnte nur drei Minuten zu Fuß vom Kindergarten entfernt, nicht mehr. Avraham versuchte sich den Mann mittleren Alters, der vor ihm saß, in Jogginghose und Kapuzenshirt vorzustellen, und vermochte es nicht. Außerdem lag Saras Körpergröße ein wenig über dem Durchschnitt, während der Mann, der den Koffer abgestellt hatte, nach Beschreibung der Augenzeugin eher klein gewesen war. Er fragte: »Möchten Sie etwas trinken?« Chaim Sara vereinte. Für einen Moment war er unschlüssig, ob er darauf beharren und Sara nötigen sollte aufzustehen, um sich selbst einen Becher einzuschenken.

Er stellte sich vor, wie Sara schon bald den Kindergarten betreten würde, um seinen Sohn abzuholen. Fremd und langsam unter all den jungen Eltern. Würde er Chava Cohen sagen, dass man ihn bei der Polizei vernommen hatte? Höchstwahrscheinlich nicht, auch wenn das Avraham lieb gewesen wäre. Um punkt drei sollte ein Streifenwagen in der Straße vor dem Eingang des Kindergartens Stellung beziehen. Er bat Sara nicht, Stillschweigen über seinen Besuch auf dem Revier zu wahren.

»Lassen Sie uns fortfahren. Ihre Frau war an jenem Morgen nicht da?«, fragte er.

»Nein, sie war schon verreist. Ich war allein mit ihnen.«

»Ich würde mich freuen, auch mit ihr einmal zu reden. Wohin ist sie gefahren?«

»Sie ist vor ungefähr zwei Wochen auf die Philippinen geflogen. Sie hat Familie dort.«

»Ich verstehe. Wissen Sie noch das genaue Datum, an dem sie abgereist ist?«

»Vor zwei Wochen. Ich kann das Datum nachschauen.«

»Und warum ist sie geflogen?«

»Um ihren Vater zu besuchen. Er ist erkrankt.«

»Wann kommt sie zurück?«

»In ungefähr ein, zwei Wochen. Je nachdem, wie es ihm geht. Sie können sie dort anrufen, wenn es sein muss.«

Nachdem er sich von Sara verabschiedet hatte, machte sich Avraham noch eine weitere Notiz auf seinem Zettel: *Klären, ob die Anruferin einen Akzent hatte.*

Gleich nach dem Mittagessen, ohne sich eine Zigarette gegönnt zu haben, rief er Orna Chemo an, die Mutter, die ihren Sohn aus dem Kindergarten genommen hatte. Im Gegensatz zu Sara war sie äußerst gesprächig und schien nur auf eine Vorladung zur Vernehmung gewartet zu haben. Er musste überhaupt nichts fragen. Und wie Sara verschwieg sie ihm auch nichts.

Er erklärte ihr am Telefon, er brauche eine Zeugenaussage zu dem Bombenkoffer vor dem Kindergarten in der Lavon-Straße, und sie antwortete: »Sie wissen nicht, wie viel ich dazu zu sagen habe.« Kurzfristig auf dem Revier erscheinen konnte sie nicht, weil sie eine erst einen Monat alte Tochter zu Hause hatte – aber an sich halten konnte sie auch nicht. »Noch bevor ich bei Ihnen erscheine, möchte ich, dass Sie verstehen: Diese Kindergärtnerin ist eine Verbrecherin, und ich hätte sie umbringen können, wenn ich nur ein bisschen gewalttätiger wäre.«

Und dann erzählte sie, dass sie vom ersten Tag an das Gefühl gehabt habe, etwas sei nicht in Ordnung. Ihr Sohn sei erst ein Jahr und acht Monate alt und kleiner als die meisten anderen Kinder, und da er noch nicht sprechen könne, habe er auch nichts erzählen können. Eine Woche nach Beginn des Kindergartenjahres habe sie der Einrichtung einen Überraschungsbesuch abgestattet. Die Kinder seien draußen gewesen, hätten sich unbeaufsichtigt im Sand gesuhlt. Ihren Sohn habe sie, auch als sie hineingegangen sei, nicht gesehen, habe aber sein Weinen gehört. Als sie die Tür zur Toilette aufgemacht habe, habe sie ihn in der Ecke des muffigen Kämmerchens entdeckt. Er saß dort auf einem kleinen Stühlchen. Chava Cohen sei von draußen herbeigeeilt gekommen und habe sich an einer Erklärung versucht. Aber in dem Gespräch, das sehr schnell lautstark geworden sei, habe sie erfahren, dass ihr Sohn ganze Tage auf einem niedrigen Stühlchen in einer Ecke des Kindergartens oder eben auf der Toilette verbringe, ohne Erlaubnis, sich von der Stelle zu rühren, da er viel weine und, so die Kindergärtnerin, Schwierigkeiten habe, zu laufen wie die anderen Kinder. »Ich bin ihr gegenüber nicht handgreiflich geworden, aber glauben Sie mir, ich war nahe daran«, sagte Orna Chemo und fügte hinzu, ihrer Meinung nach passierten in dieser Einrichtung Dinge, für die sich die Polizei einmal interessieren müsse. Und sie habe keinen Zweifel, dass die Sprengstoffattrappe damit in Zusammenhang stehe.

Auf den Eingangsstufen zum Revier zündete er sich, nachdem er stundenlang nicht geraucht hatte, endlich eine Zigarette an.

Das Gespräch mit der Mutter bedrückte ihn. Der Gedanke an ihren Sohn, der eingeschlossen in dem Toilettenverschlag saß, ohne die Möglichkeit herauszukommen. Auch an den Sohn von Sara dachte er. An die blauen Flecken und die offene Wunde an der Stirn. Von Minute zu

Minute entwickelte sich sein Verdacht gegen Chava Cohen zu Abscheu, bis er sich in Erinnerung rufen musste, dass nicht sie es war, die er festnehmen sollte, sondern denjenigen, der den Koffer mit der Bombenattrappe deponiert hatte. Aber vielleicht würde er Saban um Erlaubnis bitten müssen, auch gegen die Kindergartenbetreiberin ermitteln zu dürfen.

Außerdem war da noch das Zusammentreffen am Morgen mit Schärfstein, der vollkommen unbefangen im Besprechungsraum neben ihm gesessen hatte. Als wäre bei der letzten Ermittlung nichts vorgefallen. Und sein Lächeln, als Avraham den Drohanruf erwähnt und darum gebeten hatte, die Ermittlung als eine mit höchster Dringlichkeitsstufe zu behandeln. Seit ihrer Begegnung spürte er eine Nervosität, die er zu verdrängen versuchte.

Er schaffte es nicht, sich zurückzuhalten. Hätte er mit Marianka gesprochen, hätte sie ihn sicher überzeugt, das nicht zu tun, aber Marianka war zu Besuch bei ihren Eltern, und sie hatten verabredet, erst am Abend zu telefonieren, wenn sie zurück war. Als Avraham die weibliche Stimme hörte, sagte er nur: »Ilana.«

»Hi, Avi, wie geht's dir? Wie waren die Feiertage?«

Er gab sich alle Mühe, beiläufig zu klingen, als er entgegnete: »Geruhsam. Hast du mal eine Minute? Ich wollte dich etwas fragen.«

Wenige Tage zuvor war er noch der Meinung gewesen, es gäbe niemanden bei der Polizei, dem er mehr vertraute. Sie war Ilana Liss, diejenige, die ihn zum Ermittlungsdezernat geholt hatte, die ihn bei seinen ersten Ermittlungen angeleitet und ihm fast alles beigebracht hatte, was er wusste. Wenn es auf der Welt einen Menschen gab, von dem er erwartet hätte, dass er nichts vor ihm verbergen würde, dann war sie das.

Er sagte, er habe zufällig von dem Bericht gehört, den sie zu der Ermittlung im Mordfall Ofer Sharabi geschrieben habe. Warum sie ihm nicht davon erzählt und ihm den Bericht nicht hatte zukommen lassen, fragte er nicht.

Sie schwieg einen Moment und sagte dann leise: »Ja, ich habe einen Bericht geschrieben. Du weißt, als der Fall bekannt wurde, hat er für reichlich Wirbel gesorgt, und es wurden Fragen gestellt.« In ihrer Stimme schwang keine Verlegenheit mit. Sie antwortete nicht gleich, als er fragte, ob er den Bericht lesen könne. Schließlich meinte sie: »Ich sollte das nicht tun, aber ich werde ihn dir schicken. Kein Problem. Aber ich möchte, dass du mit mir redest, wenn du ihn gelesen hast, Avi. Ich kenne dich, und ich will nicht, dass du mir verschwindest, ohne dass wir geredet hätten.«

Er kehrte umgehend in sein Zimmer zurück und öffnete sein E-Mail-Postfach.

Dann las er seine Aufzeichnungen von der Vernehmung Saras und die Zusammenfassung der Befragung von Natalie Pinchassov am Morgen des Jahreswechsels noch einmal. Sollte es eine Ermittlung wegen der Misshandlung von Kindern in der Einrichtung geben, würde sie diejenige sein, die als Erste zu vernehmen wäre, wobei er keinen Zweifel hatte, dass sie mit der Polizei zusammenarbeiten würde. Seine Augen blieben an einem Satz hängen, den sie über die vorherige Kindergartenhelferin gesagt hatte, die *ein paar Tage vor Schuljahresbeginn gekündigt hatte*. Vielleicht wusste die noch mehr über die Vorkommnisse in der Einrichtung? Sollten Kinder misshandelt worden sein, dann war anzunehmen, dass es nicht erst in diesem Jahr zu solchen Vorfällen gekommen war. Vielleicht war derjenige, der den Koffer deponiert hatte, Elternteil eines Kindes, das im Vorjahr im Kindergarten gequält worden war?

Es war halb fünf, als er Natalie Pinchassov anrief und sie

im Bus auf dem Weg nach Hause erwischte. Sie erschrak, als sie seine Stimme hörte. Und sie wusste nicht, wie die vorherige Kindergartenhelferin geheißen hatte. »Ich habe noch eine Frage«, fuhr er fort. »Bezüglich der Frau, die im Kindergarten angerufen hat an dem Tag, an dem der Koffer mit der Bombenattrappe deponiert wurde. Erinnern Sie sich, ob sie mit Akzent sprach?«

Natalie Pinchassov war sich nicht sicher. »Ich meine nicht, dass sie einen Akzent hatte. Russisch? Eher nicht. Aber vielleicht war wirklich etwas Komisches an der Aussprache.«

Er hatte zuvor nicht darüber nachgedacht, aber plötzlich fragte er: »Und haben Sie heute etwas Ungewöhnliches bemerkt?«

»Ich glaube nicht. Draußen stand ein Streifenwagen, aber ich habe nicht gesehen, dass etwas passiert wäre.«

»Aber wenn etwas Außergewöhnliches geschieht, möchte ich, dass Sie mich informieren, in Ordnung? Jede Kleinigkeit. Ich muss wissen, wenn Chava Cohen mit Ihnen über den Drohanruf spricht oder ob Eltern den Bombenkoffer erwähnen. Und informieren Sie mich, wenn eines der Kinder nicht mehr in die Einrichtung kommt oder Sie jemand Verdächtigen in der Gegend sehen, berichten Sie mir alles, was Ihnen ungewöhnlich vorkommt.«

Auch Orna Chemo wusste den Namen der vorherigen Kindergartenhelferin nicht, rief ihn aber mit der gewünschten Information wenig später zurück.

Anstatt nach Hause fuhr er am frühen Abend erneut zum Meer. An einem Kiosk an der Strandpromenade hielt er an und kaufte eine Flasche kaltes Corona. Er streifte die Schuhe ab, zog die Socken aus und setzte sich in den Sand am Bograschov-Strand. Nicht weit von ihm entfernt vollführte ein glatzköpfiger halbnackter Mann einen langsamen sonderbaren Tanz, obwohl von nirgendwo Musik zu hören war, und zwei ältere Frauen machten Yogaübungen. Jogger passierten ihn.

Bevor er sein Büro verlassen hatte, hatte er die Nummer gewählt, die er von Orna Chemo bekommen hatte, und ein junges Mädchen antwortete ihm. Er bat, mit Ilanit Chadad sprechen zu dürfen, und das Mädchen sagte, sie sei verreist. Er fragte, wann sie zurückkomme, aber das Mädchen wusste es nicht. Sie wusste auch nicht, wohin ihre Schwester gefahren war. »Wenn Sie dringend mit ihr sprechen müssen, können Sie mit meiner Mutter reden. Sie kommt heute Abend wieder«, riet sie. Und die E-Mail von Ilana Liss war auch noch nicht bei ihm eingetroffen.

Das Meer war dunkel und aufgewühlt, und winzige Lichtpunkte blinkten am Horizont von einem Frachtschiff auf.

Nur die Augen öffnen und genau hinschauen, dachte er. Am Ende verbinden sich alle Punkte.

Bei jeder Ermittlung gab es einen Moment, in dem es schien, als würde das Bild niemals klar werden. Zu viele Details, zu unterschiedliche Anhaltspunkte, die unvereinbar waren, genau wie die Menschen, die hier am Strand saßen. Alles versinkt in Dunkelheit oder Nebel. Aber nach einiger Zeit treten die Verbindung zutage, wird das Bild immer klarer. In der Finsternis leuchtet plötzlich ein neuer Punkt auf und erhellt auch die anderen. Mit einem Mal erscheinen die Einzelheiten in einem neuen Licht, bekommen Bedeutung, fügen sich zueinander. Was befremdlich gewirkt hat, erweist sich als naheliegend. Diesmal waren es ein kleiner Koffer mit einer Sprengstoffattrappe und ein Mann, der hinkend geflüchtet war. Ein Jogginganzug mit Kapuzenshirt und ein Drohanruf durch eine Frauenstimme. Eine Kindergartenbetreiberin, die den Anruf verschwiegen und vielleicht Kinder misshandelt hatte, vielleicht aber auch nicht, dazu Kleinkinder, von denen einige noch nicht einmal sprechen konnten. Außerdem gab es noch sonderbare Details, zwischen denen vielleicht gar keine Verbindung bestand: ein Verdächtiger, der, seit er sich wieder auf freiem Fuß befand, seine Wohnung nur verlassen hatte, um ins Krankenhaus zu fahren und sich um seine Mutter zu kümmern, und eine Ausländerin, die auf die Philippinen gereist war, um ihren Vater zu pflegen. Genau genommen gab es zwei Frauen, die verreist waren, die eine in ihre Heimat in Fernost und die andere mit unbekanntem Ziel.

Im Unterschied zu seinem letzten Fall kam dem Meer diesmal keine Bedeutung zu. Warum dann fuhr er fast jeden Tag wieder hierher? Der nackte Tänzer hatte aufgehört zu tanzen und sich den beiden Yogakünstlerinnen genähert, und Avraham beobachtete die drei von weitem.

Doch das Meer hatte sehr wohl eine Bedeutung, die er mit einem Mal begriff. Das Meer blieb wichtig, weil Ofer Sharabi noch immer irgendwo dort in der Tiefe lag. Versunken. Nicht zu sehen.

Willst du etwa Ofer aus dem Meer bergen?, fragte sich Avraham. Und lächelte.

Du bist dämlich. Vor vier Monaten hatte Ofers Vater den Leichnam, in einen Koffer gezwängt, auf hoher See von einem Frachter ins Mittelmeer geworfen. Und wie groß war die Chance jetzt noch, dass er gefunden würde?

In der Nacht erzählte er Marianka nicht, dass er Ilana gebeten hatte, ihren Bericht über die letzte Ermittlung lesen zu dürfen. Auch von Ofer und dem Meer erzählte er nichts. Stattdessen über seinen langen Tag und die erste Dezernatsrunde. Sie hatte erst spätabends angerufen und war auf dem Sprung, noch auszugehen, wollte aber alles hören. »Also hast du eine klarere Richtung?«, fragte sie dann.

»Ich weiß nicht. Vielleicht auch nicht.«

»Und der Vater, den du vernommen hast?«

»Ich glaube nicht, dass er eine Bombenattrappe deponieren könnte, aber vielleicht ja doch. Ich meine, er ist eigentlich zu groß und zu alt. Wie auch immer, nach der letzten Ermittlung habe ich nicht vor, irgendjemandem zu trauen. Und bislang ist er fast die einzige Spur, die ich habe.«

Sie schwieg, und er fügte hinzu: »Wenn du ihn sehen würdest, würdest du mich verstehen.« Genau genommen war der einzige Grund, warum er Sara, nachdem er ihn vernommen hatte, nicht aus seinem Notizbuch gestrichen hatte, dessen Frau. Sie war verreist und deshalb für eine Vernehmung nicht verfügbar. Und er suchte nach einer Frau.

Dann erzählte er Marianka, wie die Abneigung, die er der Kindergartenbetreiberin gegenüber empfand, mit jedem Augenblick wuchs, und sprach von seiner Absicht, eine Ermittlung gegen sie anzustrengen, sobald der Fall mit der Sprengstoffattrappe abgeschlossen wäre. Marianka warnte ihn, eine solche Aversion werde ihm bei seiner Ermittlung nicht hilfreich sein. Was sonderbar war, dieser Satz, auf Englisch und aus Mariankas Mund, hätte auch von Ilana stammen können, aber er sagte nichts dazu. Nichts konnte ihn davon überzeugen, dass Chava Cohen nicht wusste, wer die Attrappe deponiert und sie am Telefon bedroht hatte.

Als er fragte, ob sie bereits ein Flugticket gekauft habe, verneinte Marianka. Sie sei noch auf der Suche nach billigen Flügen. Am nächsten Tag würde, so ihre Planung, ihre letzte Woche im Dienst beginnen.

Er wollte über die Vorbereitungen für ihre Ankunft sprechen, aber Marianka unterbrach ihn und erklärte, sie müsse los, und er fragte nicht, wohin. Bevor sie auflegte, sagte er dennoch: »Marianka, ich habe das Gefühl, als würde ich dich nicht erreichen.«

»Wir hatten immer Schwierigkeiten, am Telefon zu reden, oder?«, meinte sie.

»Vielleicht. Verschweigst du mir etwas?«

Sie antwortete nicht, sondern sagte nur: »Avi, ich muss jetzt wirklich los, okay? Ich verspreche, ich rufe dich morgen an.«

6

Als er das Revier verließ, hatte Chaim bereits einen Plan, auch wenn dessen Konturen noch unscharf waren und sich erst in den nachfolgenden Stunden und Tagen klarer abzeichnen sollten.

Für einen Moment erinnerte er sich nicht, wo er den Wagen geparkt hatte. Sein Körper war ausgelaugt von der Anstrengung, seine Gedanken nicht preiszugeben, und seine Hände schwitzten. Beim Fahren fühlte er sich unsicher. Und wusste nicht, wohin. Es war zwei Uhr mittags. Die Kinder würde er erst in mehr als einer Stunde abholen müssen. Er hielt auf dem Parkplatz des Einkaufszentrums in der Nähe des Reviers, in einer Ecke im Schatten. Aß ein ganzes Baguettebrötchen und danach gleich noch eines. Ließ den Motor laufen und hörte Radio.

Hätte er da schon abschätzen können, dass sein Plan fehlerhaft war? Weil sein Plan nicht aus einer gründlichen Abwägung der Gefahren resultierte, die ihm drohten, und der Möglichkeiten, diesen zu begegnen, sondern das konfuse Ergebnis eines Angstausbruchs war, von Impulsen, die er teilweise verstand und teilweise nicht, von Bildern, die er seit dem Morgen gesehen hatte. Aber bei allem, was geschehen war, konnte er nicht mehr nur abwarten.

Der ermittelnde Beamte hegte einen Verdacht gegen ihn,

da hatte er keinen Zweifel. Außerdem war er sich sicher, dass Chava Cohen gegen ihn ausgesagt hatte. Hinzu kamen die nächtliche Unterhaltung mit Eser und die wirren Dinge, die der Junge gesagt hatte, von wegen er habe Jenny gesehen. Mit einem Mal meinte er, von überall beobachtet zu werden, ohne es bemerkt zu haben. Ein Wachmann in der Uniform einer Sicherheitsfirma und mit passender Kappe auf dem Kopf, der zwischen den parkenden Autos patrouillierte, sah ihn durch die Windschutzscheibe an, klopfte dann gegen das Seitenfenster und fragte: »Wartest du auf jemanden, Opa?«

Die erste Stufe des Plans war, sofort nach Hause zurückzukehren. Und seine Mutter anzurufen.

Er blieb, ehe er losfuhr, noch ein paar Minuten auf dem Parkplatz stehen, um nicht noch mehr Aufmerksamkeit zu erregen.

Seine Mutter lag, um ein wenig auszuruhen, im Schlafzimmer auf dem Bett neben dem Telefon und meldete sich sofort. Als sie seine Stimme hörte, fragte sie: »Ist alles in Ordnung?«

»Kann ich dir die Jungen vorbeibringen?«, fragte Chaim. Er wusste, die Frage würde sie erschrecken, aber er hatte ohnehin vor, ihr alles zu erzählen.

»Über Nacht?«

»Ja. Für eine Nacht oder zwei.«

»Was ist passiert?«

»Nicht am Telefon. Ich werde dir alles erzählen, wenn ich komme.«

»Ich werde aufstehen und ihnen etwas zu essen machen«, meinte sie.

Die kleinen T-Shirts und Unterhosen, die er auf die Leine gehängt hatte, waren trocken. Er legte sie zusammen und packte sie in die Tasche, die er auch über die Feiertage mit zu ihr genommen hatte. Eser war überrascht, als er ihn mit dem Wagen abholen kam, aber den Weg bis zu Schaloms Kindergarten legten sie so gut wie schweigend zurück. Schließlich fragte Chaim ihn: »Wie war's in der Schule?«

Und Eser antwortete: »Gut.« Sie hatten Sportunterricht gehabt, er trug Unterhemd und kurze Turnhosen, und seine Haut war salzig und erhitzt.

»Habt ihr etwas Interessantes gelernt?«

»Nein«, sagte Eser, und Chaim beließ es dabei.

Er nahm an, er würde es nicht umgehen können, auf Chava Cohen zu treffen, und dachte einen Moment daran, Eser zu bitten, an seiner Stelle in den Kindergarten zu gehen und Schalom zu holen. Aber er ließ es.

Sie saß im Hof, als er ankam, und verteilte Apfelschnitze an die Kinder, die noch da waren. Obwohl sie ihn gesehen hatte, ignorierte sie ihn wie immer. Einer der nächsten Schritte des Plans war, mit ihr zu reden, aber jetzt war nicht die Zeit dazu. Er war sich sicher, dass er wegen ihrer Aussage zur Vernehmung einbestellt worden war. Offenbar hatte sie ausgesagt, er habe den Koffer abgestellt, und deshalb hatte man ihn bei der Polizei verhört. Er ging an ihr vorüber, ohne ein Wort zu sagen oder sie anzusehen.

Im Kindergarten wechselte die russische Kindergartenhelferin gerade einem Kind die Windel, und Chaim meinte, klug zu handeln, indem er ihr mitteilte, dass Schalom in den nächsten Tagen nicht kommen werde, da sie verreisen würden. Als er Schalom im Kindersitz auf der Rückbank anschnallte, fragte Eser: »Wohin fahren wir?«

»Zu Oma. Ihr werdet dort übernachten und morgen nicht zur Schule und in den Kindergarten gehen. Ihr werdet mit Oma Spaß haben.«

Eser sah ihn erstaunt an, und Schalom fragte: »Und was,

wenn Mama nach Hause kommt?« Worauf er keine Antwort gab. Als Nächstes fragte Schalom: »Schläfst du nicht mit uns bei Oma?«

»Ich fahre wieder nach Hause, weil ich Arbeit habe«, erklärte Chaim. »Und auch, um auf Mama zu warten, falls sie wiederkommt.«

Im Haus seiner Mutter zog es die Jungen ins Wohnzimmer, wo sie sich auf dem Teppich vor dem Fernseher niederließen, den sie schon zuvor in voller Lautstärke auf dem Trickfilmkanal eingeschaltet hatte. Sie zog Chaim in die Küche, schloss die Tür hinter ihnen und fragte ihn in ihrer Sprache: »Was ist passiert?«

Chaim erwiderte: »Wir fahren weg.«

In ihrem weißen Nachthemd, in dem sie Mittagsschlaf gehalten hatte und das ihre mageren, von Blutergüssen übersäten Arme preisgab, wirkte sie älter als noch am Neujahrsfest. Die langen Tage mit den Kindern hatten sie erschöpft. Der Tee, den sie ihm machte, war wie immer sehr süß. Sie wartete, dass er weitersprechen würde. Er hatte noch niemandem die ganze Wahrheit erzählt, nur Teile davon, und zwar jedem jeweils einen anderen Teil – den Kindern, dem Ermittler bei der Polizei –, und sogar ihr erzählte er nur einen Teil, obgleich er keinen Menschen hatte, der ihm näher gestanden hätte. Er brauchte sie noch zwei, drei Tage, länger nicht. »Vor Schaloms Kindergarten hat jemand einen Koffer mit einer Bombenattrappe abgestellt, und die Polizei verdächtigt mich. Heute war ich dort zur Vernehmung.«

Sie sah ihn an, als glaubte sie ihm nicht. »Warum dich?«

»Wegen der Sache mit der Kindergärtnerin. Sie hat ihnen meinen Namen gegeben. Offenbar denkt sie, ich war das. Ich weiß nicht, was genau sie ihnen erzählt hat.«

»Wann hat man den Koffer da hingestellt?«

»Vor einer Woche.«

»Und jetzt haben sie dich vorgeladen?«

Nur sie verstand, wie grausam das war, und stellte die überflüssige Frage bloß, weil sie sonst nichts zu sagen hatte. Zwischen ihnen herrschte eine Nähe, wie es sie in der Regel zwischen Eltern und ihren erwachsenen Kindern nicht gab, vielleicht war das so, weil er erst sehr spät geheiratet und sich zuvor jahrelang mit ihr beraten hatte. Sie kannte ihn besser als irgendjemand sonst. Sein Pech. Die Türen, die sich vor ihm geschlossen hatten. »Sobald uns das Glück zu sehen bekommt, zieht es woandershin«, das hatte sie schon gesagt, als er noch ein Junge gewesen war. Nur körperlichen Kontakt hatte es keinen zwischen ihnen geben – seit seiner Kindheit nicht. Er antwortete nicht auf ihre Frage.

Sie fragte erneut: »Heute warst du dort? Am Morgen? Warum hast du nicht angerufen und Bescheid gesagt?«

»Ich hatte keine Zeit«, erwiderte er.

Der Polizeibeamte hatte ihn kurz vor zwölf angerufen, als er seine Runde in der Innenbehörde und im Finanzamt so gut wie beendet hatte. Während der zurückliegenden Tage hatte er an die Möglichkeit gedacht, man könnte ihn vorladen, auch wenn er nicht mit Bestimmtheit wusste, ob eine Ermittlung stattfand. Es waren noch einige Brötchen in seinem Karton, und er hatte vorgehabt, noch durch die Autowerkstätten und Handwerksbetriebe der Umgebung zu ziehen, aber dem Ermittler sagte er, er würde umgehend zu ihm ins Büro kommen. Hätte er versuchen sollen, die Vorladung hinauszuzögern? In jenem Augenblick hatte er gedacht, ein Aufschub würde Verdacht erwecken, ein sofortiges Erscheinen ihm dagegen helfen.

Der Polizeibeamte hatte am Telefon gesagt, er wolle eine Zeugenaussage im Zusammenhang mit der Bombenattrappe vor dem Kindergarten. Er musste einfach nur die Wahrheit sagen.

Auf dem Weg zum Revier hatte er sich immer wieder eingeredet, dass es nichts gab, wovor er Angst zu haben brauchte. Es war alles nur Pech. Er hatte überlegte, wenn es ihm gelänge, sich vorzustellen, die Vernehmung wäre eine Art Gespräch mit dem Moderator einer Radiosendung, würde er seine Antworten in die Länge ziehen können und ruhig und gelassen klingen.

Der Ermittler war höflich und zuvorkommend gewesen, aber wenige Minuten nach Beginn der Vernehmung hatte Chaim gewusst, dass er ihn verdächtigte, den Koffer dort abgestellt zu haben. Zunächst, vielleicht um ihn durcheinanderzubringen, hatte er ihm allgemeine Fragen zu Schaloms Kindergarten gestellt, ob es dort außergewöhnliche Vorkommnisse gegeben und ob Chaim in der Nähe des Kindergartens eine verdächtige Person gesehen habe, dann aber hatte er die Richtung der Vernehmung geändert und nach seiner Meinung über die Betreiberin der Einrichtung gefragt und ob ihm etwas von Konflikten zwischen ihr und einem der Eltern bekannt sei. Chaim hatte verneint. Aber etwas an der Art, wie der Ermittler seine Fragen stellte, hatte in ihm den Anschein erweckt, dass er über den Zwischenfall mit der Kindergärtnerin genau Bescheid wusste, und seine nächste Frage hatte dies bestätigt.

»Und was hast du ihm gesagt?«, wollte seine Mutter wissen.

»Ich habe erzählt, was los war. Er wusste es ohnehin schon.«

Nach der Vernehmung hatte er gemeint, sich klug verhalten zu haben, indem er den Vorfall nicht bestritten und lediglich versucht hatte, dessen Bedeutung herunterzuspielen. Er hatte dem Ermittler erzählt, dass er die Kindergärtnerin irrtümlich beschuldigt hatte. Der Polizeibeamte hatte versucht, ihm Worte in den Mund zu legen, hatte gefragt, ob er denke, dass die Kindergärtnerin Kinder misshandle, vielleicht Schalom geschlagen hätte, doch er hatte dies bestritten.

»Also werden sie dich jetzt hoffentlich in Ruhe lassen, oder?«

»Er hat mich danach gefragt, was ich an dem Tag gemacht habe, an dem der Koffer abgestellt wurde. Und er hat mir Fragen zu Jenny gestellt.«

Seine Mutter kam von ihrem Stuhl hoch und öffnete den Kühlschrank.

Das war der Moment in der Vernehmung gewesen, in dem Chaim begriffen hatte, dass er nicht mehr nur noch abwarten konnte.

Sie stellte vier Teller auf den Tisch und setzte einen Topf auf den Herd, aber er sagte, er werde nicht zum Essen bleiben.

»Und was hast du ihm über sie erzählt?«, fragte sie.

»Dass sie verreist ist.«

»Wäre es nicht besser, wenn du ihnen endlich sagen würdest, wie sie gestorben ist? Vielleicht verstehen sie es ja?«

Chaim schlug auf den leeren Teller, den sie vor ihn hingestellt hatte, und seine Mutter fuhr zusammen.

Auf dem Rückweg nach Cholon spürte er abermals diese Schwäche in den Armen und begriff, dass seine Mutter daran schuld war. Seine Hände lagen kraftlos auf dem Lenkrad, und manchmal verschwamm die Straße vor seinen Augen. Sie hatte kaum noch ein Wort gesagt, nachdem er sie angeherrscht hatte. Die wenigen Fragen, die sie noch gestellt hatte, waren ihr in einem Ton der Resignation herausgerutscht. Er hätte Kraft von ihr benötigt, aber sie hatte schon keine Kraft mehr zu geben. Sie fürchtete sich beinahe ebenso sehr wie er, vielleicht sogar noch mehr. Anstatt ihm etwas zu raten, hatte sie gefragt: »Also, was wirst du machen?«

»Wir werden ein paar Tage wegfahren«, hatte er geantwortet. »Bis sie den gefunden haben, der den Koffer dort hingestellt hat.«

»Das ist eine gute Idee. Und was ist mit den Jungen?«

»Die fahren mit mir. Ich brauche nur heute Abend und morgen, um alles zu organisieren.«

Danach hatte er ihr erzählt, er habe vor, die Kindergärtnerin anzurufen und sich zu entschuldigen, vielleicht würde das helfen und ihm die Polizei vom Hals schaffen.

Seine Mutter hatte genickt. »Sei nett zu ihr. Vielleicht triffst du dich am besten mit ihr?«

»Ich hatte gedacht anzurufen. Wenn sie sich mit mir treffen will, werde ich hingehen.«

Bevor er aufgebrochen war, hatte sie sich in ihr Schlafzimmer gemüht und einen braunen Umschlag aus der Unterwäscheschublade geholt. Hatte gefragt, wie viel er brauche, und zum ersten Mal seit langer Zeit hatte er sich nicht geweigert, das Geld anzunehmen. »So viel du kannst«, hatte er nur gesagt.

Zu Hause verstaute er das Geld in der Ledertasche, die er im Kleiderschrank versteckte, hinter den Handtüchern. Jetzt hatte er sechstausend Dollar in bar und mehr als zwanzigtausend Schekel.

Die nächsten Schritte des Plans waren das Packen und die Suche.

Er stieg hinauf in die Abstellkammer und fand den alten Koffer hinter dem Ventilator, wischte innen und außen den Staub ab und packte drei Hosen, drei Hemden, drei Unterhosen, zwei Unterhemden und einen Pullover hinein. Zu dem Zeitpunkt wusste er noch nicht, wohin sie fahren würden. Danach holte er Sachen aus dem Kinderzimmer, für Eser vor allem kurzärmelige T-Shirts, weil er nicht gerne lange Ärmel trug, und für Schalom auch ein, zwei warme Sweatshirts. Und ohne zu wissen, warum, legte er auch einige Kleidungsstücke von Jenny, die noch im Schrank waren, in den Koffer.

An dem Koffer hafteten ein paar vergilbte Aufkleber von einer früheren Reise, und als er sie ablöste, sah er, dass sie von dem Flug zur Trauung stammten.

Seitdem war er nicht mehr verreist, und insgesamt würde es jetzt erst das dritte Mal in seinem Leben sein, dass er flog. Jenny war später noch einmal auf die Philippinen geflogen, als seine Mutter und er ihr die Trennung angedroht hatten. Überhaupt war sie das Reisen sehr viel mehr gewohnt als er und hatte sich damals auf dem riesigen Flughafen bewegt, als wäre sie dort zu Hause. Der Sicherheitsbeamte hatte sie beide auf Englisch gefragt, was das Ziel ihrer gemeinsamen Reise sei, und sie hatte einfach gesagt: »Heiraten.« Nach der Passkontrolle war sie über das Laufband gehastet, um noch etwas im Duty-free-Shop einkaufen zu können. Hatte zwei Parfüms und einen Gürtel für sich erstanden, dazu ein Parfüm für seine Mutter und für sie beide, als Hochzeitsgeschenk, einen Fotoapparat, damit er sie auf Zypern würde fotografieren können. Er zog ihre Schublade im Kleiderschrank auf und fand den Umschlag mit den Fotos. Die Glasperlenkette, von der Eser gesagt hatte, er hätte sie gesehen, hatte er nirgendwo entdecken können. Er verstand nicht, warum es ihm so wichtig war, sie zu finden. Nach ihrem Gespräch in der Nacht zuvor hatte er die Kette im Badezimmer, in der Anrichte im Wohnzimmer und unter dem Bett gesucht. Jennys Pass war schon nicht mehr in der Schublade und auch ihr begrenzt gültiger Personalausweis nicht. Das war der Ort, an dem sie die Tabletten versteckt hatte, bevor er sie fand. Auch eine Ausgabe des Neuen Testaments lag dort versteckt und ein Plastikbeutel mit Briefen, die ihre Schwester ihr aus Berlin geschickt hatte, zwei alte Passfotos von ihrem Vater und ihrer Mutter und ein wackeliges, aus Bambusrohr geflochtenes Kreuz. Er holte die Hochzeitsfotos aus dem Umschlag, in dem er sonst nichts fand, und schaute sie sich an, vielleicht zum ersten Mal überhaupt.

Ein Bild vom Flughafen, kurz vor dem Abflug: Er sitzt auf einem Stuhl am Gate, neben sich die Tüten.

Der Flug war sehr kurz, aber vom ersten Moment an war ihm übel. Gut, sagte er zu ihr, dass sie nicht zum Heiraten auf die Philippinen geflogen waren, wie sie es zunächst gewollt hatte.

Vor dem kleinen Flughafen von Larnaka, auf dem er sich aus irgendeinem Grund wohler gefühlt hatte, stand ein Minibus, doch zu Chaims Enttäuschung stellte sich bald heraus, dass er nicht nur auf sie wartete. Der Fahrer hieß Agapitos und war ein schmächtiger und sehr umtriebiger junger Bursche. Auf einem der Bilder umarmte er Jenny und eine andere Frau aus der Gruppe. Agapitos war sehr gesprächig und redete vor allem mit den Frauen. Sein Hemd stand offen, und seine Brust war sonnengebräunt und glatt. Chaim nahm an, er wäre homosexuell, schämte sich aber, Jenny zu fragen, ob sie auch der Meinung wäre. Der Fahrer erklärte ihnen geduldig, man erwarte fünf Paare aus Israel. Und während der Fahrt instruierte er die Reisenden: Sie würden direkt zum Rathaus von Larnaka gebracht werden und dort, im Büro des Bürgermeisters, nacheinander getraut werden. Die Reihenfolge der Eheschließungen sei von vornherein festgelegt und nicht mehr zu ändern. Eine Russin, die hinter ihnen saß, bat ihren zukünftigen Gatten, zu fragen, ob denn noch Gelegenheit sei, zu duschen und sich umzuziehen, und Agapitos sagte: »Kleidung ja, Bad nein.«

Auf der Rückseite des Fotos hatte Jenny mit runden Buchstaben auf Englisch den Namen einer sehr viel jüngeren Philippinerin notiert, mit der sie sich im Bus unterhalten hatte: *Marissal*. Sie wollte nach der Hochzeit mit ihrem Mann nach Südamerika fahren.

Chaim legte in einer Abstellkammer des Rathauses Hemd und Hose ab und zog den Anzug an, den ihm seine Mutter gekauft hatte. Jenny war noch in Slip und BH, als sie ihm die Krawatte band, und für einen Moment sah er den Teil ihres Körpers, der ihm am besten gefiel: ein dunkler, dichter Haarstreifen, der über dem Bauchnabel begann und sich über den braunen rundlichen Bauch bis zum Bund der Unterhose zog.

Er musste lange warten, bis sie sich geschminkt hatte. Sie erklärte ihm, wie der Fotoapparat zu bedienen war, und er machte ein Bild von ihr in dem Brautkleid, das sie im Süden von Tel Aviv gekauft hatte. Das Foto geriet zu dunkel, und ihr Gesicht darauf war kaum zu erkennen. Marissal fotografierte sie beide dann zusammen vor dem Eingang zu den Amtsräumen des Bürgermeisters: er, obgleich er leicht gebeugt dastand, um etliches größer als Jenny. Der Anzug kleidete ihn, dennoch wirkte er deutlich älter als sie. Dabei trennten sie nur fünfzehn Jahre.

Der Bürgermeister fragte, ob sie einander etwas sagen wollten, nachdem sie die Dokumente unterschrieben hatten, und Chaim verneinte. Agapitos, der Fahrer, wartete in den Amtsräumen auf sie, wo er als Trauzeuge, Übersetzer und Fotograf fungierte. Er bat sie, sich vor einem großen Fenster, durch das Dünen, Palmen und das Meer zu sehen waren, einen Kuss zu geben.

Am Nachmittag saßen sie in einem verwaisten Hotel namens Flamingo Beach, wo ein Kellner ihnen als den einzigen Gästen eine Flasche Champagner und Makkaroni in Sahnesoße servierte. Sie waren ganz allein auf der Terrasse. Seine Mutter rief an, um sie zu beglückwünschen, und Jenny sagte, ihre Schwester würde sich noch aus Berlin melden, was aber nicht geschah. Abends zogen sie sich aus, wie sie es schon ein paarmal zuvor in seiner Wohnung getan hatten. Sie vor ihm, im Bad. Dann wartete sie nackt im Bett auf ihn. Er ging nach ihr ins Bad, putzte sich die Zähne, nahm etwas Viagra, kehrte ins abgedunkelte Zimmer zurück und schlüpfte mit Unterhose ins Bett. Beide wollten sie damals Kinder, oder zumindest nahm er das an. Wie üblich lagen sie zunächst lange schweigend nebeneinander auf dem Rücken, und Jenny streichelte langsam seinen weichen Bauch und seine glatten Schenkel, bis sich etwas regte.

Am nächsten Morgen waren sie nach Israel zurückgekehrt, und auf dem Flug war ihm erneut übel geworden.

Und jetzt würde er ihretwegen wieder in ein Flugzeug steigen müssen.

Chaim beendete seine Arbeit frühzeitig, noch vor halb zehn. Er ahnte nicht, dass es das letzte Mal sein würde. Die Schüsseln mit den frischen Salaten deckte er mit Alufolie ab, schaffte Platz im Kühlschrank für sie und räumte die Küche auf. Im Radio lief das Programm mit den Höreranrufen, und eine Frau aus Mewasseret Zion erzählte, ihr Mann sei gerade dabei, zum Glauben zurückzufinden, und halte sich wegen ihrer Unreinheit von ihr fern, und danach wurde ein Mann aus Aschdod zugeschaltet, der berichtete, seine Frau habe ihn mit dem vier Monate alten Säugling verlassen. Chaim lauschte der Geschichte mit Bestürzung.

Die Wohnung war dunkel und still, nachdem er das Radio ausgestellt hatte, und er schaltete in allen Zimmern das

Licht an. Die Stille aber störte ihn nicht. Viele Jahre schon war er abends nicht mehr allein gewesen. In dieser Nacht würde er keinen Faden zwischen den Türpfosten des Schlafzimmers spannen, er würde nur die Wohnungstür abschließen.

Die Suche hatte zwar nichts erbracht, aber das Packen war erledigt. Und das ununterbrochene Beschäftigtsein hatte den Druck verringert, den er seit den Mittagsstunden empfunden hatte. Im Koffer war noch Platz, und er legte noch ein paar Spielsachen und zwei Kinderbücher hinein. Danach erst rief er seine Mutter an.

Die Kinder waren bereits im Bett. »Sie haben gefragt, wann du kommst. Ich habe gesagt, morgen. Von der Reise habe ich ihnen nichts gesagt.«

»Musst du nicht, das mache mich«, entgegnete er. Sie fragte nicht, wohin er die Jungen mitnehmen wollte, und wenn sie es getan hätte, hätte er ihr nicht geantwortet, auch wenn er das Ziel offenbar schon wusste.

»Hast du erledigt, was du zu tun hattest?«, fragte seine Mutter stattdessen.

»Fast.«

»Und mit der Kindergärtnerin hast du geredet?«

»Noch nicht. Gleich.«

»Ruf jetzt an. Nachher wird es zu spät sein.«

Das Gespräch mit der Kindergärtnerin hatte er vor sich hergeschoben, weil er nicht wusste, was genau er ihr sagen sollte. Würde er zugeben müssen, dass man ihn bei der Polizei vernommen hatte und er deshalb anrief? Sie wusste bestimmt schon Bescheid. Als er Schalom am Nachmittag aus dem Kindergarten abgeholt hatte, hatte er einen Streifenwagen in der Straße gesehen. Und war es sinnvoll, ihr zu sagen, dass er mit den Jungen ein paar Tage wegfahren wolle? Das würde ihr erklären, warum Schalom am nächsten Morgen nicht in den Kindergarten kommen würde. Deshalb hatte er auch der russischen Kindergartenhelferin Bescheid gesagt. Aber wenn er recht hatte und die Leiterin diesen Inspektor auf ihn gehetzt hatte, dann würde sie womöglich auch die Polizei darüber informieren, dass er verreist war.

Der Gedanke, sich zu entschuldigen, weckte ein Gefühl der Schmach bei ihm, aber er hatte keine Wahl. Er tat das nicht für sich, sondern für die Kinder. Auch noch nicht entschieden hatte er, ob er ihr sagen sollte, dass er nichts mit dem Koffer zu tun hatte, oder nur, dass er ihr nichts mehr vorwarf und seinen Irrtum eingesehen hatte. Er erinnerte sich an das Gefühl, als er von der Arbeit gekommen war und die Wunde auf Schaloms Stirn gesehen hatte. Ohnmächtig. Jenny hatte sich geweigert zu helfen und wollte nichts hören. Am nächsten Tag war er zum Kindergarten gegangen und nur ihretwegen mit der Betreiberin aneinandergeraten.

Er schüttelte die Bettdecken im Kinderzimmer aus und legte sie ordentlich auf die Laken. Danach rief er die Kindergärtnerin an, doch es meldete sich niemand.

Sie würden für einige Tage verreisen, und wenn sie wiederkämen, wäre die Ermittlung beendet. Sie würden in ihren Alltagstrott zurückfinden, und mit der Zeit würden die Jungen nicht mehr nach ihrer Mutter fragen. Nur, wie sollte er sichergehen, dass die Ermittlung tatsächlich abgeschlossen worden war? Er überlegte, dass er seine Mutter bitten könnte, die Sache in der Zeitung zu verfolgen. Wenn sie nicht nach ihm suchten, wüsste er, dass sie zurückkehren konnten. Und vielleicht würde die Reise ihm auch Eser zurückbringen, würde seinem Sohn vielleicht klarmachen, was wirklich in jener Nacht passiert war. Vielleicht würde sie ihm zeigen, wer sein Vater ist und wer seine Mutter war.

Er wartete einige Minuten und rief ein zweites Mal an, erreichte aber erneut niemanden. Für einen Moment dachte er, sie ginge nicht an den Apparat, weil sie seine Nummer erkannte, aber es war doch eher unwahrscheinlich, dass sie seine Privatnummer wusste.

Die Abstände zwischen einem Versuch und dem nächsten wurden immer kürzer, und er hielt den Hörer noch lange in der Hand, ehe er aufgab und ihn zurück auf die Gabel legte.

Um halb zwölf rief er zum letzten Mal im Kindergarten an.

7

Der Bericht über die letzte Ermittlung war in seinem E-Mail-Postfach, als er am Montagmorgen um kurz nach fünf aufwachte. In der Betreffzeile hatte Ilana *Nur für deine Augen* geschrieben. Die Nachricht selbst war kurz: *Ich wurde aufgefordert, ihn zu verfassen, und etwas anderes konnte ich nicht schreiben. Ich hoffe, du verstehst das. Und geh mir bitte nicht auf Tauchstation. Ilana.* Der Bericht war nicht von einer E-Mail-Adresse der Polizei, sondern von einem Hotmail-Account auf den Namen *rebeccajones21* verschickt worden, und zwar nach Mitternacht, offensichtlich von ihrer Wohnung aus.

Avraham ließ den Kaffee auf kleiner Flamme stehen, damit er weiterköchelte, und stieg unter die Dusche, deren Wasser jedoch noch nicht warm genug war. Natürlich hatte er die Möglichkeit, den Bericht einfach zu löschen oder die Lektüre wenigstens zu verschieben. Marianka hätte ihn sicher gedrängt, genau das zu tun. Er steckte mitten in einer neuen Ermittlung, und da war es sicher besser, nicht noch einmal zu dem Fall zurückzukehren, den er hinter sich gelassen hatte. Sein Mobiltelefon begann zu klingeln, während er las, aber er stand nicht auf, um nachzusehen, wer ihn da so früh anrief. Er nahm an zu wissen, wer es war. Schließlich konnte er nicht ahnen, was sich einige Stunden zuvor ereignet hatte.

Die Drohung war wahrgemacht worden, der Koffer war nur der Anfang gewesen.

Der erste Satz in Ilanas Bericht war unmissverständlich und schmerzhaft: *In den Abendstunden des 04.05., einem Mittwoch, erstattete Hannah Sharabi, die Mutter des Opfers Ofer Sharabi, Anzeige wegen des Verschwindens ihres Sohnes. Zu diesem Zeitpunkt wusste sie bereits, dass Ofer nicht mehr am Leben, sondern bei einem gewaltsamen Zwischenfall mit seinem Vater Rafael Sharabi am Abend zuvor zu Tode gekommen war.*

All das, wovon Avraham gehofft hatte, er würde es irgendwann vergessen haben, holte ihn beim Lesen wieder ein.

Der frühlingshafte Abend, an dem Hannah Sharabi in seinem Büro aufgetaucht war und ihm erzählt hatte, Ofer sei nicht von der Schule zurückgekommen. Verstört hatte sie vor ihm gesessen, und er nahm an, allein aus dem Grund, weil sie sich Sorgen um ihren Sohn machte. Er schlug ihr vor, nicht gleich Anzeige zu erstatten, und am nächsten Morgen erschien sie mit Fotos von Ofer in einem Plastikbeutel auf dem Revier. Noch am selben Tag besuchte Avraham sie in ihrer Wohnung und nahm die Ermittlung auf.

Er hatte ihr jedes Wort geglaubt, ebenso wie später dem Vater. Denn er war sich sicher gewesen, Ofer sei von zu Hause weggelaufen, und hatte die Eltern auch dann noch verteidigt, als Ilana und Schärfstein der Meinung gewesen waren, man müsste ihre Version genauer überprüfen und sie erneut vernehmen.

Im Schlafzimmer hörte sein Mobiltelefon nicht auf zu klingeln. Er hatte nicht vor, Ilana zu antworten.

Unter der Überschrift *Arbeit des Ermittlungsteams – Einschätzung* hatte Ilana folgende Zeilen geschrieben, die er langsam las:

Dem Leiter der Ermittlungseinheit, Inspektor Avraham Avraham, sind einige Fehleinschätzungen unterlaufen, die zu einer verspäteten Aufklärung des Falles geführt und eine Beweisführung gegen die Beschuldigten erschwert haben. Dennoch lege ich nach einer Analyse dieser Fehler Wert darauf festzustellen, dass hier nicht von groben Versäumnissen bei der Leitung der Ermittlung ausgegangen werden kann.

Zwar lässt sich sagen, dass der Leiter der Ermittlungseinheit bei der Vernehmung der Mutter, unmittelbar, nachdem diese das Verschwinden ihres Sohnes gemeldet hatte, Fehler begangen hat. Durchaus möglich erscheint, dass bei einer gründlicheren Vernehmung, vor allem jedoch bei einer sorgfältigen Durchsuchung der Wohnung, bereits in dieser Phase dort Indizien hätten entdeckt werden können, welche die Eltern des Opfers belastet und ihre Version widerlegt hätten, der zufolge ihr Sohn verschwunden sei. Der Schulrucksack des Opfers, das nach Aussage der Mutter am Morgen die elterliche Wohnung verlassen hatte und nicht zurückgekehrt war, befand sich zu jenem Zeitpunkt noch in der Wohnung und wurde erst einige Tage später entsorgt. Zudem sah der Leiter der Ermittlungseinheit davon ab, verschiedene Räume der Wohnung zu betreten, von denen sich im Nachhinein herausstellen sollte, dass es sich bei ihnen um den Tatort handelte. Plausibel erscheint daher, dass in der Wohnung höchstwahrscheinlich belastende Spuren entdeckt worden wären – hätte der Leiter der Ermittlungseinheit eine gründ-

liche Überprüfung dieser Räume in den ersten Tagen nach dem Zwischenfall zwischen Vater und Sohn angeordnet. So konnte der Tatort jedoch gereinigt werden, was die Beweislage erheblich erschwerte.

Außerdem unterließ es der Leiter der Ermittlung, den Vater, der sich zu diesem Zeitpunkt außer Landes befand, anzuweisen, umgehend zurückzukehren. Stattdessen wartete er fünf Tage auf dessen Erscheinen, eine Zeitspanne, in der sich der Vater der Leiche des Opfers auf offener See entledigte und versuchte, seine Schuld noch in anderer Form zu verschleiern. Dass keine Leiche gefunden werden konnte, erschwerte es der Anklage, die genauen Todesumstände nachzuweisen, weshalb sie sich auf das Geständnis der Eltern, es sei ein Unfall gewesen, stützen musste. Im Nachhinein lässt sich zudem feststellen, dass die Erstvernehmung des Vaters offenbar nicht gründlich genug erfolgte, da der Vater im Verlauf eines späteren, denkbar kurzen Verhörs durch einen anderen Polizeioffizier der Ermittlungseinheit (Unterinspektor Eyal Schärfstein) geständig war und die Tötung seines Sohnes einräumte.

Der dritte Fehler schließlich bestand darin, dass der Leiter der Ermittlungseinheit das ungewöhnliche Verhalten des Zeugen Se'ev Avni, eines Nachbarn der Familie Sharabi, der zugleich Nachhilfelehrer des Opfers war, offenbar ignoriert hat. Se'ev Avni führte den Leiter der Ermittlungseinheit ganze drei Wochen lang vorsätzlich in die Irre, und hätte er nicht aus eigenem Antrieb seine Taten eingestanden, wären sie eventuell bis zum heutigen Tag unentdeckt geblieben. Zwei Tage nach Beginn der Ermittlungen rief Avni bei der Polizei an und machte eine Falschaussage über Ofers Verbleib. Und danach schrieb er anonyme Briefe im Namen des Opfers an Rafael und Hannah Sharabi, Briefe, die jedoch in letzter Konsequenz zur Aufklärung des Falles geführt haben. Nach meiner Einschätzung hat das Ermittlerteam dem ungewöhnlichen Ver-

halten Avnis nicht ausreichend Aufmerksamkeit gezollt, was zu einer Verzögerung bei der Aufklärung des Falles und der Vernichtung von Beweisen geführt hat.

Wie ich jedoch hervorheben möchte, hat Inspektor Avraham dennoch letztendlich mit seinem Team die Ermittlung erfolgreich zum Abschluss gebracht.

Inspektor Avraham ist ein erfahrener und verdienter Polizist, der in der Vergangenheit an einer Vielzahl komplizierter Ermittlungen beteiligt war, weshalb ich hoffe, dass die Fehleinschätzungen bei der Leitung dieser Ermittlung keinen Einfluss auf sein berufliches Fortkommen und seine weitere Arbeit bei der Polizei haben werden.

Lange saß er vor der geöffneten Datei. Marianka schaute ihn von dem Passfoto herab an, das er mit Tesafilm an den oberen Rand des Bildschirms geklebt hatte, und Avraham musste daran denken, wie weit entfernt sie am Vortag geklungen hatte. Sein Mobiltelefon hörte noch immer nicht auf zu klingeln, also ging er ins Schlafzimmer und schaltete es ab, aber Ilana gab nicht auf und rief auf dem Festnetz an. Er zog das Telefonkabel aus der Dose. Stille trat ein, aber in ihm redeten unzählige Stimmen. Was ihn besonders schmerzte, war die unverhohlene Schuldzuweisung, dass aufgrund seiner Fehler Ofers Eltern einer härteren Strafe entkommen seien. Wegen seiner Versäumnisse bei der Ermittlung habe die Polizei keine Leiche gehabt, ja, aufgrund seiner Fehlentscheidung sei der Tatort gereinigt worden, ehe man ihn spurentechnisch hatte untersuchen können, weshalb die Staatsanwaltschaft gezwungen war, ihre Anklageschrift auf dem Geständnis des Vaters, Ofers Tod sei ein Unfall gewesen, basieren zu lassen. Der Vater hatte behauptet, gesehen zu haben, wie Ofer seine Schwester in deren Zimmer sexuell belästigt hätte, und bei seinem Versuch, die Tochter zu schützen, sei Ofer gestürzt und gestorben. Eine Möglichkeit, diese Version zu widerlegen, bestand nicht, da die Mutter schwieg.

Aber war dies nicht in der Tat seine Schuld gewesen? Gewiss, und er hatte sie vor allen eingeräumt. Er wollte Ilana antworten. Doch was sollte er schreiben? Er verstand nicht, auf wen er zornig war. Auf Ilana? Auf die Eltern von Ofer Sharabi? Auf sich selbst? Er wollte sie fragen, wer außer Benny Saban den Bericht noch gelesen hatte, wann er geschrieben worden war und warum sie ihm ihre Einschätzung nicht zur Ansicht geschickt hatte. Er wollte erklären und ebenso Schuld zurückweisen wie sich zugleich entschuldigen.

Er öffnete eine neue Nachricht, um Ilana zu schreiben. Doch weiter kam er nicht.

»Das ist im Moment nicht wichtig«, flüsterte er sich selbst zu. »Unwichtig.«

Jetzt wartete eine neue Ermittlung auf ihn und damit eine Gelegenheit zu beweisen – vor allem sich selbst –, dass das Scheitern bei dem letzten Fall Zufall gewesen war. Er löschte Ilanas Nachricht samt Anhang aus dem Posteingang und beließ sie im Papierkorb. Waren ihm seit Aufnahme der neuen Ermittlung auch schon Fehler unterlaufen? Hielt ihn abermals jemand zum Narren, wie es Ofers Eltern getan hatten? Chava Cohens Lügen jedenfalls hatte er vom ersten Moment an durchschaut. Hatte die Augen offen gehalten und nicht ein Wort geglaubt von dem, was sie sagte.

Hastig zog er sich an.

Vielleicht gerade deshalb, weil Ilana ihn gedrängt hatte, nicht auf Tauchstation zu gehen, hatte er sein Mobiltelefon noch nicht wieder eingeschaltet, als er, mit Verspätung, schließlich sein Büro betrat, ohne dass jemand ihn bemerkt hätte. Einige Sätze aus ihrem Bericht wusste er bereits auswendig: *Dass der Leiter der Ermittlungseinheit bei der Vernehmung der Mutter, unmittelbar, nachdem diese das Verschwinden ihres Sohnes gemeldet hatte, Fehler begangen hat … Im Nachhinein lässt sich zudem feststellen, dass die Erstvernehmung des Vaters offenbar nicht gründlich genug erfolgte, da der Vater im Verlauf eines späteren, denkbar kurzen Verhörs durch einen anderen Polizeioffizier der Ermittlungseinheit (Unterinspektor Eyal Schärfstein) geständig war und die Tötung seines Sohnes einräumte.*

Benny Saban stieß um halb neun mit einer hektischen Bewegung die Tür zu seinem Büro auf, ohne angeklopft zu haben. Er war überrascht, als er Avraham hinter seinem Schreibtisch sitzen sah, versunken in die vor ihm aufgeschlagene Ermittlungsakte. »Sie sind hier?«, fragte er. »Ilana Liss sucht seit sechs Uhr nach Ihnen. Haben Sie vergessen, dass Ihr Urlaub zu Ende ist?«

Avraham schaute ihn perplex an. Woher wusste Saban, dass Ilana ihm den Bericht zu lesen geschickt hatte? Er war noch immer überzeugt davon, dass sie deshalb angerufen hatte.

»Ich habe nicht gemerkt, dass mein Telefon ausgeschaltet ist. Entschuldigung. Hat sie gesagt, warum sie mich sucht?«

Die Antwort traf ihn wie ein Schlag: »Ihre Kindergärtnerin, Chava Cohen. Man hat sie fast totgeprügelt. Sie liegt ohne Bewusstsein im Wolfson-Hospital. Ilana ist seit heute Morgen um sieben am Tatort. Und sie will, dass Sie auch hinkommen.«

Die Straßen nach Tel Aviv waren verstopft, und zum ersten Mal seit langer Zeit schaltete Avraham zum Blaulicht auch die Sirene ein. Er fuhr mit hoher Geschwindigkeit und gegen die Fahrtrichtung auf dem Kugel-Boulevard bis zur Cholon-Kreuzung und von dort weiter nach Jaffa, über Kiryat Shalom. Ilana meldete sich umgehend auf seinen Anruf. Und sie verlor nicht ein Wort darüber, dass er in den Morgenstunden nicht an sein Telefon gegangen war. Sie hörte das Heulen der Sirene und fragte: »Bist du unterwegs?«

»In fünf Minuten bin ich da«, antwortete er.

Sie war bereits in ihr Büro im Präsidium des Distrikts Tel Aviv zurückgekehrt und wollte wissen, ob er schon einen ersten Lagebericht erhalten habe. Saban habe ihn informiert, erklärte er. Chava Cohen war nachts um kurz nach drei gefunden worden. Sie lag in einem Entwässerungskanal unter einer Fußgängerbrücke der Strandpromenade, genau auf der Grenze zwischen Tel Aviv und Jaffa, nicht weit vom Eszel-Museum entfernt. Sie hatte Verletzungen im Rippen- und Brustbereich – und vor allem am Kopf. Drei Sudanesen hatten sie bewusstlos aufgefunden und die Polizei gerufen. Saban hatte keine Ahnung, wie lange sie in dem Kanal gelegen hatte und wie ihr Zustand war. Die Sudanesen waren vernommen worden und wurden zurzeit noch festgehalten, obwohl sie nicht in Verdacht standen, die Gewalttat begangen zu haben.

Avraham fragte: »Wissen wir mit Bestimmtheit, dass es wirklich Chava Cohen ist?«

Und Ilana erwiderte: »Ja. Es wurden zwar weder ein Mobiltelefon noch Ausweispapiere bei ihr gefunden, aber wir haben sie über den Wagen identifiziert. Morgens um fünf.«

»Was soll das heißen, über den Wagen?«

»Ihr Wagen auf dem Parkplatz. Die Kollegen von der Streife haben den Wächter antreten lassen und sind zusammen mit ihm die Aufnahmen der Überwachungskameras durchgegangen. Darauf haben sie Cohen um halb zwei Uhr nachts eintreffen und aus einem roten Subaru Justy steigen sehen. Wir haben daraufhin bei ihr zu Hause angerufen und ihren Sohn geweckt. Er hatte keine Ahnung, dass sie nicht da war, und hat erst im Schlafzimmer nachgeschaut. Ein Streifenwagen hat ihn ins Wolfson-Hospital gebracht, wo er sie im Operationssaal identifizieren musste.«

Warum war er überrascht zu hören, dass Chava Cohen einen Sohn hatte? Vielleicht, weil sie bis zu diesem Augenblick der Ermittlung nur eine Kindergärtnerin gewesen war, die allem Anschein nach die ihr anvertrauten Kinder misshandelt hatte. Die bei ihrer Vernehmung ihm gegenüber ausfallend geworden war und den Drohanruf verschwiegen hatte. Er hatte sie nicht gefragt, ob sie verheiratet war oder Kinder hatte. So wie er jetzt auch Ilana nicht fragte, wie alt der Sohn war. Stattdessen wollte er wissen: »Wird sie durchkommen?«

»Schwer zu sagen, sie ist noch im OP. Und sie hat sehr massive Schläge auf den Kopf abbekommen. Mit einem Felsbrocken. Soweit ich es verstanden habe, ist ihre gesamte linke Gesichtshälfte zertrümmert.«

Chava Cohens hartes Gesicht trat ihm in seiner Vorstellung blutüberströmt vor Augen. Und ihr Sohn hatte sie über die Schulter der Ärzte hinweg so gesehen. Jedes Mal, wenn Avraham bisher an dieses Gesicht gedacht hatte, war er von Abscheu erfüllt worden.

Ilana sagte: »Avi, Saban hat angedeutet, dass es Drohungen gegen sie gegeben hat? Sind wir dem nachgegangen?«

Es dauerte einen Moment, bis er verstand, was sie eigentlich fragte. Benny Saban hatte Chava Cohen ihm gegenüber als *Ihre Kindergärtnerin* bezeichnet.

»Nein, Ilana. Das ist so nicht richtig«, sagte er. »Es hat einen Drohanruf gegeben, den hat sie uns gegenüber verschwiegen und sich darauf versteift, die Sprengstoffattrappe habe nichts mit ihr zu tun. Ich habe sie über Stunden vernommen und gefragt, ob sie Drohungen erhalten habe, und sie hat das bestritten. Und seit gestern sind wir in der Umgebung des Kindergartens mit Streifenwagen präsent. Mehr konnten wir nicht tun, ohne dass sie sich beschwert hätte.« Von weitem sah er die kleine Holzbrücke und darunter den Entwässerungskanal. Streifenwagen hatten die Straße abgesperrt. Er fragte: »Und was jetzt? Soll ich die Ermittlung fortsetzen?«

»Ich möchte hören, was du hast, und dann sehen wir weiter«, erklärte Ilana. »Die Spurensicherung ist schon seit Stunden am Tatort zugange, aber du kennst den Hintergrund und die Drohungen. Vielleicht siehst du etwas, was wir nicht entdeckt haben. Ich möchte, dass du danach hierherkommst und mir erzählst, was du weißt. Und dass wir die Funde vom Tatort gemeinsam analysieren. Kannst du um elf in meinem Büro sein?«

Das Erste, um das er am Ort des Überfalls bat, war, Chava Cohen auf dem Überwachungsband zu sehen.

Sie war um 1.36 Uhr in ihrem roten Justy auf den Parkplatz eingebogen und hatte ein paar Runden auf der verwaisten Fläche gedreht, ehe sie den Wagen in der Nähe des leeren Wärterhäuschens abstellte. Hatte sie nach einem anderen Fahrzeug gesucht? Nicht ein Wagen war zwischen ein Uhr und halb drei Uhr auf den Parkplatz gefahren. Und der Zeitpunkt, zu dem Chava Cohen eingetroffen war, erschien ihm sonderbar, weder zur vollen noch zur halben Stunde. War sie zu früh zu einem vereinbarten Treffen gekommen, oder hatte sie sich verspätet? Sie trug Jeans und eine grüne Bluse und hatte eine kleine Stofftasche in der Hand. Nachdem sie den Wagen abgeschlossen hatte, sah sie sich um. Und danach auf die Armbanduhr an ihrem Handgelenk. Wobei sie nicht verängstigt wirkte. Avraham hatte keinen

Zweifel, dass es sich um Cohen handelte: Ihre Schritte waren klein und zügig, als sie der Strandpromenade zustrebte und aus dem Blickfeld der Kamera verschwand.

Er umrundete das bejahrte Fahrzeug und konnte nichts Ungewöhnliches daran feststellen. Ein alter Wagen, verbeult, der schon lange nicht mehr gewaschen worden war. Auf der Heckscheibe hatte ein Finger ein windschiefes Herz in den Staub gemalt, eingerahmt von zwei Pfeilen. Obgleich sie allein darin gekommen war, gehörte der Subaru zum Tatort, weshalb er jetzt sehr vorsichtig hineinkletterte, mit Plastiküberziehern an den Füßen und die Hände in Einweghandschuhen. Der Geruch, den das Wageninnere verströmte, kam ihm bekannt vor. Auf dem Beifahrersitz lag eine Plastiktüte mit einem Paar Adidas-Sportschuhen in Größe dreiundvierzig, die offenbar dem Sohn gehörten, und davor ein achtlos hingeworfenes blaues Handtuch. Im Handschuhfach befanden sich eine alte Straßenkarte, Tankquittungen, zwei CDs und ein Telefonbuch.

Avraham wandte sich der Rückbank zu, konnte dort aber nichts von Wert entdecken. Im Kofferraum fand er einen alten Werkzeugkasten, eine große, halbvolle Mineralwasserflasche und einen Karton, in dem sich Sachen befanden, die offenbar mit dem Kindergarten zu tun hatten, mehrere Pakete Druckerpapier, neue Farbmalkästen und ein paar Klebstofftuben. Unter den Malkästen entdeckte er etwas, das seine Aufmerksam weckte: eine Doppelpackung kleine Phillips-Kassetten, wie sie in alten Diktiergeräten verwendet wurden, mit nur einer Kassette darin.

Das kurze Telefonat mit Ilana auf dem Weg zum Tatort hatte seine Unruhe noch gesteigert. Hatte sie versucht anzudeuten, er hätte mehr tun müssen, um Chava Cohen zu schützen? Da der Überfall in Tel Aviv erfolgt war, konnte er davon ausgehen, dass die Ermittlung von dem zuständigen

Distriktdezernat unter ihrer Leitung durchgeführt werden würde. Und sollte Ilana entscheiden, dass er weiter mit der Aufklärung des Falles betraut sein sollte, würde er wieder mit ihr zusammenarbeiten müssen, trotz und ungeachtet des Berichts. Er schätzte die Entfernung vom Parkplatz zu dem Entwässerungskanal ab. Höchstens dreihundert Meter. Der Treffpunkt hätte das alte Gebäude sein können, in dem das Museum der jüdischen Untergrundorganisationen residierte und welches auch nachts beleuchtet war. Ilana hatte ihn gebeten, genau hinzuschauen, und er sah genau hin. Und meinte, das Bild schon zu erkennen. Mit jedem Moment entrollte sich vor seinem inneren Auge ein weiteres Stück der Geschichte des Überfalls. Er notierte mit schwarzem Kugelschreiber ein paar Einzelheiten in seinem Block, ehe ein Offizier von der Spurensicherung ihn den eigentlichen Tatort betreten ließ. Der Felsbrocken, mit dem Chava Cohen der Kopf eingeschlagen worden war, hatte neben ihr in dem Kanal gelegen und war bereits ins Labor gebracht worden. Er wog vier Kilo. Der Ort, an dem man Chava Cohen gefunden hatte, war allem Anschein nach auch die Stelle, an der sie angegriffen worden war. Mehrere Steine am Grund des Kanals, der kein Wasser führte, waren blutbefleckt, und Schleifspuren waren nicht zu sehen. In zwei der Blutflecken hatten die Leute von der Spurensicherung Teilabdrücke von Schuhsohlen gefunden, und jetzt blieb nur zu hoffen, dass sie nicht zu einem der Sudanesen gehörten, die die Kindergärtnerin gefunden hatten. Die Stofftasche, die sie beim Aussteigen aus ihrem Wagen in der Hand gehalten hatte, war verschwunden.

Nur ein paar Meter entfernt schlug eine hohe Welle schäumend gegen die Felsen, und Avraham begriff plötzlich, dass er sich abermals am Meer befand. Er erklomm die kleine Holzbrücke über dem Kanal, da er den gesamten Tatort mit einem Blick erfassen wollte, wie er es sonst auch immer tat.

Erst am Abend zuvor hatte er allein am Sandstrand gesessen, zwei oder drei Kilometer nördlich von hier, und hatte gedacht, bei dieser Ermittlung wäre das Meer nicht von Bedeutung.

Der Kanal mündete in den Strand. Und nachts war der Strand ein hervorragender Fluchtweg. Dunkel und menschenleer. Man konnte nach Norden bis zum Stadtzentrum von Tel Aviv oder nach Süden bis nach Jaffa gehen, ohne gesehen zu werden.

Avraham dachte an die Person, die eine Woche zuvor frühmorgens mit einem Koffer in der Hand durch die Lavon-Straße gegangen war. Die den Koffer mit der Sprengstoffattrappe vor dem Kindergarten abgestellt hatte und geflüchtet war. Dieselbe Person hatte nun in dieser Nacht Chava Cohen angegriffen und war erneut geflüchtet, vielleicht über den Strand. Chava Cohen war zu einem verabredeten Treffen mit einem Menschen gekommen, von dem sie gesagt hatte, sie kenne ihn nicht. Derjenige mit dem Koffer. Sonderbar war, dass sie offenbar keine Angst gehabt hatte, sich mitten in der Nacht an einem finsteren verlassenen Ort mit ihm zu treffen. Vielleicht, weil es eine Frau gewesen war? Der Offizier von der Spurensicherung behauptete, diese Möglichkeit scheide aus. »Keine Chance«, sagte er. »Wenn Sie das Opfer sehen, werden Sie verstehen, wie brutal das war. Ihr wurde mit dem Felsbrocken einfach der Kiefer eingeschlagen, wie bei einem Tier.«

Vielleicht, weil Ilana den Bericht bei ihrem kurzen Telefonat auf dem Weg zum Tatort nicht erwähnt hatte, war Avraham überrascht, wie sich ihr Gespräch dann entwickelte.

Er erstarrte, bevor er an die Tür zu ihrem Büro klopfte.

Und wartete. Dann hörte er von drinnen Stühlerücken, und die Tür öffnete sich.

Es war das erste Mal, dass sie einander seit seiner Rückkehr begegneten. Dennoch beließen sie es bei einem Händedruck. Ilana öffnete das Fenster zur Straße und stellte seinen Glasaschenbecher auf das Fensterbrett. »Er hat in der Schublade auf dich gewartet«, sagte sie.

Wie immer, wenn er sie sah, meinte er, ihr einst kastanienbraunes Haar wäre noch eine Spur grauer geworden. Sie trug ein dunkles Kostüm und darunter eine schwarze Bluse und hatte eine Kette aus kleinen, elfenbeinfarbenen Perlen angelegt. Auf den ersten Blick meinte er, im Zimmer hätte sich nichts verändert, einmal abgesehen von der runden Seiko-Wanduhr, die sonst über der Tür gehangen hatte und jetzt sonderbar schräg geneigt in der Ecke auf dem Fußboden stand, als wäre sie bestraft und degradiert worden. Avraham legte die Ermittlungsakte auf den Tisch, doch sie sagte: »Moment noch, Avi. Möchtest du einen Kaffee oder etwas zu essen? Ich habe den ganzen Morgen noch nichts getrunken.«

Im Grunde genommen war es immer so, dachte er.

Jedes Treffen begann mit einer gewaltigen Distanz zwischen ihnen, die nur die gemeinsame Arbeit aufzuheben vermochte. Diesmal jedoch war es anders, denn die Arbeit selbst stand zwischen ihnen – oder genauer gesagt: der Bericht. Ilana kam mit zwei Bechern Kaffee zurück, und er schlug die Ermittlungsakte auf, aber erneut bat sie ihn, damit noch zu warten.

»Wie geht es dir? Wir haben uns seit mehr als drei Monaten nicht gesehen, oder?«, sagte sie, und ihre blauen Augen schauten ihn so unverwandt an, bis er gezwungen war, den Blick zu senken.

»Mir geht's gut«, erwiderte er.

»Bloß gut? Du heiratest doch bald. Ist deine Freundin schon da?«

Er antwortete nicht. Und fragte sich, warum sie Mariankas Namen nicht genannt hatte.

»Ich weiß, du hast dich heute Morgen vor mir verkrochen, und ich weiß auch, warum«, fügte sie hinzu.

Plötzlich fiel Avraham auf, dass sich noch etwas im Zimmer verändert hatte: Das schwarz gerahmte Foto, das auf ihrem Schreibtisch gestanden hatte, es war nicht mehr da. Jenes Bild, das Ilana mit ihrem Mann und ihren vier Kindern zu Füßen der Basilika Sacré-Cœur auf dem Montmartre in Paris zeigte. Aufgenommen worden war es wenige Wochen, bevor der älteste Sohn bei einem Manöverunfall in der Armee umgekommen war, und es hatte seither immer auf dem Tisch vor ihr gestanden.

»Was denkst du über den Bericht?«, fragte sie.

Er suchte sein Heil in der Flucht: »Wir sollten ein andermal darüber reden, findest du nicht?«

»Wir sollten jetzt darüber reden, gerade weil wir zusammenarbeiten werden. Zu dem Fall kommen wir gleich.«

Er hatte vergessen, dass ihre Fragen genauso direkt sein konnten wie ihr Blick.

Sie sagte: »Erklär mir, was dir sauer aufgestoßen ist.«

»Mir ist nichts sauer aufgestoßen, Ilana«, erwiderte er.

»Dann anders: Was hat dich geärgert?«

War das so schwer zu erraten? Er kannte sie lange genug, um zu wissen, dass es sinnlos war, wenn er das Gespräch hinauszuzögern versuchte.

»Das ist doch ziemlich klar, oder? Mich hat geärgert, dass du einen Bericht über meine letzte Ermittlung geschrieben hast, ohne mir ein Wort davon zu sagen. Dass du mir die Schuld gibst, ich hätte in dem Fall Beweise nicht rechtzeitig gesichert, und dass die Eltern von Ofer Sharabi meinetwegen um eine Strafe herumgekommen sind, die sie vielleicht verdient haben, und dass du mir das nicht einmal gesagt hast. Dabei waren wir in Kontakt, Ilana. Wir haben mehrfach miteinander telefoniert, als ich in Brüssel war.«

»Ärgerst du dich über das, was ich geschrieben habe, oder weil ich dir nichts davon erzählt habe?«

Die Frage hätte er nicht beantworten können. Er zündete sich eine Zigarette an und war überrascht, als sie ihm die Schachtel aus der Hand nahm und sich selbst auch eine ansteckte. »Rauchst du wieder?«, fragte er.

»Eigentlich nicht. Aber mit dir rauche ich wieder.«

Als sie sich kennenlernten, hatte Ilana mehr geraucht als er, und bei den Teambesprechungen in ihrem alten Büro im Kommissariat des Ayalon-Distrikts hatten sie stets in einer Rauchwolke getagt. Doch sie hatte an dem Tag damit aufgehört, als ihr Sohn ums Leben gekommen war. Hatte Avraham am Grab eine halbvolle Schachtel Marlboro Light hingehalten und gesagt: »Das sind jetzt deine.«

Ilana fragte: »Kann ich dir erklären, was genau passiert ist?«

Er nickte. Die Zigaretten hatte er nie geraucht. Die Schachtel Marlboro Light, die sie ihm auf dem Friedhof überreicht hatte, lag noch immer in einer Schublade in seinem Büro.

»Ein paar Wochen nach Abschluss des Falls, du warst da schon in Brüssel, kam eine Beschwerde von der Staatsanwaltschaft. Wie du ja weißt, haben die einen Deal mit Rafael Sharabi geschlossen und dann behauptet, sie hätten keine Wahl gehabt, weil sie wegen unseren schlampigen Ermittlungen nicht ausreichend Beweise gehabt hätten, um ihn anzuklagen. Daraufhin hat der Oberbefehlshaber der Polizeikräfte eine externe Revision verlangt. Der Distriktkommandant hat dann vorgeschlagen, ich solle den Prüfbericht schreiben. Er weiß, dass wir in engem Kontakt stehen, und ich habe ihm gesagt, ich sei an der Ermittlung beteiligt gewesen, aber er hat mich davon überzeugt, dass besser ich diesen Bericht schreibe, als wenn ein Externer die Überprüfung vornimmt. Verstehst du, dass es noch viel schlimmer hätte kommen können? Seine Bedingung war allerdings, dass ich dich nicht informiere und du nicht an der Abfassung des Berichts beteiligt bist.«

Sie hielt für einen Moment inne, um seinen Gesichtsausdruck prüfend zu betrachten, und suchte erneut seinen Blick. Er schwieg noch immer. Im Grunde genommen hatte sie ihn geschützt, das war es, was sie ihm zu sagen versuchte. Dies war ein Gespräch zwischen zwei Menschen, die einander nahestanden und sich seit vielen Jahren kannten, aber auch zwischen zwei versierten Polizeiermittlern, die genau wussten, was, wie und wann man etwas sagen musste, um sein Ziel zu erreichen.

»Daher musste ich schreiben, was ich geschrieben habe, Avi. Der Bericht wäre nicht durchgegangen, wenn ich die Fehler, die bei der Ermittlung gemacht wurden, vertuscht hätte. Und du weißt sehr gut, dass wir Fehler gemacht haben. Also habe ich das schwarz auf weiß notiert, aber im selben Atemzug habe ich geschrieben, dass du den Fall zur Aufklärung gebracht und einen hervorragenden Ruf hast. Und dadurch haben sie sich alle wieder beruhigt.«

In ihrem Bericht hatte sie nicht geschrieben, *wir haben Fehler gemacht*. Diese wurden sämtlich dem *Leiter des Ermittlungsteams* angelastet. Aber vielleicht hatte sie wirklich so handeln müssen. Und vielleicht war es ja tatsächlich so gewesen.

Er zündete sich noch eine Zigarette an. Schaute aus dem offenen Fenster. Wollte sie fragen, warum das Familienfoto von ihrem Schreibtisch verschwunden war.

»Avi, dank des Berichts spricht keiner bei der Polizei

mehr von Ofer Sharabi und über den Deal mit seinem Vater. Das ist abgehakt. Und wenn wir diesen Fall hier aufgeklärt haben, gehen wir damit schön an die Medien, und niemand wird dich je wieder an Ofer erinnern. Jetzt musst auch du ihn hinter dir lassen – ich weiß, das hast du noch nicht getan, ich kenne dich – und dich auf die laufende Ermittlung konzentrieren. Komm, lass uns die Sache bis Jom Kippur abschließen, was meinst du?«

Er hatte noch immer nichts gesagt.

Erinnerte sich tatsächlich schon niemand mehr an Ofer Sharabi? Hatte nur er ihn noch nicht vergessen? Er dachte daran, wie Chava Cohen den Motor des roten Justy um 1.36 Uhr auf dem finsteren Parkplatz abgestellt hatte. Wie sie ohne Furcht aus dem Wagen gestiegen war und sich umgesehen hatte. Jemand hatte außerhalb des von der Kamera erfassten Bereichs auf sie gewartet. Hatte ihr nicht aufgelauert, sondern auf sie gewartet. Und zwischen 1.36 Uhr und drei Uhr morgens hatte er ihr mit einem Felsbrocken den Kopf eingeschlagen. Avraham sagte: »Es tut mir leid, wegen heute Morgen.«

»Schon gut, es ist nichts passiert. Und ich freue mich, dass du wieder hier bist. Fangen wir an?«

Er informierte sie über den Stand der Ermittlung vor dem Angriff auf Chava Cohen.

Von der Sprengsatzattrappe wusste sie, weil sie ein paar Tage zuvor darüber gesprochen hatten, aber die Einzelheiten des Drohanrufs, den Chava Cohen bei ihrer Vernehmung verschwiegen hatte, kannte Ilana noch nicht. Sie hörte ihm aufmerksam zu und schrieb einige Sätze auf ein Blatt Papier. Danach lieferte sie, anhand der Aussage des Sohnes und einer bereits erfolgten Analyse der am Tatort gefundenen Spuren, noch einige Informationen zu dem, was sich in der Nacht abgespielt hatte. Chava Cohen hatte ihrem Sohn nicht mitgeteilt, dass sie noch vorhatte wegzugehen. Aber es war zu früh, um zu sagen, ob sie den nächtlichen Ausflug spontan unternommen hatte oder den Jungen nicht in ihre Pläne hatte einweihen wollen. Er war fünfzehn, und sie wohnte mit ihm allein, seit sie sich hatte scheiden lassen. Noch nie hatte sie das Haus verlassen, ohne ihm Bescheid zu sagen. Ihr Mobiltelefon war nicht in der Wohnung gefunden worden, ebenso wenig wie ihr Portemonnaie. Allem Anschein nach hatte sie beides in der Stofftasche gehabt, die sie beim Aussteigen in der Hand gehalten hatte. Aber am Tatort hatte weder das eine noch das andere gelegen, und der Telefongesellschaft war es noch nicht gelungen, das Gerät zu orten. Doch eine Liste ihrer letzten Anrufe sollte jeden Moment vorliegen. Von ihrer Kreditkarte war seit den Nachmittagsstunden des Vortages kein Gebrauch mehr gemacht worden. Der da abgehobene Betrag war nicht ungewöhnlich – zweihundert Schekel –, und sie konnten davon ausgehen, dass Cohen das Geld bei sich gehabt hatte, als sie angegriffen worden war. Avraham fragte: »Weiß der Sohn noch, wann er schlafen gegangen ist?«

»Zwischen elf und halb zwölf«, antwortete Ilana.

Demnach musste Chava Cohen zu dem Treffen mit ihrem Angreifer zwischen halb zwölf und spätestens Viertel nach eins aufgebrochen sein. Sie hatte gewartet, bis ihr Sohn eingeschlafen war, bevor sie die Wohnung verlassen hatte – außer, das Treffen mit dem Angreifer war erst vereinbart worden, nachdem der Junge schon schlafen gegangen war.

Ilana bat ihn innezuhalten. »Du bist dir sicher, dass es eine Verbindung gibt zwischen dem Koffer, dem Drohanruf und dem Überfall, und dass Cohen sich mit demjenigen, der sie angegriffen hat, verabredet hat?«, fragte sie. »Du kannst mich gleich überzeugen. Aber lass uns vorher noch überlegen, ob auszuschließen ist, dass der Angriff bei einem zufälligen Raubüberfall erfolgt ist.«

Wie gut er sie im Grunde genommen doch kannte. Denn das war die eiserne Grundregel von Vizekommandantin Ilana Liss, der ersten weiblichen Dezernatsleitung in der Geschichte der Ermittlungsabteilung im Distrikt Tel Aviv: Man musste für alle Möglichkeiten offen sein, besonders dann, wenn eine plausibler als die anderen erschien. Und zu jedem Ereignis so viele Versionen wie möglich im Blick haben. Die detailreichste erwies sich oft als die wahre, aber eben nur oft und nicht zwangsläufig immer. Er sagte: »Keine Chance, Ilana. Sie ist nachts um halb zwei aus freien Stücken zu einem vollkommen menschenleeren Ort weit entfernt von ihrer Wohnung gefahren. Um die Uhrzeit hatte sie dort nichts zu suchen, es sei denn, sie hatte eine Verabredung mit ihrem Angreifer.«

»Warum?«, wandte Ilana ein. »Nehmen wir einmal an, sie ist losgefahren, weil sie am Meer sein wollte. Oder sie war unterwegs zu einem Treffen mit einer Freundin oder einem Freund. Der Angreifer hat sie gesehen und konnte der Versuchung nicht widerstehen. Eine Frau, allein, mitten in der Nacht auf einem leeren Parkplatz. Er hat versucht, ihr die Tasche zu entreißen, und sie hat sich gewehrt. Es ist zum Kampf gekommen. Er hat einen Stein aufgehoben, hat sie geschlagen und ist geflüchtet. Du weißt, dass so etwas jeden Tag passiert.«

»Aber nicht jeden Tag erhält der, der angegriffen wird, vorher einen Drohanruf und verschweigt ihn. Und nicht jeden Tag bekommt man eine Sprengsatzattrappe am Arbeitsplatz deponiert. Mich stören zu viele Einzelheiten in deiner Geschichte. Wo ist der Freund oder die Freundin, mit dem oder der sie sich treffen wollte? Warum haben wir noch nichts von der Person gehört? Und warum hat sie ihrem

Sohn nicht gesagt, dass sie noch vorhatte wegzugehen? Außerdem – ich glaube, sie ist mit einem Aufnahmegerät dorthin gefahren.«

Avraham musste plötzlich an den Hotmail-Account denken, von dem ihm Ilana den Bericht geschickt hatte. *Rebeccajones21.*

Machte sich auch Ilana manchmal mitten in der Nacht allein zu einem Treffen mit einem Freund oder einer Freundin auf, wie sie es von Chava Cohen vermutete? Er erinnerte sich, dass sie ihm vor ein paar Tagen gesagt hatte, sie müsse ihm, wenn sie sich träfen, etwas erzählen, bevor er es von jemand anderem zu hören bekäme.

»Warum glaubst du das?«, fragte sie.

»Weil ich im Kofferraum so einen Doppelpack Kassetten für Aufnahmegeräte gefunden habe. Und eine Kassette fehlte. Ich denke, der Angreifer hat ein Treffen mit ihr vereinbart, und sie hat vorgehabt, ihn aufzunehmen, weil er sie erpresst oder bedroht hat. Und dann ist irgendetwas passiert.«

Ilana warf ihm einen anerkennenden Blick zu. »Er hat nicht von vornherein geplant, sie schwer zu verletzen«, schloss sie.

»Nein. Sie ist spontan mit einem Stein angegriffen worden, der dort im Kanal lag. Vermutlich hat sich eine Diskussion entwickelt, die in Gewalt umgeschlagen ist. Vielleicht hat der Angreifer das Aufnahmegerät entdeckt.«

»Und warum hat er das Portemonnaie und ihr Mobiltelefon mitgenommen?«

»Entweder, damit es wie ein Raubüberfall aussieht, oder weil sie etwas in der Tasche gehabt hat, das ihn verraten hätte. Wahrscheinlich hat es einen SMS-Austausch oder Telefonate zwischen ihnen gegeben. Irgendwie mussten sie das Treffen ja vereinbaren.«

Ilana war noch nicht überzeugt. Oder vielleicht wollte sie

es ihm nicht zu leicht machen. »Ich denke, du bist auf dem richtigen Weg, aber du läufst zu schnell. Und es gibt zwei Details, die ich wiederum nur schwer in deiner Geschichte akzeptieren kann. Das erste ist, dass der Drohanruf im Kindergarten von einer Frau kam, während der Angreifer allem Anschein nach ein Mann war. Und das zweite hat im Grunde genommen auch damit zu tun. Ich glaube kaum, dass Chava Cohen mitten in der Nacht zu einem Treffen mit einem Mann erschienen ist, der sie bedroht oder erpresst hat. Es sei denn, es handelt sich dabei um einen Menschen, den sie sehr gut kennt. Wir haben das überprüft – ihr Exmann hat ein Alibi. Außerdem hat es am Kanal offenbar keinen Kampf gegeben. Und ich glaube nicht, dass es hier um ihren Sohn geht, obgleich er sicher derjenige Mensch ist, mit dem sie sich zu jeder Tageszeit und an jedem Ort getroffen hätte.«

Er sah sie erstaunt an. Aber das genau war das Detail, das auch ihm zu schaffen machte. Das einzige Puzzleteil in der Geschichte, das nicht zu den anderen passte.

Er suchte nach einer Frauenstimme. Und Chava Cohen hatte keine Angst gehabt, zu der nächtlichen Verabredung zu kommen, vielleicht, weil sie davon ausging, eine Frau und nicht einen Mann zu treffen. Der Angreifer aber war ein Mann gewesen, daran bestand kein Zweifel.

Ilana warf einen Blick auf die am Boden stehende Wanduhr und rief dann das Krankenhaus an.

Chava Cohen befand sich noch im OP, und man wusste noch nicht, wann sie herauskäme und in welchem Zustand. Avraham steckte sich eine weitere Zigarette an und ging im Zimmer auf und ab, während Ilana mit dem Labor der Spurensicherung telefonierte.

»Und es gibt noch eine Möglichkeit«, sagte sie, nachdem sie aufgelegt hatte. »Wenn ich es richtig verstehe, standen vor dem Überfall die Eltern der Kindergartenkinder im Fokus deiner Ermittlungen? Also suchen wir vielleicht einen Mann *und* eine Frau. Der Mann hat die Sprengsatzattrappe deponiert und die Frau den Anruf getätigt. Und Chava Cohen hatte vereinbart, die Frau zu treffen, doch zu dem Treffen ist auch der Mann erschienen.«

Der Gedankenaustausch mit ihr bewirkte immer, dass sich etwas in ihm öffnete. Er sah sie an und lächelte. »Das ist eine brillante Idee«, sagte er. Und meinte dann, Ähnliches sei ihm seit Beginn der Ermittlung auch schon in den Sinn gekommen.

»Hast du da jemanden im Hinterkopf?«

»Vielleicht.«

Und genau in dem Augenblick traf die Liste mit den Telefonaten ein.

Ein junger Polizist, den Avraham nicht kannte, kam ins Zimmer, und Ilana stellte ihm Avraham als den Leiter des Ermittlungsteams vor. Sergeant Lior Seitouni drückte ihm die Hand und reichte ihm das Fax. »Kurz vor oder nach dem Überfall hat es keine ein- oder ausgehenden Anrufe gegeben, aber sehen Sie hier – von 22.00 Uhr an hatte sie mehr als zehn unbeantwortete Anrufe von ein und derselben Nummer. Und um halb zwölf hat sie einen Anruf von dieser Nummer angenommen und vier Minuten lang gesprochen.«

Avraham wusste sofort, dass er diese Nummer schon einmal gesehen hatte. Er schlug sein Notizbuch auf und blätterte darin, aber Seitouni kam ihm zuvor: »Der Anschluss gehört einem Menschen namens Chaim Sara, wohnhaft in der Aharonowitsch-Straße in Cholon«, sagte er.

Ilana sah Avraham an. Er nickte, konnte aber nichts hinzufügen, da Natalie Pinchassov seinen Anruf sofort annahm.

Er fragte, ob sie wisse, was in der Nacht passiert sei, und sie bejahte. Als Chava Cohen am Morgen nicht in den Kindergarten gekommen sei, habe sie bei ihr angerufen, sie aber nicht erreicht. Danach habe sie den Sohn angerufen, und der habe ihr von dem Überfall erzählt. Im Augenblick sei der Kindergarten noch geöffnet, weil einige Eltern sich darauf versteift hätten, sie könnten ihre Kinder unmöglich mitten am Tag abholen, aber sie hoffe, bis zum Mittag würden dann alle herkommen und sie könne die Einrichtung endlich schließen.

Avraham fragte: »Ist der Sohn von Chaim Sara in den Kindergarten gekommen?«

»Nein. Vielleicht hätte ich Sie anrufen sollen, aber ich habe es vergessen«, antwortete die Kindergartenhelferin. »Der Vater hat mir gestern schon gesagt, der Junge würde nicht kommen, weil sie wegfahren.«

Nachdem er das Telefonat beendet hatte, bat Ilana, er möge ihr über Sara erzählen. Und Avraham berichtete von dessen Aussage, die er in seinem Büro aufgenommen hatte.

Im Grunde genommen wusste er nicht viel über ihn. Noch nicht. Später Vater von zwei kleinen Kindern, siebenundfünfzig Jahre alt. Keinerlei Vorstrafen. Hatte sich selbst bei der Vernehmung als Besitzer eines Cateringbetriebs vorgestellt. Im gesamten Verlauf ihres Gesprächs hatte Sara Anzeichen von Nervosität gezeigt. Seine Antworten waren kurz und abgehackt gekommen, als hätte er Schwierigkeiten zu sprechen.

Hatte er Verdacht bei Avraham geweckt? Vielleicht für einen Augenblick, und zwar ausgerechnet dann, als seine Antworten länger ausfielen. Was Avraham gestört hatte, war diese Diskrepanz gewesen zwischen den stotternden Antworten auf scheinbar einfache Fragen und der gut formulierten, vollständigen Geschichte über den Zwischenfall mit Chava Cohen. Als wäre allein diese Antwort vorbereitet gewesen.

»Aber den größten Verdacht hegte ich in dieser Phase gegen Chava Cohen wegen ihrer Lügen. Kann sein, dass ich nicht wachsam genug war«, gestand er.

Sollte Sara tatsächlich der Angreifer sein, dann war sein Motiv klar: Er vermutete, dass Chava Cohen seinen Sohn geschlagen und verletzt hatte. Zwar hatte er dies bei seiner Vernehmung abgestritten, gleichzeitig aber eingeräumt, dass der Zusammenstoß zwischen ihm und der Kindergärtnerin verbal entgleist war. Warum hatte er sich nicht an die Polizei oder das Jugendamt gewandt? Vielleicht, weil er nicht wusste, wie. Oder, dass das überhaupt möglich war. Sara hatte behauptet, seine Frau sei für eine Vernehmung nicht erreichbar, da sie auf die Philippinen geflogen sei. Wann sie zurückkomme, konnte er nicht sagen. Auch diese Antwort hatte Avraham stutzig gemacht. Schließlich hatte sie ja wohl nicht nur einen Hinflug gebucht. Aber Sara hatte sein Vertrauen geweckt, vielleicht sogar sein Mitleid, und möglicherweise gerade deshalb war sich Avraham jetzt so sicher, dass sie ihn unverzüglich festnehmen mussten.

Ilana legte den Stift aus der Hand.

Mehrere Minuten lang sagten beide kein Wort. Schweigend sahen sie sich an, es war ein Schweigen, das Avraham ebenfalls gut kannte: die Stille vor einer Entscheidung. Der Bericht stand schon nicht mehr zwischen ihnen, aber hätte Avraham ihn am Morgen nicht gelesen, möglich, dass er nicht wahrgenommen hätte, was er jetzt sah.

Endlich sagte Ilana leise: »Ich möchte, dass wir herausfinden, wo er sich aufhält, aber noch nicht, dass wir ihn festnehmen.«

»Ich bitte dich, Ilana«, wandte Avraham ein. »Er hat Cohen mehr als zehnmal vor dem Überfall angerufen. Und sie hat das Haus nach einem Gespräch mit ihm oder mit seiner Frau verlassen. Gib mir ein paar Stunden, ihn zu verhören, und der Fall ist abgehakt.«

Ilana lächelte. »Ich sehe, du hast dein Selbstvertrauen wiedergefunden. Aber wir haben Zeit, Avi, und wir haben vorher noch eine Menge zu erledigen. Ich möchte, dass wir diesmal wirklich vorbereitet in die Verhaftung und das Verhör gehen und dass wir der Staatsanwaltschaft eine perfekte Akte liefern, ohne einen einzigen Fehler. Lass uns die Laborergebnisse abwarten. Der Tatort ist sehr stark verunreinigt, und höchstwahrscheinlich bekommen wir noch Finger- und Fußabdrücke oder sogar DNA-Spuren. Und vergiss nicht, wenn wir Glück haben, kann Chava Cohen jeden Augenblick wieder zu Bewusstsein kommen und uns einfach sagen, dass er der Angreifer ist. Ich teile dein Gefühl, aber ihn jetzt nur auf Grundlage von Indizienbeweisen zu verhaften hieße, uns selbst ins Knie zu schießen. Ich werde ein generelles Veröffentlichungsverbot erbitten. Der Überfall soll jetzt nicht publik werden. Und in der Zwischenzeit spüren wir Chaim Sara auf und lassen ihn rund um die Uhr observieren. Du klärst die Sache mit seiner Reise. Und überprüfe, was für einen Wagen er hat und ob er ihn heute Nacht bewegt hat. Seht euch die Aufzeichnungen sämtlicher Überwachungskameras auf der Strecke von Cholon nach Tel Aviv an. Ich will seinen Wagen auf dem Weg zum Tatort sehen. Und versuche herauszufinden, ob seine Frau nun geflogen ist oder nicht. Sollte er gelogen haben und sie befindet sich noch im Land, dann hat sich noch ein Detail in unserer Geschichte bestätigt und wir können davon ausgehen, dass Chava Cohen das Treffen mit der Frau vereinbart hat. Sobald wir direkte Beweise in Händen halten, setzen wir ihn fest, nur, bitte – lass uns bis dahin dafür sorgen, dass er nicht das Weite sucht. In Ordnung?«

8

An jenem Morgen wachte er auf und musste an Jenny denken, und in seinen Gedanken war sie unerwartet lebendig.

Offenbar hatte er von ihr geträumt. Das war die einzig mögliche Erklärung, aber Chaim erinnerte sich nicht an den Traum oder daran, was darin passiert war. In ihm kamen Erinnerungssplitter hoch: die breiten Füße, die braunen Oberschenkel, der Haarstreifen, der sich vom Bauchnabel abwärts zog. Ihr Gesicht war verborgen von dem Kopfkissen. Er meinte, in seinem Traum auch das lächelnde Gesicht von Agapitos gesehen zu haben, dem Fahrer. Und es war noch eine dumpfe Erinnerung aus der Nacht geblieben: ein breites, rechteckiges Fenster, das auf einen kleinen Hinterhof ging, und dahinter war Lachen zu hören.

Wusste Chaim, als er erwachte, bereits, dass der Grund für seine Reise nicht nur darin bestand, dem Polizeiverhör zu entgehen? Die Befragung auf dem Revier, die ihn den überstürzten Reiseplan hatte fassen lassen, flößte ihm am darauffolgenden Tag bereits weniger Angst ein. Als er aus dem Revier gekommen war, hatten seine Hände auf dem Lenkrad gezittert, aber seit er begonnen hatte, seinen Plan in die Tat umzusetzen, hatte das Zittern aufgehört. Nicht die Fragen, die der Ermittler ihm gestellt hatte, hatten ihn verstört, sondern die, mit denen er ihn nicht konfrontiert hatte.

Er hatte keinen Grund, in Panik zu verfallen. In der Nacht hatte er mit Chava Cohen telefoniert, und das Gespräch war gut verlaufen. Die Ermittler hatten ihn bestimmt schon aus dem Blick verloren oder würden es in den nächsten Tagen tun. Er hätte die Reise noch stornieren können – und im Nachhinein betrachtet, hätte er sie storniert, wäre er womöglich niemals gefasst worden –, aber er wollte jetzt fahren, und zwar nicht nur wegen der Polizei. Sondern wegen

Eser und Schalom. Um Eser zurückzugewinnen und vor Ort zu verstehen, was wirklich passiert war. Außerdem wollte er womöglich auch fahren, um Jenny etwas zu beweisen oder aber sie ein letztes Mal zu begraben.

Aus Gewohnheit betrat er als Erstes das Zimmer der Kinder. Die Betten waren leer, und das Zimmer war kühl. Vielleicht, weil er allein geschlafen hatte, zum ersten Mal seit langer Zeit ohne Eser und Schalom, war er mit dem Gedanken an Jenny aufgewacht. Vielleicht auch wegen seiner Suche am Vorabend und den Bildern von der Hochzeit. Er nahm das Transistorradio aus der Küche mit ins Badezimmer, um beim Rasieren Radio zu hören, aber die lauten Stimmen vermischten sich mit seinen Gedanken, und so schaltete er das Gerät wieder ab. Als er sich im Schlafzimmer ankleidete, bemerkte er den Koffer. Eventuell war auch das der Grund, warum er Jenny erlaubt hatte, in seine Gedanken einzubrechen: Alles verlief nach Plan. Und mit jedem Moment gewann dieser an Details. Im Koffer war noch Platz für die Sachen, die auf der Leine trockneten, und da kam Chaim der Gedanke, ein Geschenk für Jenny zu kaufen.

Er bereitete die Omelettes zu, stellte sie zum Abkühlen auf die Fensterbank in der Küche und machte sich auf den Weg zur Bäckerei. Diesmal fuhr er nicht schnell, ging in der Sokolov so sehr vom Gas, dass er fast stehen blieb, und besah sich die noch geschlossenen Reisebüros und Boutiquen. Er wusste nicht, wo Jenny ihre Kleidung gekauft hatte. Erinnerte sich jedoch, dass sie ihm einmal gesagt hatte, im Einkaufscenter seien sie teurer als in der Stadt.

In der Bäckerei der Brüder war es ein Morgen wie jeder andere. Der mehlbestäubte Boden und die Öfen verströmten den Geruch von gebackenem Teig. Chaim erzählte dem jüngeren der Brüder, er fahre mit den Kindern für ein paar

Tage weg und werde ihnen Bescheid geben, sobald er zurück sei, um die täglichen Bestellungen wiederaufzunehmen. Er war überrascht, mit welcher Leichtigkeit er die Geschichte vorbrachte. Genau wie in der Nacht, bei dem Gespräch mit der Kindergärtnerin, dachte er. Der jüngere der Brüder klopfte ihm auf die Schulter und wünschte ihm schöne Ferien, und Chaim wünschte ihm ein leichtes Fasten zum Versöhnungstag.

Auf dem Nachhauseweg dämmerte es bereits, und die Straßen waren schon nicht mehr leer. Genauso war es an jenem Morgen gewesen, nachdem er ihre Leiche weggeschafft hatte, erinnerte er sich. Er war damals nach Hause gefahren und hatte noch nicht gewusst, was er den Jungen sagen würde. An die Polizei hatte er überhaupt nicht gedacht.

Als die Sandwiches eingepackt und übereinandergeschichtet in ihrem Karton lagen, rief er seine Mutter an. Die Kinder waren noch nicht wach, und er hatte ihre schlafenden Gesichter vor Augen, vergraben in das dicke Kopfkissen in dem Zimmer, in dem er aufgewachsen war.

Seine Mutter fragte sogleich: »Hast du die Kindergärtnerin angerufen?«

Und er antwortete: »Es ist alles in Ordnung, mach dir keine Sorgen mehr. Wie haben sie geschlafen?«

»Schalom hatte Mühe einzuschlafen. Aber aufgestanden sind sie nachts nicht. Was hast du zu ihr gesagt?«

»Du hast doch gehört, es ist alles in Ordnung. Ein gutes Gespräch hatten wir. Denk nicht mehr daran.«

Sie stellte keine weiteren Fragen. Die Müdigkeit, die in ihrer Stimme lag, ließ ihn vermuten, dass sie nicht gut geschlafen, sondern sich grübelnd im Bett hin und her gewälzt hatte.

Er sagte: »Vielleicht rufst du Adina an und bittest sie, dir mit den Jungen zu helfen?«

»Das habe ich schon getan«, entgegnete seine Mutter. »Sie kommt vielleicht gegen Abend, nach der Arbeit.«

Vielleicht hätte er seine Mutter gleich nach dem Gespräch mit der Kindergartenleiterin anrufen sollen, um sie zu beruhigen, aber es war schon spät gewesen. Chava Cohen hatte seinen Anruf erst nachts um halb zwölf entgegengenommen. Sie erkannte seine Stimme nicht, und auch, als er ihr seinen Namen nannte, wusste sie damit nicht gleich etwas anzufangen.

Anfangs wirkte sie gereizt, wie sie es zumeist im Kindergarten war, wurde dann aber zugänglicher. Sie fragte: »Haben Sie mich jetzt schon mehrmals angerufen?«

»Ja. Ich bedaure die Störung«, antwortete er.

Sie fragte, wie er an ihre Telefonnummer gekommen sei, und er erwiderte, von der Telefonliste des Kindergartens. Danach wollte sie wissen, worum es gehe, und er antwortete geradeheraus, wie er es sich vorgenommen hatte: »Ich möchte mich für den Verlauf unseres Gesprächs neulich entschuldigen. Wir hatten gerade Neujahr, also wollte ich Ihnen ein gutes neues Jahr wünschen und eine neue Seite aufschlagen.« Sie antwortete nicht gleich, und er lauschte ihren Atemzügen. War sie sich vielleicht nicht sicher, dass er es war?

Schließlich fragte sie: »Warum rufen Sie mich um diese Uhrzeit noch an, Herr Sara?«

»Wie ich gesagt habe, um Sie um Verzeihung zu bitten. Und um Ihnen auch zu sagen, dass ich absolut nichts mit dem Bombenkoffer zu tun habe, den man Ihnen vor den Kindergarten gestellt hat. Ich würde so etwas nie machen. Wenn Sie mich besser kennen würden, wüssten Sie, dass ich das nicht war.«

Abermals hörte er ihr Atmen. Und im Hintergrund die

Geräusche von einem laufenden Fernseher. »Und nur deshalb rufen Sie an?«, fragte sie.

Er bejahte und sagte: »Wir haben doch jetzt die Tage des Verzeihens, nicht wahr?«

Schon da spürte er, dass ihr Gespräch gut verlief, dass seine Wut auf sie verflog, während er redete.

Plötzlich fragte sie ihn: »Hat die Polizei Sie wegen des Koffers befragt?«

»Ja, sie haben mich heute zur Vernehmung aufs Revier bestellt«, bestätigte er, wenngleich er sich nicht sicher war, ob das richtig war.

Sie schwieg erneut einen Moment. Danach klang ihre Stimme höflicher und weniger aggressiv. »Können Sie mir sagen, was die gefragt haben?«

»Ob es Streit zwischen uns gegeben hat, und ob Sie Streit mit anderen Eltern im Kindergarten haben.«

»Und was haben Sie geantwortet?«

»Dass das zwischen uns kein Streit war, und dass es keine Konflikte im Kindergarten gibt.«

»Hat man Sie nicht nach jemandem gefragt, der früher im Kindergarten gearbeitet hat?«

Er verstand ihre Frage nicht und verneinte.

»Sind Sie sich sicher? Hat man Sie nichts über die Kindergartenhelferin gefragt, die im letzten Jahr bei uns gearbeitet hat?«

Danach stellte sie ihm noch weitere Fragen zu seiner Vernehmung bei der Polizei, und er antwortete. Betonte dabei die lobenden Worte, die er bei der Vernehmung über sie gesagt hatte. Sie beendete das Gespräch, nachdem sie ihm ebenfalls ein gutes neues Jahr gewünscht und er gesagt hatte, sie würden sich im Kindergarten wiedersehen, aber nicht am nächsten Tag, sondern erst nach den Feiertagen.

Doch zuvor sagte sie noch den Satz, den zu hören er gehofft hatte: »Ich habe es nie für möglich gehalten, dass Sie etwas mit dem Koffer zu tun haben, Herr Sara. Dieser Koffer hat überhaupt nichts mit dem Kindergarten zu tun. Aber danke, dass Sie angerufen haben. Und geben Sie dem kleinen Schalom einen Kuss von mir.«

Im Laufe der Jahre hatte Chaim gelernt, dass er, wenn er vor halb elf seine Runde begann, weniger verkaufte, aber er wollte vor eins wieder zu Hause sein und den Plan fortführen, weshalb er sich etwas früher auf den Weg machte.

Seine Arbeit konzentrierte sich im Wesentlichen auf das Gebäude der Innenbehörde. In den Büros des Finanzamtes wurden weniger Sandwiches gekauft, weil die Gehälter der dort Angestellten höher waren und man zum Teil Essen bestellte oder nach draußen ging, um sich etwas von der Straße zu holen. Dort kannten ihn auch nur wenige, und die meisten Mitarbeiter wechselten kein Wort mit ihm.

In der großen Halle, in der Pässe verlängert und Personalausweise ausgestellt wurden, war die Schlange überschaubar wegen der Feiertage. Er ging weiter in die kleine Halle mit der Visumsabteilung, wo die meiste Arbeit wartete. Mehrere Dutzend Ausländer und ihre Lebensgefährten oder Arbeitgeber drängten sich in der Warteschlange, ohne zu wissen, wann sie bei der zuständigen Beamtin an die Reihe kämen. Ein Teil von ihnen war schon seit sieben Uhr morgens auf den Beinen, ohne etwas gegessen zu haben.

Auch Chaim war das erste Mal nur dort gewesen, um Jennys Aufenthaltsgenehmigung verlängern zu lassen, die, noch bevor sie geheiratet hatten, abgelaufen war, als sie ihre Arbeit verlor.

Glücklicherweise hatte er nicht anstehen müssen. Sie waren gleich zu der zuständigen Beamtin vorgelassen worden, weil Ilan, sein Cousin, dort im Amt arbeitete. Jenny hatte zufällig Marissal dort getroffen, die Philippinerin, die sie vor der Eheschließung auf Zypern kennengelernt hatte, und war ganz aufgeregt gewesen. Marissals Mann, Anstreicher von Beruf, war um einiges jünger als Chaim und bereits zweimal geschieden. Sie planten noch immer, nach Südamerika zu fahren, versuchten aber zunächst, Marissals Aufenthaltsgenehmigung verlängert zu bekommen. Doch die Innenbehörde machte Schwierigkeiten, weil sie die Echtheit der Eheschließung anzweifelten, trotz der Fotos aus Larnaka. Daher hatte Jenny Chaim bestürmt, er solle bei seinem Cousin ein gutes Wort für Marissal einlegen.

Aber erst fünf Jahre später, als die Hightech-Firma, die er bis dahin mit warmen Mittagessen versorgt hatte, schloss, eine andere Firma aus Etatgründen die Geschäftsverbindung aufkündigte und er zwei Monate ohne Arbeit gewesen war, war ihm die Idee gekommen, dort seine Baguettes anzubieten. Seine Mutter hatte mit Ilan geredet, und gemeinsam hatten sie die Angelegenheit geregelt. Seitdem war sein Cousin mehrfach befördert und inzwischen zum Leiter der Einwohnermeldeabteilung ernannt worden. Chaim klopfte an die geschlossene Tür seines Büros, erhielt jedoch keine Antwort. Eine der Sachbearbeiterinnen erklärte, Ilan sei bis nach Jom Kippur im Urlaub. Chaim erzählte ihr, er werde auch für ein paar Tage verreisen, und sie sagte: »Wie schön. Mit Jenny und den Jungs?« Er bejahte und lächelte.

Nach der Arbeit fuhr er nach Hause, machte einen Mittagsschlaf und ging um halb vier zu Fuß ins Stadtzentrum.

Die Flugtickets erstand er um halb fünf im Reisebüro Magic Tours am Weizman-Platz in Cholon.

Der weitläufige Platz lag still und grau da, umstanden von hohen, alten und scheinbar leerstehenden Wohnhäusern. Boutiquen gab es nur wenige. Die meisten Reisebüros am Platz hatten Schilder auf Russisch im Fenster und Landschaftsaufnahmen aus Russland und der Ukraine, weshalb er sich für Magic Tours entschied, aber auch dort war das Personal russisch. Eine der Angestellten forderte ihn auf, sich zu setzen, und tippte mit einem Finger mit der linken Hand auf ihrer Tastatur. Sie war um die fünfzig, klein und untersetzt und trug einen Hosenanzug und eine schmale Brille. Während sie auf die Suchergebnisse wartete, versuchte sie ein Gespräch in Gang zu bringen und fragte: »Wollen Sie geschäftlich dorthin?«

Er antwortete: »Meine Frau ist dort. Ich fahre mit den Kindern zu ihr.«

Neben ihm buchte ein älteres Ehepaar eine Pauschalreise nach Spanien und Italien. Chaim war auch auf die nächsten Fragen gefasst.

»Gut, dass Sie sagen, dass zwei der Reisenden noch Kinder sind. In welchem Alter?«

»Der Große ist sieben und der Kleine drei.«

»Dann zahlen Sie doch beinahe den vollen Preis«, erklärte die Angestellte, und Chaim malte sich den Augenblick aus, in dem er Eser und Schalom die Flugtickets präsentieren würde. Er plante, dies erst am Tag vor ihrer Abreise zu tun. Vielleicht würde er ihnen zunächst den gepackten Koffer zeigen und fragen, wisst ihr, wohin wir morgen fahren? Er nahm an, dass sie die Antwort kannten, aber falls sie es nicht errieten, würde er sagen, wir fahren zu Mama. Die Dame vom Reisebüro entschuldigte sich für die Langsamkeit ihres Computers und fügte hinzu: »In letzter Zeit fliegen nicht mehr viele Israelis auf die Philippinen. Und erst recht nicht zu dieser Jahreszeit. Es ist dort genauso warm wie hier, aber mit viel Regen.«

Er überlegte, dass er auch Regenschirme mitnehmen musste. Eser und Schalom würden aus dem Flugzeug steigen, und er würde sie daran hindern müssen, durch den Flughafen zu stürmen, um Jenny zu treffen. Dann würden sie draußen vor dem Flughafen stehen, im Regen, unter ihren Regenschirmen, und warten. Und sie würden niemanden außer ihm haben. Sie waren es schon gewohnt, von ihr enttäuscht zu werden, und das würde die endgültige, die letzte Enttäuschung sein.

Die Suchergebnisse erschienen auf dem Bildschirm, und die Reisebürodame sagte: »Ich habe einen Flug nach Jom Kippur. Am Sonntagabend. Mit Zwischenstopp in Hongkong. Abflug von Tel Aviv mit El Al um acht Uhr abends und Landung in Manila mit Cathay Pacific um 6.40 Uhr.«

Chaim fragte sofort: »Und vor dem Versöhnungstag haben Sie nichts?«

Die Reisebürofrau rückte näher an den Bildschirm heran und tippte abermals mit einem Finger der linken Hand etwas ein. Sie schüttelte den Kopf und erklärte: »Es gibt einen Flug unmittelbar vor Jom Kippur. Mit Korean Air, über Seoul. Fliegt von Tel Aviv am Freitag ab und landet in Manila am Schabbat. Auch morgens. Mit sechs Stunden Zwischenaufenthalt in Seoul. Aber die Tickets sind teurer, und man fliegt am Feiertag.«

Chaim wollte nicht warten. Er fragte: »Haben Sie nichts früher? Morgen oder übermorgen?« Abermals schüttelte sie den Kopf. Dann würde das ihr Flug sein.

»Also drei Tickets, ja?«, fragte die Dame.

Und er entgegnete unvermittelt: »Auf dem Hinflug, ja. Für den Rückflug brauchen wir vier. Meine Frau kehrt mit uns zurück.«

Er wusste die Nummer von Jennys Reisepass nicht, aber die Reisebüromitarbeiterin brauchte sie nicht. Sie fragte nur, wie man ihren Namen auf Englisch buchstabierte. »Jenny. Jenny Sara«, sagte er.

»Wissen Sie, ob in ihrem Pass Jenny oder Jennifer steht?«

Das wusste er nicht.

»Dann schreibe ich Jennifer. Mit zwei n und einem f. Ich denke nicht, dass es damit ein Problem geben dürfte.«

Erst als sie ihn fragte, ob er ein Hotel in Manila benötige, machte er einen Fehler. Sie war davon ausgegangen, dass er kein Hotel brauchen würde, doch er erklärte, Jenny lebe schon seit vielen Jahren in Israel und habe in Manila keine Verwandten oder eine Wohnung, in der sie bleiben könnten. Er hatte nicht bedacht, dass sie so lange Zeit auf ein Hotel angewiesen sein würden, und war noch damit beschäftigt, die plötzlich anfallenden Kosten für das Zimmer zu berechnen.

Als die Reisebüromitarbeiterin ein preiswertes Hotel gefunden hatte, fragte sie: »Also ein Zimmer für vier, oder zwei Zimmer?«

Ohne nachzudenken erwiderte er: »Für drei. Warum vier? Ich und die beiden Kinder.«

Sie warf ihm einen erstaunten Blick über ihre schmale Brille hinweg zu. »Und wo schläft Ihre Frau?«

Er entschuldigte sich und erklärte, er sei durcheinandergekommen, und sie sagte: »Es ist ohnehin ein Preis. Das ist ein Standardfamilienzimmer mit einem Zweibett-Schlafsofa und zwei Kinderbetten.« Auch als er bar bezahlte, in Zweihunderterscheinen, die er aus dem Umschlag holte, sah sie ihn erstaunt an.

Als er gegen Abend zu Fuß nach Hause ging, meinte Chaim, jemand verfolge ihn. Er verharrte an der Kreuzung von der Weizman- und der Mauer-und-Turm-Straße und überquerte die Fahrbahn auch nicht, als die Fußgängerampel auf Grün sprang. Die Frau, die mit einem Kinderwagen an ihm vorbeiging, war größer und schlanker als Jenny. Vielleicht war es der Fehler, den er im Reisebüro gemacht hatte, der die Angst erneut bei ihm weckte. Hinterher in der Boutique hatte er dagegen schon keine Fehler mehr gemacht. Er ging langsam weiter. Versuchte, an etwas anderes zu denken. Die Frau mit dem Kinderwagen war längst ein ganzes Stück von ihm entfernt. Er überlegte, dass er seit gestern mit mehr Menschen gesprochen hatte als für gewöhnlich in einer ganzen Woche. Da waren das gute Gespräch mit Chava Cohen in der Nacht gewesen und die Unterhaltung mit der jungen Sicherheitsfrau am Eingang zum Finanzamt sowie der Wortwechsel mit der Beamtin in der Innenbehörde. Am Nachmittag hatte er gleich zweimal von der geplanten Reise erzählt, der russischen Angestellten im Reisebüro und der Verkäuferin in der Boutique Bella Donna. Er erinnerte sich an einen Satz, den Jenny ihm immer gesagt hatte: »Mit dir redet man nur im Schlaf.« Dabei hatte sie ihm, auch wenn er etwas sagte, nie zugehört. Manchmal hatte er abends das Wort an sie gerichtet, doch sie hatte ihn ignoriert, hatte sich auf das Fernsehprogramm konzentriert oder auf die Lektüre der alten Briefe, die sie von ihrer Schwester bekommen hatte. Als würde sie ihm die Kinder nicht verzeihen, so wie sie ihnen nicht verziehen hatte. Auch an dem Tag, an dem er von der Arbeit nach Hause gekommen war, die Spuren der Schläge in Schaloms Gesicht gesehen und versucht hatte, sie zu überreden, mit der Kindergärtnerin zu sprechen, hatte sie nicht zugehört. Er erinnerte sich, dass Eser ihn angesehen hatte und, als er seinen Blick bemerkte, ins Wohnzimmer verschwunden war, als schämte er sich seines gedemütigten Vaters. Das war ihr letztes Gespräch gewesen.

Die Verkäuferin in der Boutique sagte zu ihm, als sie das Foto der Jungen betrachtete: »Was für bezaubernde Kinder. Und wie ähnlich sie Ihnen sehen.« So als hätte Jennys Tod die Ähnlichkeit zwischen ihnen verstärkt und eine größere Nähe zu ihnen geschaffen. Er hatte die Boutique Bella Donna betreten, nachdem er alle Läden in der Sokolov in Augenschein genommen hatte, denn nur dort entdeckte er im Schaufenster Stücke, die denen, die Jenny getragen hatte, ähnelten. Die Verkäuferin musterte ihn zunächst mit einem skeptischen Blick, vielleicht, weil nur wenige Männer die Boutique aufsuchten, oder vielleicht auch, weil er in der Tür für einen Moment gezögert hatte, ehe er eintrat. Im Eingangsbereich des Ladens hingen farbenfrohe, leichte Kleider auf Bügeln, schmal geschnittene T-Shirts und Blusen. Im hinteren Teil gab es Abendkleider und Kostüme.

Chaim erzählte der Verkäuferin, er wolle ein Geschenk für seine Frau kaufen, und zeigte ihr das Foto, das Marissal auf Zypern gemacht hatte: Jenny im weißen Kleid und er im Anzug, unmittelbar bevor sie das Büro des Bürgermeisters betreten hatten. »Das Foto ist schon ein paar Jahre alt, aber sie sieht noch genauso aus, was die Figur betrifft«, erklärte er.

»Sie ist bezaubernd«, meinte die Verkäuferin, »ich denke, achtunddreißig wird ihr passen.«

Unversehens verstand er nicht mehr, warum er ein Foto mitgenommen hatte, auf dem auch er zu sehen war, oder überhaupt ein Bild. Schließlich würde Jenny die Sachen ohnehin nie tragen.

»Was mag sie denn so?«, fragte die Verkäuferin.

»Sie trägt farbenfrohe Kleidung.«

»Soll es ein Geburtstagsgeschenk sein?«

»Nein. Ich fahre mit den Kindern zu ihr. Sie ist auf den Philippinen, und wir fliegen am Freitag für die Ferien zu ihr und kommen alle zusammen wieder. Mit dem Geschenk wollen wir sie überraschen.«

»Wie reizend. Also, lassen Sie uns mal sehen, möchten Sie eher etwas für den Abend oder etwas für den Tag?«

Nachdem er mit sich gerungen hatte, sagte er: »Vielleicht eines für abends und eines für tagsüber?« Er hatte vorher nicht daran gedacht, aber das war eine hervorragende Idee. Die Geschenke würden von den Kindern sein. Ein Kleidungsstück als Geschenk von Eser und das zweite von Schalom.

Die Verkäuferin legte zwei Kleider, zwei Blusen und drei Paar Hosen auf den Tresen. Die Kleider und T-Shirts hielt sie sich an, damit er einen Eindruck bekam. Sie war jünger und schlanker als Jenny, aber der Unterschied war dennoch nicht groß. Sie fragte ihn, wie viele Jahre sie schon verheiratet seien, und als Chaim sagte, acht, lachte sie und meinte: »Und noch immer machen Sie sich gegenseitig Geschenke? Das hätte ich auch gern.«

Am Ende kaufte er eine lilafarbene Seidenbluse und ein Paar weiße Jeans, und sie packte beides getrennt in Geschenkpapier ein.

Doch als er die schwarze Tüte im Schlafzimmer in den Koffer legen wollte, hatte er das Gefühl, jemand hätte diesen in seiner Abwesenheit geöffnet. Die Kleider der Kinder lagen nicht so, wie er sich erinnerte, sie hineingelegt zu haben, ordentlich ausgerichtet und übereinandergeschichtet wie die Baguettebrötchen im Karton. Außerdem stand die Tür des Schlafzimmerschranks offen, aber er wusste nicht mehr, ob er sie am Vortag nach der Suche geschlossen hatte.

Er ging von einem Raum in den nächsten und lauschte.

Das Fenster im Kinderzimmer war geöffnet, und er schloss es. Hatte er es selbst aufgemacht, bevor er aufgebrochen war? Auch die Möglichkeit, dass er während seines Mittagsschlafs aufgestanden war und es geöffnet hatte, bestand. Dennoch spürte er, dass sich jemand in der Wohnung befand oder bis vor wenigen Minuten darin aufgehalten haben musste. Er versuchte sich zu entsinnen, ob die Eingangstür ein- oder zweimal abgesperrt gewesen war. Dann warf er einen Blick auf die Straße, sah aber keine Frau, die ihr ähnelte. Wie am Morgen war Jenny in seine Gedanken eingedrungen, und er musste sie wieder daraus vertreiben. Vielleicht war es nur natürlich, dass die Angst nicht ganz verschwunden war. Und auch nicht verschwinden würde, ehe sie die Reise antraten. Am Freitag würden sie das Flugzeug nach Manila besteigen, mit Zwischenstopp in Seoul. Für Eser und für Schalom würde es ihr erster Flug sein. Sie würden noch eine Nacht in dem Zimmer schlafen, in dem er aufgewachsen war, im Haus seiner Mutter, bevor er sie abholte. Und erst am Donnerstag würde er ihnen von der Reise erzählen und sie an den Vorbereitungen teilhaben lassen.

Er malte sich aus, wie sich ein Lächeln ausbreiten und Esers finstere Miene erhellen würde, wenn er ihnen erzählte, dass ihre Mutter am Flughafen auf sie drei wartete.

*

Avraham legte den Hörer auf die Gabel und ging in dem kleinen Raum auf und ab, und als er sich wieder an seinen Schreibtisch setzte, starrte er auf die Listen, die er seit dem Morgen mit schwarzem Kugelschreiber erstellt hatte. Es war schon halb zehn und er noch immer im Büro.

Kurz bevor die Kollegen von der Grenzpolizei anriefen, hatte er gemeint, dass sich die einzelnen Punkte nun verbinden ließen und das Bild klar werden würde, aber jetzt passte ein Detail nicht mehr hinein. Jennifer Salazar war am 12. September aus Israel ausgereist und noch nicht zurückgekehrt. Der Ausreisevermerk in der Datenbank der Grenzpolizei belegte, dass sie Israel verlassen hatte, einige Tage bevor in der Lavon-Straße der Koffer mit der Sprengstoffattrappe deponiert worden war und damit auch noch, ehe der Drohanruf im Kindergarten einging. Und bisher war sie nicht zurückgekommen.

Avraham zog den schwarzen Kugelschreiber wieder aus seiner Hemdtasche und malte drei schwarze Punkte auf ein weißes Blatt Papier, wie die Scheitelpunkte eines Dreiecks ohne Schenkel. Neben den einen Punkt schrieb er *Cholon*, neben den zweiten *Tel Aviv* und neben den dritten, ein wenig von den beiden anderen abgerückt, *Philippinen*. Eine Weile starrte er noch auf das Blatt, nahm dann den Block und ging, um auf den Eingangsstufen des Reviers eine Zigarette zu rauchen.

Es war ein langer Tag gewesen, der früh am Morgen mit dem Bericht über die vorangegangene Ermittlung und Ilanas Anrufen, die er nicht hatte annehmen wollen, begonnen hatte. Danach war Benny Saban in sein Zimmer gestürzt gekommen und hatte ihn über den Überfall informiert, worauf er zum Tatort geeilt war und von dort weiter zur Besprechung mit Ilana. Er hatte Sara gleich festnehmen und verhören wollen, als Chava Cohens Anrufprotokolle eintrafen und sich herausstellte, dass Sara sie mehrfach angerufen und schließlich mit ihr telefoniert hatte, kurz bevor sie zu dem vermuteten Treffen aufgebrochen war, bei dem man sie brutal zusammengeschlagen hatte. Doch Ilana hatte das abgelehnt mit dem Argument, es müssten noch mehr Beweise gegen Sara gesammelt werden. Mittlerweile aber häuften sich diese.

Obgleich ein aufgestocktes Observierungsteam jede Bewegung Saras überwacht hatte, und zwar von dem Augenblick an, da er in den Mittagsstunden von seiner Arbeit nach Hause zurückgekehrt war, war auch Avraham ihm, in einiger Entfernung, auf dem Weg von der Aharonowitsch-Straße zum Weizman-Platz gefolgt. Er hatte gesehen, wie Sara am Platz das Reisebüro Magic Tours betrat. Vielleicht hätte er das besser nicht tun sollen, schließlich war er kein geübter Beschatter – und außerdem kannte Sara sein Gesicht –, aber da er ihn nicht erneut vernehmen konnte, wollte er ihn zumindest beobachten. Vielleicht wollte er auch persönlich dafür sorgen, dass Sara nicht stiften ging. Er hatte ein paar Minuten auf dem menschenleeren Platz gewartet, nachdem Sara weitergezogen war, und dann das Reisebüro betreten. Was auch ein Fehler gewesen war. Sara hätte jeden Augenblick kehrtmachen und zurückkommen können.

Die Mitarbeiterin des Reisebüros zierte sich, bevor sie ihm die Flugdaten aushändigte. Zuvor rief sie den Büroleiter an, der schon zu Hause war.

Sara hatte drei Tickets für den Flug KE 958 von Tel Aviv nach Seoul und für den Anschlussflug KE 623 von Seoul nach Manila erworben. Seine Maschine würde am Tag vor Jom Kippur, also am Freitag, um 8.30 morgens vom Ben Gurion Airport abheben. Es war der nächstmögliche Flug, also wollte Sara so bald wie möglich fliegen. Auf dem Rückflug nach Tel Aviv würde seine Frau mit ihm und den beiden Söhnen kommen. Die Reisebüromitarbeiterin erzählte, Saras Frau erwarte ihn und die Jungen auf den Philippinen, aber sie wusste nicht, wann sie dorthin gereist war, weil ihr Flugticket offenbar woanders gekauft worden war. Avraham bat die Angestellte noch, ihn umgehend zu informieren, sollte Sara Kontakt zu ihr aufnehmen. Allerdings würde Avraham wohl ohnehin davon erfahren, da die Genehmigung für das Abhören von Saras Telefonen bereits vorlag. Beim Verlassen des Reisebüros rief Avraham Ilana an und erzählte ihr, dass Sara plane zu verschwinden und bereits Flugtickets nach Manila gekauft habe. Ilana schwankte kurz, bevor sie ihn dennoch anwies, Sara vorerst nicht zu verhaften. »Das heißt, wir haben noch bis Freitagmorgen Zeit, möglichst viele direkte Beweise gegen ihn zu sammeln und ihn dann zu vernehmen, richtig? Also lass uns noch ein bisschen warten«, sagte sie.

Avraham wollte nicht warten. Und er hatte keinen Zweifel, dass er Sara in einem kurzen Verhör würde brechen können.

Sara hatte ein Motiv. Er hatte im Kindergarten eine vehemente Auseinandersetzung mit Chava Cohen gehabt und hegte – allem Anschein nach zu Recht – den Verdacht, dass sie seinen Sohn körperlich züchtigte. Er wohnte nur rund zweihundert Meter von dem Kindergarten entfernt, vor dem der Koffer deponiert worden war. Und bei der Vernehmung hatte Avraham Anzeichen von Verunsicherung und Nervosität bei ihm registriert. Außerdem hatte er Chava Cohen angerufen und mit ihr gesprochen, ehe sie sich nachts auf den Weg zu einem Treffen gemacht hatte, bei dem sie angegriffen worden war. Und zuvor noch hatte er mitgeteilt, sein Sohn werde am nächsten Tag nicht in den Kindergarten kommen. Nach dem Angriff hatte er Flugtickets für sich und seine beiden Söhne besorgt, um außer Landes zu flüchten. Avraham hatte keinen Zweifel, dass Chaim Sara der Mann mit dem Koffer war – und derjenige, der nachts außerhalb des Erfassungsbereichs der Kameras auf dem Parkplatz am Strand auf Chava Cohen gewartet, ihr mit einem Felsbrocken den Kopf eingeschlagen und sie dann bewusstlos in dem Überlaufkanal zurückgelassen hatte.

Er hatte ihn aus einiger Entfernung beobachtet, als Sara am Nachmittag das Reisebüro Magic Tours betrat.

Wie schon bei der Vernehmung auf dem Revier wirkte Saras Kleidung altmodisch. Er trug dieselbe braune Stoffhose, gehalten von einem Ledergürtel. Bevor er das Reisebüro betrat, hatte Sara einige Minuten auf einer Bank auf dem Platz gesessen und Tauben ein Stück trockenes Brot zerbröselt.

Verspürte Avraham nur deshalb diese Dringlichkeit und drängte zur Eile, weil er am Morgen den Bericht über die letzte Ermittlung gelesen hatte? Wollte er sich selbst und Ilana beweisen, dass er aus den Fehlern gelernt hatte und in der Lage war, ein Team zu leiten, das in einem brutalen Überfall ermittelte, und das Rätsel innerhalb weniger Stunden zu lösen? Bei ihrem Gespräch hatte sie zu ihm gesagt, es werde ihn niemand mehr an Ofer erinnern, wenn sie diesen Fall hier aufgeklärt hätten. Er müsse sich auf die laufende Ermittlung konzentrieren.

Aber das Problem war nicht nur Ofer Sharabi. Chava Cohen befand sich seit dem Mittag im Aufwachraum der Intensivstation, war aber noch immer ohne Bewusstsein. Und er hatte sie noch nicht besucht. In den Tagen vor dem Überfall hatte er alles in Zweifel gezogen, was die Kindergartenbetreiberin ihm gesagt hatte, und eine wachsende Abscheu gegen sie verspürt. Und er glaubte noch immer, dass sie ihn belogen hatte, dass sie wusste, wer die Sprengstoffattrappe deponiert hatte, und dass sie ihren Angreifer kannte, aber jetzt empfand er auch so etwas wie ein Schuldgefühl ihr gegenüber, ja beinahe den Wunsch, sich bei ihr zu entschuldigen. Sie war das Opfer des Angriffs. Und sie hatte einen Sohn, der nicht einmal gewusst hatte, dass seine Mutter mitten in der Nacht das Haus verlassen hatte und nicht zurückgekehrt war. Der Tag war so ereignisreich gewesen, dass er kaum mehr an den Bericht gedacht hatte, den er am Morgen gelesen hatte. Aber jetzt fielen ihm Ilanas hektische Anrufe wieder ein, als sie ihn von dem Überfall in Kenntnis setzen wollte. Wie ein bockiges Kind hatte er am Schreibtisch in seinem Arbeitszimmer gehockt und sich geweigert, an sein Handy zu gehen.

Und Marianka hatte, entgegen ihrem Versprechen, nicht angerufen.

Plötzlich zog der Stift in seiner Hand wie von selbst über das Blatt vor ihm und verband den schwarzen Punkt neben dem Wort *Philippinen* in gestrichelter Linie mit *Tel Aviv* und *Cholon*. Auch wenn Saras Frau sich im Ausland befand, hieß das noch nicht, dass er sich geirrt hatte. Ilanas und seine Arbeitsthese lautete, dass sie einen Mann und eine Frau suchten. Der Mann hatte den Koffer in der Lavon-Straße abgestellt und die Frau den Drohanruf getätigt. Die Frau hatte das Treffen mit Chava Cohen vereinbart, und an ihrer Stelle war der Mann dort aufgetaucht. Aber zumindest der erste Anruf – von dem sie mit Sicherheit wussten, dass eine Frauenstimme zu hören gewesen war – hätte von überallher kommen können. Den Anschluss, von dem das Gespräch geführt worden war, hatten sie nicht zu orten vermocht, aber es würde sicher möglich sein herauszufinden, ob aus Israel oder aus dem Ausland angerufen worden war. Er überlegte, ob er Ilana von dem Gedanken erzählen sollte, aber er wusste, sie würde ihre Meinung über eine sofortige Festnahme und Vernehmung Saras nicht ändern. Am nächsten Morgen wollten sie sich ohnehin in ihrem Büro treffen.

Eine junge Streifenbeamtin in Uniform saß neben der Tür zu Chava Cohens Aufwachzimmer.

Auf einer Bank im Gang wartete ein breitschultriger Mann im Unterhemd, die Arme tätowiert, und neben ihm schlief ein großgewachsener, hagerer Junge. Sein Kopf ruhte auf der Schulter des Mannes, und sein zusammengefalteter Körper war unter einer Decke verborgen. Avraham nahm an, dass der Mann Chava Cohens Exmann war, und erfuhr erst später, dass es sich bei ihm um ihren Bruder handelte.

Der schlafende Junge war ihr Sohn. Der Sohn, den man in den Operationssaal hatte kommen lassen und der seine Mutter über die Schultern der operierenden Ärzte hatte anschauen müssen, um der Polizei ihre Identität zu bestätigen. Er war seitdem nicht zu Hause gewesen. Avraham zeigte seinen Ausweis, und die Polizistin öffnete ihm die Tür zu dem Zimmer.

»Möchten Sie, dass ich jemanden aus der Abteilung rufe?«, fragte sie, doch er sagte, das sei nicht nötig.

Er wollte allein mit ihr sein.

Aber es war schwer, Chava Cohen in dem Zimmer überhaupt auszumachen, da es nur von einer kleinen Lampe beleuchtet wurde, die über dem Bett brannte. Ihr Gesicht war verbunden und ihr Körper mit einer Decke zugedeckt. Die rechte Kopfseite, die nicht unter Mull verborgen war, war kahlrasiert. Dunkle Blutergüsse bedeckten auch ihren Hals und die sichtbaren Stellen ihres Gesichts, die rechte Wange und die Stirn. Ihre Augen waren geschlossen.

Nach dem Telefonat mit der Ärztin, die sie operiert hatte, war er auf diesen Anblick vorbereitet. Dennoch blieb er lange Zeit an ihrem Bett sitzen, als hoffte er, dass sie schon deshalb aufwachte, weil er da war. Die Ärztin hatte gesagt, Chava Cohen könne jeden Augenblick die Augen aufschlagen, könne genauso gut aber noch etliche Tage ohne Bewusstsein bleiben. Und man könne nicht wissen, in welchem Zustand sie aus dem Koma erwachen würde, da es unmöglich sei, die Folgen der Verletzung abzuschätzen.

Nachdem er das Zimmer verlassen hatte, stellte sich Avraham dem Bruder als Leiter des Ermittlungsteams vor. Der Sohn wachte nicht auf, obwohl sie sich in normaler Lautstärke direkt neben ihm unterhielten, und Avraham fragte sich, ob der Junge wohl jemals das Bild würde vergessen können, das er im Operationssaal gesehen hatte. Er stellte dem Bruder ein paar Routinefragen, ohne an dessen Antworten wirklich interessiert zu sein. Der Bruder wusste rein gar nichts, weder über den Kindergarten, den seine Schwester betrieb, noch über einen Chaim Sara. Er wohnte in Haifa und hatte Chava Cohen zum letzten Mal am Abend des Neujahrsfestes gesehen. Bevor Avraham sich von ihm verabschiedete, fragte der Bruder: »Sie wissen noch nicht, wer ihr das angetan hat?« Und Avraham schüttelte den Kopf.

Aber er war überzeugt, es zu wissen.

Erst bei seiner Rückkehr nach Hause entdeckte er Mariankas Nachricht auf seinem Handy.

Es war schon nach Mitternacht, Avraham streifte sein Hemd ab und goss sich ein Glas kaltes Wasser ein, ehe er sein Postfach öffnete und sein Blick erstarrte. Er hatte gedacht, sie würde ihm schreiben, da sie nicht angerufen hatte, aber was sie schrieb, hätte er nie vermutet. Die Zeilen waren kurz, wie bei einer Traueranzeige:

Warte nicht auf mich, Avi.

Nicht jetzt.

Ich weiß, der Zeitpunkt ist nicht gut und dass du mitten in einer Ermittlung steckst.

Versuch, dich so gut es geht darauf zu konzentrieren, und denk nicht an mich.

Vielleicht wird es eines Tages anders sein.

Ich rufe an und werde alles erklären, sobald ich kann.

Teil II

9

In jener Nacht kam der Herbst.

Die Wärme, die sich den Sommer über in den schmalen Spalten zwischen den Hausmauern und in den Wänden angestaut hatte, hielt sich noch, aber über Nacht waren fremdartig anmutende Wolken am Himmel aufgezogen. Gegen Morgen begannen kühle Regentropfen auf die Plastikfolien niederzugehen, mit denen der Tatort des Überfalls abgedeckt worden war, um noch verbliebene Spuren vor der Nässe zu schützen.

Avraham hatte trotz aller Bemühungen nicht schlafen können. Als sich der Himmel blau färbte, begriff er, dass er auch keinen Schlaf mehr finden würde, stand auf und zog sich an. Er suchte die Stadt nach einem schon geöffneten Café ab, weil er unter Leuten sein wollte, und fand keines. Eine Weile fuhr er weiter ziellos durch die Gegend, ehe ihm klar wurde, wohin er fahren musste.

Über Funk kamen an jenem Morgen hauptsächlich Meldungen über Verkehrsunfälle. Um halb sechs war ein LKW auf einer Ölspur ins Schleudern geraten und mit einem Motorradfahrer kollidiert, der auf der Gegenfahrbahn unterwegs gewesen war.

Avraham bot der Polizistin vor Chava Cohens Zimmer an, eine längere Pause zu machen. Sie entgegnete: »Sind Sie sich sicher? Ich würde, wenn möglich, gerne nach Hause gehen, mich ein bisschen frisch machen und den Morgen mit den Kindern verbringen. Ich wohne hier ganz in der Nähe.« Er erwiderte, er könne bis halb neun bleiben. Die Besprechung des Ermittlungsteams war für neun im Distriktkommissariat Tel Aviv angesetzt.

Nachdem sie gegangen war, öffnete er die Tür. Chava Cohen lag noch immer im Koma, doch ihre Züge wirkten ruhiger als am Vortag. Leise verließ er das Zimmer wieder. Draußen, auf der Bank im unbeleuchteten Gang, schlief noch immer ihr Sohn. Ihren jüngeren Bruder konnte Avraham nirgends sehen. Er holte sich einen Kaffee am Automaten und nahm dem Sohn gegenüber auf dem Stuhl Platz. Eigentlich hatte er keinen Grund, dort zu sein. Er glaubte nicht mehr, dass sie seine Anwesenheit spüren und aufwachen würde. Vielleicht war er gar nicht ins Krankenhaus gekommen, um Chava Cohen zu schützen, sondern ihren Sohn, der zusammengerollt allein vor ihrem Zimmer schlief. Und ausgerechnet jetzt, angesichts des schlafenden Jungen, fielen ihm langsam die Augen zu.

Auf dem Gang war es still und dunkel, und nur an seinem fernen Ende, bei der Schwesternstation, brannte Licht.

Er erwachte, als eine der Schwestern ihn an der Schulter berührte und fragte, ob er etwas essen wolle. Die Bank, auf der der Sohn gelegen hatte, war leer, doch jetzt sah er ihn von der Toilette kommen, wo er sich offenbar das Gesicht mit kaltem Wasser benetzt hatte.

Im Sitzungszimmer 3 des Tel Aviver Distriktkommissariats wartete schon Sergeant Lior Seitouni, der junge Ermittler, den er in Ilanas Büro getroffen hatte. Er war als Erster zu dem Treffen des Ermittlungsteams erschienen, mit tropfnassen Hosenaufschlägen, als wäre er auf seinem Weg ins Präsidium in ein paar Pfützen gesprungen. Sein Gesicht war jungenhaft und glatt, und er erschien Avraham mit seinen vielleicht Anfang zwanzig zu jung, um Ermittler bei der Polizei sein zu können. Während der Besprechung machte er so gut wie nie den Mund auf, und wenn er sprach, schwang in seiner Stimme ein aufgeregtes Vibrato mit. Er hatte Mühe, den Laptop an den Beamer anzuschließen, und war auf die Hilfe von Ilana angewiesen, die um Punkt neun eintraf und fragte: »Wieso ist Eliyahu noch nicht da?«

Maalul erschien, wie immer, mit ein wenig Verspätung und entschuldigte sie mit dem Chaos, für das der überraschende Regen auf den Straßen gesorgt hatte. Avraham hatte Ilana gebeten, Maalul mit ins Team zu nehmen, obwohl der Fall bislang nicht die Vernehmung von Kindern oder Jugendlichen erforderlich machte, und Ilana hatte seinem Wunsch entsprochen, nachdem ihr vom Jugenddezernat mitgeteilt worden war, dass er momentan an keiner dringenden Ermittlung beteiligt sei. Maalul legte ein Täschchen aus braunem Leder auf den Tisch und bat um Ilanas Erlaubnis, während der Besprechung einen Happen zu sich nehmen zu dürfen, da er keine Zeit gehabt hatte zu frühstücken. Ilanas Sekretärin brachte allen faden Kaffee in Pappbechern.

Bevor er sein mit hartgekochtem Ei belegtes, in Alufolie verpacktes Brot und die geschälte Gurke auf den Tisch legte, wischte Maalul mit einem weißen Stofftaschentuch, das er aus der Tasche zog, die Tischfläche vor sich blitzblank. Als er sah, dass Avraham auf ihn wartete, um die Besprechung eröffnen zu können, sagte er: »Fang an, Avi, fang an. Warte nicht auf mich. Ich esse mit einem Ohr und höre mit dem anderen zu.« Und Avraham sah ihn ungläubig an, obwohl Maalul nicht wissen konnte, warum.

Das war der Satz, den Marianka ihm geschrieben hatte.

Warte nicht auf mich.

Ilana lachte laut, doch Maalul bemerkte offenbar, wie etwas in Avrahams Augen zersplitterte, denn er flüsterte ihm tonlos und nur die Lippen bewegend zu: »Bist du okay?«

Auf der Leinwand erschien eine Serie von Bildern, die in

der Nacht des Überfalls gemacht worden waren. Chava Cohen in dem Überlaufkanal unter der Brücke inmitten leerer Plastikflaschen und Lumpen. Sie lag auf dem Bauch, und die Leute von der Spurensicherung, die die Befunde vom Tatort analysiert hatten, behaupteten, die letzten Schläge gegen den Kopf musste sie bekommen haben, als sie schon so dagelegen hatte, regungs- und wehrlos. Sie hatte so selbstsicher gewirkt, als sie auf dem Parkplatz aus ihrem roten Justy gestiegen war, etwa eine Stunde bevor man sie in dem Kanal gefunden hatte, und Avraham dachte über den Unterschied zwischen den beiden Aufnahmen nach. Wie das Leben eines Menschen sich in einem einzigen Augenblick verändern konnte.

»Vorwärts, Avi«, sagte Ilana, »wir sollten uns ein bisschen sputen, denn wir sind schon spät dran. Komm, erklär uns, was passiert ist.«

Dabei versuchte er es selbst noch zu verstehen.

In der Nacht, gleich nachdem er die Nachricht gelesen hatte, hatte er, obwohl sie ihn in ihrer Mail bat, das nicht zu tun, Marianka angerufen. Das Telefon in der kleinen Wohnung am Square Baron Alfred Bouvier hatte geklingelt, doch sie war nicht drangegangen. Hätte er zu ihr gehen oder mit dem Wagen hinfahren können, er hätte es getan. Hätte an die Tür geklopft und, ungeachtet ihrer Bitte, Erklärungen verlangt. Schließlich schrieb er ihr eine Mail, die nur aus einer einzigen Zeile bestand: *Warum antwortest du mir nicht?*

Für einen Moment hatte er überlegt, ob er vielleicht in den letzten Tagen nicht genug mit ihr gesprochen hatte, wegen der Ermittlung, aber er wusste, dass dies nicht der Grund war. Er hatte gespürt, dass sie ihm entglitt, hatte sie sogar gefragt, ob etwas passiert sei, und sie hatte sich um eine Antwort gedrückt. Sie war im Juni nur eine Woche in seiner Wohnung gewesen, was jetzt schon mehr als drei Monate zurücklag, aber er nahm sie noch immer in jedem Winkel wahr: auf dem Balkon, der Mariankas und sein Balkon gewesen war, im Wohnzimmer, dessen Wände sie weiß und blau hatten streichen wollen, im Schlafzimmer, in dem der Kleiderschrank halbleer stand und die alten Holzborde auf ihre Sachen warteten. Gegen Morgen öffnete er, bevor er zum Krankenhaus fuhr, erneut sein Postfach. Sie hatte nicht auf seine Mail geantwortet.

Maalul kaute gemächlich an seinem Brötchen und bedeckte mit der Hand den Mund, als Avraham begann: »Chava Cohen, wohnhaft in Cholon, zweiundvierzig Jahre alt, von Beruf Kindergärtnerin, wurde in der Nacht von Sonntag auf Montag in Tel Aviv in Strandnähe angegriffen. Wie auf den Fotos zu sehen ist, war der Angriff von äußerster Brutalität und wurde mit einem Felsbrocken ausgeführt, der sich am Tatort fand. Dem Überfall gingen Drohungen voraus und allem Anschein nach auch eine Sprengsatzattrappe, die vor dem Kindergarten, den das Opfer des Angriffs in der Lavon-Straße in Cholon betreibt, deponiert wurde. Der Tatort ist stark verunreinigt, und wir werden allem Anschein nach reichlich Befunde von der Spurensicherung bekommen. Es wird Fingerabdrücke und auch Sohlenprofile geben. Wir dürften also, wenn wir einen Verdächtigen festnehmen, einiges in der Hand haben.«

Maalul legte das Brötchen auf den Tisch und wischte sich die Fingerkuppen mit seinem Taschentuch ab. Dann sagte er: »Entschuldige, dass ich dich unterbreche, aber was soll das heißen, dem Angriff seien anscheinend Drohungen und eine Sprengsatzattrappe vorausgegangen?«

Avraham erwiderte: »Es wurde eine Bombenattrappe deponiert, und das nicht nur anscheinend, und es gab auch einen Drohanruf im Kindergarten. Denjenigen, der die

Attrappe platziert und – oder – den Drohanruf getätigt hat, haben wir noch nicht dingfest machen können, aber wir sind sicher, dass eine Verbindung zwischen beiden Taten besteht, obgleich das Überfallopfer behauptet, es habe keine Kenntnisse von der Identität desjenigen, der die Sprengstoffattrappe deponiert hat, und uns auch den Drohanruf verschwiegen hat …«

Diesmal war es Ilana, die ihn unterbrach. »Ich möchte zunächst einmal betonen, dass dies Avis und nicht unser aller These ist«, sagte sie. »Und auch, wenn sie mir als Arbeitshypothese durchaus akzeptabel erscheint, möchte ich nicht, dass der angenommene Zusammenhang zwischen der Bombenattrappe und dem Angriff als Tatsache betrachtet wird, die im Rahmen unserer Ermittlung nicht mehr in Zweifel gezogen werden darf. Wir müssen auch andere Richtungen im Blick behalten.«

»Zum Beispiel?«, fragte Maalul.

Trotz seines Alters wirkte er auf Avraham wie ein Schüler in der großen Pause, mit seinem angebissenen Brötchen auf der Alufolie vor sich.

»Zum Beispiel einen zufälligen Angriff. Oder einen Raubüberfall. Ihr Handy und auch ihr Portemonnaie wurden gestohlen. Wir wissen mit Sicherheit, dass es keine Vergewaltigung gegeben hat, aber ausschließen lässt sich nicht, dass eine versuchte Vergewaltigung oder sexuelle Belästigung eskaliert ist.«

Avraham wartete, bis Ilana geendet hatte, und fuhr dann fort, ohne auf ihre Einwände einzugehen. Sein Kopf war, trotz des kurzen Nickerchens im Krankenhaus, schwer vor Müdigkeit. »Unser Hauptverdächtiger ist ein gewisser Chaim Sara, wohnhaft in Cholon, siebenundfünfzig Jahre alt«, sagte er. »Er hat ein Tatmotiv, auf das ich später noch näher eingehen kann. Keine Vorstrafen. Sein Sohn geht in den von dem Überfallopfer betriebenen Kindergarten, und allem Anschein nach hat er den Verdacht gehegt, sie habe den Jungen geschlagen. Möglich ist sogar, dass dieses Motiv dem Angriff zugrunde liegt. Sie hat massive Schläge auf den Kopf bekommen, und der Verdächtige hat bei der Vernehmung ausgesagt, sein Sohn sei mit einer Wunde am Kopf aus dem Kindergarten gekommen. Vielleicht besteht hier ein Zusammenhang, der berücksichtigt werden muss. Die Beweise, die gegen ihn vorliegen, sind in der Hauptsache Indizienbeweise, allerdings hieb- und stichfest. In der Nacht des Überfalls hat er das Opfer angerufen und mit Cohen telefoniert, bevor sie das Haus verließ. Und am Tag nach dem Angriff hat er Flugtickets für sich und die Kinder gekauft. Er plant, am Freitagmorgen das Land zu verlassen.«

Seitounis Aufregung war unverkennbar, als er leise fragte: »Haben wir schon ein vorübergehendes Ausreiseverbot erwirkt? Wenn nicht, sollten wir uns vielleicht ans Gericht wenden.«

Er war der Einzige in der Runde, der sich so verhielt, als wäre die Aufklärung des Überfalls auf Chava Cohen die Ermittlung seines Lebens. Für Ilana war es bloß ein Fall unter vielen, der in ihre Zuständigkeit fiel. Für Maalul war es eine willkommene Abwechslung von der Routine seiner Arbeit im Jugenddezernat. Und Avraham musste sich und Ilana etwas beweisen, aber sosehr er sich auch bemühte, die Ermittlung an sich zu ziehen, ihm schien, als entfernte sie sich immer weiter von ihm. Und Mariankas Nachricht hatte ihn ganz davon weggebracht. Ilana antwortete Seitouni an seiner Stelle. »Sollten wir ein Ausreiseverbot benötigen, besorgen wir es am Donnerstag«, sagte sie. »Bis dahin haben wir noch zwei Tage, und ich hoffe, wir bekommen die Laborergebnisse rechtzeitig, um dann den Verdächtigen zu verhören und Finger- und Schuhsohlenabdrücke von ihm zu nehmen, damit wir sie mit den Befunden vom Tatort abgleichen können. Und vor allem hoffe ich, dass Cohen aufwacht und in der Lage ist, uns zu sagen, wer sie angegriffen hat, oder eine Beschreibung von demjenigen liefern kann. Falls sie ihn gesehen hat, selbstverständlich.«

Seitouni beeilte sich, etwas in das vor ihm auf dem Tisch liegende Notizbuch zu schreiben. Maalul, der sein Frühstück beendet hatte, strich mit der flachen Hand das Stück Alufolie glatt, in das sein Brötchen eingewickelt gewesen war, faltete es zusammen und verstaute es wieder in seinem Täschchen.

Avraham erklärte: »Es gibt noch eine Sache im Zusammenhang mit dem Verdächtigen, die ich seit gestern zu klären versuche. Unsere Vermutung – oder vielmehr meine, wie Ilana gesagt hat – ist, dass beim Deponieren der Sprengsatzattrappe und dem Angriff sowohl ein Mann als auch eine Frau beteiligt waren. Den Drohanruf bei dem Kindergarten hat eine Frau getätigt, und wir meinen auch, dass Chava Cohen nicht mitten in der Nacht zu dem Ort des Überfalls gefahren wäre, um dort einen Mann zu treffen, der sie bedrohte, aber vielleicht bereit zu einem Treffen war, das sie mit einer Frau vereinbart hatte. Laut Angaben der Grenzpolizei hat die Frau des Verdächtigen, eine philippinische Staatsangehörige namens Jennifer Salazar, die einen temporär gültigen israelischen Personalausweis besitzt, Israel am 12. September verlassen und ist noch nicht zurückgekehrt, aber irgendetwas daran ist unklar. Ich habe bei den meisten Fluggesellschaften angefragt, die die Philippinen anfliegen, doch nirgendwo hat es eine Reisende namens Jennifer Salazar gegeben. Nicht zu diesem Datum und auch zu keinem anderen. Ich werde versuchen, von der philippinischen Polizei zu erfahren, wann sie eingereist ist und ob sie eine kriminelle Vergangenheit hat.«

Ilana bedachte ihn mit einem neugierigen Blick. Er hatte keine Zeit gefunden, ihr vor der Besprechung von den Anrufen bei den Fluggesellschaften zu berichten.

War sie allein aufgrund ihrer eigenen Arbeitsmethoden Avrahams These gegenüber so skeptisch? Oder ging es um verlorengegangenes Vertrauen in seine Arbeit, wegen der Fehler bei der letzten Ermittlung? Genau genommen war ihm die Idee gekommen, die Fluggesellschaften abzutelefonieren, nachdem er sich daran erinnert hatte, was sie ihm während der Suche nach Ofer Sharabi gesagt hatte. Mehr als eine Woche, nachdem die Suche begonnen hatte, hatte Avraham damals, in einem Moment der Ratlosigkeit und Frustration, ihr gegenüber die Möglichkeit angedeutet, dass Ofer überhaupt nichts zugestoßen sein könnte. Vielleicht war er ja einfach in ein Flugzeug nach Rio de Janeiro gestiegen und lag jetzt am Strand? Und Ilana hatte damals erwidert: »Du weißt, dass er nicht in Rio de Janeiro ist, oder zumindest könntest du es wissen. Du fragst bei der Grenzpolizei nach, ob er das Land verlassen hat oder nicht. Und wenn ja, fragst du bei den Fluggesellschaften nach, ob er auf einem der Flüge nach Rio oder zu irgendeinem Zwischenzielort gewesen ist. Er wird ja wohl nicht mit falschem Pass geflogen sein, oder? Er ist schließlich kein Mossad-Agent, er ist nur ein Gymnasiast.«

Jetzt fragte Ilana: »Und was ist, wenn sie woandershin geflogen ist?«

»Der Verdächtige hat bei seiner Vernehmung ausgesagt, seine Frau sei auf die Philippinen gereist, um sich um ihren Vater zu kümmern«, antwortete Avraham. »Und das hat er auch der Mitarbeiterin im Reisebüro erzählt, wo er die Flugtickets für sich und die Jungen gekauft hat. Aber vielleicht hast du recht. Aber wenn er hinsichtlich der Reise gelogen hat, wäre das ein weiterer Beweis dafür, dass er etwas mit dem Überfall und dem Bombenkoffer zu tun hatte, oder? Warum sonst sollte er gelogen haben?«

Bis zum Ende der Besprechung dachte er nicht mehr an Marianka, er kontrollierte nur zweimal unter dem Tisch, ob auf seinem Mobiltelefon neue Nachrichten eingegangen waren. Ilana beharrte weiterhin darauf, dass Sara nicht die einzige Ermittlungsrichtung sein dürfe, und Avraham unternahm keine Anstrengungen zu widersprechen. Ilana und er tranken noch einen weiteren Kaffee, und um halb elf wurden die Aufgaben verteilt. Ilana wies Seitouni an, den Angriff weiter so zu untersuchen, als handelte es sich dabei um einen Raubüberfall. Er sollte mögliche Verbindungen zu ähnlichen Überfällen untersuchen, die sich in den letzten Monaten in der Gegend ereignet hatten, sollte die Sudanesen erneut verhören, die Chava Cohen in dem Kanal gefunden hatten, und fortlaufend überwachen, ob jemand die Kreditkarte verwendet hatte oder das gestohlene Telefon in Betrieb genommen oder verkauft worden war. Maalul wurde mit einer Vernehmung des Kindergartenteams und der Eltern betraut. Er sollte klären, ob sich der Verdacht erhärten ließ, Chava Cohen könnte die Kinder geschlagen haben, und herausfinden, ob es noch weitere Eltern gab, die ein Motiv für einen Angriff auf die Kindergartenbetreiberin hatten. Und Avraham würde die Observierung und stille Ermittlung gegen Chaim Sara und seine Frau fortsetzen. Seit dem Vorabend, nachdem er die Flugtickets erworben hatte, hatte Sara die Wohnung in der Aharonowitsch-Straße nicht verlassen und auch mit niemandem telefoniert.

»Und am allerwichtigsten: Lasst uns Daumen drücken, dass das Opfer aufwacht und uns weiterhelfen kann«, schloss Ilana. »Sollte das bis Donnerstagmorgen nicht der

Fall sein, treffen wir uns erneut und entscheiden, wie wir Sara vor dem Abflug in Gewahrsam nehmen.«

Maalul bat noch einmal um das Wort. Er wandte sich an Avraham und sagte: »Avi, bevor wir anfangen zu arbeiten, möchte ich, dass du mir erklärst, warum du dir sicher bist, dass dieser Sara es ist. Denn du bist dir doch sicher, oder? Und ich vertraue deinem Bauchgefühl.«

War es wirklich nötig, das noch einmal darzulegen? Er war wegen des Telefonats überzeugt, wegen des Motivs und der Flugtickets. Und wegen dieser sonderbaren Reisegeschichte. Und auch wegen Saras Verhalten während der Vernehmung, das sich nicht anders denn als ängstlich beschreiben ließ. Außerdem gab es noch weitere Gründe, aber die würde Avraham erst im Nachhinein benennen können, als die Ermittlung abgeschlossen war.

Ilana beobachtete Maaluls Gesichtsausdruck und seine großen Augen, während Avraham sprach. Er war von dessen Ausführungen offensichtlich nicht überzeugt, und sie fragte, warum. »Ich wäre überzeugt, wenn es ein spontaner Angriff gewesen wäre«, sagte Maalul. »Im Kindergarten zum Beispiel oder direkt nachdem er schließt. Aber wenn es eine Verbindung zwischen dem Koffer und dem Angriff gibt, dann zeichnet sich hier ein eindeutig kriminelles Aktionsmuster ab – man deponiert eine Sprengsatzattrappe, danach folgt ein Drohanruf und schließlich ein Treffen zu später Stunde an einem menschenleeren Ort. All das deutet auf kriminelle Planung hin, nicht aber auf einen spontanen Gewaltausbruch, weil jemand den Kopf verloren hat. Und es fällt mir schwer zu glauben, dass ein Mann im Alter von siebenundfünfzig Jahren und ohne jegliche kriminelle Vergangenheit derart geplante Aktionen durchführt. Menschen seines Schlages werden ungeplant gewalttätig, manchmal ungewollt, weil sie die Kontrolle verlieren. Andererseits, ich habe ihn nicht vernommen und nicht gesehen, also verlasse ich mich auf Avis Bauchgefühl.«

Seitouni beeilte sich, abermals etwas in seine Kladde zu schreiben. Die Worte, die Avraham diesmal verleiteten, auf die Zweifel an seiner Ermittlungsrichtung zu reagieren, waren »Menschen seines Schlages«. Daher entgegnete er leise: »Hat irgendeiner von uns etwa geglaubt, die Eltern von Ofer Sharabi wären in der Lage gewesen, den Tod ihres Sohnes zu verschleiern und sich eine ausgeklügelte Lügengeschichte über sein Verschwinden auszudenken?« Sogleich bereute er, was er gesagt hatte. Seit dem Tag, an dem jener Fall gelöst worden war, war es das erste Mal, dass Maalul, Ilana und er zusammensaßen. Und es war das erste Mal, dass er explizit Bezug nahm auf die Lehren, die er aus dieser Ermittlung gezogen hatte. Alles mit offenen Augen zu sehen. Und niemandem Glauben zu schenken.

Die beiden bedachten ihn mit einem sonderbaren Blick, und Ilana sagte: »Das ist ein anderer Fall, und es sind nicht dieselben Menschen, Avi. Ich neige dazu, Eliyahu zuzustimmen. Aber wir werden ja sehen.«

Gemeinsam gingen sie über den langen Flur zum Fahrstuhl, Seitouni und Maalul voraus und Avraham und Ilana hinterher, während Ilana zu ihm sagte: »Du siehst aus, als hättest du nicht geschlafen. Ist alles in Ordnung bei dir, Avi?«

Avraham entgegnete nur: »Ich hatte eine sehr kurze Nacht.«

Als sie beim Fahrstuhl angelangt waren, fragte Ilana: »Habt ihr gehört, was im Krankenhaus passiert ist?«

Avraham blickte sie überrascht an, weil er annahm, Chava Cohens Sohn wäre etwas passiert – oder dass jemand von seinem unverhofften Nickerchen erzählt hätte. Maalul hielt die Fahrstuhltür geöffnet, während Ilana berichtete.

Wie sich herausstellte, war ein aufgeweckter Kollege von der Streife am Unfallort eingetroffen, wo der LKW mit dem Motorrad kollidiert war, und hatte unter der Lederjacke des Motorradfahrers, der auf dem Asphalt lag, ein schwarzes T-Shirt mit der Aufschrift POLSKA gesehen. Noch bevor der Verletzte mit dem Krankenwagen abtransportiert worden war, hatte er Meldung gemacht. Schärfstein erwartete den Mann im Krankenhaus mit einem Haftbefehl in der Hand, hatte kurze Zeit später ein unterschriebenes Geständnis, und der versuchte Mordanschlag in der Schenker-Straße war aufgeklärt.

Und das alles war passiert, während er dort auf dem Stuhl vor Chava Cohens Zimmer geschlafen hatte, unweit der Unfallaufnahme? Er hatte Ilana nicht erzählt, dass er hingefahren war, um Cohen zu sehen, weil er nicht hatte schlafen können, und dass ihm ausgerechnet vor ihrem Sohn die Augen zugefallen waren.

»Dazu sagt man wohl: ›Das Glück ist mit den Tüchtigen‹, nicht wahr?«, meinte Maalul.

Auch den Rest des Tages, ehe er gegen Abend nach Hause ging, gelang es ihm, sich Gedanken an Marianka zu versagen. Er kehrte aufs Revier zurück und hörte sich einen kurzen Bericht über Saras Aktivitäten an. Dessen Reisevorbereitungen dauerten an: Um elf hatte er das Haus verlassen und war abermals zu Fuß ins Stadtzentrum gegangen, diesmal um einen Koffer zu kaufen. Seine Kinder waren noch nicht wieder bei ihm, und von seiner Frau war nichts zu sehen. Getroffen hatte er sich mit niemandem. Ein Repräsentant der Royal Jordanian, der letzten Fluggesellschaft, bei der Avraham noch nach Saras Frau fragen musste, bestätigte ihm, eine Jennifer Salazar sei nie mit ihnen über Amman und Hongkong nach Manila geflogen.

In der Kantine nahm er ein frühes Mittagessen zu sich und kehrte dann in sein Büro zurück.

Als es in Cholon zwölf Uhr mittags war, zeigte die Uhr der Internetseite *The World Clock* zufolge in Manila genau sechs Uhr abends an. Er war überrascht, dass ihm eine tiefe Männerstimme in der Zentrale der Polizei von Manila antwortete, und sagte auf Englisch: »Mein Name ist Avraham Avraham von der israelischen Polizei. Kann ich mit einem Offizier der Ermittlungsabteilung sprechen?«

Zunächst verstand der Philippiner nicht, weshalb er mit der Ermittlungsabteilung zu sprechen wünschte, die bei ihnen *Investigation and Detective Division* hieß. Also war Avraham gezwungen zu erklären, dass er die Hilfe der örtlichen Polizei bei der Ermittlung wegen eines Anschlags mit einer Bombenattrappe und eines gewaltsamen Angriffs in Tel Aviv benötige – obgleich er nicht vorgehabt hatte, allzu viele Details der Ermittlung preiszugeben. Er vermutete, er würde wohl die philippinische Flugsicherung kontaktieren oder sich über die Abteilung für Auslandskontakte an die philippinische Polizei wenden müssen. Er wiederholte: »My name is Chief Inspector Avraham from the Israel police and I investigate concerning an attack and the dummy of a bomb«, und fügte hinzu, die Angelegenheit sei dringend. Der Mann bat, er möge kurz warten.

Die Internetseite der philippinischen Polizei bot reichlich Informationen zum organisatorischen Aufbau der Polizeikräfte, dennoch konnte er sich nicht vorstellen, in was für einem Gebäude der Mann saß, der ihm geantwortet hatte, oder wie das Büro aussah, aus dem jeden Augenblick ein Polizeioffizier der *Investigation and Detective Division* zu ihm sprechen würde. Auf den vielen Bildern der Seite waren lächelnde, gepflegte philippinische Polizeibeamte zu sehen. Alle waren schlank, und viele trugen Brillen, die ihren

Gesichtern einen sanften und feinsinnigen Ausdruck verliehen. Er wusste nur wenig über die Philippinen, im Grunde nur, dass dieser Staat irgendwo in Asien lag und seine wirtschaftliche Situation einigermaßen katastrophal sein musste, da so viele Philippiner nach Israel kamen, um hier zu arbeiten. Und welches Bild boten die Straßen, die aus den Fenstern des Hauptpräsidiums in Manila zu sehen waren? Er bedauerte, nicht gründlicher recherchiert zu haben, bevor er die Telefonzentrale der dortigen Polizeikräfte angerufen hatte, weshalb er jetzt gerade die Wikipedia-Seite über die Philippinen öffnen wollte, aber da hörte er am anderen Ende der Leitung eine neue Stimme, dünn und beinahe wie von einem Vögelchen.

Brigadegeneral Anselmo Garbo, Leiter der Abteilung *Investigation and Detective Division*, fragte ihn in schnellem Englisch: »Mit wem habe ich die Ehre zu sprechen?« Avraham hoffte, der Mann würde nicht allzu enttäuscht sein, als er sich selbst erneut nur als *Chief Inspector* vorstellte. Der Name des philippinischen Kollegen weckte sogleich Neid in ihm. »Soweit ich verstanden habe, rufen Sie wegen einer Sprengladung an«, sagte Anselmo Garbo.

»Ja, das ist korrekt«, erwiderte Avraham.

»In Manila?«, fragte Garbo, und Avraham begriff mit einem Mal, dass der Beamte in der Zentrale ihn falsch verstanden und angenommen haben musste, er wolle vor einem Terroranschlag warnen.

»Nein, nein, ich rufe nicht wegen eines Terroranschlags an«, beeilte er sich zu sagen. »Ich bin vom Ermittlungsdezernat.« Alles Weitere las Avraham vom Blatt ab, um neuerliche Missverständnisse zu vermeiden: »Wir benötigen Ihre Hilfe beim Auffinden einer philippinischen Staatsbürgerin, die in Israel lebt. Sie hat Israel am 12. September verlassen und ist auf die Philippinen gereist, aber es gelingt uns nicht, den Flug ausfindig zu machen, auf dem sie gebucht war. Wir möchten Sie bitten, uns behilflich zu sein und zu überprüfen, ob und wo sie sich auf den Philippinen aufhält.«

Garbo hatte seinen Worten geduldig gelauscht und bat Avraham nun um vollständige Angaben zu seiner Person und Funktion, die er sich offenbar notierte. Noch gab es keinen Grund dafür, aber Avraham hatte schon jetzt den Eindruck, dass der Kriminalbeamte, mit dem er telefonierte, brillant und von messerscharfem Verstand war. Seine Bemerkungen waren kurz und seine Stimme prägnant.

»Sie möchten mir mitteilen, dass eine philippinische Staatsbürgerin in Israel vermisst wird?«, fragte Garbo.

»Nein. Ich möchte klären, ob sie bei Ihnen eingereist ist und wann.«

»Können Sie mir sagen, seit welchem Datum sie als vermisst gilt und wer Anzeige erstattet hat?«

»Niemand hat Anzeige erstattet. Wir müssen sie nur für eine Zeugenaussage vorladen.«

Garbo ließ nicht locker, weshalb Avraham gezwungen war, ihm zu erzählen, er wolle die Gesuchte zur Vernehmung im Zusammenhang mit einem Überfall vorladen, der sich in Tel Aviv ereignet hatte. Er erklärte, einer Beteiligung an dem Überfall werde sie nicht verdächtigt, aber ihre Zeugenaussage sei dringend erforderlich, und hatte aus irgendeinem Grund das Gefühl, dass Garbo ihm nicht glaubte. Nachdem der philippinische Kollege von Avraham Jennifer Salazars Passnummer bekommen hatte, meinte Garbo: »Ich werde meine Vorgesetzten und die Abteilung für Internationale Zusammenarbeit in Kenntnis setzen. Sie hören in Kürze von uns.« Und legte auf.

Avraham las auf Wikipedia, Manila sei die Metropole mit der höchsten Bevölkerungsdichte der Welt, in der mehr als fünfzehn Millionen Menschen lebten, und verstand nicht, wie ein Polizeiermittler dort jemals einen unbekannten Angreifer oder sonst jemanden ausfindig machen sollte, der eine Bombenattrappe deponiert hatte und dann in diesem Meer von Menschen untergetaucht war.

Als er auf Google nach dem Namen des philippinischen Polizeioffiziers suchte, war er sprachlos.

Brigadegeneral Anselmo Garbo war der am höchsten dekorierte Beamte der Polizei von Manila. Vier Jahre zuvor, so entnahm er einem Artikel, den er in der *Daily Tribune* las, hatte er einen Serienmörder gefasst, der mehr als ein halbes Jahr lang die Einwohner von Manila in Angst und Schrecken versetzt hatte. Der Mann hatte insgesamt elf Menschen ermordet, hatte ihnen die Bäuche aufgeschlitzt und eine seltene Blume in ihren Eingeweiden platziert – eine Gewöhnliche Türkenglocke. Danach hatte er sie mit der Präzision eines Chirurgen wieder zugenäht. Garbo war erst mit Verspätung zu der Ermittlung gestoßen, weil er für ein Jahr zur Fortbildung an der Polizeiakademie in Paris gewesen war, war aber nur zwei Wochen nach seiner Rückkehr dem Serientäter auf die Spur gekommen, nachdem er die Bedeutung des mörderischen Symbols entschlüsselt hatte.

Avraham hatte das Gefühl, als hätte er mit einer Figur aus einem Film oder einem Roman gesprochen. Dem Artikel war ein Bild beigefügt, auf dem er Garbos kleines, schmales Gesicht und die Habichtnase betrachten konnte, auf der eine runde Brille saß. Auch sein Gegenüber war kahlköpfig.

Nach einer Zigarettenpause rief er das Krankenhaus an und sprach mit einer mürrischen Ärztin von der Intensivstation. Danach ließ er sich vom kriminaltechnischen Labor das Versprechen geben, dass ihm die Auswertung der Funde vom Ort des Überfalls bis zum nächsten Tag vorliegen würde. Als er schließlich, am frühen Abend, die Tür zu seiner Wohnung aufschloss, hörte er von drinnen ein Klingeln. Und hatte das Gefühl, das Telefon würde schon seit geraumer Zeit läuten und dass es Marianka war, die anrief, weshalb er zum Hörer hastete und abnahm, aber am anderen Ende der Leitung herrschte Stille. Er wartete, dass der Apparat erneut klingeln würde. Danach schickte er Marianka eine weitere E-Mail: *Reden wir nie wieder miteinander?* Doch auch diese blieb unbeantwortet.

In jener Nacht schlief er tief und fest, aber die Ermittlung ließ ihn nicht los. Er träumte, er würde fallen, drehe sich taumelnd, und nichts, woran er sich festzuhalten versuchte, könnte seinen Fall bremsen. Marianka hätte an der Bushaltestelle auf ihn warten sollen.

Das Klingeln seines Mobiltelefons, das er neben dem Bett abgelegt hatte, weckte ihn. Das Display zeigte eine internationale Nummer, und er nahm ab, weil er dachte, es wäre Marianka, aber aus dem Gerät ertönte die Diskantstimme von Anselmo Garbo. »Oberinspektor Avraham? Hier spricht Brigadegeneral Garbo von der *Investigation and Detective Division* der Polizei von Manila. Ist es ein guter Zeitpunkt für Sie, wenn wir jetzt reden?«

Er bejahte und setzte sich im Bett auf.

»Wir haben Ihrem gestrigen Ersuchen gemäß eine Überprüfung vorgenommen, und vor einigen Minuten habe ich Ihnen in einer E-Mail einen ausführlichen Bericht mit den Ergebnissen zukommen lassen. Aber ich wollte Ihnen trotzdem kurz Bescheid geben, dass Jennifer Salazar zuletzt vor acht Jahren auf den Philippinen eingereist und seither hier nicht mehr zu Besuch gewesen ist. Und noch etwas Wichtiges: Sie sagten mir, ihr Mann habe ausgesagt, sie sei auf die Philippinen geflogen, um ihren Vater zu pflegen, aber ihre Eltern sind beide schon vor vielen Jahren gestorben. Hören Sie mich, Oberinspektor Avraham? Die philippinische Polizei ist besorgt wegen diesen Informationen, die Sie uns gegeben haben, und möchte, dass Sie uns über Ihre weiteren Ermittlungen in dieser Sache kontinuierlich auf dem Laufenden halten.«

Avraham erinnerte sich nicht, Garbo erzählt zu haben, dass Jennifer Salazar ihren Vater hatte besuchen wollen, aber offenbar hatte er es getan. Oder sollte der hochdekorierte Ermittler einfach seine Gedanken gelesen haben? Er dankte ihm und versprach, in Kontakt zu bleiben. Als das Gespräch beendet war, fühlte er sich sofort besser. Aus irgendeinem Grund spürte er, dass die Informationen, die der philippinische Kollege ihm übermittelt hatte, ihm neue Kraft einflößten. Dass der freie Fall gestoppt war. Er ging in sein Arbeitszimmer, um den Bericht zu lesen, den Garbo ihm geschickt hatte, und Ilana zu informieren. Aber vorher rief er Maalul an, und der erfahrene Kollege, der sich am Vortag noch nicht hatte überzeugen lassen, meinte: »Gut, Avi, dann hast du anscheinend doch recht gehabt.«

Avraham beabsichtigte, Ilana zu fragen, ob er Sara jetzt endlich verhaften und ins Verhör nehmen konnte, aber sie kam ihm zuvor: »Wie gut, dass du anrufst, Avi. Genau rechtzeitig. Du musst sofort ins Krankenhaus fahren. Vor fünf Minuten haben sie mitgeteilt, dass Chava Cohen heute Nacht aufgewacht ist.«

Nur Minuten später war er nach einer halsbrecherischen Fahrt im Krankenhaus angekommen und nahm die Flure bis zur Intensivstation im Laufschritt. Aber der diensthabende Arzt verwehrte ihm den Zutritt zum Zimmer der Patientin. Nach Beschluss der behandelnden Ärzte würde die Polizei Chava Cohen erst sehen können, wenn sich ihre Lage stabilisiert hätte. Er fragte den Arzt, ob sie in der Lage sei zu sprechen, und der erklärte: »Im Moment spricht die Patientin nicht, sondern weint nur. Sie werden mindestens bis heute

Mittag um eins warten müssen.« Ilana rief an und teilte mit, sie wolle auf jeden Fall an der Vernehmung beteiligt sein, auch wenn diese mitten in der Nacht stattfinden sollte, und wies ihn zudem an, auch noch ein Filmteam anzufordern, um die Befragung aufzeichnen zu lassen. Er berichtete ihr von dem Telefonat mit Garbo, und sie sagte: »Ausgezeichnet. Sollte Chava Cohen bestätigen, dass Sara der Angreifer ist, können wir ihn im Verhör auch damit konfrontieren.«

Chava Cohens Sohn und ihrem Bruder hingegen war es erlaubt worden, ihr Zimmer für einen kurzen Moment zu betreten, weshalb er sie jetzt suchte, um in Erfahrung zu bringen, ob sie etwas über den Angriff auf sie gesagt hatte. Aber auf dem Gang waren die beiden nicht zu sehen. Eine der Schwestern meinte, sie seien etwas essen gegangen, weshalb er wartete. Hin und wieder sahen Ärzte nach Cohen, und den kurzen Gesprächen mit ihnen entnahm er anschließend, dass die Erlaubnis, sie zu vernehmen, erst bewilligt werden würde, wenn der Leiter der Abteilung einträfe.

Um halb zwölf kam Chava Cohens Bruder telefonierend den Gang entlang, und Avraham wartete, bis er sein Gespräch beendet hatte. Doch auch er sagte, seine Schwester habe noch kein Wort herausgebracht, sie habe nur geweint. Aber sie habe sie beide erkannt und ihren Sohn umarmt, als der ihr einen Kuss gab, und nur darauf hätten sie beide gewartet.

Maalul rief an, um Avraham zu fragen, ob er wünsche, dass er ins Krankhaus käme, und Avraham erwiderte, noch bestünde keine Notwendigkeit. Ohnehin wusste er nicht, wie vielen Ermittlern sie erlauben würden, das Zimmer für die Befragung zu betreten.

Er aß ein Sandwich mit Omelette und Frischkäse im Café Aroma am Eingang zum Krankenhaus. Er hatte keinen Zweifel, dass er in wenigen Stunden Chaim Sara in den Verhörraum führen würde, aber da war noch etwas anderes. Abermals schien eine Flamme in ihm zu brennen. Der leitende Arzt der Abteilung traf um zwei Uhr ein, und nachdem er Chava Cohen untersucht hatte, gab er Anweisung, ihr noch weitere zwei Stunden Ruhe zu gönnen, woraufhin Avraham Ilana über die neuerliche Verzögerung in Kenntnis setzte. Es war noch zu früh, um sicher sagen zu können, ob und welche Schäden sie davongetragen hatte, aber eine erste Untersuchung hatte ergeben, dass sie mit den Ermittlern würde kommunizieren können. Er rauchte zwei Zigaretten vor dem Eingang, bevor das Filmteam, ein Kameramann und ein Tontechniker, eintraf und begann, auf dem Gang vor dem Zimmer seine Ausrüstung vorzubereiten. Ilana erschien um Viertel vor fünf. Sie bat darum, dass der leitende Arzt bei der Befragung dabei sein sollte, und ersuchte die Schwestern dann um ein Schreibbrett, Papier und zwei Bleistifte, für den Fall, dass Chava Cohen ihre Sprechmuskeln nicht würde bewegen können.

Um zehn nach fünf, mehr als zehn Stunden nachdem Chava Cohen aus ihrem Koma erwacht war, machte sich der leitende Arzt daran, sie noch einmal zu untersuchen. Danach öffnete er die Tür und bedeutete den Ermittlern hereinzukommen.

Ilana betrat das Zimmer vor Avraham. Das Filmteam nahm vor dem Bett Aufstellung, und der Kameramann bat, alle Lampen anzuschalten, da die Beleuchtung sonst nicht ausreichen würde. Ilana nahm auf einem Stuhl neben Chava Cohens Bett Platz, und Avraham blieb dahinter stehen, neben dem Infusionsständer, an den sie angeschlossen war. Auf der anderen Seite des Bettes stand der leitende Stationsarzt.

Chava Cohens Augen waren weit aufgerissen, schauten

ihn aber nicht an. Auch ihr Mund stand offen, bewegte sich aber nicht. Avraham wusste nicht, ob sie ihn wahrnahm, und wenn ja, ob sie ihn wiedererkannte.

Ilana beugte sich zu ihr hinab und sagte mit sanfter Stimme: »Chava, meine Name ist Ilana Liss, und ich bin von der Kriminalpolizei. Als Erstes möchte ich sagen, dass ich mich sehr freue, dass Sie aufgewacht sind. Wir alle haben darauf gewartet, dass Sie zu sich kommen. Ihre Ärzte haben gesagt, Sie könnten mir jetzt ein paar Fragen über den Angriff auf Sie beantworten. Haben Sie das Gefühl, dass Sie mit mir reden können?«

Avraham konnte keine Regung an dem Körper auf dem Bett feststellen. Die Augen bewegten sich nicht, auch der Mund nicht. Ilana schaute den leitenden Arzt an, und der bedeutete ihr fortzufahren. Sie sagte: »Chava, wir haben Sie in der Nacht von Sonntag auf Montag gefunden, in einem Abwasserkanal in Tel Aviv. Erinnern Sie sich, wie Sie da hingekommen sind?«

Jetzt bemerkte Avraham eine ganz leichte Bewegung des Kopfes. Chava Cohen erinnerte sich. Und ihre Augen schlossen sich. Er hörte das Weinen, das die Ärzte zuvor beschrieben hatten, eine Art dumpfes Wimmern, das nicht aus dem Mund zu dringen schien, der sich noch immer nicht bewegt hatte. Ilana verschränkte beide Hände, führte sie zum Mund und wartete. Dann fragte sie erneut: »Chava, erinnern Sie sich, wie Sie in den Kanal gekommen sind und wer Sie angegriffen hat?«

Abermals bewegte sie den Kopf, und wieder erklang dieses dumpfe Wimmern. Avraham hatte den Eindruck, dass Chava Cohen Anstrengungen unternahm, den Kopf vom Kissen zu heben. Der leitende Stationsarzt fasste ihren Arm und sagte: »Chava, könnten Sie für uns auf dieses Klemmbrett schreiben? Sie haben mir doch vorhin gezeigt, wie schön Sie Ihre Hand bewegen können, oder? Kommen Sie, wir machen das zusammen. Ich helfe Ihnen.« Er legte ihre Hand auf das Schreibbrett.

Avraham sah die Buchstaben nicht, die langsam auf dem weißen Blatt entstanden, denn Ilana beugte sich vor ihm darüber, er sah nur die langsame Handbewegung von Chava Cohen, deren Arm der leitende Arzt stützte. Und dann hörte er Ilana fragen: »Usen? Ist es das, was Sie geschrieben haben? Haben Sie ›Usen‹ geschrieben?« Abermals dieses Wimmern, diesmal noch dumpfer und tiefer, wie das Wehklagen des ganzen geschundenen Körpers.

Ilana drehte sich zu ihm um. »Sagt dir das irgendwas? Wissen wir, was das ist – Usen?«, fragte sie.

Avraham machte einen Schritt auf das Bett zu, um die Buchstaben sehen zu können. Er wollte sichergehen, dass sie das wirklich geschrieben hatte, denn er konnte es noch immer nicht glauben. Dann nickte er, und Ilana wandte sich erneut an Chava Cohen und bat: »Chava, können Sie uns bitte den vollständigen Namen aufschreiben?«

Und Chava Cohen schrieb.

10

Alles war bereit, als die Kinder aufwachten – nur er selbst nicht.

Im Wohnzimmer standen der alte Koffer und daneben die Tasche, die er am Vortag gekauft hatte und die sie mit ins Flugzeug nehmen würden. Auf dem Sofa, neben dem blauen Kissen, das noch immer dort lag, hatte er die Papiertüte aus der Boutique Bella Donna mit den Geschenken platziert. Die Flugtickets hatte er fächerförmig auf dem Tisch ausgebreitet. Auch das Frühstück war vorbereitet, auf den Tellern der Jungen waren Käsebrote und Tomatenscheiben angerichtet und daneben Becher mit kaltem Kakao.

Als Chaim vor dem offenen Fenster Kaffee trank, hörte er aus ihrem Zimmer ein Geräusch und vermutete, dass Schalom aufgewacht war und sich in seinem Bett aufgesetzt hatte. Er verharrte mit seinem Kaffee noch einen Augenblick in der Küche und lauschte, wie sein kleiner Sohn nach Eser rief, der im Bett über ihm schlief.

Obgleich er diesen Moment in den letzten Tagen viele Male in seiner Phantasie vor sich gesehen hatte, fühlte er sich nicht vollkommen bereit. Vor allem wegen des Gesprächs mit seiner Mutter. Dabei hatte er entschieden gesprochen und alle ihre Argumente vehement zurückgewiesen, dennoch hatte es einen bitteren Nachgeschmack bei ihm hinterlassen und dem Gefühl der Selbstsicherheit, das er gehabt hatte, einen Schlag versetzt. Morgen um diese Zeit würde es kein Zaudern mehr geben dürfen. Sie würden bereits am Flughafen sein. Ob sie wohl schon im Flugzeug saßen? Oder würden sie vielleicht noch auf die Lautsprecherdurchsage warten, die den Beginn des Eincheckens bekanntgab? Er stellte sich die Jungen und sich selbst vor, wie sie von dem dunklen Gang verschluckt wurden, der zum Flugzeug führte. Ihr letzter Tag zu Hause war minutiös geplant.

Aber im Reiseplan gab es Einzelheiten, über die sich Chaim noch nicht im Klaren war. Wohin würden sie gleich nach der Landung in Manila fahren, ins Hotel? Und was sollten sie gemeinsam fast zwei Wochen lang in der fremden Stadt unternehmen, nachdem die Suche nach Jenny erfolglos geblieben wäre? In einem Laden für Schulbücher im Stadtzentrum hatte er einen Reiseführer für die Philippinen gekauft und nachts darin zu lesen begonnen, damit er auf die Fragen der Kinder würde antworten können. Hätten sie nur zwei oder drei Tage verreisen können, wäre es leichter gewesen. Am liebsten wäre er schon wieder zurück. Mit den Kindern. Er malte sich ihr neues Leben ohne sie aus, wenn die Jungen ihn nicht mehr nach ihr fragen würden, weil sie begriffen hätten, wie sie gewesen war.

Eser hatte nur in der Unterhose geschlafen und die vorhin ausgezogen, um zur Toilette zu gehen, weshalb er jetzt vollkommen nackt war, als Chaim die beiden ins Wohnzimmer führte. Schalom trug noch seinen Pyjama. Sie blieben mitten im Wohnzimmer stehen, vor den Gepäckstücken, und Schalom fragte: »Warum sind hier die Sachen?«

Chaim antwortete: »Ihr müsst raten. Wann nimmt man einen Koffer mit?«

Schalom betrachtete den hageren Körper seines älteren Bruders, der sagte: »Wenn man verreist.«

Schalom hing noch immer mit dem Blick an Eser und fragte ihn: »Aber wer verreist denn?«

»Wir. Ihr müsst aber raten, wohin«, erklärte Chaim. Er war überrascht, dass sie es nicht sofort errieten. Als er dieses Gespräch in seiner Phantasie durchgespielt hatte, hatten die beiden die Antwort gleich gewusst und laut herausgebrüllt.

Schalom fragte: »Zu Oma?«

»Nein. Ihr dürft noch mal raten.«

Eser stand schweigend vor dem Koffer und der Tasche und beteiligte sich nicht an dem Ratespiel. Vielleicht war er noch nicht ganz wach.

»Zu Tante Adina?«

Chaim lächelte erneut und schüttelte den Kopf.

»Also wohin fahren wir?«, fragte Schalom ungeduldig.

»Soll ich es euch verraten?«

Hätte er die Dinge aus seinem Kopf verbannen können, die ihm seine Mutter am Vorabend gesagt hatte, hätte er nicht gezögert, ihnen die Antwort zu geben. Aber seine Mutter hatte ihm in ihrer Sprache zugeflüstert: »Wozu sie belügen und sie bis dorthin schleppen? Du kannst ihnen auch hier sagen, dass sie sie nicht wiedersehen werden.« Chaim hatte ihr erklärt, ihre Reise sei das genaue Gegenteil von einer Lüge, und dass sie fahren würden, um die Wahrheit zu entdecken.

Schalom stand wie angewurzelt da, und Chaim meinte, auf Esers verschlossenem Gesicht ein kleines Lächeln zu entdecken, als er es ihnen sagte. »Wir fahren Mama treffen. Wir fliegen mit dem Flugzeug zu ihr, morgen früh.«

Sie freuten sich wirklich, und Chaim wusste, die Freude würde zu Enttäuschung und Niedergeschlagenheit werden, aber genau das beabsichtigte er. Die ersten Tage würden traurig sein, aber er würde sie aufmuntern, und bis zu ihrer Rückkehr würde der Schmerz nachgelassen haben. Bei Schalom ganz sicher. Eser würde länger brauchen, aber auch er würde es verstehen. Und zu ihm zurückkehren, weil er niemand anderen hatte.

Chaim gab jedem von ihnen sein Flugticket und erklärte, die Plätze seien markiert. Eser würde am Fenster sitzen und das Flugzeug über die Wolken fliegen sehen, und Schalom würde neben ihm sitzen, zwischen seinem großen Bruder und seinem Vater. Schalom protestierte und meinte, er wolle auch am Fenster sitzen, und Chaim versprach, der Flug sei lang, und sie könnten die Plätze tauschen. Eser drehte sein Ticket hin und her und betrachtete den noch auf dem Tisch liegenden Flugschein.

»Es ist auch ein Ticket für Mama dabei«, erklärte Chaim. »Wenn wir nach Hause fliegen, sitzt sie im Flugzeug neben euch.«

Nachdem sie sich angezogen und gefrühstückt hatten, zeigte Chaim den Kindern, was er in den Koffer gepackt hatte. Er erklärte, dass es auf den Philippinen warm war, aber auch manchmal regnete, weshalb sie Jacken und Regenschirme mitnehmen würden. Schalom warf noch einen Löwen und ein Elefantenjunges aus Plastik hinein, und Eser legte zwei Spielzeugautos dazu. Danach präsentierte Chaim ihnen die Pakete aus der Boutique, und die Kinder entschieden, dass Eser Jenny die Jeans und Schalom ihr die Bluse mitbringen würde. Dann sollten sie sich an den Wohnzimmertisch setzen, und Chaim legte ihnen das Papier und die Malfarben hin, die er ebenfalls in dem Schulbuchladen gekauft hatte.

Schalom fragte: »Aber was sollen wir für Mama malen?«

»Malt ein schönes Bild für sie und gebt es ihr zusammen mit den Geschenken, als Überraschung.«

Er saß neben ihnen, während Schalom das Blatt mit dicken blauen Strichen füllte und dazwischen ein schwarzes, schiefes Viereck malte. »Ich male ein Flugzeug für Mama.«

Eser wollte nichts malen, und Chaim sagte zu ihm: »Dann schreibst du ihr vielleicht einen Brief?« Es war das erste Mal, dass er so mit den Kindern zusammensaß und ihnen zusah. Genau wie die jungen Eltern, die er im Kindergarten beobachtete, dachte er. Wie der bebrillte Vater, der eine so natürliche Nähe zu seinem Sohn zu haben schien.

Die Kinder waren aufgeregt wegen des Fluges, vielleicht aber auch angesichts der Tatsache, dass jemand neben ihnen saß und ihnen beim Malen zusah, was Jenny nie gemacht hatte. Wie oft hatte er sie gebeten, sich mit ihnen hinzusetzen und zu malen? »Meinst du, sie werden mal Maler?«, hatte sie einmal verächtlich gefragt. »Sie werden wie du, machen Sandwiches mit Omelette.«

Er versuchte, Schalom zu zeigen, wie man ein Flugzeug malt – zwischen die blauen Himmelsstriche zeichnete er mit Schwarz ein langgestrecktes Oval mit Flügeln an der Seite und einer Reihe kleiner Quadrate darin, die die Fenster sein sollten, aber Schalom war neidisch auf Eser, der Buchstaben auf die Seite schrieb. Er wollte Jenny auch einen Brief schreiben. Eine Weile malte er kryptische Zeichen und tat so, als wären es Wörter, doch dann gab er auf und bat Chaim, etwas für ihn zu schreiben. Chaim fügte mit Rot am unteren Rand des Blattes hinzu: *Für die liebe Mama Jenny, das ist das Flugzeug, mit dem wir nach so langer Zeit zu dir fliegen werden.* Und unterschrieb im Namen des Jungen.

Eser fuhr fort, langsam und konzentriert große Buchstaben zu schreiben, und weigerte sich, seinem Vater und seinem kleinen Bruder zu zeigen, was dort stand. Und Chaim dachte plötzlich, wenn sie zurück aus Manila wären, würde er ihn für einen Zeichenkurs anmelden oder, wenn Eser das lieber wäre, für einen Schreibkurs. Er fragte ihn: »Eser, deine Freunde in der Schule, gehen die in Kurse?« Und Eser nickte. »Vielleicht gehst du auch in einen, wenn wir zurück sind? Möchtest du?«

Vor dem Mittag ließ er sie für ein paar Minuten allein in der Wohnung, um Hackfleisch einkaufen zu gehen. Dann machte er Spaghetti Bolognese, und Schalom kam alle paar Minuten zu ihm in die Küche gelaufen und präsentierte stolz ein weiteres Gemälde.

Die ruhigsten Stunden an diesem letzten Tag vor dem Flug waren die nach dem Mittagessen.

Er brachte Schalom zum Mittagsschlaf in sein Bett, kehrte danach ins Wohnzimmer zurück und setzte sich aufs Sofa neben Eser, der sich schweigend Zeichentrickfilme ansah. Er legte seine Hand auf den Kopf des Jungen, und Eser lehnte sich an ihn und ließ seinen Kopf auf die Schulter seines Vaters sinken. Die Beklemmung, die das Gespräch mit seiner Mutter bei Chaim hinterlassen hatte, schwand immer mehr. Er wusste, dass er das Richtige für sie tat, auch wenn niemand dies verstehen würde, nicht einmal seine Mutter. Der Beweis war dieser Morgen, diese Stunden, von denen er wusste, dass er sie nicht vergessen würde. Nie hatte er eine größere Nähe zu seinen Kindern verspürt, und auch sie waren schon seit langem nicht mehr so ausgeglichen gewesen. Eser brauchte den anderen, den eingebildeten Vater schon nicht mehr und saß unverkrampft neben ihm, wie damals als Kleinkind, bevor er sich von ihm entfernt hatte, wegen Jenny und der Dinge, die sie über ihn gesagt hatte.

Er fragte Eser, ob er ihm eine Geschichte vorlesen solle, und als Eser nickte, ging Chaim ins Kinderzimmer, um von dort das Buch über den Jungen, der schlafwandelte, zu holen. Er schaltete den Fernseher aus und las ihm laut vor, wie er es einige Tage zuvor bereits getan hatte, aber diesmal änderte er, ohne es vorher geplant zu haben, den Verlauf der Geschichte ab. Sein Sohn blickte ihn mit seinen dunklen Augen an, als er den Namen des Helden der Geschichte von Itamar zu Eser änderte. Und noch überraschter schaute er, als Chaim erzählte, wie Eser nachts aufstand, über die Wände seines Zimmers ging und in ein Bild stieg, das an einer der Wände hing, ein Bild, auf dem ein buntes Flugzeug prangte. In der Geschichte, die Chaim erfand, flog der Junge mit seinem Vater und seinem Bruder los, um seine Mutter zu finden, die in einem anderen Bild, das an der Wand hing, einem Bild von einem fernen Land, verschwunden war.

Chaim spürte Esers warmen Atem an seiner Schulter, als er das Ende der Geschichte erzählte, und begriff, dass Eser eingeschlafen war.

In der Geschichte sollte der Junge seine Mutter nicht finden, aber dafür seinen Vater, der sich aufgemacht hatte, ihn zu suchen.

Ohne dass er dies in seinem Kopf so formuliert hätte, spürte er zum ersten Mal, dass er selbst das Bild seines Lebens betrat und seine eigene Geschichte erschuf. So viele Male hatte er schon das Gefühl gehabt, das eigene Schicksal nicht beeinflussen zu können, aber diesmal war es anders. Und wenn sie aus Manila zurückkämen, würde auch das Leben der Kinder ein neues sein, eines ohne Schmerz.

Er wartete ab, bis Eser tief und fest schlief, ehe er sich vorsichtig erhob und den schlafenden Körper langsam auf das Sofa sinken ließ. Dann holte er ein sauberes Blatt aus dem Packen Malpapier, den er für die Kinder gekauft hatte, nahm einen Stift aus der Schublade im Wohnzimmer und ging in die Küche, um den Brief zu schreiben, den Jenny ihnen hinterlassen hatte.

Was würde seine Mutter dazu sagen, wenn sie davon wüsste?

Am Tag zuvor, gegen Abend, als er die Kinder bei ihr abgeholt hatte, hatte er ihr erzählt, sie würden für zwei Wochen auf die Philippinen fliegen, angeblich, um dort mit Jenny zusammen zu sein und mit ihr gemeinsam nach Israel zurückzukehren, dass sie Jenny aber – seinem Plan zufolge – nicht finden und allein zurückkommen würden. Bis dahin hatte seine Mutter nur gewusst, dass sie verreisen wollten, um der Ermittlung der Polizei zu entgehen. Seine Mutter hatte ihn angeschaut und gesagt: »Warum dorthin?« Und er hatte es ihr nicht erklären können, vielleicht wegen all dem, was er ihr über Jennys Tod erzählt hatte, und weil er wusste, dass sie es nicht verstehen würde.

Er hatte nur gesagt: »So werden sie einen Abschied von ihr haben.«

Sie hatte ihn weiterhin unverwandt angeschaut, ohne das alles zu verstehen. »Besser, sie bekommen so einen Abschied nicht«, hatte sie dann gemeint. »Du zerbrichst sie.«

Er hatte geschwiegen und nicht die Absicht gehabt, ihr zu antworten, aber sie hatte weiter versucht, seine Sicherheit ins Wanken zu bringen. Und für einen Moment hatte er gedacht, sie habe einfach Angst davor, die Jungen würden auf ihrer Reise Kinder sehen, die genauso aussahen wie sie, und würden denken, ihr Platz wäre eigentlich dort.

Doch sie sagte: »Die Polizei hat dich nicht noch einmal zur Vernehmung vorgeladen, also lass es gut sein, verzichte auf die Reise. Vielleicht haben sie den, der das gemacht hat, längst gefunden. So ein Abschied ist doch nicht gut für die Jungen.«

Am Ende hatte er wegen ihrer Sturheit und des vorwurfsvollen Tons, in dem sie sprach, die Beherrschung verloren und sie angefahren: »Sagst du mir schon wieder, was ich tun soll? Weißt du besser als ich, was gut für sie ist?«

Sie ahnte nicht, dass die Kinder seinem Plan zufolge denken würden, Jenny würde am Flughafen in Manila auf sie warten, und dass dies die erste Enttäuschung sein sollte. Sie würden die Ankunftshalle des Flughafens verlassen und nach ihr Ausschau halten. Er wollte ihnen sagen, dass sie sich offenbar verspätet hatte, weshalb sie noch eine ganze Weile am Flughafen warten und in der Zwischenzeit vielleicht etwas zu trinken und zu essen kaufen würden, falls sie hungrig wären. Danach würden sie zu dem Haus fahren, in dem sie angeblich wohnte, und er würde sie von unterwegs anrufen, aber vergeblich, und sie würde sich auch nicht melden, wenn sie dort einträfen. Ratlos würden sie vor dem willkürlich ausgewählten Haus warten, ehe sie mit dem Taxi zu einem Hotel fahren würden, wo sie bleiben mussten, bis sich geklärt hätte, warum sie nicht zum Flughafen gekommen war, um sie zu begrüßen, und weshalb sie nicht zu Hause auf sie gewartet hatte. Vom Hotel aus würde er Jenny weiter anrufen, aber sie würde sich nie melden, und Chaim würde nicht verstehen, warum. Am nächsten Tag würden sie erneut zu dem Haus fahren, in dem Jenny wohnte, und wieder würde sie nicht da sein, hätte ihnen aber einen Brief hinterlassen. Das war die eine Möglichkeit, und die andere war, dass der Brief nicht dort lag, sondern sie ihn im Hotel bekamen.

Als sich die Kinder von seiner Mutter verabschiedeten, noch ohne zu wissen, dass sie verreisen würden und wohin, hatte Chaim ihr nicht einmal Lebewohl gesagt. Er hatte vor dem Haus gewartet, auf dem Betonweg, den er gegossen hatte, als sie die Jungen in der Tür umarmte und küsste. Sie weinte und versuchte, ihre Tränen zu verbergen, aber Schalom fragte: »Oma, warum hast du Tränen in den Augen?«

Sie antwortete, was sie Chaim als Kind immer geantwortet hatte: »Weil ich Zwiebeln geschnitten habe.«

Lange schrieb er in der Küche an Jennys Abschiedsbrief.

Als er fertig war, starrte er eine Weile auf die Worte, ging dann ins Schlafzimmer, verbarg den Brief im Koffer und öffnete erneut Jennys Schubladen. Aus irgendeinem Grund zog er die Fotos von der Hochzeit auf Zypern und die Briefe heraus, die ihre Schwester ihr aus Berlin geschrieben hatte, und betrachtete die gedrängte Handschrift auf den rosafarbenen Seiten, die voll mit Herzchen und Ausrufezeichen waren.

Plötzlich kam ihm eine Idee: Das Haus, zu dem sie vom Flughafen aus fahren würden und in dem Jenny angeblich wohnte, musste gar kein zufällig ausgewähltes in Manila sein, vor dem er dann stehen und sie anrufen wollte. Man konnte auch zu dem Haus fahren, in dem Jenny aufgewachsen war. Er erinnerte sich, dass sie einmal, bei einem Abendessen mit seiner Mutter, seiner Schwester und deren Mann, erzählt hatte, sie sei in einem Armenviertel von Manila aufgewachsen, gegen das Cholon wie Amerika wirke. Und Chaim glaubte sich zu erinnern, der Name des Viertels wäre Tondo gewesen, denn sie hatte ihn noch ein weiteres Mal erwähnt. Das Haus, in dem sie mit ihrer Familie wohnte, lag in der Nähe des Bahnhofs, wo ihr Vater Schaffner gewesen war. Ihre Mutter hatte in einer Wäscherei gearbeitet. Er erinnerte sich, dass sie einige Male den Namen Tutuban genannt hatte, was möglicherweise die Straße war, in der sie als Kind gewohnt hatte. Vielleicht würde er die Adresse in einem ihrer Dokumente finden, überlegte er. Und stellte sich vor, wie sie zu dritt vor einem alten Bahnhof stünden und sich von Jenny verabschiedeten, ohne dass sie da wäre. Ein Zittern durchlief ihn, da er mit einem Mal begriff, dass sie auch dorthin fuhren, um sie auf eine gewisse Art zu bestatten, und abermals wurde ihm bewusst, wie genau sein Plan war. Jenny hatte keine Beerdigung gehabt und würde auch niemals eine bekommen. Er hatte sie in jener Nacht verscharrt, allein und in großer Eile, und hatte es möglichst vermieden, den Leichnam anzusehen. Nicht einmal seine Mutter war bei ihm gewesen. Und wenn es ihm gelänge, den Bahnhof und die Straße zu finden, in der sie aufgewachsen war, und sie dorthin gehen würden, um sich von ihr zu verabschieden, dann würde das wie ein Ersatzbegräbnis sein. Er überlegte, dass sich etwas in ihrem Leben verändert hatte, seit er sich den Plan ausgedacht und begonnen hatte, ihn in die Tat umzusetzen. Und das, noch ehe sie überhaupt losgefahren waren. Der Kriminalbeamte hatte ihn nicht noch einmal kontaktiert, und Eser war ihm nähergekommen, vertraute ihm und hatte den Kopf auf seine Schulter gelegt. So als wären all die Beleidigungen vergessen, die Eser mit angehört hatte, als Jenny sie ihm an den Kopf warf, und derentwegen er in seinen Augen so jämmerlich erschienen war.

Chaim durchwühlte die Schublade auf der Suche nach Jennys philippinischem Personalausweis, konnte sich aber nicht erinnern, ob er ihn überhaupt jemals gesehen hatte. Danach öffnete er die anderen Schubladen und war für einen Moment abgelenkt, als er meinte, Esers Pass würde fehlen. Sein eigener Pass und der von Schalom lagen in der Schublade bei den sonstigen Unterlagen, aber Esers Pass war nicht da. Er versuchte sich zu entsinnen, ob er ihn herausgenommen hatte, um zu kontrollieren, wie lange er noch gültig war, oder ob er ihn mit ins Reisebüro genommen hatte. Das war das Einzige, was ihn an jenem Nachmittag beschäftigte, aber den Jungen sagte er nichts davon, weil er überzeugt war, den Pass nicht verloren zu haben, und tatsächlich fand er sich, nachdem sie aufgewacht waren, auf dem Sofa im Wohnzimmer, verborgen ausgerechnet unter dem blauen Kissen.

Auch die Nachmittagsstunden waren geruhsam, obwohl sich die Kinder stritten und Schalom weinte, weil er es sich anders überlegt hatte und Jenny jetzt die Jeans mitbringen wollte, während Eser ihr die Bluse schenken sollte. Am Ende willigte Eser ein, und sie befestigten mit Sicherheitsnadeln das Bild und den Brief an der Geschenkverpackung, verstauten die Papiertüte im Koffer und schlossen ihn.

In die Tasche, die sie mit ins Flugzeug nehmen würden, packten sie zwei Tüten Erdnussflips, ein Malbuch, eine Packung Feuchttücher und Wechselkleidung. Chaim erzählte, er habe am Mittag, als sie geschlafen hatten, mit Jenny gesprochen, und dass sie am Flughafen auf sie warten würde. Schalom wollte auch mit ihr sprechen, um ihr zu erzählen, was er gemalt hatte, aber Chaim sagte, in dem Land, in dem Jenny sei, sei es schon spät, und sie schlafe bestimmt längst.

Sie aßen früh zu Abend und duschten, und danach suchten sie gemeinsam die Sachen aus, die sie am nächsten Tag tragen wollten, und legten sie ordentlich auf dem Stuhl in ihrem Zimmer bereit. Um sieben lagen beide Jungen bereits in ihren Betten, und Chaim erklärte, am nächsten Morgen würde er sie noch vor Sonnenaufgang wecken, weil das Taxi, das sie zum Flughafen bringen würde, um fünf Uhr vor dem Haus warten sollte. Es dauerte lange, bis sie eingeschlafen waren. Er saß schweigend an ihrem Bett und wartete, dass sie die Augen zumachten, und erinnerte sich daran, dass er vor ein paar Tagen noch Angst gehabt hatte, sie würden ihn fragen, warum Mama sie nicht ins Bett brachte wie sonst auch. Inzwischen fragten sie schon nicht mehr nach, und er war sich sicher, dass sie ihn nach ihrer Rückkehr nie wieder fragen würden.

Als er die Küche zum letzten Mal vor der Reise saubermachte, klingelte das Telefon. Es war kurz nach acht.

Er hatte keinen Zweifel, dass es seine Mutter war, vermutete aber, sie riefe nur an, um sich zu verabschieden. Doch sie sagte: »Guckst du Nachrichten im Fernsehen?« Und als er verneinte, sagte sie: »Mach mal Kanal 2 an.«

Seine Hände waren nass, und er trocknete sie an einem Küchenhandtuch ab, bevor er den Fernseher anschaltete, gleich den Ton leiser drehte – und sprachlos war.

Es gab keine Ermittlung mehr, vor der er flüchten musste.

Auf dem Bildschirm sah er eine Frau und einen Mann aus einem Polizeiwagen steigen und Polizisten in Zivil, die sie in Handschellen zum Gerichtsgebäude führten. Ihre Gesichter waren nicht zu erkennen, weil die Frau die Kapuze ihrer Sweatshirtjacke über den Kopf gezogen hatte und der Mann sich die Unterkante seines T-Shirts vor das Gesicht hielt. Da Chaim den Anfang des Berichts verpasst hatte, hatte er die Namen der Festgenommenen nicht mitbekommen, verstand aber, dass die beiden am Nachmittag, nach einer Verfolgungsjagd, in Eilat verhaftet worden waren und des Angriffs und versuchten Mordes an Chava Cohen verdächtigt wurden. Der Überfall, über den erst an diesem Abend berichtet werden durfte, hatte sich in Tel Aviv in der Nacht von Sonn- auf Montag ereignet. Chava Cohen befand sich in ernstem, jedoch nicht mehr lebensbedrohlichem Zustand und lag noch immer im Wolfson-Krankenhaus.

»Dem brutalen Angriff auf die Kindergartenbetreiberin gingen ein Anschlag mit einer Sprengsatzattrappe, Drohungen und Erpressungsversuche voraus«, erläuterte der Nachrichtensprecher die Bilder aus dem Gerichtsgebäude. »Als Motiv wird die Kündigung der Frau in dem Kindergarten vermutet. Ihr Lebensgefährte ist ein der Polizei bekannter Krimineller.«

Chaim schloss die Tür zum Kinderzimmer. Die Nacht von Sonntag auf Montag war die Nacht gewesen, in der er mit Chava Cohen gesprochen hatte. Er hatte sie mehrfach angerufen, und sie war schließlich um kurz vor Mitternacht an den Apparat gegangen. Das war zumindest seine Erinnerung. Und kurz danach war sie angegriffen worden.

Obgleich er Erleichterung hätte empfinden sollen, weckten die Bilder des Mannes und der Frau, deren Gesichter verdeckt waren, ein Schaudern in ihm.

Er hätte an ihrer Stelle sein können.

Doch der Gedanke, den er zugleich gehabt hatte, stellte sich wieder ein: Es gab keine Ermittlung mehr. War der Kindergarten seit Montag geschlossen gewesen? Er wusste es nicht einmal. Er war zu keiner weiteren Vernehmung einbestellt worden, offenbar weil die Identität von Chava Cohens Angreifern schnell bekannt gewesen war, ebenso wie die Tatsache, dass sie es waren, die den Koffer vor dem Kindergarten abgestellt hatten. Unter den Polizisten, die die beiden Festgenommenen umringten, konnte er den Beamten nicht entdecken, der ihn zur Vernehmung aufs Revier bestellt hatte.

Das Telefon klingelte erneut, und er wusste, was seine Mutter sagen würde. »Hast du es gesehen?«, fragte sie nur.

»Ja.«

Dennoch hatte er nicht einen Moment daran gedacht, die Reise zu stornieren. Im Gegenteil, er bedauerte, dass sie nicht schon am Flughafen waren. Beide schwiegen sie, bevor seine Mutter fragte: »Kennst du die?«

»Wieso sollte ich?«, erwiderte er. Er war angespannt und wartete darauf, dass sie ihm vorschlug, auf die Reise zu verzichten, da es nichts mehr gab, wovor sie weglaufen mussten, weshalb er sie sofort unterbrach, als sie davon anfing. »Es reicht. Ich habe dir erklärt, dass wir fahren, damit die Kinder einen Abschied bekommen«, sagte er ein letztes Mal.

»Aber weshalb fahrt ihr denn? Und wieso Abschied. Außerdem, das macht mir Angst, dass ihr an Jom Kippur fahrt. Das bringt Unglück. Du darfst nicht an Jom Kippur fliegen, Chaim, warte wenigstens noch ein paar Tage. Es macht doch nichts, wenn du wartest.«

Darauf gab er keine Antwort, sondern beendete das Gespräch und kehrte in die Küche zurück, um weiter aufzuräumen. Dann packte er die Waschutensilien in eine schwarze Stofftasche und entsann sich, Handtücher mitzunehmen. Um elf Uhr nachts, weniger als zehn Stunden vor ihrem Flug, rief er die Taxizentrale an und bestellte für fünf Uhr morgens einen Wagen zum Ben Gurion Airport. Danach öffnete er die Tür zum Kinderzimmer und kontrollierte, ob die beiden auch schliefen. Die Nächte waren bereits kühler, aber Eser schlief weiterhin ohne Oberteil und hatte sich in die dünne Decke gewickelt. Wenn sie zurück wären, würde er ihnen die Sommerdecken gegen wärmere Decken austauschen, dachte er.

Er vergewisserte sich ein letztes Mal, dass die Reisepässe und Flugtickets an Ort und Stelle waren, neben seiner Brieftasche, und löschte dann alle Lichter in der Wohnung.

II

Die schnelle Festnahme von Amos Usen und Ilanit Chadad war das Ergebnis einer konzertierten Aktion der Ermittler des Distrikts Tel Aviv unter Leitung von Vizekommandantin Ilana Liss, Leiterin des Ermittlungs- und Nachrichtendezernats, und der Kollegen des Bezirks Eilat.

Unmittelbar nach der Befragung Chava Cohens in ihrem Krankenzimmer hatte Ilana das Ermittlerteam in einem Raum, den man ihnen auf der Intensivstation zur Verfügung stellte, versammelt. Eliyahu Maalul und Lior Seitouni wurden von zu Hause herbeordert. Zu dem Zeitpunkt hatten sie nur zwei Namen in der Hand, mit Bleistift und unter Mithilfe des behandelnden Arztes von einer verletzten Hand hingekritzelt: *Amos Usen*, der Name, den Chava Cohen als Erstes notiert hatte, und *Ilanit Chadad*, ein Name, den sie nach den Fragen, die Ilana ihr auf Avrahams Bitte gestellt hatte, hinzufügte. Er hatte das Gefühl gehabt, als verpasste ihm jemand einen heftigen Stoß gegen die Brust, als er auf dem vor Chava Cohen liegenden Blatt den Namen von Amos Usen sah, genau jenem Verdächtigen, den er zu Beginn der Ermittlung hatte laufenlassen. Doch er glaubte da noch immer, Sara wäre an dem Überfall beteiligt gewesen, weshalb er Ilana bat, Chava Cohen direkt danach zu fragen. Ilana weigerte sich, fragte aber, ob an dem Angriff noch weitere Personen beteiligt gewesen seien, und nachdem sie ihre Frage ein paarmal hatte wiederholen müssen, schrieb Chava Cohen den zweiten Namen auf.

Avraham war gezwungen, erneut zu nicken. Auch den Namen kannte er.

Und dieser zweite Name sprach für eine gänzlich andere Geschichte als jene, die Avraham sich selbst über den Angriff erzählt hatte. Er hatte zwar recht gehabt, als er annahm, dass an dem Überfall ein Mann und eine Frau beteiligt gewesen waren, und hatte auch recht behalten mit seiner Vermutung, die Kindergartenbetreiberin habe ihre Angreifer gekannt. Aber allem Anschein nach war nicht Chaim Sara der Mann, der den Koffer vor dem Kindergarten deponiert hatte, noch hatte er auf dem Parkplatz im südlichen Tel Aviv auf Chava Cohen gewartet und ihr dann mit einem Felsbrocken den Kopf eingeschlagen. Ilana fragte Chava Cohen noch zweimal, ob sie sagen könne, warum sie angegriffen worden war, aber die Kindergärtnerin hatte den Kopf auf dem Kissen nur langsam von einer Seite auf die andere bewegt. Das dumpfe Wimmern verstummte, und ihre Augen schlossen sich, und der Leiter der Intensivstation sagte: »Sie haben bekommen, was Sie wollten. Schalten Sie jetzt bitte die Kamera und die Beleuchtung aus und lassen Sie ihr ihre Ruhe.«

Beim Verlassen des Zimmers bat Ilana: »Erzähl mir in aller Kürze, wer die beiden sind.« Und Avraham erzählte.

Ilana blieb abrupt stehen und drehte sich zu ihm um, sodass er vor ihr stand.

Im Grunde genommen erzählst du mir, dass er vor dem Überfall in Haft war und laufengelassen wurde? Und dass du die Frau überhaupt nicht vernommen hast, obwohl du wusstest, dass Chava Cohen sie entlassen hatte? – Das war es, was er in ihren Augen las, aber sie sagte nichts. Wandte sich lediglich um und ging weiter. Er erklärte, er habe keine andere Wahl gehabt, als Usen aus der Untersuchungshaft zu entlassen. Er hatte Chava Cohen ein Foto von ihm gezeigt, und sie hatte behauptet, ihn noch nie gesehen zu haben. Außerdem hatte er nichts gewusst von der Verbindung zwischen Usen und der Kindergartenhelferin, die eine Woche vor Beginn des Kindergartenjahres entlassen worden war. Zwar hatte er versucht, die junge Frau zur Vernehmung vorzuladen, ihm war jedoch gesagt worden, sie sei verreist.

»Und das war's? Also konnte man nichts unternehmen?« Diesen Satz stieß Ilana leise und wie resignierend hervor.

Aber was hätte er tun können? Das Observierungsteam hatte Usen einige Tage lang beschattet, und danach waren die Beamten für andere Aufgaben abgezogen worden. Und nach dem Angriff war Chaim Sara ohnehin der Hauptverdächtige gewesen und hatte im Wesentlichen seine Aufmerksamkeit beansprucht. Er hatte Sara bei ihrem kurzen Gespräch eben nicht erwähnt, obgleich er weiterhin nur an ihn dachte, denn dies war nicht der richtige Augenblick. Er war noch einige Minuten auf den Krankenhausfluren hinter Ilana hergelaufen, als sie nach einem freien Raum suchte, und auch danach noch, als sie telefoniert hatte, bis sie ihn bat, »Avi, gib mir ein paar Minuten«, und in einem Büro verschwunden war, das man ihr zur Verfügung gestellt hatte.

Avraham verließ das Krankenhaus, um zu rauchen.

Es war jetzt sieben Uhr, und die Dunkelheit senkte sich langsam herab. Er wusste, auch diese Nacht würde er keinen Schlaf finden. In einiger Entfernung sah er Maalul aus einem städtischen Linienbus steigen und auf das Krankenhaus zugehen. Er trug die graue Windjacke, die er auch zu Beginn des vorherigen Sommers getragen hatte, als sie im Vermisstenfall Ofer Sharabi ermittelt hatten.

Was in Avraham vorging, war sonderbar und nicht zu erklären: Sicherlich hatte er begriffen, dass ihm auch bei dieser Ermittlung Fehler unterlaufen waren, dennoch fühlte er sich nicht geschwächt. Er empfand Scham wegen der verfrühten Haftentlassung Usens, aber auch eine Art innere Gewissheit, dass er sich – gerade weil der Angriff auf Chava Cohen kurz vor der Aufklärung stand – auf die eigentliche Ermittlung würde konzentrieren können, die außer ihm niemand bisher als solche erkannt hatte. Es blieben weniger als sechsunddreißig Stunden, um Sara festzunehmen, ehe er ins Flugzeug stieg und mit seinen Kindern nach Manila flüchtete, aber jetzt hatte er keinen Grund mehr dazu.

Und etwas brannte wieder in ihm, genau wie damals.

Obgleich sie dies nicht ausdrücklich bekanntgab, übernahm Ilana von jenem Augenblick an selbst die Leitung der Ermittlung. Sie setzte Maalul und Seitouni über die Ergebnisse der Befragung von Cohen ins Bild und legte die Reihenfolge der dringlichsten Ermittlungsarbeiten fest, die sie den dreien zuteilte. Obwohl die Chance, dass Usen die Polizei zu Hause erwartete, verschwindend gering war, wurde Seitouni mit einigen Männern der Mobilen Sondereinheit dorthin geschickt und angewiesen, eine gründliche Durchsuchung der Wohnung vorzunehmen. Eine Meldung über Usens Fahrzeugtyp und das Kennzeichen ging landesweit an alle Streifenwagen der Verkehrspolizei und Motorradpatrouillen der Sondereinheit.

Maalul wurde losgeschickt, Usens Mutter zu befragen, die nur drei Stockwerke entfernt auf der Onkologischen Abteilung des Krankenhauses lag. Sie wusste nicht, wo sich ihr Sohn aufhielt, und erzählte nur, am Sonntag, dem Tag des Überfalls, habe er ihr mitgeteilt, er werde sie wegen beruflicher Angelegenheiten ein paar Tage nicht besuchen können. In der Woche zuvor sei er fast jeden Tag mit seiner Freundin zu ihr gekommen. Das also war ihr Treffpunkt gewesen und der Grund, warum das Observierungsteam nichts von der Beziehung zwischen Usen und Ilanit Chadad mitbekommen hatte. Sie hatten sich im Krankenhaus getroffen, im Zimmer seiner Mutter, das sie getrennt voneinander betreten und verlassen hatten.

Avraham wurde instruiert, die Familienangehörigen der entlassenen Kindergartenhelferin zu vernehmen. Er fuhr mit dem Wagen zu ihrer Wohnung, ohne seinen Besuch vorher angekündigt zu haben. Ihre Eltern waren entsprechend überrascht, zeigten sich aber kooperationswillig, da er andeutete, die Polizei gehe davon aus, dass ihre Tochter nicht entscheidend an dem Angriff beteiligt gewesen sei, und sich ganz auf Usen konzentrierte.

Bereits als er den Namen das erste Mal erwähnte, verstand Avraham, dass dies der Schwachpunkt war.

Die Eltern wohnten in einem der Türme, die dichtgedrängt in Kiryat Ben-Gurion gebaut worden waren. Der Aufzug funktionierte nicht, und er stieg zu Fuß bis in den sechsten Stock. Sie aßen gerade zu Abend, als er eintraf, und luden ihn ein, sich zu ihnen an den Tisch zwischen Küche und Wohnzimmer zu setzen, auf dem ein Laib Brot, eine Schüssel Salat und eine Schale Quark standen. Die Schwester von Ilanit Chadad, mit der er einige Tage zuvor telefoniert hatte, war nicht da. Ihr Vater, der vielleicht Anfang fünfzig war, aber deutlich älter wirkte, ging ins Schlafzimmer, um sich etwas überzuziehen.

Er sei gekommen, um sie im Zusammenhang mit dem Angriff auf eine Person zu befragen, deren Namen er zum jetzigen Zeitpunkt noch nicht nennen könne, sagte er.

Usen werde verdächtigt, an dem Überfall beteiligt gewesen zu sein, und Informationen zufolge hätten er und ihre Tochter eine Beziehung. Avraham wollte wissen, wann sie Usen zum letzten Mal gesehen oder von ihrer Tochter etwas über seinen Aufenthaltsort erfahren hatten, da der Verdacht bestünde, dass Usen flüchtig sei und versuche, sich einer Verhaftung zu entziehen.

Die Mutter brach in Tränen aus, noch ehe er geendet hatte. Auch sie war vielleicht Anfang fünfzig, wirkte aber um einiges jünger als ihr Mann. Sie trug schwarze Leggins, eine weißes Top und Joggingschuhe, und Avraham nahm an, dass sie gerade vom Training im Fitnessstudio oder einer Pilates-Stunde zurückgekommen war. Sie sagte: »Seit dem Tag, an dem sie ihn kennengelernt hat, ist sie nicht mehr dasselbe Mädchen. Sie wissen nicht, wie sehr wir versucht haben, sie dazu zu bringen, mit ihm Schluss zu machen. Ilanit ist ein gutes Mädchen, das nie etwas angestellt hat, aber als sie ihm begegnet ist, habe ich mein Mädchen verloren.«

Der Vater beteiligte sich nicht an der Unterhaltung, er legte seiner Frau nur die Hand auf die Schulter, während sie sprach.

Avraham fragte die Mutter mit sanfter Stimme: »Wo ist Ilanit jetzt?«

Sie erwiderte: »Ich schwöre Ihnen, ich weiß es nicht. Sie war seit vier Tagen nicht zu Hause und hat auch nicht angerufen. Uns hat sie erzählt, sie würde mit Usen zu Freunden fahren, wollte mir aber nicht sagen, wohin.« Sie habe ihr Mobiltelefon mitgenommen, aber das sei ausgeschaltet, weshalb sie Ilanit nicht erreicht hätten, und auf die Textnachrichten, die sie ihr geschickt hatten, habe sie nicht geantwortet.

Avraham wollte die Sorge um die Tochter bei ihr noch verstärken und erklärte: »Sie haben recht, Usen ist ein gefährlicher Mensch, was ein weiterer Grund ist, warum wir ihn und Ilanit so schnell wie möglich finden wollen.«

Das gab wohl den Ausschlag, denn sie berichtete, nachdem Ilanit sie zu Hause besucht und ihnen von der Fahrt erzählt hatte, habe sie festgestellt, dass eine ihrer Kreditkarten verschwunden war. Sie habe gleich den Verdacht gehegt, Ilanit könnte sie aus ihrem Portemonnaie genommen haben, und als sie daraufhin bei der Kreditkartenfirma nachgefragt habe, sei ihr mitgeteilt worden, jemand habe die Karte in einem Supermarkt in Eilat benutzt. Sie habe die Karte jedoch nicht sperren lassen.

Avraham hatte ihr noch immer nicht verraten, dass es sich bei dem Opfer des Angriffs um Chava Cohen handelte. Stattdessen bat er sie, ihr von Ilanit zu erzählen.

Die junge Frau war dreiundzwanzig Jahre alt, im Februar 1990 geboren, und hatte, bis sie Usen im letzten Winter kennenlernte, noch bei den Eltern gewohnt. Seitdem übernachtete sie manchmal wochenlang bei ihm und kam nur nach Hause, wenn sie sich gestritten hatten oder wenn Usen nicht da war. Zum Armeedienst wäre sie eigentlich nicht eingezogen worden, weil sie ein leicht verkürztes Bein hatte, eine geringfügige Behinderung, aber sie hatte sich freiwillig gemeldet und als Lehrerin in der Armee gearbeitet. Nach der Entlassung aus dem Militärdienst hatte sie begonnen, am Levinsky-College eine Ausbildung zur Erzieherin zu machen und in Kindergärten zu arbeiten, hatte aber die Ausbildung, unter dem Einfluss Usens, von einem Tag auf den anderen abgebrochen, wovon ihre Eltern erst im Nachhinein erfahren hatten. Zu den meisten ihrer Freundinnen aus der Schule und der Armee hatte sie keinen Kontakt mehr, und über ihr Verhältnis zu Usen sprach sie nicht. Sie hatte ihn in einem Club in Rishon LeZion kennengelernt, und er war ihr erster richtiger Freund. Ihre Eltern kannten ihren aktuellen Freundeskreis nicht und hofften nur, dass sie keine Drogen nahm. Vor allem aber hatten sie Angst, Usen könnte sie schwängern.

Avraham ließ sich zu der Frage verleiten: »Und wo arbeitet Ilanit jetzt?«

»Sie arbeitet nicht«, sagte die Mutter. »Man hat ihr im Kindergarten vor Jahresbeginn gekündigt.« Weshalb, wusste die Mutter nicht.

Bevor er ging, bat er, Ilanits Zimmer sehen zu dürfen, und die Mutter geleitete ihn durch einen kurzen Flur und schaltete in einem fast leeren Raum das Licht an.

Avraham betrat das Zimmer und wusste nicht, wonach er suchen sollte. Das Bett war nicht bezogen und der Schreibtisch frei von Papieren und Büchern. Daneben gab es im Zimmer nur einen Fernseher, der an einem Metallarm von der Wand hing, und einen Kleiderschrank.

»Wir haben ihr das Zimmer gelassen, aber ihre Sachen hat sie fast alle mitgenommen«, erklärte die Mutter.

Danach bat er um ein Foto der Tochter, und die Mutter nahm in der Küche ein Bild aus der Rekrutenzeit vom Kühlschrank, auf dem Ilanit in Uniform und mit einem M16-Sturmgewehr zu sehen war. Er verspürte Unbehagen, weil er den Eltern nicht sagte, dass Ilanit verdächtigt wurde, sich an dem Angriff beteiligt zu haben, und die Polizei sie festnehmen würde, sobald man sie gefunden hatte. Aber das konnte er nicht tun. Daher versprach die Mutter, ihn sofort zu informieren, sollte Ilanit Kontakt zu ihnen aufnehmen, und schrieb ihm noch die Nummer der entwendeten Kreditkarte in sein Notizbuch.

Am Ausgang von Kiryat Ben-Gurion stellte Avraham seinen Wagen ab und rief Ilana an.

»Sie sind in Eilat«, sagte er.

»Woher weißt du das?«

Er berichtete ihr kurz von dem Gespräch mit der Mutter. Ilana sagte, sie werde persönlich den Südbezirk informieren, und Avraham riet: »Auch an den Grenzübergang in Taba muss eine Meldung gehen, damit sie nicht die Grenze zum Sinai nehmen.«

»Und bist du dahintergekommen, was genau passiert ist?«

»Nein. Ihre Eltern haben keine Ahnung, warum man ihr gekündigt hat, und sie wissen rein gar nichts von dem Angriff.«

Ilana fragte noch, was er jetzt vorhabe, und er sagte, er werde aufs Revier zurückkehren, das Foto einscannen, es an die Polizei in Eilat weiterleiten und alles Weitere abwarten. Er hatte alle dringlichen Ermittlungsschritte akkurat erledigt, hatte es sogar geschafft, den Verdächtigen auf die Spur zu kommen, aber das Gefühl, dass er seine Zeit auf den falschen Fall vergeudete, ließ ihn nicht los. Usen und seine Freundin waren zwar noch nicht gefasst, aber im Grunde war dieser Fall abgeschlossen, während er sich um die Ermittlung, die ihm unter den Nägeln brannte, nicht gekümmert hatte, obwohl die Zeit allmählich knapp wurde. Um zehn rief er von seinem Büro auf dem Revier den Kollegen an, der die Beschattung Saras leitete, und erfuhr, dass der Verdächtige gegen Abend nach Nes Ziona gefahren war und die Kinder zurück in seine Wohnung geholt hatte. Genau genommen war er eigentlich kein Verdächtiger mehr, und Avraham hätte dem Beamten die Anweisung erteilen müssen, die Observierung einzustellen. Was er aber nicht tat.

Wussten Saras Kinder, wo ihre Mutter war? Sara hatte ihm bei seiner Zeugenvernehmung gesagt, seine Frau sei auf die Philippinen geflogen, um sich um ihren Vater zu kümmern, aber auf den Philippinen war sie nicht, und ihr Vater war schon vor Jahren verstorben. Und wenn er den angeblichen Sprengsatz nicht deponiert hatte und nicht an dem Angriff beteiligt gewesen war, warum hatte er dann gelogen? Und warum fuhr er mit seinen Kindern an einen Ort, von dem er gesagt hatte, seine Frau befinde sich dort, obwohl sie nicht dort war? Über Saras Kinder wusste Avraham nichts, nur dass der eine Sohn sieben und der andere drei Jahre alt war und in den Kindergarten von Chava Cohen in der Lavon-Straße ging. Nicht einmal ihre Namen kannte er. Wussten sie, wohin sie am Freitagmorgen fliegen würden? Er wollte beide sehen und dachte, wenn er sie in Ruhe betrachten könnte, würde er etwas verstehen, das er bis jetzt noch nicht begriffen hatte. Er hätte einfach in die Aharonowitsch-Straße fahren, an der Tür von Saras Wohnung klingeln und fragen können: Warum haben Sie in Bezug auf Ihre Frau gelogen? Und wo befindet sie sich? Er hätte auch Ilana anrufen und um Erlaubnis bitten können, die Ermittlung weiterzuführen, aber er entschied sich, noch zu warten.

Also öffnete er nur die E-Mail, die er von Anselmo Garbo bekommen hatte, und las, dass Jennifer Salazar im September 1970 in Manila geboren war.

Über dem kurzen Bericht prangte das Logo der philippinischen Polizeikräfte: Ein Polizeistern und darin ein gebückt stehender Mensch mit einer Art Baseballschläger in der Hand.

Jennifer Salazar hatte keinerlei Vorstrafen, und gegen sie war niemals polizeilich ermittelt worden. Mit zwanzig hatte sie geheiratet, doch ihre Ehe mit Julius Andrede hatte nur vier Jahre gehalten. 2002 war sie zum ersten Mal nach Israel gereist und ein Jahr dort geblieben, um nach einem kurzen Intermezzo in Manila wieder nach Israel zurückzukehren. Letztmalig war sie am 11. Juli 2005 auf den Philippinen eingereist, und zwei Wochen später hatte sie das Land wieder verlassen. Laut Garbos Bericht hatte Jennifer Salazar keine Kinder, offenbar weil sie die Behörden in Manila nicht über die Geburt der Söhne in Israel informiert hatte, so wie sie ihnen auch ihre Heirat mit Sara nicht mitgeteilt hatte. Und seit 2004 hatte sie auf den Philippinen keine Einkommenssteuer mehr entrichtet.

Avraham betrachtete das alte Foto, das dem Bericht beigefügt war und vor mehr als zwanzig Jahren entstanden sein musste. Jennifer Salazars Haar war lang und schwarz, und sie hatte ein breites Gesicht. Unter ihrer Lippe meinte er, einen großen Leberfleck zu erkennen. Er versuchte sich die junge Philippinerin in Saras Gesellschaft vorzustellen und vermochte es nicht – vielleicht, weil sie auf dem Foto so viel jünger als er war.

Kurz vor Mitternacht erhielt Avraham eine letzte Mitteilung von der Kreditkartenfirma: Zwei Stunden zuvor war die Ilanit Chadads Mutter entwendete Kreditkarte ein weiteres Mal verwendet worden, in einem Restaurant am Möwenstrand auf der Hotelmeile von Eilat. Die beiden hatten sich zwar nach Eilat abgesetzt, aber davon abgesehen schienen sie alles zu tun, um geschnappt zu werden. Avraham musste an Usens Sorglosigkeit während des Verhörs denken, an das nicht abzustellende Lächeln unter seinem gepflegten Oberlippenbärtchen. Usen war schlicht zu dreist. Er hatte sich unter die Menge der Schaulustigen vor dem Kindergarten gemischt und war einfach davongelaufen, als die Streifenbeamtin ihn gebeten hatte, sich auszuweisen. Danach hatte er geduldig mehrere Stunden im Verhörraum gewartet und dabei keinerlei Anzeichen von Beunruhigung gezeigt. Während er auf dem Revier des Ayalon-Bezirks gesessen hatte, hatte Ilanit Chadad bei dem Kindergarten, in dem ihr gekündigt worden war, angerufen und mitgeteilt, der Koffer sei »erst der Anfang« gewesen. Und in dieser ganzen Zeit war das Lächeln fast nie von seinem Gesicht gewichen.

Als Avraham am nächsten Morgen abermals auf dem Weg zum Revier war, nachdem er zu Hause immerhin kurz geschlafen hatte, wurde ihm mitgeteilt, der schwarze Honda sei in der Barnea-Straße in Eilat gesichtet worden.

Usen war weiterhin nicht gerade auf der Hut gewesen. In dem Restaurant, in dem er später mit der gestohlenen Kreditkarte bezahlte, hatte er den Abend in Gesellschaft von Ilanit und zweier Männer verbracht, von denen einer polizeilich bekannt war. Die Ermittler des Bezirks Eilat hatten dies durch eine kurze Befragung des Restaurantbesitzers in Erfahrung gebracht und in den frühen Morgenstunden, als sie bei dem Haus in der Barnea im Dekel-Viertel eintrafen, wo der polizeibekannte Mann wohnte, Usens Honda entdeckt. Der nicht einmal abgedeckt war. Rührte seine Sorglosigkeit aus der Selbstgewissheit, Chava Cohen würde nicht wieder aufwachen? Oder war er vielleicht überzeugt, dass sie, auch wenn sie aufwachte, ihre Angreifer nicht nennen würde, so wie sie auch bezüglich des Koffers gelogen hatte? Etwas an der Verbindung von Chava Cohen und ihren Angreifern war Avraham nicht klar, aber am Morgen war ihm vom Krankenhaus mitgeteilt worden, sie könne noch immer nicht sprechen.

Er hatte gehofft, die Verhaftung von Chadad und Usen würde möglichst bald erfolgen, vor allem weil er mit Ilana über Sara und dessen Frau reden wollte und annahm, dass sie bereit sein würde, ihm zuzuhören, wenn die beiden endlich gefasst wären. Aber die Kollegen von der Polizei Eilat hatten die Wohnung nicht gestürmt, weil sie nicht wussten, wie viele Personen sich darin aufhielten und ob sie bewaffnet waren.

In der Zwischenzeit rief Avraham bei der Grenzpolizei an, um die Frage zu stellen, die ihn nachts, bevor er eingeschlafen war, lange beschäftigt hatte: »Kann es sein, dass Jennifer Salazar das Land gar nicht verlassen hat, obwohl sich auf den Computern der Polizei ein Ausreisevermerk findet?«

Die Antwort der Beamtin war unzweideutig. »So etwas

kommt nicht vor«, sagte sie, fügte dann aber hinzu, Ein- und Ausreisevermerke würden auch beim Einwanderungs- und Zuzugsamt der Innenbehörde vorgenommen, weshalb er auch dort nachfragen müsse.

In ihm tickte eine Uhr, eine Uhr wie die, die in dem Koffer vor dem Kindergarten gewesen war.

In seiner Phantasie war es eine Stoppuhr, die mit dem Bild von Jennifer Salazar, das er in der Nacht gesehen hatte, verbunden war, mit Saras Gesicht und mit dem Flugzeug, das am nächsten Morgen ihn und seine beiden Jungen nach Manila bringen würde.

Maalul kam in sein Zimmer, um sich über das Geschehen in Eilat zu informieren, und genau in dem Augenblick rief Ilana an, um ihm zu sagen, dass Usen soeben die Wohnung in der Barnea verlassen hatte, in Begleitung von Ilanit Chadad. Ein Citroën mit den Kollegen aus Eilat folge ihnen, und wenn sie die Schnellstraße 90 am Stadtausgang von Eilat erreicht hätten, würden gleich hinter der Eilot Junction drei Streifenwagen der Verkehrspolizei den Weg versperren. Um elf rief sie erneut an und teilte mit, dass die Jagd zu Ende war. Usen hatte, als er die Polizeisperre sah, noch versucht zu wenden und in Richtung Süden zu entkommen, doch nach einer kurzen Verfolgung hatte man ihn gestellt.

»Das ging aber schnell. Wir haben gute Arbeit geleistet«, sagte Ilana.

»Kann ich in etwa einer Stunde kurz mal bei dir reinschauen?«, fragte Avraham.

Ilana blickte ihn, wie schon am Vortag auf dem Krankenhausflur, konsterniert an, als er ihr sagte, warum er gekommen war.

Sie war gerade dabei, einen Salat zu essen, als er ihr Büro betrat. Das Familienfoto mit ihrem Mann und den Kindern stand noch nicht wieder an seinem Platz auf dem Schreibtisch, und die Wanduhr lehnte am Boden an der Wand. Ilanas Laune war blendend, vielleicht wegen des schnellen Verhaftungserfolgs, ehe Avraham sagte, er wolle Sara festnehmen und umgehend verhören.

»Ihn festnehmen? Weswegen, Avi? Vor zwei Stunden haben wir die Angreifer verhaftet. Und es gibt bereits eine Übereinstimmung von Usens Fingerabdrücken und denen, die wir am Tatort gefunden haben. Wozu willst du Sara denn ins Verhör nehmen?«

Er wusste, dass sie das fragen würde, und hatte dennoch keine klare Antwort parat. Er wollte ihn verhören, weil die Stoppuhr, die in seiner Vorstellung mit dem Bild Jennifer Salazars verbunden war, rasend schnell weitertickte und weil Sara ihn bei seiner Vernehmung angelogen hatte. Und auch, weil es ihm nicht gelungen war, den Widerspruch aufzuklären zwischen dem Ausreisevermerk und dem Bericht von Garbo, dem zufolge Jennifer Salazar seit ihrem kurzen Besuch im Jahr 2005 nicht mehr auf den Philippinen gewesen war. Vielleicht aber wollte er Sara vor allem deshalb ins Verhör nehmen, weil er den Gedanken nicht ertragen konnte, dass der Mann am nächsten Tag mit seinen Kindern ins Flugzeug nach Manila steigen würde, ohne dass Avraham wusste, was Sara verbarg und warum.

Ilana verspeiste ihren Salat und hörte ihm zu. Zu Beginn des Gesprächs war sie noch geduldig: »Man kann ihn nicht einfach verhaften, weil er dich bei seiner Vernehmung angelogen hat, Avi. Er wird im Augenblick keiner Straftat verdächtigt, und außerdem hatte ich daran gedacht, dich nach Eilat zu schicken, um Usen und Ilanit Chadad dort zu verhören. Die beiden schweigen, und du kennst die ganze Geschichte besser als jeder andere, vielleicht kannst du etwas aus ihnen herausholen. Oder zumindest aus ihr.« Sie brach ab, musterte den erstaunten Ausdruck auf seinem Gesicht und fügte hinzu: »Ich möchte, dass die Aufklärung dieses Falls deine Unterschrift trägt. Und zwar vom Anfang bis zum Ende. Der Fall ist noch nicht abgeschlossen. Wir wissen bisher nicht, was die Motive für den Überfall waren und warum Chava Cohen verschwiegen hat, dass Usen und seine Freundin die Bombenattrappe deponiert haben, und dennoch einverstanden war, sich mit ihnen zu treffen. Entsinnst du dich, dass wir gesagt haben, wir würden den Fall bis Jom Kippur abgeschlossen haben? Wir sind beinahe am Ziel. Und ich möchte, dass es ein Sieg wird, der ganz dir gehört.«

Er hatte nicht vor, nach Eilat zu fliegen. Und er wollte niemanden verhören außer Sara, ehe sich nicht aufgeklärt hatte, wo dessen Frau war. Auch der angebliche Sieg bei der Aufklärung des brutalen Angriffs auf Chava Cohen interessierte ihn nicht. »Wozu muss ich nach Eilat fliegen?«, fragte er. Wenn es ihm gelänge, Ilana davon zu überzeugen, dass er nach wie vor ganz auf die Ermittlung in Sachen Chava Cohen konzentriert war, aber ein paar ungenutzte Stunden hatte, würde sie es ihm vielleicht ermöglichen, in dieser Zeit Sara zu verhören, dachte er plötzlich. »Man kann sie doch auch herbringen, oder?«, schlug er vor. »Und weißt du was? Wenn sie nicht reden und wir ihnen ein Geständnis entlocken wollen, obgleich wir schon ausreichend Beweise gegen sie haben, könnte man ihnen auf dem Weg von Eilat eine kleine Unfallübung bescheren.«

Ilana sah ihn an und lächelte. »Das könnte eine gute Idee sein. Meinst du, Usen kennt die nicht?«

Ilanit Chadad kannte sie gewiss nicht.

Außerdem konnte man die Aktion ein wenig variieren. Konnte sie von einer Unfallübung zum Beispiel zu einer Übung gegen illegale Grenzgänger machen.

Ilana nahm den Telefonhörer ab, wählte aber noch nicht.

Usen und seiner Freundin musste das Gefühl vermittelt werden, die Polizei in Eilat wüsste nicht so recht, was sie mit ihnen machen sollte. Man würde eine Haftverlängerung in Eilat erwirken und ihnen sagen, sie würden nicht verhört werden, da man ohnehin ausreichend Beweise gegen sie hätte – zumal sie bis nach Jom Kippur ohnehin keinem Ermittler vorgeführt würden. Zu Beginn der neuen Wochen dann sollten sie getrennt voneinander in einen Streifenwagen verfrachtet und nach Tel Aviv gebracht werden, und unterwegs wartete dann eine Überraschung auf sie. Ilana sprach mit dem Leiter des Ermittlungsdezernats im Südbezirk, und Avraham wartete. Während des Telefonats bat sie ihn um eine Zigarette, und er zündete sich auch eine an. Er versuchte arglos zu klingen, als er schließlich sagte: »Also habe ich nichts zu tun bis nach Jom Kippur, oder? Chava Cohen ist ja noch nicht vernehmungsfähig. Heißt das, du erlaubst mir, Sara zu verhören?«

Aber sie versagte es ihm erneut. »Wenn du mir erklären kannst, wegen welcher Verdachtsmomente in welcher Strafsache du ihn vernehmen willst, reden wir weiter«, erklärte sie.

Er erwiderte ohne nachzudenken, vielleicht aufgrund des Telefonats mit Garbo: »Wegen des Verdachts, dass seine Frau verschwunden ist. Reicht das aus?«

Ilana lächelte jetzt nicht mehr, als sie antwortete: »Niemand hat Vermisstenanzeige erstattet.« Sie drückte ihre Zigarette aus.

Aber Avraham ließ nicht locker. »Ilana, ich habe das Gefühl, er wird den Kindern etwas antun.«

Begriff er da schon, was er gesagt hatte und wie sie seine Worte aufnehmen musste? Vielleicht ja, denn er fügte nichts hinzu. Sie schwiegen beide einen Moment, und schließlich erklärte Ilana: »Ich werde dir das nicht erlauben, Avi. Ich denke, du begreifst auch, was du hier tust, und ich kann dabei nicht mitmachen.«

»Wobei?«

»Bei deinem Versuch, dir noch einen Vermisstenfall zusammenzuphantasieren, um ungeschehen zu machen, was dir bei Ofer Sharabi passiert ist. Und du weißt sehr wohl, dass du genau das vorhast, ich sehe es in deinen Augen. Vielleicht hätte ich dir den Bericht nicht schicken sollen. Du erfindest dir einen weiteren Vermisstenfall und noch einen Vater, der sich an seinen Kindern vergehen will, um wiedergutzumachen, was du in der Vergangenheit vielleicht falsch gemacht hast. Aber Sara ist nicht Ofers Vater, und keines seiner Kinder ist Ofer. Und Ofer kannst du nicht mehr retten. Das begreifst du doch, oder etwa nicht?«

Das Ticken der Stoppuhr brach für einen Moment ab, als sie verstummte.

Im Zimmer herrschte absolute Stille.

Hatte Ilana recht, wenn sie sagte, er sei sich dessen bewusst, dass er eine Parallele zwischen den beiden Ermittlungen schuf? »Das tue ich nicht, Ilana«, sagte er. »Ich versuche nicht, Ofer Sharabi zu retten. Ich versuche diese Kinder zu retten.«

»Aber vor was denn retten? Vor einer Reise zu ihrer Mutter auf die Philippinen? Hast du schon mal darüber nachgedacht, dass Sara dich bei seiner Vernehmung vielleicht überhaupt nicht angelogen hat? Wegen der letzten Ermittlung bist du gar nicht in der Lage zu realisieren, dass das auch eine Möglichkeit ist.«

Er verstand nicht, was sie meinte. Sara hatte doch hinsichtlich des Ortes, an den seine Frau angeblich gereist war, gelogen.

»Nein, Avi, es kann sein, dass er nicht gelogen hat. Möglicherweise hat sie ihm nicht die Wahrheit gesagt. Ist dir die Möglichkeit noch nicht in den Sinn gekommen? Vielleicht hat sie ihm erzählt, sie würde auf die Philippinen fliegen, um sich um ihre Eltern zu kümmern, und ist ganz woanders hingefahren, um ihren Liebhaber zu treffen? Das ist auch eine mögliche Geschichte, oder? Und sogar eine sehr viel plausiblere, nicht wahr? Daher hast du einen Ausreisevermerk, aber keinen Einreisevorgang auf den Philippinen. Sie ist ein erwachsener Mensch – und es ist ihr gutes Recht, ihren Ehemann zu belügen, stimmst du mir da zu? Sie darf sogar ihre Kinder anlügen, oder? Das ist noch lange kein Straftatbestand.«

Er sah sie konsterniert an. Diese Möglichkeit war ihm tatsächlich überhaupt nicht in den Sinn gekommen.

Hatte Sara die Wahrheit einfach nicht gewusst?

Aber warum zog Ilana diese Möglichkeit in Erwägung, während er selbst dazu nicht in der Lage gewesen war? Ihr privates E-Mail-Konto unter dem Namen *rebeccajones21* fiel ihm ein, von dem Ilana ihm den Bericht geschickt hatte. Und er dachte an das verschwundene Familienfoto. Belog sie etwa auch ihren Mann und ihre Kinder und fuhr, wenn sie ihnen sagte, sie sei bei der Arbeit, ganz woandershin? War es das, was sie ihm hatte mitteilen wollen, als sie gesagt hatte, sie müsste ihm etwas erzählen, bevor er es von anderen zu hören bekäme?

In dem Moment stahl sich Marianka zum ersten Mal an diesem Tag in seine Gedanken, aber er beeilte sich, sie zu vertreiben. »Daran habe ich nicht gedacht, Ilana, und es kann sein, dass du recht hast«, räumte er schließlich ein. »Aber vielleicht irrst du dich, und es ist etwas anderes passiert.«

»Was denn zum Beispiel?«

Doch er hatte nicht vor, ihr alles zu erzählen, was er vermutete, da er wusste, wie es in Ilanas Ohren klingen würde und wie sie seine Worte auffassen würde.

Als er um zwei Uhr mittags ihr Büro verließ, hatte Avraham keine Genehmigung in der Hand, Sara zu einem Verhör zu laden. Und er wusste nicht, wie er weiter vorgehen sollte. Immer wieder rief er Marianka an, aber sie reagierte nicht. Er aß in einem persischen Restaurant in der Levinsky-Straße ohne Hast zu Mittag, weil er keinen Grund hatte, sich zu beeilen. Die Untersuchungshaft von Amos Usen und Ilanit Chadad war vom Bezirksgericht in Eilat bereits um eine Woche verlängert worden, und laut Plan sollten die beiden nicht vor Wochenbeginn in Tel Aviv eintreffen. Die Stoppuhr hatte wieder begonnen, in seinen Gedanken zu ticken, aber wegen des Gesprächs mit Ilana wechselten die mit der Uhr verbundenen Bilder immer wieder, und anstatt des jungen Gesichts von Jennifer Salazar sah er ein anderes vor sich, ein Gesicht, das er verdrängen wollte. War es ihm, trotz allem, was er sich vorgenommen hatte, nicht gelungen, die Ermittlung mit offenen Augen zu führen und wirklich hinzuschauen? Er spürte, dass es so war. Bedrückt überlegte er, dass er auch niemanden hatte, mit dem er sich hätte beraten können, nicht einmal Maalul. Und es blieben nur noch ein paar Stunden bis zum Anbruch der Nacht, und dann würde es zu spät sein.

Am nächsten Tag begann Jom Kippur. Er dachte an die sich leerenden Straßen und danach an das Telefongespräch mit Brigadegeneral Anselmo Garbo. Der philippinische Ermittler, der ihn mit seinem Scharfsinn beeindruckt hatte, hatte Avraham gebeten, ihn weiter über den Gang der Ermittlung auf dem Laufenden zu halten.

Vielleicht konnte er Garbo bitten, Sara festzunehmen und selbst zu verhören, sobald er mit seinen Kindern in Manila gelandet war? Das erschien ihm als die einzige Möglichkeit. Aber würde der hochdekorierte Kollege einwilligen, Sara zu vernehmen?

Wenn sich kein Vorwand fand, Sara bis zum Abend ins Präsidium vorzuladen, blieb ihm keine andere Wahl, als Garbo anzurufen und ihn darüber zu unterrichten, dass Sara auf dem Weg zu ihm war.

12

Erst in der Abflughalle wurde ihre Reise zur unumstößlichen Tatsache, und für einen Moment verspürte Chaim Beklemmung angesichts der zahllosen Menschen, Koffer und Gepäckwagen.

Im Terminal 3 war viel mehr los, als er erwartet hatte.

Das letzte Mal war er hier gewesen, als er mit Jenny nach Zypern geflogen war. Damals war der Terminal fast leer gewesen, vielleicht weil es Winter gewesen war, und möglicherweise war er deshalb jetzt überrascht, lange Warteschlangen zu sehen, die sich an diesem Morgen fast überall in der Halle gebildet hatten. Er wies Eser und Schalom an, sich gut an dem Gepäckwagen festzuhalten, damit sie nicht verlorengingen, denn sie wirkten verstört beim Betreten der riesigen, hell erleuchteten Halle. Schalom weinte bereits, er wolle zurück nach Hause.

In den darauffolgenden Tagen sollte Chaim viel über diesen Augenblick der Ankunft am Flughafen nachdenken. Zwar hatte er sich beeilt, den Anfall von Schwäche zu verdrängen, als sie nach den Check-in-Schaltern von Korean Air Ausschau hielten, aber war da nicht eine winzige Hoffnung in ihm gewesen, eine höhere Macht möge ihre Reise doch noch verhindern? Vielleicht hatte er sogar alles beichten wollen, obgleich er es nicht sofort tun würde. Auf der elektronischen Anzeigetafel, die von der Hallendecke hing, sah er, dass Flug KE 958 zum vorgesehenen Zeitpunkt starten würde.

An was erinnerte sich Chaim noch von jenem Morgen? An die Kleider, die die Kinder vor seinen Augen angezogen hatten. Die Stille auf den dunklen Straßen während der Fahrt zum Flughafen. Und vor allem an Eser.

Sein Sohn war ein anderer an diesem Tag, und Chaim bemerkte dies, obgleich er auf all seine Aufgaben konzentriert war, und dachte, dass dies auch an der Nähe lag, die am Tag zuvor zwischen ihnen entstanden war. Als wäre Eser an nur einem Tag um einige Jahre gereift. Er war zwar noch immer still und zurückhaltend, versuchte aber, Chaim zu helfen, und legte seinem kleinen Bruder gegenüber das Verantwortungsbewusstsein eines Vaters oder eines Erwachsenen an den Tag. Er stand sofort auf, als Chaim sie morgens um Viertel nach vier weckte, und war wach und eifrig, als hätte er gar nicht geschlafen. Er zog gleich die weißen Schlafshorts aus und streifte die Kleidungsstücke über seinen mageren Körper, die sich in die Erinnerung seines Vaters einbrennen sollten: rote Unterwäsche, Trainingshose und das T-Shirt mit dem gezeichneten Schiff, das Jenny ihm zum Geburtstag gekauft hatte.

Manila war noch weit und der Weg dorthin ein Puzzle aus kleinen Aufgaben, die in rascher Folge von Chaim bewältigt werden mussten. Die Kinder wecken und sie anziehen. Sie und das Gepäck nach unten bringen und ins Taxi verfrachten. Sich vergewissern, dass alle Fenster geschlossen waren, und den Gashahn abdrehen. Nichts zu Hause vergessen. Heil und rechtzeitig zum Flughafen kommen.

Der Taxifahrer war um drei Minuten vor fünf da. Eser

stand am großen Fenster und spähte durch die Sonnenblenden, als das Telefon klingelte und auf dem Display eine Nummer erschien, die Chaim nicht kannte. »Guten Morgen«, sagte der Fahrer nur.

»Vorwärts, Kinder, das Taxi ist da!«, sagte Chaim.

Eser wandte sich um und rief aufgeregt: »Ich sehe es unten.«

Chaim trug den Koffer aus der Wohnung, und Eser bestand darauf, allein die große Tasche die Treppe hinunterzutragen. Als er die Tür zum letzten Mal schloss, nahm er nicht das dunkle Wohnzimmer wahr, das sich vor ihm zurückzog, oder seine Finger, die den Schlüssel mit einer natürlichen, schnellen Bewegung im Schloss herumdrehten. Das Licht im Treppenhaus ging aus, er schaltete es wieder an und sah Eser die Tasche die Stufen hinabschleifen.

Als sie auf die dunkle Straße traten, wollte Eser die Tasche allein in den Kofferraum wuchten, half danach Schalom auf die Rückbank und schnallte auf Bitte des Taxifahrers erst seinen Bruder und dann sich selbst an.

Auf den Straßen herrschte so gut wie kein Verkehr. Als sie die Lavon-Straße passierten, musste Chaim an den Morgen denken, an dem der Koffer mit der Bombenattrappe vor Schaloms Kindergarten entdeckt worden war. Im Grunde genommen hatte ihre Reise, auch wenn sie das noch nicht wussten, damals schon begonnen. Hätte es den Mann und die Frau nicht gegeben, die gestern in Eilat verhaftet und mit verhüllten Gesichtern ins Gericht gebracht worden waren, würden sie jetzt nicht in einem Taxi sitzen, auf dem Weg zum Flughafen. Das Radio im Wagen war eingeschaltet, und die Fünf-Uhr-Nachrichten liefen, als der Fahrer fragte: »Stört's Sie, wenn das Fenster offen ist? Zieht's?« Und dann fragte er noch, wohin sie flögen.

Er war etwas jünger als Chaim, vielleicht fünfundvierzig

oder fünfzig, sah aber ganz anders aus. Sein rechtes Ohr, auf das Chaim blickte, war gerötet und angeschwollen, und in dem entzündeten Läppchen steckte ein kleiner, vergoldeter Ohrring. Chaim antwortete, sie wollten auf die Philippinen, und der Fahrer sagte: »Da war ich noch nicht. Das erste Mal?«

Er erzählte, sie flögen zu seiner Frau, die schon seit ein paar Wochen bei ihrer Familie in Manila sei und mit ihnen zurückkäme, und der Fahrer meinte: »Ah, deshalb sind Ihre Kinder so. Sie haben's richtig gemacht. Ich hätte vor einem halben Jahr fast eine Russin geheiratet, hab's mir aber im letzten Moment noch anders überlegt. Zwanzig Jahre war ich verheiratet.«

Auf der Schnellstraße 1, vor dem Autobahnkreuz Ganot, stampfte vor ihnen ein Zug Richtung Süden. In weniger als zwanzig Minuten waren sie am Flughafen.

Jenny war zügig vor ihm hergegangen, und er hatte Mühe gehabt, mit dem Gepäckwagen hinterherzukommen, weil sich eines der Räder querstellte, erinnerte er sich.

Er hatte vergessen, was sie angehabt hatte, nicht aber, dass sie eine kleine braune Umhängetasche über der Schulter trug, in der sich die Dokumente und die Eheringe befanden, und dass sie genau gewusst hatte, wohin sie gehen mussten und welches Dokument an welcher Station vorzuzeigen war. Das Brautkleid trug sie, in einer blauen Hülle, an einem Bügel in der Hand, während der graue Anzug zusammengefaltet im Koffer lag.

Vielleicht hätte er da schon wissen können, dass es so enden würde. Er hatte sich an sein Leben allein gewöhnt und nicht mehr davon geträumt, noch irgendwann einmal zu heiraten, hätte aber gerne Söhne gehabt. Seine Mutter wusste das, obwohl sie nie darüber geredet hatten, und nahm an, auch Jenny würde Kinder wollen. Oder zumindest hatte sie ihr das gesagt. Hatte sie gelogen? Bei ihrer ersten Begegnung, bei einem Abendessen bei seiner Mutter, wurde nicht über Kinder gesprochen, aber das Thema hing in der Luft, ehe beim dritten oder vierten Treffen die Einzelheiten für die Hochzeit vereinbart wurden. Als Jenny nicht schwanger wurde, hatte seine Mutter ihm geraten, er solle die Schränke durchsuchen, und tatsächlich fand er in einer Schublade im Schlafzimmer die Pillen, die sie versteckt hatte. Er stellte sie zur Rede, aber das half nichts, woraufhin seine Mutter sich einschaltete, unter vier Augen mit Jenny sprach und ihr drohte, es käme zur sofortigen Scheidung und sie würde ihre Aufenthaltsgenehmigung verlieren. Jenny flog für einen Kurzurlaub auf die Philippinen, und als sie wiederkam, hatte sie aufgehört, die Pille zu nehmen.

Es hatte auch Übereinstimmungen zwischen ihnen gegeben, obgleich sie sich damit nicht beschäftigt hatten. Jenny war genauso ordentlich wie er und arbeitete gern, und ihre Gesprächigkeit machte seine Schweigsamkeit wett. Auch am Flughafen auf dem Weg nach Zypern war sie diejenige gewesen, die auf Hebräisch mit den Sicherheitsleuten und dem Bodenpersonal geredet hatte.

Die Angst, die für einen Moment beim Betreten der Halle von ihm Besitz ergriffen hatte, war verflogen.

Sie mussten den Check-in-Bereich von Korean Air finden, in der Schlange auf die Sicherheitsbefragung warten und danach den Koffer aufgeben und die Bordkarten bekommen. Dann würden sie den Übergang zu der Halle suchen, in der das Handgepäck und die Reisenden mit Metalldetektoren kontrolliert wurden, und anschließend die Schalter, an denen die Pässe abgestempelt wurden, um schließlich das auf der Bordkarte genannte Gate zu finden. Schalom setzte sich auf den Gepäckwagen, weil er müde vom Stehen war.

Als sie am Ende der langen Schlange im Sektor E hinter einer Gruppe ausländischer Touristen auf die Sicherheitsbefragung warteten, kam ein junger Sicherheitsbeamter zu ihnen und fragte: »Israelischer Pass?« Und danach auf Englisch: »Israeli Passport?«

Chaim bejahte, und der Sicherheitsbeamte bat sie, die Warteschlange zu verlassen und ihm zu folgen.

Hätte er anders reagieren können? Er war so konzentriert auf die Kinder und die Aufgaben, die zu bewältigen waren, dass seine Reaktionen spontan und automatisch erfolgten. Schalom klagte, er habe Hunger, und Chaim versprach, nach der Kontrolle und der Gepäckabgabe würden sie sich hinsetzen und etwas essen. Im Grunde genommen fuhr er einfach fort, die Geschichte zu erzählen, die er schon seit ein paar Tagen jedem erzählt hatte, der fragte. Der Sicherheitsbeamte war höflich und nett, und etwas an seinem Lächeln erinnerte Chaim an den jungen Vater aus dem Kindergarten. Er streichelte Schalom über den Kopf, als er sein ernstes Gesicht musterte und es mit dem Foto in seinem Pass verglich.

Chaim erklärte: »Das ist ein altes Foto, wir hätten ihm einen neuen ausstellen lassen müssen.«

Aber der Sicherheitsbeamte meinte: »Man sieht, dass er es ist, kein Problem.« Dann fragte er: »Fliegen Sie alle nach Seoul?«

Chaim war überrascht und sagte: »Nicht nach Seoul. Nach Manila.«

Der Sicherheitsbeamte lachte. »Für den Flug bin ich schon nicht mehr zuständig. In Seoul wird man Sie nochmals kontrollieren, bevor Sie ihren Anschlussflug nehmen. Nur vergessen Sie nicht, den Damen am Schalter zu sagen, dass Sie nach Manila wollen, damit Ihr Gepäck auch dort ankommt.« Dann betrachtete er prüfend das Foto in Esers

Pass, und der Junge wurde rot und sah ihn ernst an. »Bist du dir sicher, dass du das bist?«, fragte er, und Eser schaute Chaim verunsichert an, bis der Beamte meinte: »Ich mache nur Spaß, Junge. Das ist ein hübsches Bild.« Schließlich fragte er noch nach dem Ziel der Reise, und Chaim antwortete mit denselben Worten, die er am frühen Morgen auf der Fahrt zum Flughafen dem Taxifahrer gegenüber gewählt hatte.

»Ihre Frau wohnt dort?«

»Sie wohnt hier. Sie ist hingeflogen, um ihren Vater zu pflegen.«

»Und hat sie einen israelischen oder einen philippinischen Personalausweis?«

»Sie hat einen zeitlich begrenzt gültigen Personalausweis, ja. Einen israelischen, meine ich. Aber alle ihre Genehmigungen sind in Ordnung.«

»Und wenn ich es richtig verstehe, ist sie die Mutter der Kinder?«

Er war angespannt, obwohl er sich darauf vorbereitet hatte, Fragen gestellt zu bekommen. Der Sicherheitsbeamte wollte noch wissen, wie lange Jenny schon in Israel lebe, und seit wann sie verheiratet seien, bat dann um Entschuldigung und entfernte sich. Chaim beobachtete, wie er neben einem Gepäckscanner mit einem anderen, älteren Sicherheitsbeamten sprach, ehe er zurückkam. »Es tut mir leid, dass die Kontrollen heute etwas länger dauern, aber so sind unsere Anweisungen. Können Sie mir die Adresse geben, unter der Sie in Manila wohnen werden, oder den Namen Ihres Hotels und auch die Telefonnummer Ihrer Frau?«

Chaim spürte, wie Esers warme Hand in die seine kroch, als wüsste er, dass etwas nicht in Ordnung war.

Er befreite seine Hand von der seines Sohnes und fand in dem Dokumentenmäppchen, das er im Reisebüro bekommen hatte, die Buchungsbestätigung des Hotels. Die Adresse und die Telefonnummer des Hotels standen unten auf der Seite. Seine Stimme klang ein wenig kratzig, als er fragte: »Wozu brauchen Sie das?« Der Sicherheitsbeamte erwiderte, es handle sich um eine reine Routinekontrolle auf dieser Route, die von vielen ausländischen Arbeitskräften frequentiert werde. »Ich kann Ihnen die Mobilfunknummer geben, aber ich denke, sie wird sich nicht melden«, erklärte Chaim. »Ihr Telefon ist abgeschaltet. Ich habe vor einer halben Stunde mit ihr gesprochen.«

Der Sicherheitsbeamte erwiderte: »Kein Problem. Spricht sie Hebräisch oder Englisch?« Chaim entgegnete, Jenny spreche sowohl Englisch als auch Hebräisch.

Eser folgte dem Beamten mit dem Blick, als er erneut wegging und sich mit dem älteren Kollegen beriet, der einen Kopfhörer im Ohr hatte. Schalom beschwerte sich abermals, er habe Hunger. Chaim öffnete die Tasche und fand im rechten Fach die Plastikdose, in die er die Käsesandwiches gepackt hatte, und gab ihm eines. Eser wollte nichts essen.

Er stand mitten in der riesigen Abflughalle, mit seinen beiden Söhnen, und neben ihnen der Gepäckwagen mit dem Koffer und der großen Reisetasche. Da sie zeitig zum Flughafen gekommen waren, blieben noch mehr als zweieinhalb Stunden bis zum Abflug.

Er nahm an, dass man sie nicht daran hindern würde zu fliegen, nur weil Jenny nicht an ihr Handy ging. Aber selbst wenn dies geschehen würde, wäre es nicht weiter schlimm. Da die Ermittlung der Polizei abgeschlossen war, würden sie einfach nach Hause zurückkehren können. Und vielleicht verspürte er sogar Erleichterung, als er an diese Möglichkeit dachte.

Eine Scheibe Käse war aus Schaloms Sandwich gerutscht,

und als Chaim sich bückte, um sie vom Boden aufzuheben, sah er den Sicherheitsbeamten mit einem Mobiltelefon in der Hand zu ihnen zurückkehren. Auf seinem Gesicht lag ein breites Lächeln. Er telefonierte mit jemandem, und als er nahe genug herangekommen war, hörte Chaim ihn auf Englisch sagen: »Yes, of course they are here, they are wonderful. You want to talk to them? Okay, thank you very much for talking to me, Jennifer. I will pass them to you.«

Er verstand nicht, mit wem der Mann sprach, aber der Sicherheitsbeamte sagte zu ihm: »Nehmen Sie, sprechen Sie mit ihr. Sie haben eine bezaubernde Frau.« Und nachdem er ihm das Gerät gereicht hatte, begann er, den Koffer mit den Sicherheitscheckaufklebern zu versehen, um Chaim noch zu fragen: »Die Reisetasche, geben Sie die auf, oder geht die mit ins Flugzeug?«

Eser schaute seinen Vater an, ohne ein Wort zu sagen, und als Chaim sich das Telefon ans Ohr hielt, krakelte Schalom: »Ist das Mama? Ich will auch mit Mama reden.«

Jennys Handy lag bei seiner Mutter im Abstellraum ihres Hauses, ohne Akku, zusammen mit ihrem Pass und anderen Dokumenten, die er, einige Tage nachdem ihre Leiche im Hof vergraben war, dort versteckt hatte.

Der Sicherheitsbeamte stand, als er jetzt sprach, neben ihm, jedoch ohne ihn anzusehen. Chaim sagte leise: »Yes«, aber die Stimme, die aus dem Telefon kam, redete auf Hebräisch mit ihm.

»Chaim? Kannst du mich hören?«

Er antwortete mit Ja, und die Stimme fragte: »Chaim, wie geht es dir? Seid ihr abflugbereit? Wie geht es den Kindern?«

Seine Beine drohten, unter ihm nachzugeben, als er leise erwiderte: »Gut, wie geht es dir?«

Jetzt war er sich sicher, dass es nicht seine Mutter war, die da sprach. Aber die Stimme gehörte auch nicht Jenny, obgleich er nicht hätte beschreiben können, worin sie sich von ihrer unterschied. Zwar erkannte er den Akzent wieder, und sonderbarerweise sprach die fremde Stimme auch wie Jenny, nämlich in schnellem Stakkato, aber dennoch war es nicht ihre Stimme.

»In Ordnung, Chaim, vergiss nicht, mir im Duty-free-Shop zu kaufen, worum ich dich gebeten hatte, ja? Erinnerst du dich? Vergiss es nicht.«

Aus irgendeinem Grund bejahte er erneut auf Englisch und hörte dann, wie die Stimme fragte: »Chaim, kann ich einen Augenblick mit den Kindern sprechen?«

Er antwortete nicht, sondern gab das Telefon an den Sicherheitsbeamten zurück, und der sagte: »Okay, Jennifer, thanks again for …« Doch dann nahm er das Handy vom Ohr und erklärte: »Sie hat schon aufgelegt.«

Der Sicherheitsbeamte zeigte ihnen den Weg zum Gepäckscanner, und Chaim schob den Wagen dorthin. Eser und Schalom gingen hinter ihm her, aber er sah sie nicht. Vor ihnen wartete ein junges Paar mit Rucksäcken und einem Baby in einer Trage. Als Chaim an der Reihe war, hob er den Koffer an, schob ihn in den Schlund der Maschine und blieb dort stehen, bis der Mann, der den Scanner bediente, ihn anwies, dahinter zu warten. Schalom wimmerte, weil man ihn nicht mit seiner Mutter hatte sprechen lassen, und Chaim hörte Eser zu ihm sagen: »Aber vielleicht sehen wir sie schon bald, Schalom, wenn wir aus dem Flugzeug steigen.«

Der Koffer kam aus der Maschine geglitten. Chaim nahm ihn auf und ging weiter zu den Check-in-Schaltern der Fluggesellschaft.

Zu dem Zeitpunkt fragte er sich nicht, mit wem er gesprochen hatte, sondern nur, warum er dem Sicherheitsmann das Handy nicht gleich zurückgegeben und ihm gesagt hatte, dass es sich bei der Stimme nicht um Jennys handelte. Aus Bestürzung? Oder wegen der lähmenden Anwesenheit des Sicherheitsbeamten und der Blicke der Kinder? Im Verlauf des Gesprächs war ihm der Gedanke gekommen, seine Mutter könnte das Handy in Betrieb genommen und, als der Beamte anrief, begriffen haben, was passiert war, und sich als Jenny ausgegeben haben. Deshalb hätte er die Stimme gern noch mehr sagen hören. Aber es war eigentlich unmöglich, dass seine Mutter das Telefon aus dem Abstellraum geholt, die Batterie eingesetzt und es angeschaltet hatte, aber noch unwirklicher war die Annahme, es könnte vielleicht tatsächlich Jennys Stimme sein. Das war nur ein vages Gefühl, von dem er erst im Nachhinein begreifen sollte, dass es mit der Geschichte zusammenhing, die er zunächst sowohl seinen Kindern als auch dem Polizeiermittler erzählt hatte und danach noch viele weitere Male. Er hatte den Hörer des alten Telefonapparats im Schlafzimmer seiner Mutter in der Hand gehalten und Jennys Nummer gewählt, damit sie mit den Kindern spräche, doch vergeblich. Das war am Neujahrsfest gewesen. Und danach hatte er dasselbe zu Hause getan. Vor einigen Tagen hatte er sogar das Gefühl gehabt, sie gehe ihm auf der Straße nach und dass sie in seiner Abwesenheit in der Wohnung gewesen war. Oder hatte er das vielleicht gehofft? Er hörte am Check-in-Schalter die Dame von der Fluggesellschaft sagen: »Mein Herr, könnte ich bitte die Reisepässe und die Flugtickets haben?«, und reichte sie ihr ohne nachzudenken. Dann hob er den Koffer auf das Gepäckband und bekam die Bordkarten von ihr ausgehändigt. Mit blauem Kugelschreiber hatte sie die wichtigste Information darauf eingekreist: Ihr Gate war B9 und würde um 7.45 Uhr öffnen.

Doch vielleicht gab es noch einen weiteren Grund dafür,

dass er das Telefon nicht sofort zurückgegeben hatte: das Gefühl, entlarvt worden zu sein. Und dass nichts daran etwas würde ändern können.

Er wartete, dass Weiteres passieren würde, aber es passierte nichts. Sie standen noch einige Minuten in der Abflughalle, ohne den Koffer, den sie aufgegeben hatten, und warteten auf jemanden, der nicht kam.

»Gib mir, Papa, die ist schwer«, sagte Eser und wollte ihm die große Reisetasche aus der Hand nehmen. Er legte dem Jungen eine Hand auf den Kopf und ließ ihn die Griffe der Tasche aus der anderen lösen. Für einen Moment überlegte er, ob sie die Halle verlassen und draußen etwas Luft schnappen sollten, und hätten sie das tatsächlich getan, wären sie vielleicht nicht in die Abflughalle zurückgekehrt.

Tausende von Reisenden drängten sich um sie herum, und niemand schaute sie an. Er suchte in der Menge nach beobachtenden Augen und konnte keine entdecken.

Plötzlich sah er in einiger Entfernung den jungen Sicherheitsbeamten zwei junge Männer befragen. Er nahm ihnen die Pässe ab, entfernte sich, beriet sich erneut mit dem älteren Kollegen und kehrte mit dem Telefon am Ohr zu ihnen zurück.

Und die ganze Zeit über hatte er die fremde Stimme im Ohr, die ihn fragte: »Chaim, hörst du mich? Wie geht es dir?« Jenny hatte ihn nie gefragt, wie es ihm ging, und hätte ihn auch nicht gefragt, wenn sie jetzt auf den Philippinen gewesen wäre.

»Papa, warum gehen wir nicht?«, drängte Eser.

Er sagte: »Ja, gleich«, entschied sich dann aber, seine Mutter anzurufen und sie zu fragen, ob sich jemand vom Flughafen bei ihr gemeldet hätte. Sie verneinte und wollte wissen, warum er angerufen habe, und er sagte, es sei nicht so wichtig. Dann fragte er sie: »Wo ist Jennys Telefon?«

Sie antwortete flüsternd und hörbar überrascht: »Wo soll es denn schon sein?«

Er hätte sie bitten können, im Abstellraum nachzuschauen, tat es aber nicht. Sagte nur, es sei nichts weiter.

»Seid ihr schon im Flugzeug?«, fragte sie.

»Ja. Gleich steigen wir ein.«

Sie gingen weiter von einer Station zur nächsten, als wäre nichts geschehen, aber Chaim wusste bereits, dass am Ende dieses Weges kein Flugzeug auf sie wartete. Die Stimme der Frau, die nicht Jenny gewesen war, sprach weiter in ihm, fröhlich und heiter, wie die Stimme aus einem Leben, das er nie gehabt hatte. Am Eingang zu der Halle, in der das Handgepäck und die Reisenden durchleuchtet und mit Metalldetektoren kontrolliert wurden, sollten sie abermals ihre Pässe vorzeigen. Die Beamtin, der er die Ausweise reichte, suchte nach dem Aufkleber, den der Sicherheitsbeamte angebracht hatte, und ließ sie dann weitergehen, ohne ihnen ins Gesicht geschaut zu haben. Er fasste die Kinder fest an der Hand, als sie endlich in der langen Schlange der Reisenden standen, die auf die Kontrolle warteten. Gerade weil nichts passiert und seit dem Telefonat bereits mehr als eine halbe Stunde vergangen war, rechnete er fest damit, dass irgendjemand am Ende des Weges wartete. Und er dachte an die Kinder, nur an sie. Würde man versuchen, sie von ihm zu trennen? Er hätte seine Mutter anrufen und sie bitten können, mit dem Taxi zum Flughafen zu kommen, um bei ihnen zu sein, sollte etwas geschehen. Und dann dachte er zum ersten Mal daran, dass er, falls man ihn fasste, den Kindern die Wahrheit über Jenny würde erzählen müssen.

Eser hievte die Tasche auf das Band des Scanners und ging mit Schalom durch den Metalldetektor, ohne dass der anschlug. Chaim wurde gebeten, seine Schuhe auszuziehen und den Gürtel abzunehmen. Er nahm den Schlüsselbund und das Telefon aus der Hosentasche und legte sie zusammen mit dem Dokumentenmäppchen und seinem Portemonnaie in eine graue Plastikwanne, die durch den Scanner geschickt wurde. Dann ging er ebenfalls durch den Metalldetektor. Noch immer war nichts passiert. Schlüssel, Portemonnaie und Aktenmäppchen bekam er zurück, und eine andere Frau sagte zu ihm: »Angenehmen Flug.«

Auch die junge Polizistin an der Passkontrolle verrichtete ungerührt ihre Arbeit. Sie besah sich prüfend die Pässe und fragte: »Wer ist Eser Sara?«

Eser stellte sich vor dem hohen Schalter auf die Zehenspitzen und sagte: »Das bin ich.«

Um Schalom zu sehen, der neben seinem Vater stand, war sie gezwungen, von ihrem Stuhl aufzustehen und sich in dem Glaskasten, in dem sie saß, ein Stück vorzubeugen. Chaim wartete auf das Geräusch des Stempels, aber die Polizistin ließ sich Zeit. Als sie sich erhob, die Tür der Kabine öffnete und leise zu ihm sagte: »Können Sie bitte eine Sekunde mit mir kommen?«, da wusste er, das war der Moment, auf den er gefasst war.

Das Ende des Weges.

Er sagte den Kindern, sie sollten mitkommen, und ging in die Richtung, die sie ihm gewiesen hatte.

Eser fragte: »Papa, was ist los?«

»Anscheinend noch eine Kontrolle«, antwortete er seinem Sohn.

Die Entfernung zu der geschlossenen Tür, auf die sie zugingen, war kurz, vielleicht fünfzehn, zwanzig Schritte, aber Chaim nahm Schalom trotzdem auf den Arm. Als sie dann vor der Tür standen, bat ihn die Polizistin: »Können Sie den Jungen bitte absetzen? Sie müssen da hinein. Ich bleibe bei den Kindern.«

Er hatte bereits verstanden, wohin er ging, aber hatte Eser das auch? »Ich möchte die Jungen mitnehmen«, erklärte Chaim.

Aber die Polizistin erwiderte mit etwas mehr Nachdruck: »Mein Herr, ich schlage vor, Sie gehen ohne große Diskussion da hinein. Die Kinder werden hier auf Sie warten.«

Schalom fing abermals an zu weinen, als Chaim ihn auf den Boden stellte, und in Esers Augen spiegelte sich Angst. »Passt du einen Augenblick auf Schalom auf, ja?«, sagte er zu Eser, öffnete die Tür und drehte sich sofort wieder zu den Kindern um, weil er in dem Zimmer den Polizeibeamten erblickt hatte, der ihn damals auf dem Revier vernommen hatte. Aber die Polizistin schloss die Tür, sodass er nur noch kurz sehen konnte, wie Eser die Hand seines kleinen Bruders nahm.

13

Als der Fall abgeschlossen und Jennifer Salazars Leiche bereits gefunden war, überlegte Avraham, wie kurz davor Sara gewesen war, ihnen an jenem Morgen durch die Lappen zu gehen und ohne seine Kinder aus Manila zurückzukehren.

Er war im allerletzten Moment festgenommen worden, und das auch nur dank einer zufälligen Eingebung Avrahams und gegen Ilanas entschiedenen Widerstand. Und selbst während des Verhörs auf dem Flughafen hatte es Augenblicke gegeben, in denen Avraham meinte, er hätte sich getäuscht und müsste Sara laufenlassen. An einem Punkt war sein Selbstvertrauen derart ins Wanken geraten, dass er kurz davor war, das Verhör abzubrechen, und wäre da nicht dieses brennende Gefühl gewesen, er riskierte das Leben von Saras Kindern, hätte er dies vielleicht auch getan. Aber diesmal weigerte sich etwas in ihm nachzugeben.

Der Tag vor der Verhaftung hatte an seinen Nerven gezerrt und ihn nachts abermals kein Auge zumachen lassen.

Bis zum Abend hatte er noch immer keinen ausreichenden Verhaftungsgrund gefunden und sah Sara und seine Söhne bereits am nächsten Tag in der Gangway zum Flugzeug verschwinden. Das Ticken der Uhr in seinen Ohren hörte nicht auf. Er erinnerte sich, wie Sara bei der letzten Vernehmung in seinem Büro gesessen hatte. Als sie sich zum ersten Mal begegnet waren. Avraham hatte Sara wegen der Bombenattrappe befragt und angenommen, der Mann hätte ihm aus freien Stücken und ungefragt erzählt, dass seine Frau nach Manila geflogen sei.

An jenem Abend hatte Marianka ihn gefragt, ob er meine, dass Sara etwas mit der Sprengstoffattrappe zu tun habe, woraufhin er gezögert hatte. Er hatte es nicht gewusst. Doch er hatte Marianka gesagt, er habe nicht vor, noch irgendjemandem zu trauen. Und hatte recht behalten.

Aber zu dem Zeitpunkt hegte er noch nicht den Verdacht, Sara könnte ein Kapitalverbrechen an seiner Frau begangen haben oder beabsichtigen, seinen Kindern etwas anzutun. Jetzt hatte er ihn. Aber erst um halb neun Uhr abends, als er im Café Joe vor dem Einkaufszentrum am Busbahnhof saß und etwas zu Abend aß, fiel ihm ein Grund für eine Festnahme ein. Deshalb eilte er zurück in sein Büro und rief Anselmo Garbo an.

In Manila war es zwei Uhr nachts, und Avraham holte Garbo aus dem Schlaf. Er entschuldigte sich und erklärte, warum er sich so spät noch melde, doch Garbo bat ihn lediglich, am Apparat zu bleiben, und wechselte in sein Arbeitszimmer, um sich dort eine Pfeife anzustecken und das Gespräch fortzusetzen, ohne seine Freundin aufzuwecken. In Avrahams Vorstellung trug Garbo einen leichten Morgenmantel und ließ sich vor einem Schreibtisch aus dunklem Holz in einen Ledersessel sinken. Er lauschte Avraham geduldig und meinte dann: »Eine hervorragende Idee. In ein paar Minuten geht das Schriftstück raus. Und ich danke Ihnen für die Initiative.«

Es war ein Geistesblitz gewesen, und Avraham war stolz darauf wie auf nur wenige Ermittlungsaktionen in seinem Leben.

Wie zu erwarten, distanzierte sich Ilana auf das Schärfste von der Idee und beschied ihm erbost: »Das ist ein Unding, was du da gemacht hast, Avi.« Sie war sich noch immer sicher, er würde sich einen Vermisstenfall zusammenphantasieren, und machte ihm abermals Vorwürfe.

Er wartete ab, bis sie mit ihrer Gardinenpredigt fertig war, und sagte dann: »Vielleicht hast du recht, Ilana, aber jetzt lässt sich das nicht mehr ändern. Die Anzeige ist erstattet. Und ich verspreche dir, wir werden uns nicht entschuldigen müssen. Würdest du es vorziehen, wenn Sara in Manila in Haft käme?«

Er hatte gewusst, sie würde keine andere Wahl haben, als ihm die Genehmigung zu erteilten, Sara auf dem Flughafen für ein Verhör festzuhalten. Also hatte er, noch bevor er sie anrief, Seitouni und Maalul von zu Hause zusammengetrommelt, um das Manöver vorzubereiten. Zunächst nahm er an, sie würden einen von den Sicherheitsleuten am Flughafen instruieren müssen, aber dann stellte sich heraus, dass Seitouni dort während seines Studiums gearbeitet hatte. Der junge Kollege ließ sich mit den für die Sicherheitsbefragungen auf dem Flughafen zuständigen Stellen verbinden und erhielt die Erlaubnis, sich als Sicherheitsbeamter auszugeben und Sara in Empfang zu nehmen, sobald der die Abflughalle betreten würde. Die Uniform der Sicherheitsfirma stand Seitouni besser als seine Polizeiuniform, und Maalul machte mit dem Handy ein Bild von ihm, damit sie ein Erinnerungsfoto hatten.

Es war inzwischen ein Uhr in der Nacht von Donnerstag auf Freitag, aber keiner von ihnen ging schlafen.

Das offizielle Schreiben von der Abteilung für Internationale Zusammenarbeit der philippinischen Polizei kam sowohl per Fax als auch via E-Mail: *Brigadegeneral Anselmo Garbo, Leiter der Investigation and Detective Division, ersucht die israelischen Polizeikräfte um Mithilfe und bittet, unverzüglich Ermittlungen wegen des Verschwindens der philippinischen Staatsbürgerin Jennifer Salazar aufzunehmen.*

Avraham fügte das offizielle Ersuchen der neuen Ermittlungsakte hinzu, dem *Fall Salazar*. Als sie in seinem Büro das wenige Material durchgingen, das sich zu dem Fall bislang angesammelt hatte, war es Maalul, der ihn überraschte: »Erinnerst du dich noch an den komischen Nachbarn im Haus von Ofer Sharabi? Diesen Avni? Der Telefontrick erinnert mich an das, was wir damals mit den Eltern veranstaltet haben, oder nicht?«

Avraham lächelte und antwortete nicht. Ob Sara auch gefasst worden wäre, wenn Avraham den von Ilana verfassten Bericht über die Fehler, die ihm bei jener Ermittlung unterlaufen waren, nicht gelesen hätte?

Seitouni traf um Viertel vor fünf am Flughafen ein und bezog bei den Sicherheitsbeamten des Sektors E, vor den Check-in-Schaltern von Korean Air, Stellung. Avraham und Maalul warteten derweil auf dem Revier auf die Nachricht, dass Sara seine Wohnung verlassen hätte und mit dem Taxi unterwegs zum Flughafen wäre.

Sie nahmen Avrahams Wagen und betraten den Terminal durch den Hintereingang, wenige Minuten nachdem Sara dort eingetroffen war. Beide saßen sie angespannt in dem kleinen Befragungszimmer neben Charito, der Philippinerin, die sich als Jennifer Salazar ausgab, als sie von dem falschen Sicherheitsbeamten Seitouni angerufen wurde, und hörten sie wie besprochen zu Sara sagen: »Chaim, vergiss nicht, mir im Duty-free-Shop zu kaufen, worum ich dich gebeten hatte, ja? Erinnerst du dich? Vergiss es nicht.«

Maalul bedeutete Charito mit einer kreisenden Handbewegung, dass sie das Gespräch möglichst in die Länge ziehen sollte. Sie war mit dem Bruder eines Polizisten aus dem Bezirk verheiratet und hatte der Polizei bereits in der Vergangenheit bei Simultanübersetzungen und dem Entziffern von Dokumenten geholfen. Als sie Avraham das Telefon zurückgab, fragte sie verlegen auf Hebräisch: »Denkt ihr, das war in Ordnung?« Als wäre sie gerade in der Fernsehshow *A star is born* vor Publikum aufgetreten.

Maalul sagte frotzelnd zu Avraham: »Vielleicht sollten wir auf die Philippinen fliegen, Seitouni, du und ich, an ihrer Stelle?«

Das Telefonat war in seinen Augen ein sicheres Indiz dafür, dass Sara etwas vor ihnen verbarg, und bedeutete für ihn grünes Licht, mit der Ermittlung fortzufahren, aber Ilana lauschte seinem detaillierten Bericht ohne übermäßige Begeisterung.

Sämtliche Polizisten an den Passkontrollschaltern waren instruiert und warteten auf Sara und seine beiden Söhne. Maalul bekam den Nebenraum zur Verfügung gestellt, um auf die Kinder aufzupassen, während ihr Vater vernommen wurde, beziehungsweise um sie inoffiziell zu befragen und ihnen möglichst viele Informationen zu entlocken. Er hatte Malpapier und Stifte bereitgelegt, vorgeblich, damit sie etwas zum Spielen hatten, während sie warteten.

Avraham trank schwarzen Kaffee und gönnte sich eine

schnelle Zigarette in der Raucherecke des Flughafenpersonals, neben einer Reinigungskraft, die auf ihren Wischmopp gestützt stand und die Asche ihrer Zigarette mit lakonischer Bewegung in den Putzeimer fallen ließ. Das Warten zog sich in die Länge, weil Sara noch in der Abflughalle blieb, auch nachdem er den Koffer aufgegeben hatte. Um sieben Uhr sahen sie ihn endlich auf dem Überwachungsbildschirm auf einen der Passkontrollschalter zusteuern, woraufhin Avraham das Befragungszimmer betrat, um dort auf ihn zu warten.

Wie sein Büro im Ayalon-Distrikt war auch dieser Raum eng, nackt und ohne Fenster. In der Mitte standen ein grauer Tisch und zu beiden Seiten einfache, mit lilafarbenem Stoff bezogene Metallstühle. Und in der Ecke ein Paravent. Zu Beginn des Verhörs lagen auf dem Tisch nur ein Aufnahmegerät und ein Kartonaktendeckel mit dem Bericht, den Garbo ihm geschickt hatte, dem offiziellen Amtshilfeersuchen und einem Blatt Papier, auf dem er mit schwarzem Edding alles zusammenfasste, was er bislang wusste.

Jennifer Salazar, am 12. September aus Israel ausgereist und bislang nicht zurückgekehrt, schrieb er zuoberst.

Zweiundvierzig Jahre alt und seit 2005 durchgehend in Israel wohnhaft.

Bei seiner Zeugenvernehmung hatte Sara gesagt, Jennifer sei auf die Philippinen gereist, um ihren kranken Vater zu pflegen, aber die dortige Polizei hatte offiziell bestätigt, dass sie nicht eingereist und ihr Vater schon vor einigen Jahren verstorben war. Und die Hauptsache: Vor weniger als einer Stunde hatte Sara so getan, als telefonierte er mit ihr, obwohl er nicht mit ihr, sondern mit einer anderen Frau gesprochen hatte. Das war der bislang einzige Anhaltspunkt dafür, dass Sara gelogen hatte, als er gefragt worden war, wo seine Frau sei, und er nicht, wie Ilana gemutmaßt hatte, seinerseits von Jennifer in Bezug auf ihr Reiseziel belogen worden war.

Es war genau neun Minuten nach sieben an jenem Freitagmorgen, dem Tag vor Jom Kippur, als Sara die Tür zu dem Raum im Grenzkontrollbereich des Ben Gurion Airports öffnete. Avraham sah, wie die Türklinke heruntergedrückt wurde, und gleich darauf den Ausdruck auf Saras Gesicht, der ihn erkannt hatte und herumfuhr. Aber die Tür wurde geschlossen. Zuvor aber konnte Avraham gerade noch einen Blick auf die beiden Söhne erhaschen, zum ersten Mal. Der ältere war groß und hager und hätte dem Aussehen nach schon fast ein Jugendlicher sein können. Sein Gesicht war dunkel, und seine Augen waren schmal und oval. Der jüngere Sohn hatte lange, glatte braune Haare, und auch seine Augen wirkten fremdartig, wenn auch weniger als die seines Bruders.

So hatte Avraham sich die Kinder nicht vorgestellt, als er sich keine vierundzwanzig Stunden zuvor ausgemalt hatte, wie sie zum Flugzeug gebracht würden und er seine zu kurzen Arme nach ihnen ausstreckte, ohne sie erreichen zu können.

Er saß auf dem Stuhl, der zur Tür ausgerichtet war, und lauerte auf den Blick in Saras Augen. Entsetzen und Angst spiegelten sich darin, und Avraham war der Meinung, dies verriete ihn sofort.

Avraham war nicht im Verhörraum gewesen, als Ofer Sharabis Vater unter dem massiven Druck, den Schärfstein auf ihn ausgeübt hatte, eingeknickt war und gestanden hatte, seinen Sohn getötet zu haben. Aber Avraham hatte keinen Zweifel, dass damals dieselbe Angst sich auch in den Augen des Vaters gespiegelt haben musste. Doch Sara würde ihm nicht entwischen. Er war in die Falle gegangen, die sie ihm gestellt hatten, und jetzt hatte Avraham ihn in der Hand und nicht vor, ihn gehen zu lassen, ehe er nicht herausgefunden hatte, was Sara mit seiner Frau gemacht und was er vorgehabt hatte, seinen Kindern anzutun, und weshalb.

Er wartete, bis Sara von selbst begriff, dass er vor ihm Platz nehmen musste, zog dann mit einer sehr langsamen, wohlüberlegten Bewegung das vergrößerte Foto von Jennifer Salazar aus dem Aktendeckel und legte es ohne ein Wort zu sagen vor sich auf den Tisch. Er erinnerte sich, dass er, als sie beim letzten Mal in seinem Büro auf dem Revier einander gegenübergesessen hatten, auch Mitleid mit Sara empfunden hatte. Er hatte sich vorgestellt, wie der ältliche Vater jeden Morgen seinen Sohn zum Kindergarten brachte und sich dort unter die anderen Eltern mischte, die etliche Jahre jünger waren als er. Sein Sohn war geschlagen worden und lädiert aus dem Kindergarten nach Hause gekommen, und er hatte versucht, mit Chava Cohen darüber zu reden. Doch die hatte ihn vor den Augen der Kinder und der anderen Eltern gedemütigt und sich geweigert, ihm zuzuhören. Und nur wenige Tage später war Sara zum Hauptverdächtigen des vorgeblichen Sprengstoffanschlags und des Angriffs auf die Kindergartenbetreiberin geworden, weshalb Avraham ihn mit anderen Augen gesehen hatte, als er ihn im Stadtzentrum beschattet hatte. Er hatte sich Sara vorstellen müssen, wie er mitten in der Nacht im Süden von Tel Aviv auf Chava Cohen gewartet und sie dann mit großer Brutalität angegriffen hatte. Doch das war ihm gelungen, schließlich hatte Sara ein Motiv. Aber Avraham hatte sich geirrt – nicht Sara war der Angreifer, sondern Amos Usen.

Jetzt musste er sich Sara wiederum bei einer anderen Tat vorstellen. Er musste herausfinden, ob Sara in der Lage gewesen war, seiner Frau etwas anzutun, und wenn ja, warum. Und ob er vorgehabt hatte, sich an seinen Kindern zu vergehen.

Gerade, weil er so wenig wusste, wollte Avraham Sicherheit ausstrahlen, weshalb seine Verhörstrategie zu Beginn der Vernehmung direkt und aggressiv war. Er würde Sara hart rannehmen, um ihn zu brechen. Zunächst schwieg er quälend lang und beharrlich, um bei dem Mann die Verunsicherung und die Furcht zu steigern. Seine erste Frage stellte er erst um dreizehn Minuten nach sieben. Sie lautete: »Wo ist Ihre Frau?«

Sara gab keine Antwort darauf.

Avraham schwieg abermals eine Weile, bis er sagte: »Ich habe nicht den geringsten Zweifel daran, dass Sie wissen, wo sie ist.«

Sara saß reglos und mit verschlossener Miene vor ihm. Sein Blick wanderte über die Tischplatte, er vermied es aber, das vor ihm liegende Foto direkt anzuschauen.

Die zweite Frage stellte Avraham um sechzehn Minuten nach sieben. »Machen Sie sich keine Sorgen um Ihre Kinder? Wollen Sie sie noch lange warten lassen?«, sagte er leise, und Sara sah ihn erstaunt an, als erinnerte er sich nicht daran, seine Kinder bis vor wenigen Minuten noch bei sich gehabt zu haben.

Das war eine der Tatsachen, die Avraham an jenem Morgen verwirrten.

Als der anfängliche Schock überwunden war, erschien Sara weniger angespannt als während seiner Zeugenvernehmung auf dem Revier. Im Verlauf des Gesprächs strahlte er sogar beinahe so etwas wie Ruhe aus. Die meisten der direkten Fragen, die Avraham ihm zu Beginn des Verhörs über den Verbleib seiner Frau stellte, überging er und beantwortete lediglich die allgemein gehaltenen Fragen zu ihrem Leben mit wenigen Worten, jedoch ohne erkennbare Angst. In Avrahams Augen waren die sonderbare Ruhe und das Schweigen ein Indiz dafür, dass er sich nicht getäuscht hatte. Sara empörte sich nicht einmal darüber, hier festgehalten zu werden, auch nicht, als sich die Befragung in die Länge zog und klar war, dass er seinen Flug verpassen würde, ja, er verlangte nicht einmal zu erfahren, wegen welcher Straftat man ihn vernahm oder wo seine Kinder waren. Das ist genau die Art von Ruhe, die den Täter überkommt, nachdem er gefasst worden ist, dachte Avraham. Sara musste jetzt nicht mehr fliehen. Er verkroch sich in seinem Schweigen wie in einer Höhle und wartete auf den aufziehenden Sturm. Aber Avraham gelang es nicht, ihn von dort herauszulocken, nicht an jenem Tag zumindest.

Oder sollte Ilana trotz allem doch recht behalten und er sich geirrt haben, auch was die Art und Weise betraf, in der er Saras Ruhe und sein Schweigen deutete? Beinahe bis zum Ende dieses ersten Verhörs wollte es ihm nicht gelingen, die Zweifel vollständig zu entkräften, die sie in ihm geweckt hatte. Er erinnerte sich, dass Ilana ihn, als sie in einem ihrer ersten gemeinsamen Fälle ermittelt hatten, einer Serie von Misshandlungen der Bewohner eines Seniorenheims in Cholon, gefragt hatte: »Kennst du den Unterschied zwischen Menschen und Tieren? Menschen reden. Sie können nicht darauf verzichten, verstehst du? Wenn du geduldig bist und die richtigen Fragen stellst, fangen am Ende alle an zu erzählen.«

Sara gehörte zu den wenigen Verdächtigen, für die Schweigen etwas Natürliches war. Avraham sagte: »Ich kenne Sie nicht gut genug, Herr Sara, aber vielleicht begreifen Sie Ihre Lage in diesem Moment nicht. Daher werde ich sie Ihnen erklären. Wir suchen Ihre Frau und versuchen zu verstehen, warum Sie bezüglich ihres Aufenthaltsortes gelogen haben.«

Sara hob für einen Moment den Blick von der Tischplatte, und Avraham nutzte die Gelegenheit, um ihm das Foto von seiner Frau hinzuschieben, wobei er bemerkte, wie ähnlich ihr der erstgeborene Sohn sah, den er durch die geöffnete Tür erblickt hatte. Das Gesicht war genau das gleiche, mit den dichten schwarzen Brauen über den dunklen Augen, deren Blick schmal und unverwandt war.

»Ich frage, warum Sie den Sicherheitsbeamten angelogen und so getan haben, als telefonierten Sie mit Ihrer Frau, obwohl Sie gar nicht mit ihr gesprochen haben.« Sara antwortete nicht, und Avraham fügte hinzu: »Das ist nicht das erste Mal, dass Sie im Zusammenhang mit Jennifer lügen. Mir haben Sie einige weitere Unwahrheiten in Bezug auf Ihre Frau aufgetischt. Aber lassen Sie uns mit dem Telefonat anfangen. Warum haben Sie so getan, als sprächen Sie mit ihr?«

Sara antwortete nicht, und er wiederholte die Frage ein weiteres Mal, doch vergebens. Er hielt ihm das Foto ganz nah vor das Gesicht. »Schauen Sie sich dieses Bild bitte einmal an, Herr Sara. Das ist eine Aufnahme Ihrer Frau von vor vielen Jahren. Wissen Sie, woher ich es erhalten habe?« Sara schüttelte nicht einmal mit dem Kopf. »Von der philippinischen Polizei. Sie haben uns ersucht zu ermitteln, wo sich Ihre Frau befindet. Und wissen Sie, warum? Weil Sie mir beim letzten Mal gesagt haben, Ihre Frau sei nach Manila geflogen, und deshalb könne ich sie nicht zu einer Zeugenvernehmung über die Bombenattrappe vor dem Kindergarten vorladen, richtig? Erinnern Sie sich? Sie haben mir noch vorgeschlagen, sie dort anzurufen. Ich habe hier das von Ihnen unterschriebene Vernehmungsprotokoll.«

Die ersten Worten, die Sara hervorbrachte, waren: »Ich

erinnere mich.« Er sprach so leise, dass sie das Aufnahmegerät nicht aufzeichnete. In seiner Stimme schwangen weder Bedauern noch Reue mit.

»Und stehen Sie weiterhin zu dem, was Sie mir damals gesagt haben?«

Diese Frage ließ Sara ebenfalls unbeantwortet, weshalb Avraham fortfuhr: »Denn das trifft nicht zu. Wir haben das mithilfe der philippinischen Polizei überprüft. Ihre Frau ist weder am 12. September noch zu einem anderen Datum dort eingereist. Also warum haben Sie gelogen? Was haben Sie versucht zu verbergen?«

Hätte Ilana mit ihrer Vermutung recht gehabt und Sara nicht gelogen, sondern einfach nicht gewusst, dass seine Frau woanders hingeflogen war, dann würde er jetzt zum ersten Mal davon hören und hätte anders reagieren müssen. Doch er wirkte nicht überrascht.

»Und Sie haben in noch einem Punkt gelogen. Sie sagten, sie sei dorthin gereist, um sich um ihren Vater zu kümmern. Dies hier ist ein offizielles Dokument, das ich vorgestern von der philippinischen Polizei erhalten habe. Schauen Sie. Lesen Sie Englisch? Risaldo Salazar, der Vater von Jennifer Salazar, Ihrer Frau, ist im Jahre 1985 verstorben. Ihre Frau war damals wie alt? Fünfzehn? Sie haben frei erfunden, dass sie ihren kranken Vater pflegt. Ich weiß nicht, warum Sie sich so etwas ausgedacht haben und warum ausgerechnet diese Geschichte, aber Sie haben sie erfunden.«

Avraham erhob sich von seinem Stuhl, ging um den Tisch herum und baute sich hinter Sara auf. Doch der drehte sich nicht um, sondern hielt den Blick starr auf die Wand vor sich gerichtet. Avraham beugte sich vor und sagte nahe an dessen Ohr: »Sie wissen, wo sich Ihre Frau befindet, habe ich recht? Da täusche ich mich doch nicht?«

Kurz nach acht klopfte es an der Tür, und Avraham verließ den Raum.

Draußen wartete Seitouni, noch immer in der Uniform der Sicherheitsfirma und mit weißen Gummihandschuhen an den Händen. Er wirkte besorgt, als er zu Avraham sagte: »Du solltest dir seinen Koffer mal ansehen.«

Avraham folgte ihm in eine kleine Halle, in der Koffer und Taschen auf Regalböden entlang der Wände standen. Saras Koffer lag geöffnet auf einem Tisch in der Ecke. Avraham fragte: »Habt ihr etwas gefunden?«

Seitouni zog eine Papiertüte heraus und sagte: »Schau dir das an.«

Das war der Augenblick, in dem Avrahams Selbstsicherheit erschüttert wurde und er erwog, Sara laufenzulassen, damit der seinen Flug noch erreichen könnte.

»Es ging nicht anders, ich musste die Verpackung aufreißen«, meinte Seitouni und reichte ihm eine weiße Jeans und eine leichte violette Damenbluse. Er hielt die Sachen mit seinen gummibehandschuhten Fingerspitzen, als würde er eine Ratte am Schwanz hochheben. »Geschenke für seine Frau. Und sieh dir auch die Papiere hier an.«

Die Blätter lagen zusammengefaltet unten in einer Papiertüte. Auf einem war die Zeichnung eines schwarzen Flugzeugs vor blauem Himmel, und daneben hatte jemand in Rot geschrieben: *Für die liebe Mama Jenny, das ist das Flugzeug, mit dem wir nach so langer Zeit zu dir fliegen werden.* Auf dem zweiten Blatt stand in großen blauen Druckbuchstaben: *Für die lihbe Mamma, ich habe dich fermist, und ich bin gans aufgerekt, das Papa uns zu den Filipienen mitnimmt. Ich möchte, das du mit uns nach Hause flihkst und bei uns zuhause pleibst wih immer. Dein erst geborener Sohn Eser.*

Er durchwühlte den Koffer mit bloßen Händen und fand

ganz unten in einer orangefarbenen Plastiktüte zwei Damenblusen und einen Pyjama. »Sonst noch irgendwas?«, fragte er.

»Nichts. Kinderkleidung, ein paar Spielsachen und seine Kleidungsstücke. Außerdem Handtücher und Waschzeug.«

Avraham betrachtete die Blätter noch einen Augenblick, faltete sie dann wieder zusammen und legte sie behutsam zurück in die Papiertüte.

Seitouni folgte ihm in die Raucherecke, obwohl er selbst gar nicht rauchte, und fragte: »Also, was willst du jetzt mit ihm machen?«

Er wusste es nicht. Er wollte von Seitouni wissen, ob er Ilana schon über den Inhalt des Koffers in Kenntnis gesetzt hatte, und der junge Kollege schüttelte den Kopf. Hätte Avraham sie jetzt angerufen, hätte Ilana ihn angewiesen, Sara augenblicklich laufenzulassen, und daher rief er sie nicht an. Er betrat den Raum neben dem Befragungszimmer, in dem Sara wartete, um sich mit Maalul zu beraten, vielleicht aber vor allem, um einen Blick auf die Kinder zu werfen, da er hoffte, wenn er sie sähe, würde seine Entschlossenheit zurückkommen. Der jüngere Sohn, dessen Haar auffallend lang war, stand mit dem Rücken zur Tür am Tisch und malte auf einem Blatt Papier. Maalul stand über ihn gebeugt und hatte eine Hand auf seine Schulter gelegt. In der anderen hielt auch er einen Filzstift. Beide drehten sich zu Avraham um, als er eintrat. Eser, der mit dem Gesicht zur Tür auf einem Stuhl saß, hob nicht einmal den Blick von seinem Blatt, als hätte er Avraham gar nicht bemerkt.

Sie traten aus der offenen Tür, und Maalul flüsterte ihm zu: »Was gibt's Neues?«

»Im Augenblick noch gar nichts«, entgegnete Avraham. »Er redet nicht, aber ich habe keinen Zweifel, dass er weiß, wo sie ist.« Dann berichtete er Maalul, was sie in dem Koffer gefunden hatten, und Maalul seufzte.

Ausgerechnet in diesem Moment hob Eser sein Gesicht mit den dunklen Augen und musterte sie durch die offen stehende Tür. »Und was ist mit ihnen?«, fragte Avraham.

»Sie werden langsam zugänglicher«, antwortete Maalul. »Anfangs wollten sie überhaupt nicht mit mir reden, aber jetzt haben sie mir immerhin schon erzählt, dass sie zu ihrer Mama fahren. Dass sie am Flughafen auf sie wartet. Der Kleine spricht mehr. Der Große ist misstrauischer.«

»Hast du sie gefragt, wann ihre Mutter weggefahren ist?«

»Ich glaube nicht, dass sie sich daran erinnern. Der Kleine hat gesagt, vor zwei Tagen. Aber keine Sorge, Avi, ich bohre da noch einmal nach. Gib mir ein bisschen Zeit. Meinst du, ich habe noch ein, zwei Stunden mit ihnen?«

Avrahams Entschlossenheit war zurückgekehrt, als er sagte: »Ja. Ich werde ihn heute auf gar keinen Fall laufenlassen.«

Und dennoch, als er den Raum wieder betrat, in dem Sara auf ihn wartete, sprach er anders mit ihm. Vielleicht wegen des Kofferinhalts. Die Maschine der Korean Air, Flug KE 958 nach Seoul, hatte unterdessen Starterlaubnis erhalten und war unterwegs zu ihrer Startbahn. Zumindest hatte er verhindern können, dass sie jetzt im Flugzeug saßen. Er kehrte zurück zu seinem Platz, sagte: »Ich habe gerade Ihre Jungs gesehen.« Da meinte er, etwas habe sich im Gesichtsausdruck seines Gegenübers verändert. Leise, beinahe zärtlich fuhr er fort: »Wissen Sie, warum ich Sie hier für eine Vernehmung habe festnehmen lassen? Möchten Sie es wissen? Nur wegen der Kinder. Hätte ich das nicht getan, wären Sie in dem Moment verhaftet worden, in dem die Maschine in Manila gelandet wäre. Und Ihre Söhne wären dort allein und ohne Aufsicht gewesen. Verstehen Sie?«

Sara hob den Kopf und dankte ihm plötzlich. Das war offenbar der richtige Weg, und Avraham machte in dieser Richtung weiter. »Ich verstehe, dass Sie sich entschieden haben, nicht auf meine Fragen zu antworten, was Ihr gutes Recht ist, obwohl Sie damit einen Fehler machen«, sagte er. »Ich versuche lediglich herauszufinden, wo sich Ihre Frau aufhält. Mehr möchte ich gar nicht von Ihnen. Sie haben gesagt, sie sei auf den Philippinen, aber da ist sie nicht. Und hier in Israel ist sie auch nicht. Also kommen Sie, lassen Sie uns für einen Augenblick annehmen, ich hätte mich geirrt und würde Ihnen glauben, dass Sie nicht wissen, wo sie ist. Sollten Sie mir da nicht helfen, sie zu finden? Wenn Sie kooperieren und mir über sie berichten, fällt es mir leichter, Ihnen zu glauben, vor allem aber weiß ich dann eher, wo ich suchen soll.«

Nicht ein Wort von dem, was er gesagt hatte, meinte er so, aber Sara begriff das nicht und fragte: »Wie geht es den Kindern?«

Avraham erwiderte: »Sie sind im Raum nebenan. Sie warten auf Sie.«

Sara legte eine Hand auf den Tisch, neben das Foto seiner Frau. »Sagen Sie mir, was Sie über sie wissen wollen, und ich werde versuchen, Ihnen zu helfen.«

Ein schmaler Spalt hatte sich aufgetan zu der Höhle, in der er sich verkrochen hatte, und Avraham zwängte sich hindurch. »Wie viele Jahre ist sie schon in Israel?«, fragte er umgehend.

»Neun. Vielleicht auch zehn.«

»Und wie haben Sie sie kennengelernt?«

»In Nes Ziona.«

»Was hat sie dort gemacht?«

»Ich bin ihr bei meiner Mutter begegnet.«

»Arbeitet sie bei Ihrer Mutter?«

»Sie hat bei einem Nachbarn gearbeitet. Bis man ihn in ein Pflegeheim gebracht hat und sie keine Arbeit mehr hatte.«

Avraham bat um die Telefonnummer und die Adresse der Mutter und hatte den Eindruck, dass Sara beides nur unwillig herausgab. Er fragte: »Und können Sie mir sagen, mit wem Ihre Frau in Kontakt steht?«

»Was soll das heißen, mit wem? Mit niemandem«, antwortete Sara.

»Hat sie keine Freunde hier im Land? Keine Bekannten? Verlässt sie nie das Haus?«

»Sie geht mit den Kindern raus. Und manchmal auch zur Kirche.«

»In welche Kirche?«

»In Jaffa. In der Altstadt.«

»Und hat sie, abgesehen von Ihnen, Familie in Israel?«

»Nein. Sie hatte Kontakt zu ihrer Schwester. Die lebt in Deutschland.«

Sara wusste nicht, wo in Deutschland die Schwester wohnte, und kannte ihre Telefonnummer nicht. Oder er wusste es, wollte es aber nicht sagen. Dennoch war es Avraham gelungen, ihn aus seinem Schweigen zu holen. Er fragte Sara, ob er etwas trinken oder essen wolle, aber der verneinte. Und er versprach Sara, schon bald seine Kinder sehen zu können. Das Gespräch hatte ihn Jennifer Salazar noch nicht näher gebracht, da Sara bis jetzt nichts über sie gesagt hatte, das ihm wichtig erschien, aber er meinte, sich Saras Verbrechen anzunähern.

Und tatsächlich war es so.

»Und von der Arbeit hat sie keine Bekannten?«, fragte er. »Oder Freunde?«

»Sie hat jetzt nicht gearbeitet. Vorher hat sie Alte gepflegt, und danach hat sie ein bisschen bei mir im Geschäft gearbeitet.«

Avraham erinnerte sich nicht sofort, von welchem Geschäft genau die Rede war, und Sara erklärte: »Ein Cateringservice.«

»Das bedeutet was? Verkaufen Sie Essen?«

»Ja. Sandwiches und warme Gerichte.«

»Haben Sie ein Restaurant?«

»Nein, ich verkaufe direkt in den Firmen in Cholon. Im Augenblick vor allem im Industriegebiet. In den Betrieben der Umgegend und auch im Finanzamt und der Innenbehörde.«

Er vermerkte in seinem Notizbuch *Innenbehörde,* weil er meinte, im Verlauf der Ermittlung schon einmal darauf gestoßen zu sein, sich aber nicht erinnerte, wo, und erst, als es ihm einige Minuten später einfiel, wusste er, dass dies der Durchbruch war, auf den er gewartet hatte.

Sara hatte nichts mehr zu sagen, und auch er wusste nicht, was er ihn noch hätte fragen sollen.

»Möchten Sie mir mitteilen, wo Sie glauben, dass sich Ihre Frau aufhält?«, fragte er der Form halber, ohne eine Antwort zu erwarten, aber Sara überraschte ihn.

»Wenn sie nicht auf den Philippinen ist, dann weiß ich es nicht. Für uns ist sie auch verschwunden. Wir wollten da hinfahren, um nach ihr zu suchen«, erklärte er.

Auch jetzt sagte er nicht die Wahrheit, aber Avraham horchte dennoch auf, denn dies war eine Antwort, die er noch nicht gehört hatte. »Was meinen Sie damit?«, fragte er.

Sara wurde etwas lauter, als er antwortete: »Sie ist gefahren, ohne uns ein Wort zu sagen. Eines Tages sind wir nach Hause gekommen, und sie war nicht mehr da. Hat auch keinen Brief hinterlassen, dass sie uns verlässt, hat nur nach ein paar Tagen angerufen. Wir wollten sie überreden zurückzukommen.«

»Und sie hat nicht gesagt, von wo aus sie anruft?«

»Sie hat behauptet, sie wäre zurück auf den Philippinen, aber Sie sagen ja jetzt, dass das nicht stimmt. Und danach haben wir sie nicht mehr erreicht. Sie ist nicht mehr an ihr Handy gegangen. Deshalb wusste ich auch nicht, wie ich reagieren sollte, als der Sicherheitsbeamte mir gesagt hat, sie sei am Telefon. Vielleicht habe ich nach so langer Zeit gar nicht mehr genau gewusst, wie sie klingt, verstehen Sie? Nicht einmal von den Kindern hat sie sich verabschiedet. Ist eines Tages ohne Erklärung einfach weggefahren. Ich war mir sicher, sie hätte sich auf den Philippinen verkrochen.«

Die Geschichte deckte sich mit Ilanas Vermutung und erklärte auch, was sie in dem Koffer gefunden hatten, aber Avraham glaubte ihm nicht eine Sekunde. »Ist es das erste Mal, dass sie Ihnen auf diese Weise abhandengekommen ist, oder ist so etwas schon einmal passiert?«, fragte er.

Sara sah ihm in die Augen, als er antwortete: »Das erste Mal. Sie hat ein paarmal gesagt, sie würde wegfahren und dass sie nicht mehr bleiben will, aber so etwas hat sie vorher noch nie gemacht. Ich weiß nicht, warum sie ausgerechnet jetzt fort ist.«

»Hat sie Ihnen das nicht erklärt? Als Sie mit ihr telefoniert haben?«

»Sie hat gesagt, sie will nicht mehr mit mir leben. Und dass sie die Kinder nicht mehr will. Ich weiß, es war schwer für sie mit uns, aber ich hätte nie geglaubt, dass sie uns eines Tages verlässt.«

Der Flughafen war wie leergefegt, als er um elf Uhr den Befragungsraum verließ.

Er suchte nach Seitouni und konnte ihn nicht finden, aber als er ihn anrief, hörte er hinter seinem Rücken ein Telefon klingeln. Er drehte sich um und sah den jungen Ermittler aus der Halle kommen, in der sie zuvor den Koffer geöffnet hatten. Avraham bat den Kollegen, Saras Mutter anzurufen und zu klären, ob sie die Kinder nehmen könnte. Er wusste nicht, wie alt die Mutter war und in welcher Verfassung, wies Seitouni aber an, sie mit einem Streifenwagen zum Flughafen bringen zu lassen und sie zusammen mit den Kindern wieder nach Hause zu fahren.

Es war sonderbar, den Flughafen so zu sehen, auf dem es drei Stunden zuvor von Menschen nur so gewimmelt hatte. Die Passkontrollschalter waren bis auf zwei alle geschlossen. In einem der beiden saß die Polizistin, die Sara am Morgen zu dem Befragungsraum begleitet hatte. In zwei Stunden würde auch der Luftraum über Israel geschlossen werden. Die letzte Maschine vor Jom Kippur würde um 12.55 Uhr von Lod nach Warschau starten, und das letzte Flugzeug, das auf dem Ben Gurion Airport landen würde, sollte um 12.25 Uhr aus Brüssel eintreffen.

Er bat Seitouni, er solle versuchen, den Leiter der Innenbehörde in Cholon ans Telefon zu bekommen, aber das erwies sich am Vorabend von Jom Kippur als aussichtslos. Daraufhin klopfte er an die Tür des an den Befragungsraum angrenzenden Zimmers und öffnete sie, ohne eine Antwort abzuwarten. Saras jüngerer Sohn schlief in einer Ecke des Raumes auf dem Fußboden, zugedeckt mit einem blauen Sweatshirt. Eser und Maalul saßen nebeneinander am Tisch und verstummten, als er hereinkam. Maalul bedeutete ihm, er wäre in einer Sekunde bei ihm. Er wirkte aufgeregt, als er aus dem Zimmer kam und Avraham zuflüsterte: »Ich glaube, du hast dich nicht getäuscht, Avi. Irgendetwas ist mit der Mutter passiert, und es kann sein, dass Saras Sohn gesehen hat, was sich abgespielt hat.«

Mehr brauchte Avraham nicht, um endgültig zu entscheiden, dass Sara bis nach Jom Kippur in Untersuchungshaft bleiben würde. Und erst am Abend sollte er begreifen, was den Kindern hätte zustoßen können, hätte er sie mit ihm nach Hause gehen lassen.

Wahrscheinlich hätte sich Ilana gegen sein Vorgehen gesperrt, aber Avraham wusste da schon, dass er sich nicht an sie wenden, sondern Benny Saban anrufen würde, um ohne weiteres die Erlaubnis zu erhalten, Sara für vierundzwanzig Stunden in der Untersuchungshaftzelle auf dem Revier festzusetzen, bis nach Jom Kippur. »Was soll das heißen, er hat es gesehen? Der ältere Sohn?«, fragte er.

»Ich bin mit ihm ein paarmal zu dem Tag zurückgegangen, an dem sie verschwunden ist«, erklärte Maalul. »Ob er sich erinnert, wie lange sie schon weg ist und wann sie gefahren ist. Nachdem der Kleine eingeschlafen war, hat der Große ein wenig Vertrauen gefasst und angefangen, mir zu erzählen, sein Vater habe die Mutter eines Nachts mitgenommen und ihm gesagt, sie käme nicht wieder.«

Er war nicht überrascht, denn als er sich erinnerte, wo er den Begriff »Innenbehörde« schon einmal gehört hatte, meinte er, ein Gesamtbild vor sich zu sehen. Dennoch spürte er sein Herz schneller schlagen. Sara wartete im Nebenraum auf ihn und schien überzeugt, er würde, nachdem er Avraham ausführlich von der Reise seiner Frau erzählt hatte, schon bald freikommen.

Aber Jennifer Salazar war niemals ausgereist.

Er fragte Maalul: »Und du denkst, er hat tatsächlich etwas gesehen?«

»Vielleicht ja«, gab Maalul zurück. »Aber er sagt auch etwas Merkwürdiges. Er wiederholt immer wieder, dass es nicht Sara war.«

Avraham sah ihn verwundert an.

»Ich verstehe auch nicht, was er meint«, sagte Maalul. »Er behauptet, dass es nicht dieser Vater von ihm war, der sie mitgenommen hat. Sondern sein früherer Vater. Hast du eine Ahnung, was er damit meint? Gibt es noch einen anderen Vater in der Sache?«

Nicht, soweit er wusste. Dem Bericht zufolge, den ihm Garbo geschickt hatte, war Jennifer Salazar vor Sara mit einem anderen Mann verheiratet gewesen, hatte sich aber nach vier Jahren Ehe von ihm scheiden lassen, ohne dass das Paar Kinder gehabt hätte. Und das war schon viele Jahre her.

Sollte es noch etwas geben, das er nicht wusste?

Erst in den Abendstunden, als der Versöhnungstag mit Einbruch der Dunkelheit schon begonnen hatte, wurde ihm das Bild in Gänze klar. Die Straßen lagen dunkel und still da, und in den Fenstern brannten fahle Lichter, aber bei ihm hatte sich die Finsternis gehoben und die fehlenden Puzzlestücke zusammengefügt, wie er es erwartet hatte. Er erriet jetzt nicht nur, wie Saras Frau verschwunden war, sondern vor allem, warum Sara vorgehabt hatte, seine Kinder zu töten.

Den Leiter der Innenbehörde in Cholon noch vor dem Beginn des Fastens ans Telefon zu bekommen, war nun nicht mehr zwingend notwendig. Wie an jedem Jom Kippur seit seiner Kindheit brach Avraham zu einem Spaziergang durch die leere Stadt auf und ging allein mitten auf der Straße. Bevor er als Kind Fahrradfahren gelernt und mit seinen Freunden längere Touren unternommen hatte, hatte sein Vater ihn an Jom Kippur mitgenommen zu einem Streifzug durch die Stadt, die ihm damals so riesig wie die ganze Welt vorgekommen war. Zu Fuß waren sie von Kiryat Sharet Richtung Westen bis zum anderen Ende der Stadt gelaufen, fast bis zur Grenze von Bat Yam, und er erinnerte sich, dass er seinem Vater unterwegs Fragen über diesen sonderbaren Tag gestellt hatte, an dem auf den Straßen keine Autos fuhren und die Erwachsenen nichts aßen und tranken. Sein Vater hatte versucht, es ihm zu erklären, aber ohne Erfolg, vielleicht weil er selbst nicht fastete. Wenn sie nach Hause zurückkamen, hatten sie sich mit seiner Mutter zusammen hingesetzt, um ein festliches Mahl zu sich zu nehmen, und einmal hatte der kleine Avraham seinen Vater dabei gefragt: »Wenn du an Jom Kippur etwas isst, heißt das, dass du dieses Jahr sterben wirst?«

Sein Vater hatte ihn angeschaut und nicht geantwortet. Seine Mutter hatte sich über die Frage aufgeregt und erbost zu ihm gesagt: »Was sagst du für einen Unsinn zu Papa?« Dann hatte sie von ihm verlangt, dass er sich entschuldigte.

Wäre Marianka jetzt hier, würden sie endlos laufen, aber in eine vollkommen andere Richtung.

Sie ging weiterhin nicht ans Telefon, auch als er sie fast eine geschlagene Stunde lang immer wieder anrief.

Ein junger Mann, der seinen Talit in einer Gebetsmanteltasche unter dem Arm trug, kam ihm entgegen, als er das Haus in der Straße des Gewerkschaftsbunds erreichte. In der Wohnung, in der einige Monate zuvor Ofer Sharabi umgekommen war, waren alle Fenster geschlossen.

Er war nicht grundlos dort gelandet, sondern weil der Kreis sich geschlossen hatte. Saras Kinder waren in Sicherheit, und er selbst weggesperrt in der Arrestzelle auf dem Revier. Avraham hätte ihn dort aufsuchen und das Verhör fortsetzen können, zog es aber vor zu warten. An jenem Abend marschierte er nicht bis zur Grenze von Bat Yam, sondern machte kehrt und ging zurück nach Hause.

14

Auch nach einigen Tagen war sich Chaim nicht sicher, dass er verstanden hatte, was in jener Nacht geschehen war, in der er den Mord gestanden hatte. Hatten die Polizisten ihm die Wahrheit gesagt? Hatten sie gelogen? Der genaue Ablauf des Geschehens mochte in seiner Erinnerung vielleicht durcheinandergeraten sein, aber die kleinen Maßnahmen, die sie angewandt hatten, wusste er sehr wohl noch, und es schien ihm, als hätten sie allesamt eine Bedeutung gehabt, die ihm in jener Nacht entgangen war. So zum Beispiel der Stuhl, auf dem er Platz nehmen sollte. Oder der gewalttätige Ausbruch des Ermittlers, als er mit der flachen Hand gegen die Tür des Verhörzimmers geschlagen hatte. Waren sie Teil eines Plans gewesen? Er hatte niemanden, den er hätte fragen können, und vielleicht war es auch nicht mehr wichtig. Die einzige Frage, die ihn weiterhin belastete, war, ob die Polizisten über seinen Sohn Eser die Wahrheit gesagt hatten, doch auch darauf erhielt er keine Antwort und würde möglicherweise niemals eine bekommen.

Dass das Fasten beendet war, schloss er aus dem wiedererwachten Geräuschpegel auf dem Revier.

Draußen vor der Arrestzelle klingelten plötzlich Telefone, und die Stille wurde durch laute Rufe gestört, die er zuvor nicht gehört hatte. Ein Radio wurde eingeschaltet, durch die Zellentür waren die Nachrichten des staatlichen Rundfunks zu hören und dazu das Geräusch von Fahrzeugen auf dem Parkplatz, auf den das einzige Fenster der Zelle hinausging.

Die Stimmen und Geräusche sagten ihm, dass das Verhör in absehbarer Zeit wiederaufgenommen werden würde. Sein Zellengenosse lag auf der Pritsche, und Chaim stand an der Tür, um den Geräuschen zu lauschen und zu warten. Es vergingen einige Minuten, bis die Tür aufgeschlossen wurde und eine Polizeibeamtin seinen Zellengenossen aufforderte mitzukommen. Chaim fragte sie, ob er warmes Wasser und etwas zu essen bekommen könne, um das Fasten zu brechen, und die Polizistin erwiderte: »Inspektor Avraham ist schon auf dem Weg zu Ihnen. Er wird sich um eine Mahlzeit für Sie kümmern.«

Die beiden Untersuchungshäftlinge verabschiedeten sich nicht voneinander, da sie in den langen Stunden, die sie die Arrestzelle geteilt hatten, ohnehin fast kein Wort miteinander gewechselt hatten. Sein Zellengenosse war in der Nacht eingetroffen, als Chaim geschlafen hatte, und anfangs hatte er den Verdacht gehegt, man hätte ihm den anderen mit in die Zelle gesteckt, um ihn zum Reden zu bringen. Der Mann war zwanzig Jahre jünger als er, trug eine Brille und wirkte gebildet und wohlsituiert. Aus Gesprächsfetzen mit den Polizisten, die ihm Wasser und etwas zu essen brachten, entnahm Chaim, dass der andere an Jom Kippur mit seinem Wagen unterwegs gewesen war, eine Radfahrerin angefahren und Fahrerflucht begangen hatte. Hatte er sich selbst gestellt oder versucht, unbehelligt davonzukommen, und war gefasst worden? Er wagte nicht zu fragen. Nachdem der Mann in seine Zelle gebracht worden war, konnte Chaim nicht wieder einschlafen, vielleicht aus Angst, er könnte schlafwandeln und Dinge sagen, die er nicht sagen durfte, oder weil es ihm nicht gelang, das Weinen des Jüngeren zu überhören. Auch sein Zellengenosse unternahm keinen Versuch, ein Gespräch zu beginnen, auch nicht am Morgen, und nur ein einziges Mal, als ihm eine Mahlzeit gebracht wurde, fragte er Chaim höflich, ob es ihm etwas ausmache, wenn er an Jom Kippur vor ihm etwas esse, was Chaim verneinte.

Es verging noch einmal reichlich Zeit, bis Inspektor Avraham die Tür öffnete, schweigend einen Blick in die Zelle warf und die Tür wieder schloss.

Was den Ermittler anging, hatte er sich getäuscht, davon war er überzeugt, noch ehe alles Weitere passieren sollte. Am Vortag, auf dem Flughafen, als er angefangen hatte, ihm von Jennys Reise zu erzählen, wie sie ihn und die Kinder ohne vorherige Ankündigung hatte sitzenlassen, hatte Chaim gemeint, dass Avraham ihn verständnisvoll angeschaut hätte. Und dass er ihm vielleicht glaubte, als er ihm erzählte, er sei sich bei der Stimme am Telefon nicht sicher gewesen, da er Jenny schon lange nicht mehr gesprochen hatte, weshalb er das Gespräch fortgesetzt und dem Sicherheitsbeamten nicht gleich gesagt hätte, dass diese Stimme nicht die ihre war. Hatte er da insgeheim noch gehofft davonzukommen, obwohl ihm bereits klar war, dass die Polizei nach Jenny suchte?

Er hatte das Gefühl gehabt, in die Falle gegangen zu sein, noch ehe er auf dem Flughafen die Tür zu dem kleinen Raum geöffnet und Inspektor Avraham darin hatte sitzen sehen. Dann aber war die Hoffnung, er hätte sich geirrt, in ihm erwacht, und er hatte Avraham erzählt, Jenny sei auf und davon. Die Hoffnung erwachte, weil Avrahams Fragen mit einem Mal weniger aggressiv und seine Gesichtszüge weicher wurden, sodass die Panik, die Chaim zu Beginn des Verhörs empfunden hatte, von einer inneren Stille abgelöst wurde.

Avraham war ein wenig kleiner als er und machte den Eindruck eines einfachen Menschen auf ihn. Chaim hatte keine Angst mehr vor ihm gehabt, wie noch einige Tage zuvor, als Avraham ihn wegen des vor dem Kindergarten abgestellten Koffers vernommen hatte. Er fragte Chaim, wie er

Jenny kennengelernt habe, was sie arbeite und mit wem sie Umgang pflege, beschuldigte ihn aber nicht länger, zu wissen, wo sie sich befinde. Dann aber verließ der Ermittler das Zimmer, und als er zurückkam, teilte er Chaim mit, er habe entschieden, ihn in Untersuchungshaft zu nehmen und das Verhör erst nach dem Ende des Fastens fortzusetzen – und die Hoffnung war zerstoben. Er hatte gefragt, was mit den Kindern geschehen würde, und war geschockt, als Avraham ihm mitteilte, seine Mutter sei unterwegs zum Flughafen.

Er sah seine Mutter nicht, als der Ermittler Eser und Schalom in den kleinen Raum brachte, damit sie sich von ihm verabschiedeten. »Ihr übernachtet bei Oma, in Ordnung?«, sagte er zu Eser. »Wir fliegen heute nicht zu Mama, weil es ein Problem mit dem Flugzeug gibt. Und ich muss noch ein bisschen hierbleiben, um den Polizisten zu helfen.«

Und Schalom, der aussah, als wäre er gerade aufgewacht, fragte ihn unter Tränen: »Aber wobei musst du ihnen denn helfen?« Auch Eser war müde, bemühte sich aber, nicht zu weinen wie sein kleiner Bruder.

An Jom Kippur dachte Chaim in seiner Arrestzelle auf dem Revier nur an sie und hin und wieder auch an seine Mutter. An die Angst, die ihr bestimmt in die Knochen gefahren war. Und er hoffte, die Kinder würden glauben, was er ihnen über die Verschiebung der Reise gesagt hatte.

Avraham kam mit einer großen Flasche Wasser und einer Fertigportion Couscous mit Gemüse in einer Plastikschale zurück. Er blieb in einer Ecke der Arrestzelle stehen, die Hände in den Hosentaschen vergraben, und betrachtete Chaim schweigend, während der auf seiner Pritsche sitzend aß. Als er mit dem Essen fertig war, wies der Inspektor ihn an, ihm zu folgen.

Er trug blaue Jeans und ein schwarzes Hemd, und Chaim

nahm in seinem Blick noch nicht das wahnsinnige Flackern wahr, das später darin aufscheinen sollte. Avraham öffnete die Tür des Vernehmungsraums, Chaim trat vor ihm ein und wollte sich auf den Stuhl setzen, der der Tür am nächsten stand. Aber der Polizeibeamte wies ihn an, auf der anderen Seite des Tisches Platz zu nehmen. Dann setzte er sich ihm gegenüber. Das konnte kein Zufall sein.

Er schaltete das Aufnahmegerät ein und fragte: »Möchten Sie einen Rechtsanwalt hinzuziehen?«

Chaim verneinte.

Avraham öffnete die vor ihm liegende Akte, warf einen Blick auf seine Uhr und schrieb mit schwarzem Kugelschreiber etwas auf ein Blatt Papier.

Auch der cholerische Ausbruch war offenbar geplant, denn zu Beginn des Verhörs war Avraham noch ruhig und stellte seine Fragen in leisem, nicht aggressivem Ton. Er sah müde aus und war unrasiert. Sein Blick suchte fast das gesamte Gespräch über den von Chaim. Er fragte ihn, ob er noch immer daran festhalte, dass Jenny das Land am 12. September verlassen habe, und Chaim antwortete nicht. Wie schon auf dem Flughafen nannte er sie in seinen Fragen nicht Jenny, sondern Jennifer Salazar.

Avraham wartete einen Moment, dann sagte er: »Ich weiß nämlich, dass das nicht stimmt.« Und fragte dann: »Möchten Sie erfahren, woher ich das weiß?«

Chaim versuchte, seinem Blick auszuweichen. Er wollte es nicht wissen. Bemühte sich darum, durch die Tür Geräusche zu hören, vielleicht das eingeschaltete Radio.

Er spürte einen dumpfen Schmerz in der Magengegend und der Brust, seit man ihn festgenommen und auf das Polizeirevier gebracht hatte, und dieser Schmerz wurde stärker, als Avraham sagte: »Ich werde es Ihnen trotzdem erzählen, weil ich mir sicher bin, dass Sie neugierig sind, aber nicht fragen wollen. Wissen Sie, warum ich etwas Zeit gebraucht habe, bis ich heute Abend zu Ihnen kommen konnte? Ich hatte ein langes Gespräch mit einem Menschen, den Sie kennen. Ilan Babachian. Sie kennen Ilan, das zumindest werden Sie nicht abstreiten, oder, Herr Sara? Er ist Ihr Cousin, wenn ich mich nicht irre. Und Sie können sich vorstellen, was er mir erzählt hat.«

Die letzte Hoffnung, doch noch davonzukommen, schwand, aber noch hatte er nicht vor zu reden. Der Schmerz in seinem Inneren wurde stärker, weshalb er sich in seinem Schweigen verschanzte und die Augen weiter gesenkt hielt. Erst als Avraham ihm etwas von dem vollgekritzelten Blatt, das er in der einen Hand hielt, vorlas, hob er für einen Moment den Blick und sah ihn an.

»Ilan Babachian hat die folgenden Tatbestände gestanden: Sie haben ihn aufgrund seiner Tätigkeit beim Einwohnermeldeamt der Innenbehörde gebeten, einen falschen Ausreisevermerk für Jennifer Salazar einzutragen, angeblich wegen Problemen mit ihrer Aufenthaltsgenehmigung. Sie haben ihm erklärt, die Aufenthaltsgenehmigung Ihrer Frau wäre abgelaufen, was sich nach einer Überprüfung als zutreffend herausstellte, und dass die Dokumente, die Sie für den Antrag auf Einbürgerung einreichen müssten, noch nicht vollständig vorlägen. Weshalb man ihre Ausreise vermerken müsse, damit sie sich nicht ohne Aufenthaltsgenehmigung in Israel aufhielte. Bestätigen Sie diese Fakten?«

Der Schmerz grub sich durch seinen Magen und seine Brust, war aber noch zu ertragen. Als wäre er noch nicht vollständig ausgebrochen.

Die Idee stammte nicht von ihm, sondern von seiner Mutter und war ihr zwei Tage nach dem Mord gekommen. Er dagegen hatte von Anfang an gedacht, dass dies ein Fehler war. Er hatte vorgehabt, allen zu sagen, Jenny sei weggefahren, ohne dass man irgendwelche Vermerke fälschen müsste. Und er hatte recht gehabt. Hätten sie den Ausreisevermerk nicht fälschen lassen, hätte Avraham jetzt keinerlei Beweis, dass überhaupt etwas geschehen war. Das dachte er, ehe Avraham ihn erneut erschütterte.

Er hatte das Gefühl, dass der Schmerz sich nicht aus seiner Wut speiste. Er war weder auf seine Mutter noch auf sich selbst wütend. Aber er spürte, dass etwas anderes in ihm ausbrechen würde, wenn der Schmerz erst explodierte. Er gab keinem Menschen die Schuld daran, dass man ihn gefasst hatte, nicht zum gegenwärtigen Zeitpunkt und auch später nicht, nur dem Pech, das ihn schon immer verfolgt hatte. Seine Mutter hatte ihm einfach eingeredet, sie wären gezwungen, den Ausreisevermerk zu fälschen, denn sonst würden eines Tages Beamte der Migrationspolizei vor der Tür stehen und nach Jenny suchen. Und irgendwann hatte er gedacht, sie hätte vielleicht recht.

Er blieb bei seinem Schweigen, und Avraham fuhr fort: »Sie müssen mir diese Fakten nicht bestätigen, Herr Sara. Und ich verstehe, dass es Ihnen schwerfällt zu reden. Das würde es mir auch, wäre ich in Ihrer Lage. Wie auch immer, Ilan Babachian hat angeboten, Ihnen bei einer Verlängerung der Aufenthaltsgenehmigung von Jennifer Salazar behilflich zu sein, auch ohne die angeblich noch fehlenden Unterlagen, aber Sie haben, seiner Aussage zufolge, seinerzeit abgelehnt und ihn gedrängt, er solle einen falschen Ausreisevermerk vornehmen und in naher Zukunft auch einen Einreisevermerk. Und zwar aufgrund der Erklärung, die Sie ihm gaben. Er bestreitet nachdrücklich, gewusst zu haben, dass Ihre Frau verschwunden ist, was wir noch überprüfen werden, bevor wir entscheiden, wegen welcher Straftatbestände man ihn belangen wird.« Und dann hob Avraham plötzlich den Blick von dem Blatt Papier, schaute Chaim an und fügte in weniger offiziellem Ton hinzu: »Sie haben gehofft, man würde annehmen, sie wäre auf die Philippinen gereist und nicht wiedergekommen, richtig? Aber wenn das so ist, müssen Sie mir eines erklären, denn ich möchte verstehen, wie Ihr Kopf arbeitet, wenn er denn überhaupt arbeitet. Haben Sie nicht daran gedacht, dass Ilan Fragen stellen würde? Ist Ihnen nicht der Gedanke gekommen, nach ein paar Wochen würde er nachhaken, ob er Ihrer Frau nicht bald einen Einreisevermerk ausstellen sollte? Oder dass er nachfragen könnte, wo sie überhaupt ist, wenn er sie nicht zu Gesicht bekommt?«

Die Beleidigungen, mit denen der Ermittler ihn bedachte, erreichten ihn nicht. Draußen hörte er eine Frau und einen Mann sich unterhalten und lachen. Er hatte nicht vor, Avraham mittzuteilen, dass er gedacht hatte, die Sache würde in Vergessenheit geraten. Dass dies in den ersten Tagen sein einziger Plan gewesen war. Ilan sah Jenny ohnehin nur ganz selten. Und er hatte nicht vor zu sagen, dass er am Anfang sogar gehofft hatte, die Kinder würden sich allmählich nicht mehr erinnern. Dass er sich gesagt hatte, mit der Zeit würde auch all das in Vergessenheit geraten, wie es ja immer der Fall war. Doch er hatte sich geirrt. Wie konnte es sein, dass ausgerechnet diesmal keiner vergaß?

Wenn er den Ablauf der Ereignisse noch richtig in Erinnerung hatte, war kurz nach diesen Fragen plötzlich die Tür des Vernehmungsraums aufgegangen, und er hatte, für einen Moment nur, seinen Sohn Eser in der Tür stehen sehen und neben ihm einen Polizeibeamten, den er nicht kannte. Das war der schlimmste Augenblick jener Nacht gewesen. Hätte er auf dem Stuhl mit dem Rücken zur Tür gesessen, hätte er Eser nicht bemerkt, selbst wenn er sich umgedreht hätte, als die Tür aufging.

Eser trug noch immer die guten Sachen, die Chaim ihm gegeben hatte, bevor sie zum Flughafen aufgebrochen waren, die blaue Hose und das Shirt mit dem Schiff. Chaim bemerkte gleich, dass sein Haar strubbelig und seine Augen gerötet waren. Der ältere Polizeibeamte hatte seine große Hand auf Esers schmaler Schulter liegen, weshalb der Junge nicht zu Chaim laufen und ihn umarmen konnte, obwohl er das wollte. Sie standen dicht nebeneinander, und Eser sträubte sich nicht gegen die Berührung durch den Polizisten, obwohl er sonst so allergisch darauf reagierte, wenn Fremde ihn anfassten. Das versetzte Chaim einen Stich, und er hatte das Gefühl, jemand wäre bereits dabei, ihm seinen Sohn zu entziehen. Er kam nicht dazu, Eser ein Wort zu sagen, da der ältere Polizeibeamte erschrocken die Tür wieder zudrückte, als er Chaim erkannte. Inspektor Avraham versuchte, das Verhör fortzusetzen, als wäre nichts geschehen, meinte aber dann doch: »Entschuldigung, das hätte nicht sein müssen.«

»Warum ist Eser hier?«, fragte Chaim.

Aber Avraham antwortete nicht. Das waren die ersten vier Worte, die er in diesem Raum sagte, und es war das erste Mal, dass sich ihre Blicke trafen.

Er fragte nochmals: »Warum haben Sie Eser herbringen lassen?«

Avraham erwiderte leise: »Herr Sara, in diesem Raum stelle ich die Fragen.«

Von jenem Moment an hatte Chaim nichts anderes mehr vor sich gesehen als seinen Sohn, dessen erstarrten Blick und die Hand, die auf seiner Schulter gelegen hatte. Der Schmerz in seinem Magen und seiner Brust war explodiert, hatte ihn aber nicht mit Blut geflutet, wie er gedacht hatte, sondern mit Erinnerungen. Durch seine Gedanken hindurch hörte er, wie Avrahams Fragen zunehmend aggressiver und brutaler wurden, und dachte an Eser, wie er am Tag vor der Reise auf dem Sofa neben ihm eingeschlafen war und den Kopf auf seine Schulter hatte sinken lassen, als er ihm aus dem Kinderbuch vorgelesen und das Ende der Geschichte erfunden hatte. Die Eindrücke der letzten Tage hatten sich ihm wie ein Tuch über die Augen gelegt, durch das er Avraham sah, unscharf und weit entfernt, und den Worten des Ermittlers lauschte wie aus einem anderen Zimmer, während der noch lauter wurde und nun brüllte: »Ich weiß, dass Sie sie umgebracht haben. Sagen Sie mir jetzt, wie das passiert ist und wo sie begraben ist.«

Das ging offenbar einige Minuten so weiter, und dann herrschte im Raum kurzzeitige Stille.

Erst danach brach der Tumult los, der vielleicht auch nur gespielt war, was er zu dem Zeitpunkt aber noch nicht wusste. Er dachte, Avraham habe die Geduld verloren, und nahm durch das Tuch das unheimliche Feuer wahr, das in seinen Augen brannte, als der Polizist von seinem Stuhl aufsprang, um den Tisch herumlief und sich ihm von hinten näherte, wie er es schon auf dem Flughafen getan hatte. Doch diesmal flüsterte er nicht, sondern schrie ihm mit einer Stimme, die immer lauter und furchterregender wurde, ins Ohr: »Hat sie Sie betrogen, Herr Sara? Ist es das? Mit wie vielen Männern hat sie geschlafen, bis Sie dahintergekommen sind? Haben Sie sie an dem Tag mit jemandem im Bett erwischt? Mit einem jungen Kerl? Ihnen steht er ja schon nicht mehr, oder, ist das Ihr Problem? Ist sie deshalb hinter jungen Männern her gewesen? Und als Sie Klartext mit ihr gesprochen haben, hat sie Ihnen da gesagt, sie würde Sie verlassen und die Kinder mitnehmen?«

Und dann plötzlich wandte er sich ab, trat einen Schritt von Chaim zurück und schlug mit der Hand heftig gegen die geschlossene Tür, als müsste er seiner Wut freien Lauf lassen.

Nichts von dem, was er sagte, traf zu.

Und was sein Schweigen schließlich brach, war nicht Avrahams cholerischer Ausbruch. Jenny hatte ihn nie betrogen, und wenn sie es getan hätte, hätte er sie deswegen nicht angerührt.

Eine Minute oder zwei vergingen, bis sich die Tür erneut öffnete und er den älteren Polizeibeamten sah, der zuvor Eser an die Schulter gefasst hatte. Erst im Nachhinein sollte er begreifen, dass der Schlag gegen die Tür vielleicht so etwas wie ein Zeichen gewesen war.

Der ältere Ermittler sagte zu Avraham: »Du musst mal eben kommen.«

»Jetzt nicht«, entgegnete Avraham. Daraufhin kam der Ältere in das Zimmer und flüsterte ihm etwas ins Ohr.

Chaim blieb allein im Verhörraum zurück. Die vulgären Fragen, die Avraham über Jenny gestellt hatte, hingen noch in der Luft. Und der Schmerz in seinem Inneren war jetzt ein anderer, er war schlimmer. Denn diese Behauptungen würden auch die Kinder zu hören bekommen, wenn er weiter schwieg.

Haben Sie sie an dem Tag mit jemandem im Bett erwischt? Ihnen steht er schon nicht mehr, oder?

Avraham kam zurück, wann genau, wusste Chaim nicht, weil es in dem Raum keine Uhr gab, und setzte sich auf die Kante des Tisches vor Chaims Stuhl. Seine Beine berührten Chaims Knie. Der Inspektor schien sich beruhigt zu haben.

Plötzlich streckte er die Hand aus und fasste mit den Fingerspitzen Chaims Kinn, versuchte seinen Kopf zu heben, und seine Stimme war fast sanft, als er sagte: »Chaim, verstehen Sie nicht, dass Sie nichts mehr retten wird? Sie sind verloren.«

Chaim versuchte, die Worte daran zu hindern, zu ihm vorzudringen, ohne sich mit den Händen die Ohren zuhalten zu müssen, und anstatt Avraham zu bitten, er solle ihn nicht berühren, kamen andere Worte aus seinem Mund. Mit von Scham erstickter Stimme fragte er abermals: »Warum haben Sie Eser herbringen lassen?«

»Ihr Sohn hat uns alles erzählt, Chaim. Hören Sie mich? Er hat uns alles erzählt. Und Sie wussten die ganze Zeit, dass er Sie gesehen hat.«

Im ersten Moment wollte er aufspringen, ihn auf den Tisch drücken und schlagen, aber sein Körper war wie gelähmt vor Schreck, und es gelang ihm nur, den Blick zu heben, als er fragte: »Wer hat was gesehen?«

»Sie wussten, dass Eser Sie gesehen hat, wie Sie Jennifer Salazar in einem Koffer runtergeschafft haben. Tun Sie nicht so, als hätten Sie es nicht gewusst. Deshalb hatten Sie es doch so eilig, mit den Kindern auf die Philippinen zu kommen. Ich habe ein wenig Zeit gebraucht, um zu begreifen, warum Sie die beiden mit nach Manila nehmen wollten, aber schließlich habe ich es verstanden.« Seine Fingerspitzen berührten Chaims Kinn nicht mehr.

Die inneren Schmerzen waren vollständig verschwunden, und von jenem Augenblick an dachte Chaim an nichts anderes mehr als an das, was Eser in jener Nacht gesehen hatte. Und schenkte dabei dem, was der Ermittler über ihre Reise sagte, anfangs keinerlei Beachtung. Log Avraham ihn an? Vermutlich nicht. Außerdem hatte Eser ja tatsächlich sonderbare Sachen gesagt über den Koffer, der vor dem Kindergarten gefunden worden war. Chaim erinnerte sich, wie der Junge an jenem Abend in seinem Bett gelegen hatte, auf dem Rücken und wie erstarrt, was ihn erschreckt hatte, und zum ersten Mal behauptet hatte, sein früherer

Vater wisse, wer den Koffer dort abgestellt habe, habe ihm aber verboten, es jemandem zu verraten. Seine Worte hatten bei Chaim eine vage Beklemmung ausgelöst, aber er war nicht darauf gekommen, dass sie mit dem Koffer zu tun haben könnte. Er hatte angenommen, die Erwähnung des vorherigen Vaters wäre der Grund dafür gewesen. In den darauffolgenden Tagen hatte Eser so gut wie nichts gesagt und war ihm gegenüber vorsichtig und verhalten gewesen, und dann hatte er Chaim erzählt, sein früherer Vater habe Jenny geholfen, nachts mit einem Koffer zu fliehen, und ihm gesagt, sie komme nicht wieder. Danach aber hatte er aufgehört, von dem früheren Vater zu reden, und außerdem hatte Chaim ja den Faden in der Tür ihres Zimmers gespannt und so am Morgen feststellen können, dass Eser nachts nicht aufgestanden war.

Und in der Nacht, in der er Jenny umgebracht hatte, hatte er sich vergewissert, dass sie beide nicht aufgewacht waren.

»Es kann nicht sein, dass er etwas gesehen hat«, stieß er unwillkürlich hervor.

Der Ermittler erwiderte sofort: »Aber genau das, Herr Sara, ist zu Ihrem Leidwesen passiert. Und Sie haben sehr wohl gewusst, dass er Sie gesehen hat. Auch wenn Sie das Gegenteil behaupten, wird Ihnen das kaum helfen, denn er hat uns nicht nur erzählt, was er gesehen hat, sondern auch, dass er es Ihnen gesagt hat.«

Was von all dem war wahr? Hätte man ihm eine klare Antwort darauf gegeben, hätte er vielleicht sofort gestanden.

Dennoch meinte er, alles, was er in jener Nacht gemacht hatte, geräuschlos erledigt zu haben. Er hatte die Sonnenblenden vor dem Fenster ein wenig geöffnet, damit etwas Licht von draußen in das dunkle Zimmer fiel, hatte Jennys Sachen in den kleinen Koffer gepackt und ihn als Erstes ins

Auto gebracht. Hatte er Eser aufgeweckt, als er die Tür hinter sich zuzog? Er erinnerte sich, dass die Tür nicht gequietscht oder geklemmt hatte. Jenny hatte da noch auf dem Fußboden im Schlafzimmer gelegen, eingerollt in eine Decke, die er im Kleiderschrank gefunden hatte. Aber er meinte, auch als er zurückgekommen war, einen Blick ins Kinderzimmer geworfen zu haben, und dass die beiden sich nicht bewegt hätten. Beim zweiten Verlassen der Wohnung, mit Jenny über der Schulter, hatte er die Tür von außen abgeschlossen und nicht davor gewartet, um zu hören, ob sie sich regten, weil er es eilig gehabt hatte, zum Wagen zu kommen. Als er losgefahren war, hatte er gesehen, dass es schon spät war, und hatte Gas gegeben, um zurück zu sein, ehe die Kinder aufwachten, bis ihm eingefallen war, dass ihn am Ende noch ein Streifenwagen anhalten könnte, weshalb er etwas langsamer gefahren war.

Um Viertel vor sieben war er zurück in Cholon, und ausgerechnet Schalom war da schon wach. Eser nicht. Der Kleine hatte den Fernseher angeschaltet, saß auf dem Fußboden im Wohnzimmer davor und fragte ihn: »Papa, wo ist Mama?«

Chaim hatte nicht geantwortet.

Avraham kehrte zu seinem Platz hinter dem Tisch zurück und wartete schweigend. Chaim fiel ein, dass Eser an dem Morgen spät aufgestanden war und sie es nicht rechtzeitig zur Schule und zum Kindergarten geschafft hatten. War das ein Zeichen dafür gewesen, dass er nachts aufgewacht war? Aber Eser hatte an dem Morgen kein Wort gesagt. Erst ein paar Tage danach, als die Bombenattrappe vor Schaloms Kindergarten entdeckt worden war, hatte er angefangen, über den früheren Vater zu reden und darüber, was er gesehen hätte.

Auch Eser hatte ihn gefragt, wo Jenny sei, als er an dem

Morgen aufgewacht war und festgestellt hatte, dass sie nicht in der Wohnung war, woraufhin Chaim ihnen zum ersten Mal erzählt hatte, sie sei verreist. Einen Plan hatte er da noch nicht, und an die Reise nach Manila sollte er erst mehrere Tage später denken.

Nun sagte Avraham: »Also wollen Sie mir jetzt mitteilen, wie Sie Ihre Frau getötet haben, oder soll ich mich mit dem begnügen, was Ihr Sohn uns erzählt hat?«

Da begriff Chaim plötzlich, was der Ermittler damit angedeutet hatte, Chaim hätte gewusst, dass Eser ihn gesehen hatte, und deshalb geplant, die Kinder mit nach Manila zu nehmen. Er antwortete nicht, sondern fragte: »Meinen Sie etwa, ich wollte mit Eser nach Manila fliegen, damit er nicht mit der Polizei redet? Weil er mich mit Jenny gesehen hat?«

Avraham erwiderte gelassen: »Ich meine gar nichts, Herr Sara. Ich weiß mit Bestimmtheit, dass Sie vorhatten, ihre beiden Kinder dort umzubringen. Und auch dafür werden Sie bezahlen.«

So etwas durfte er nicht sagen, und Chaim schrie das mit einer brüchigen Stimme heraus, die nicht die seine war.

Erst einige Tage später, als die Anklageschrift gegen ihn vorlag, begriff er, dass Avraham tatsächlich dieser Ansicht war. »Sie dürfen das nicht sagen, ich hatte nie vor, jemanden umzubringen«, hatte er ihn abermals angeschrien.

Aber der Ermittler hatte ihn nur mit seinem wahnsinnigen Blick fixiert und gesagt: »Werden Sie mir gegenüber nicht laut, Herr Sara. Sie hatten die Absicht, Ihre beiden Söhne dort umzubringen und dann zurückzukehren und zu sagen, die Jungen hätten beschlossen, bei ihrer Mutter auf den Philippinen zu bleiben, ist es nicht so? Vielleicht wären Sie damit sogar durchgekommen. Ihre Frau ist ja ohnehin schon dort, oder? Und wer hätte das überprüft? Was wäre natürlicher, als dass die beiden Kinder ihrer Mutter hinterherreisen und bei ihr bleiben? Und Sie hätten sie lediglich nach Manila zu ihr gebracht, richtig? Und wenn man ihre Leichen gefunden hätte, hätte es keine Möglichkeit gegeben, sie zu identifizieren, da Ihre Kinder auf den Philippinen nirgendwo registriert sind. Genau so hatten Sie das doch geplant, oder?«

Chaim sah den wahnsinnigen Blick des Inspektors. Warum versuchte er dennoch, ihn zu überzeugen? Vielleicht hätte er verlangen sollen, das Verhör an dem Punkt abzubrechen oder es nur mit einem anderen Ermittler fortzusetzen oder in Gegenwart eines Rechtsanwalts. Wie konnte ihn jemand beschuldigen, er hätte seine Söhne umbringen wollen?

Er hatte das Gesicht mit beiden Händen bedeckt und sie dann weggenommen, hatte aber dennoch versucht, sich vor dem Ermittler zu verteidigen, als er sagte: »Eser und Schalom sind alles, was ich habe. Denken Sie, ich würde auf sie verzichten? Nie im Leben könnte ich ihnen etwas antun.«

Avraham konterte sofort: »Warum wollten Sie sie dann mit nach Manila nehmen? Erklären Sie mir das bitte.«

Aber wie hätte er sich erklären können? Sie hätten nach Manila fliegen, Jenny am Flughafen nicht antreffen und enttäuscht sein sollen, und dann zu dem Haus fahren, in dem sie angeblich wohnte, und sie auch dort nicht vorfinden. Dort oder im Hotel hätten sie dann den Abschiedsbrief bekommen, den Chaim in Jennys Namen geschrieben hatte, den Brief, den er zuunterst in den Koffer gelegt hatte. Sie hätten nicht erfahren sollen, dass sie tot war, sondern nur, dass sie sie nicht wollte, und jetzt nur noch er ihnen geblieben war.

In den letzten Wochen hatte er sich unzählige Male ihr Leben nach der Rückkehr nach Israel ausgemalt, ein Leben ohne Schmerz. Und das war das Einzige, was er gewollt hatte, für sich und für die Kinder. Doch er kam nicht dazu, zu antworten und dem Ermittler zu erklären, warum er vorgehabt hatte, dorthin zu fahren, denn Avraham brüllte schon wieder wie jemand, der vollkommen die Kontrolle über sich verloren hatte: »Und erzählen Sie mir nicht, dass Sie die Flugtickets für die Kinder gekauft haben, damit sie mit Ihnen zurückfliegen, denn Ihrer Frau haben Sie ja auch eines gekauft. Sie sind zweimal auf ein und dieselbe Masche verfallen. Wo hatten Sie denn vor, die Jungen zu verscharren? Oder hatten Sie vielleicht daran gedacht, die Leichen ins Meer zu werfen? Das ist es, was Sie mit ihren Leichen gemacht hätten, nicht wahr? Sie hätten die Leichen einfach ins Meer geworfen.«

Vielleicht wegen der schrecklichen Wiederholung des Wortes »Leichen«, herrschte Chaim ihn nun an: »Sie dürfen so etwas nicht sagen, verstehen Sie denn nicht, dass ich Jenny für die Kinder getötet habe? Um die Jungen zu schützen?«

Avraham lächelte, als er ihn ansah. Und Chaim begriff sehr wohl, dass er soeben gestanden hatte, aber das war jetzt nicht wichtig.

»Vor wem wollten Sie die Jungen schützen?«

Das Lächeln wich nicht aus Avrahams Gesicht, als Chaim erwiderte: »Vor ihr.«

»Vor ihr? Hat sie die Kinder geschlagen? Ist das Ihre Geschichte? Also mussten Sie sie umbringen? Und Sie meinen, ich würde das glauben?«

Aber Chaim sagte nur leise, wie zu sich selbst: »Sie hat sie nicht geschlagen. Sie hat sie nur nicht geliebt.«

Das war der Augenblick, in dem das Verhör beendet war, auch wenn der Ermittler dies nicht sogleich begriff.

Chaim bereitete sich da bereits auf ein anderes Gespräch

vor, bei dem er mit den Kindern reden und ihnen die Wahrheit erklären würde. Es war das erste Mal, dass er diese Worte laut ausgesprochen hatte, denn auch seiner Mutter hatte er etwas anderes erzählt. Und kaum waren sie gesagt, wusste er, dass er keine weitere Gelegenheit bekommen würde, sie vor jemandem auszusprechen, auch nicht vor den Kindern.

Avraham hatte ihm überhaupt nicht zugehört, sondern bohrte weiter: »Herr Sara, ich glaube Ihnen kein Wort. Und ich möchte, dass Sie mir jetzt sagen, wo die Leiche Ihrer Frau versteckt ist.«

Da forderte Chaim plötzlich: »Dann bringen Sie Eser her.«

Die Mauer in ihm schien eingestürzt zu sein, denn er hatte nichts mehr zu verbergen. Und er war fest davon überzeugt, wenn der Ermittler den Abschiedsbrief gesehen hätte, den er in Jennys Namen geschrieben hatte, würde er glauben, dass Chaim niemals vorgehabt hatte, den Kindern etwas anzutun, sondern das Ziel ihrer Reise ein anderes hätte sein sollen.

»Wen herbringen?«, fragte Avraham.

Chaim klang entschiedener, als er ein zweites Mal forderte: »Bringen Sie meine Kinder her, wenn Sie wollen, dass ich Ihnen sage, wo Jenny sich befindet. Ich bin bereit, Ihnen alles zu erzählen.«

Avraham weigerte sich zunächst, der Bitte zu entsprechen, doch Chaim blieb beharrlich und verschanzte sich erneut hinter seinem Schweigen. Seine Entschlossenheit wuchs, auch weil ihm schien, dass Avraham schwankte. Schließlich warf der Ermittler einen Blick auf seine Uhr und verließ das Verhörzimmer, in dem Chaim allein zurückblieb.

In der Zwischenzeit dachte er vor allem darüber nach,

was er ihnen sagen würde. Er hatte vorgehabt, das Gespräch in Manila zu führen, aber nach Manila würden sie wohl nicht mehr fliegen. Hätten sie Zeit, und wären sie allein, würde er ihnen vielleicht alles von Anfang an erzählen. Von dem Tag an, an dem sie zur Welt gekommen waren.

Eser war im Herbst geboren und Schalom im Hochsommer, zur heißesten Jahreszeit, und er erinnerte sich noch an jeden einzelnen Augenblick im Krankenhaus, an die erste Berührung, und wie er Eser zum ersten Mal auf dem Arm gehalten hatte. Als er sie nach Hause gebrachte hatte, hatte er die Babyschale getragen, und der Säugling hatte die Augen weit geöffnet und sich umgeschaut, als hätte er schon damals alles wahrnehmen können. Alle hatten gesagt, er sähe Jenny so ähnlich und ihm überhaupt nicht, aber Chaim hatte sich selbst in ihm gesehen. Jenny wollte ihn nicht stillen, sodass er es gewesen war, der ihm vom ersten Tag an das Fläschchen gegeben hatte. Und nachts aufgestanden war, wenn der Kleine vor Schmerzen weinte. Er hatte ihn auf dem Schaukelstuhl im Wohnzimmer in den Schlaf gewiegt, aber ohne Lieder. Schweigend, so wie man ihm erzählt hatte, dass auch sein Vater ihn zum Einschlafen gebracht hatte.

Und er dachte weiter darüber nach, was Eser in jener Nacht gesehen haben mochte, wenn er denn tatsächlich etwas gesehen hatte, und erinnerte sich, wie er Jenny, eingerollt in die Decke, aus der Tür getragen hatte. Am Tag ihrer Rückkehr von Zypern hatte sie ihn gebeten, er solle sie über die Schwelle tragen, aber er hatte sich geweigert. Als er ihren Körper in die Decke gehüllt hatte, hatte er zum letzten Mal unter dem Pyjamaoberteil auf ihrem Bauch den Haarflaum gesehen. Er erinnerte sich, dass er sich am Tag nach dem Mord immer wieder selbst darin bestärkt hatte, dass es hatte passieren müssen. Dass er keine Wahl gehabt hatte.

Die Kinder litten unter ihr, und ihretwegen entfernte sich Eser immer mehr von ihm. Sie hatte Eser ermuntert, von seinem ausgedachten, früheren Vater zu reden, nur um ihm wehzutun.

Er war am nächsten Tag wie gewöhnlich zur Arbeit gefahren, war aber früher als sonst nach Hause gekommen, um die Wohnung aufzuräumen. Alles war ruhig, als er eintrat, und die Wohnung leer und genau in dem Zustand, in dem er sie verlassen hatte. Vielleicht begriff er erst da, was passiert war. Aus irgendeinem Grund nahm er einen Lappen und staubte die Möbel im Wohn- und Schlafzimmer ab. Den Fußboden wischte er mit warmem Wasser ohne Seife.

Mit einem Mal und scheinbar ohne Grund dachte er auch daran, dass er die Kinder morgens nicht mehr anziehen würde und jemand anderes dies jetzt tun würde. Vielleicht weil er genau um diese Uhrzeit, seit er allein mit den Jungen war, ihnen jede Nacht die T-Shirts und kleinen Hosen auf dem blauen Stuhl in ihrem Zimmer bereitlegte und dann in die Küche ging und noch eine oder zwei Stunden dort leise arbeitete.

Er würde auch nicht mehr frühmorgens durch die dunklen Straßen fahren, auf denen niemand außer den Straßenkehrern unterwegs war.

Chaim war sich nicht sicher, ob Avraham die Kinder holen lassen würde, bis ihn das Geräusch der sich öffnenden Tür aus seinen Gedanken riss und er sie beide vor sich sah. Und plötzlich wusste er nicht mehr, was er sagen sollte.

15

Der Landschaftsbaubetrieb begann morgens um fünf zu graben, doch die Arbeiten zogen sich in die Länge, weil die Unversehrtheit der Leiche nicht gefährdet werden sollte. Jennifer Salazar war im Vorgarten unter einem betonierten Gehweg begraben, der zum Haus von Chaim Saras Mutter führte und angelegt worden war, nachdem er sie dort verscharrt hatte. Bei einer ersten Überprüfung fanden sich an ihrer Leiche keine Spuren, die der Aussage zum Tathergang, die Sara in der Nacht gemacht hatte, widersprochen hätten. Verletzungen oder Spuren von Gewalt waren nicht festzustellen, und der allgemeine Verwesungszustand des Körpers zeugte davon, dass sich der Mord tatsächlich drei Wochen zuvor ereignet hatte. In dem kurzen Bericht, den Maalul noch am Fundort mit runden winzigen Buchstaben verfasste, hieß es: *Salazar wurde bekleidet vergraben, von Kopf bis Fuß eingewickelt in mehrere Schichten Verpackungsfolie, um Verwesungsgeruch zu verhindern. Ihre persönlichen Habseligkeiten fanden sich in einem Lagerraum im Hof, wie von dem Verdächtigen in seinem Geständnis angegeben.*

Avraham war nicht Zeuge der Exhumierung der Leiche, was er später bedauerte.

Er hatte Haftverlängerung für Sara bei einem Richter erwirkt und die Rekonstruktion des Mordes geleitet, die unmittelbar danach stattfand, damit Sara seine Version nicht noch einmal änderte oder einen Rückzieher machte.

Das Haus in der Aharonowitsch-Straße war dunkel und still, als sie um drei Uhr morgens dort eintrafen.

Keiner der Nachbarn spähte ins Treppenhaus, als sie in den zweiten Stock hinaufstiegen und vor der Tür stehen blieben. Saras linke Hand war mit Handschellen an

Seitounis rechte gefesselt, und mit der anderen Hand deutete er auf den richtigen Schlüssel, damit der Ermittler die Tür öffnen konnte.

Avrahams betrat die Wohnung zum ersten Mal, und dennoch kam sie ihm bekannt vor. Er ging in alle Zimmer und schaltete das Licht an. Die Wohnung war sauber und aufgeräumt, vielleicht wegen der geplanten Reise, und der Fußboden verströmte den Geruch von Putzmittel. Diesmal hatte er nicht vor, auch nur eine Tür geschlossen zu lassen.

Sara wirkte durcheinander, noch ehe die Leute von der Spurensicherung die Kamera eingeschaltet hatten, als wären seine Gedanken an einem ganz anderen Ort. Auf dem Revier war er, nachdem er vor seinen Söhnen im Vernehmungsraum zusammengebrochen war, anschließend überraschend ruhig gewesen und hatte Avraham mit leiser Stimmte ein detailliertes Geständnis geliefert, während er von dem Tee trank, um den er gebeten hatte. Als sie aber bei der Wohnung anlangten, wurde er erneut nervös und schweigsam, sein Blick irrte umher, als hätte Sara nicht verstanden, dass sie dorthin fahren würden, als er eingewilligt hatte, die Tat nachzustellen. Er stand neben Seitouni im engen Eingangsbereich der Wohnung und folgte Avraham mit dem Blick, während der die Tür zur Toilette und zum Badezimmer öffnete und die kleine Küche betrat, mit den alten Oberschränken, dem Tisch mit der roten Resopalplatte und den vier niedrigen Stühlen darum herum. Danach kam Avraham zurück in den Eingangsbereich und fragte ihn, wo das Kinderzimmer sei, und Sara deutete mit der freien Hand auf ein winziges Kämmerchen mit Etagenbett, auf dem zusammengefaltet Laken und Decken lagen.

Seinem Geständnis zufolge hatte der Mord in etwa zu der Uhrzeit stattgefunden, in der sie nun dessen Rekonstruktion durchführten.

Seitouni nahm Sara die Handschellen ab, und Avraham forderte ihn auf, ihm zu zeigen, auf welcher Seite des Bettes seine Frau gelegen hatte und in welcher Haltung, um dann Seitouni zu bitten, sich genau so dort hinzulegen.

Jennifer Salazar lag mit geschlossenen Augen auf dem Rücken auf der rechten, dem Kleiderschrank zugewandten Seite des Bettes, als Chaim Sara sich aus dem gemeinsamen Bett erhob, sollte Avraham später in seinem Abschlussbericht schreiben. Er stand mit einem schwarzen Mikrofon in der Hand hinter Sara, neben ihnen der Kameramann.

Sara ging ins Kinderzimmer, um sich zu vergewissern, dass beide Jungen schliefen, und auf dem Weg zurück ins Schlafzimmer nahm er das blaue Kissen vom Sofa im Wohnzimmer mit. Avraham hoffte, er würde die Schlafzimmertür nicht hinter sich schließen, und tatsächlich vergaß er es.

Seitouni lag mit offenen Augen auf dem Bett, als Sara das große Kissen auf Jennifer Salazars Gesicht legte und es mit beiden Händen und aller Kraft darauf presste. Laut seinem Geständnis hatte er nicht sehen können, ob seine Frau aufgewacht war, weil ihr Gesicht von dem Kissen verdeckt wurde, aber sie hatte die Hände nach ihm ausgestreckt und versucht, seine Haare zu fassen zu bekommen, hatte einige Male panisch auf die Matratze getreten und war dann ruhig geworden. Sara hatte das Kissen einige Minuten auf ihr Gesicht gedrückt, ehe er es wegnahm. Und die ganze Zeit über hatte die Tür zum Schlafzimmer offen gestanden.

Avraham forderte Sara auf, das Ganze noch einmal zu wiederholen, und bat Seitouni, auf dem Bett um sich zu treten. Dann verließ er das Schlafzimmer und wartete in der Tür zum Kinderzimmer. Wegen des Winkels konnte er nichts sehen, doch das Geräusch der strampelnden, tretenden Füße auf der Matratze hörte er deutlich.

Zwei Stunden später, um sechs Uhr morgens am Tag nach Jom Kippur, wurden Amos Usen und Ilanit Chadad getrennt voneinander in zwei Streifenwagen gesetzt, um von der Wache in Eilat nach Cholon überführt zu werden. Sara war da bereits in eine Arrestzelle im Gefängnis Abu Kabir verlegt worden und Avraham aufs Revier zurückgekehrt, wo er abwartete.

Zwanzig Minuten nach Beginn der Fahrt wurde in beiden Streifenwagen über Funk das Eindringen von Personen über die ägyptische Grenze gemeldet. Sämtliche Polizisten des südlichen Abschnitts wurden aufgefordert, sich an der Suche zu beteiligen, da es sich bei den illegalen Grenzgängern zum Teil um Beduinen handelte, die wohl dabei waren, Waffen aus dem Sinai zu schmuggeln. Die Polizisten, die Usen und seine Freundin transportierten, wollten wissen, ob sie die Überführung nach Cholon wie geplant fortsetzen sollten, und bekamen über Funk eine klare Anweisung, die auch die beiden Festgenommenen mithörten. Die Beamten hielten an der Tankstelle der Timna-Junction, wo Ilanit Chadad in den Streifenwagen verfrachtet wurde, in dem schon Usen saß. Der zweite Streifenwagen wendete, vorgeblich um zu den Suchtrupps zu stoßen, wartete aber stattdessen nach zwei Kilometern auf neue Anweisungen von Avraham. Der hatte inzwischen einen ersten Kaffee seit den Abendstunden getrunken, ein trockenes Zimtteilchen verspeist und rauchte jetzt eine lang ersehnte Zigarette auf den Stufen zum Revier. Ein früher Linienbus rollte vor ihm auf der Fichman mit abgeblendeten Scheinwerfern und nur drei Fahrgästen durch die Dunkelheit.

War das wirklich das Ende? Die Bilder von der Rekonstruierung des Tathergangs und Saras unverständliches Geständnis ließen ihm keine Ruhe. Avraham kehrte in sein Büro zurück und schlug die Ermittlungsakte auf, um seine

Aufzeichnungen noch einmal durchzugehen. Dabei stellte er plötzlich fest, dass sich die alte Aufnahme von Jennifer Salazar, die Garbo ihm geschickt hatte, nicht in der Akte befand. Eigentlich brauchte er das Foto nicht mehr, suchte aber dennoch unter den Dokumenten in seiner Ablage und auf seinem Schreibtisch danach, fand es aber nicht. Er schickte Seitouni los, abermals nach dem Brief zu suchen, von dem Sara behauptete, er habe ihn an seine Söhne geschrieben und in dem Koffer versteckt, der bereits am Freitag vom Flughafen aufs Revier gebracht worden war. Der Polizist, der an der Tankstelle in Timna verblieben war, ging da gerade zur Toilette, nicht ohne jedoch die beiden Festgenommenen zuvor zum Aussteigen aufzufordern und sie mit Handschellen an einen Strommast neben dem Tankstellenshop zu ketten. Er befahl ihnen, nicht miteinander zu reden, und als er zurückkam, verfrachtete er sie wieder in den Streifenwagen. Eine Viertelstunde später erhielt er die Meldung über Funk, die Grenzräuber seien gefasst und der zweite Streifenwagen auf dem Rückweg zur Tankstelle. Der Transport nach Cholon konnte fortgesetzt werden.

Usen lächelte, als Avraham in den Verhörraum kam, in dem wenige Stunden zuvor Sara gestanden hatte. Er wirkte sorglos und gelassen, als Avraham ihm gegenüber Platz nahm und sagte: »Ich hatte Ihnen versprochen, wir sehen uns wieder. Erinnern Sie sich?«

Damals hatte er eigentlich noch Urlaub gehabt und war nur zu einem ersten Treffen mit Benny Saban aufs Revier gekommen, in weißer Stoffhose und dem lächerlichen apricotfarbenen Hemd, das Marianka ihm gekauft und das er danach nicht wieder angehabt hatte. Usen lachte. »Stimmt, das haben Sie. Also sehen Sie sich ruhig satt an mir, damit Sie keine Sehnsucht kriegen, denn ich werde auch diesmal nicht allzu lange hierbleiben«, meinte er und fügte hinzu: »Kann ich was Kaltes zu trinken bei Ihnen bestellen?«

Doch sein Lächeln war wie weggewischt, als Avraham das Aufnahmegerät in Gang setzte und ihm das kurze Gespräch vorspielte, das seine Freundin und er an dem Strommasten geführt hatten, an den sie bei der Tankstelle gekettet worden waren. »Verdammter Hurensohn«, stieß er hervor. »Das darf nicht verwendet werden, also können Sie es sich mit Vaseline einschmieren und in den Arsch schieben.«

Auf der Aufnahme war zu hören, wie Usen seiner Freundin befahl, im Verhör zu schweigen, und wie er ihr drohte, sollte sie doch reden, würde er ihr den Fall anhängen und behaupten, sie hätte ihn dazu gedrängt, Chava Cohen anzugreifen. Ilanit Chadad hingegen sagte kein Wort und weinte nur, bis Usen sie anfuhr: »Hör endlich auf zu heulen. Wenn du deinen Mund hältst, wird alles schon werden.«

Jetzt wäre Avraham an der Reihe gewesen zu lächeln, aber es gelang ihm nicht.

In mehrfacher Hinsicht war er Usen Dank schuldig, dachte er. Wäre der Mann bei der ersten Vernehmung schon eingeknickt und hätte gestanden, dass er etwas mit der Bombenattrappe vor dem Kindergarten zu tun hatte, würde Sara jetzt mit seinen beiden Söhnen in Manila sein, das heißt, wenn sie überhaupt noch am Leben wären, und niemand wäre je auf die Idee gekommen, nach der Leiche ihrer Mutter zu suchen. Doch Avraham sagte nur: »Das werden wir vor Gericht sehen. Und jetzt sagen Sie mir, warum Sie Chava Cohen angegriffen haben. Nur, weil sie Ihrer Freundin gekündigt hatte, oder gab es noch weitere Gründe?«

Usen schaute ihn an und fragte: »Wer ist Chava Cohen?«

Weiterzubohren wäre sinnlos gewesen.

Im Nebenraum spielte Seitouni derweil Ilanit Chadad die

gleiche Aufnahme vor und brachte sie mühelos zum Reden. Und sie erzählte alles: wie Usen sich den Plan ausgedacht hatte, Chava Cohen zu erpressen, und wie die Kindergartenbetreiberin trotz aller Drohungen seinen Forderungen nicht nachgekommen war und ihr stattdessen gekündigt hatte, und wie sie die von Usen gebaute Bombenattrappe vor dem Kindergarten deponiert und, auf sein Drängen hin, das Treffen mit Chava Cohen im Süden von Tel Aviv unweit der Strandpromenade vereinbart hatte. Sie habe nicht den Verdacht gehabt, er könnte vorhaben, ihre ehemalige Arbeitgeberin anzugreifen, und vielleicht habe er das auch wirklich nicht beabsichtigt. Aber bei dem Treffen sei es plötzlich zu einer heftigen gewalttätigen Diskussion gekommen, und es sei ihr nicht gelungen, Usen aufzuhalten, als der den schweren Felsbrocken aufgehoben und ihn Chava Cohen gegen die Brust und den Kopf geschlagen habe.

Avraham erhob sich und verließ den Raum, und Usen rief ihm nach: »Haben Sie genug? Und so verabschiedet man sich, ohne Küsschen auf die Wange?«

Im Eingangsbereich des Reviers warteten die Eltern von Ilanit Chadad, die er erst nicht erkannte. Aber ihre Mutter kam tränenüberströmt auf ihn zu, und er erinnerte sich wieder an sie, als sie seine Hände ergriff und flehte: »Lassen Sie das Mädchen frei, ich bitte Sie. Er hat sie entführt, ich schwöre es, er hat mir das Kind genommen und es sich hörig gemacht. Das war nicht ihre Schuld.«

Der Vater stand daneben und sagte kein Wort, wie schon bei der Befragung in ihrer Wohnung.

Und erst da erfasste Avraham, was alles seit dem gestrigen Tag geschehen war.

Kollegen blieben auf den Fluren des Reviers stehen, um ihm die Hand zu schütteln, und sein Mobiltelefon klingelte sehr viel häufiger als gewöhnlich, bis er es abschaltete.

Selbst Schärfstein klopfte an die Tür zu seinem Büro, steckte den Kopf herein und meinte: »Alle Achtung.«

Am Mittag richtete ihm Benny Sabans Sekretärin aus, er möge bitte nach oben kommen, wo Saban ihn dann im Vorzimmer mit einem unbeholfenen Schulterklopfen empfing. Er sagte: »Sie haben großartige Arbeit geleistet, Avraham. Sollten Sie einen Anruf vom Oberbefehlshaber der Polizeikräfte bekommen, tun Sie so, als wären Sie überrascht. Sagen Sie ihm nicht, ich hätte Sie vorgewarnt, dass er anruft. Und stellen Sie sich schon einmal darauf ein, dass Sie bei mir ein Star werden.« Avraham dankte ihm mit verlegenem Lächeln.

Die beiden Ermittlungen hatten, wenn auch anfangs ohne sein Wissen, im Grunde genommen zeitgleich begonnen und waren an ein und demselben Tag zu Ende gegangen. Auslöser war ein Koffer mit einer Sprengsatzattrappe gewesen, der nur ihn allein zu einem anderen Koffer geführt hatte, der mit den Kleidern und Spielsachen von zwei Kindern gepackt war, die in Manila ermordet werden sollten, und ihn zu einem dritten Koffer gelotst hatte, der in einem Schuppen in Nes Ziona versteckt gelegen hatte und die hastig hineingeworfenen Habseligkeiten einer toten Frau enthielt.

Hätte er in der Kantine gegessen, wären die Lobeshymnen weitergegangen, aber er ließ sich eine Thermobox von dort kommen und verschanzte sich in seinem Büro. Er versuchte, das umfassende Geständnis, das Sara in der Nacht abgelegt hatte, zu Papier zu bringen, um es dem Abschlussbericht der Ermittlung beizufügen, doch es war aussichtslos. Er aß langsam und spürte, wie sich die Müdigkeit in seinem Körper ausbreitete. Das weiche Fleisch, das er kaute, hatte einen sonderbaren Geschmack, und er ließ das Meiste davon liegen. In dem Videomitschnitt des Verhörs gab es Stellen, die er sich immer wieder ansah, aber noch hatte er kein Wort zu Papier gebracht.

Er wollte nach Hause gehen und schlafen, aber es lag noch ein weiterer langer Tag vor ihm. Abermals suchte er nach dem Bild von Jennifer Salazar in der Akte und unter den auf seinem Schreibtisch verstreuten Papieren, fand es aber nicht und erwog schon, das Gefängnis anzurufen und die Wärter zu bitten, in Saras Sachen danach zu suchen. Obendrein hatte er das Gefühl, dass außer dem Bild noch etwas fehlte. Als hätte es in einem der Koffer einen doppelten Boden gegeben, den er übersehen hatte, oder eine im Futter versteckte Innentasche. Schließlich ging er in die Asservatenkammer, wo Saras Koffer aufbewahrt wurde, trug ihn in sein Büro und schüttete den Inhalt auf den Tisch. Er durchwühlte die Kleidungsstücke der Kinder und öffnete die Kulturtasche. Der Brief, von dem Sara behauptete, er habe ihn geschrieben und in den Koffer gelegt, war nicht da. Hatte Sara auch in diesem Punkt gelogen? Und wenn nicht, wie war der Brief dann verschwunden?

Das Telefon in seinem Büro klingelte, und in der Leitung war Anselmo Garbo. Der philippinische Kollege klang aufgeregt, als er mit seiner hohen Stimme sagte: »Inspektor Avraham? Ich habe gute Neuigkeiten. Wir haben die Schwester von Jennifer Salazar in Berlin ausfindig gemacht.«

Avraham wartete einen Moment, ehe er leise entgegnete: »Wir haben sie bereits gefunden.«

Aber Garbo verstand seine Antwort offenbar nicht und fragte: »Die Schwester?«

Avraham erwiderte etwas lauter: »Nein, ich meine Jennifer Salazar, die Vermisste. Sie ist tot. Wir haben ihre Leiche heute Morgen gefunden.« Er entschuldigte sich dafür, Garbo nicht schon eher informiert zu haben, doch er habe noch eine Vernehmung zu führen gehabt. Offenbar war die

Verbindung sehr schlecht, denn für einige Sekunden war Garbo nicht mehr zu hören.

»Wie ist sie gestorben?«, fragte er dann.

»Sie wurde ermordet. Ihr Mann hat sie ermordet.«

Garbo bat ihn, am Apparat zu bleiben, und seine Stimme verschwand erneut. In Manila war es jetzt acht Uhr abends. Garbo hatte während eines Essens mit dem Polizeiminister und hochrangigen Polizeioffizieren in Israel angerufen und war in den Clubsaal des Makati-Shangri-La-Hotels gegangen, um das Gespräch ungestört fortsetzen zu können. »Hören Sie mich jetzt besser, Inspektor Avraham? Sie sagten, Salazar wurde von ihrem Mann ermordet?«, fragte er, und Avraham bestätigte es. Jennifer Salazar sei erstickt worden, im Schlaf, im Schlafzimmer der Wohnung, in der sie seit acht Jahren gewohnt hatte, seit ihrer Heirat mit Sara.

»Warum hatte er dann vor, auf die Philippinen zu reisen?«

»Um dort seine beiden Kinder zu töten. Eines der Kinder ist Zeuge des Mordes an der Mutter geworden, und er hat das herausgefunden. Er bestreitet diesen Plan, aber wir denken, er hatte vor, sie dort umzubringen, um dann ohne sie nach Israel zurückzukehren und zu behaupten, sie seien bei ihr in Manila geblieben.«

Abermals Stille. Dann waren am anderen Ende der Leitung das Geräusch eines entflammten Streichholzes und das Knistern von verbrennendem Tabak in einer Pfeife zu hören. Garbo zog ein paarmal geräuschvoll die Nase hoch. Weinte er etwa?

»Ich kann Ihnen in ein, zwei Tagen eine Zusammenfassung des Falls schicken, auf Englisch, wenn Sie möchten«, sagte Avraham.

Doch Garbo fragte plötzlich: »Haben Sie die Leiche zweifelsfrei identifiziert? Haben Sie sie gesehen?«

Aus irgendeinem Grund gab er an, er hätte sie selbst gesehen.

»Was werden Sie mit ihr machen?«

Daran hatte er noch gar nicht gedacht. Die Leiche war ins Pathologische Institut überstellt worden, aber was nach der Obduktion mit ihr geschehen würde, wusste er noch nicht. Wollte ihm der philippinische Kollege vorschlagen, sie für ein Begräbnis nach Manila überführen zu lassen?

Da sagte Garbo: »Ich gebe Ihnen trotzdem die Daten der Schwester. Sie heißt Grace Ilmaz und wohnt in Berlin. Vielleicht kann sie Ihnen ja mit den Kindern helfen. Außerdem ist es mir gelungen, mit Jennifers erstem Mann zu reden. Andrede. Sie sind 1994 geschieden worden, nach vier Jahren Ehe, weil er zum Arbeiten nach Katar gegangen ist, aber sie haben noch einige Jahre weiter telefonischen und brieflichen Kontakt gehabt, weil sie sich noch immer geliebt hätten, wie er sagt. Bei ihrem letzten Besuch in Manila 2005 seien sie sich letztmals begegnet, und bei der Gelegenheit habe Salazar herausgefunden, dass er erneut geheiratet hatte und Kinder habe, und danach hätten sie nicht mehr miteinander gesprochen. Er habe nicht gewusst, dass sie ihrerseits in Israel geheiratet hatte und Mutter von zwei Kindern war.«

Avraham verstand nicht, warum ihm Garbo all das jetzt erzählte, da die Ermittlung abgeschlossen war.

Bevor sie sich verabschiedeten, sagte Garbo in amtlichem Ton: »Inspektor Avraham, ich möchte Ihnen im Namen der philippinischen Polizei für Ihre Bemühungen danken. Auf den Philippinen sagt man: ›Wo Leben ist, ist Hoffnung.‹ Aber ich glaube, auch wenn das Leben endet, muss man noch weiter hoffen. Denken Sie nicht auch so?«

Sie versicherten einander, in den nächsten Tagen in Kontakt zu bleiben.

Er beschloss, die Abschrift des Verhörmitschnitts auf die Abendstunden zu verschieben, und machte sich ohne die Textfassung auf zu Ilanas Büro im Hauptkommissariat Tel Aviv.

Ilana hatte ihre rechteckige Brille auf und war in Uniform, als er ihr Büro betrat. Sie erhob sich langsam von ihrem Stuhl, um die Tür hinter ihm zu schließen. »Wie geht's dir?«, fragte sie.

»Müde, hauptsächlich.«

»Du müsstest doch feiern, oder?«

»Sehe ich so aus, wenn ich feiere?«

Ilana lachte.

An jenem Tag gab es nicht wenige Eindrücke und Augenblicke, die ihn später noch begleiten sollten, das letzte Gespräch mit Ilana aber würde er nie vergessen. Sie saßen einander gegenüber, als sie die Brille abnahm, aber er bemerkte die Flecken um ihre blauen Augen nicht. Sie schaute ihn mit einem schmerzlichen Blick an und sagte gleich: »Ich bin dir eine Entschuldigung schuldig.«

»Wofür?«, fragte er, obwohl er es genau wusste.

»Dafür, dass ich an deinem Bauchgefühl gezweifelt habe.«

Er hatte sich diesen Augenblick anders vorgestellt. Zwar hatte er erwartet, dass sie sich entschuldigen würde, aber als es geschah, empfand er keine Genugtuung. Drei Tage zuvor hatte er in ihrem Büro gesessen, und sie hatte behauptet, er phantasiere sich bloß einen weiteren Vermisstenfall mit einem Vater zusammen, der vorhabe, seinen Kindern Gewalt anzutun. Ihr war es gelungen, seine Überzeugung für einen Moment ins Wanken zu bringen. Und jetzt war er als Triumphator in ihr Büro zurückgekehrt.

Sie wirkte angespannt, und er nahm an, dass es ihr schwerfiel, ihre Niederlage und seinen Sieg einzugestehen.

Im Nachhinein würde er sich für diesen Gedanken schämen. Jetzt versuchte er, sich ihrem eindringlichen Blick zu entziehen, und sagte, das ändere doch nichts.

»Das ändert sehr wohl etwas, Avi, und ich freue mich, dass du dich mit deinem Bauchgefühl gegen mich durchgesetzt hast. Du hast diese Ermittlung in Eigenregie und manchmal hinter meinem Rücken geführt. Ich weiß, ich sollte dir böse sein, aber das heißt auch, dass du als Ermittler gewachsen bist. Und vor allem besagt es, dass du das Trauma der letzten Ermittlung überwunden hast.«

Auch nach ihrem Gespräch würde Avraham nicht verstehen, warum es ausgerechnet diese Worte waren, die etwas in ihm in Stücke gehen ließen. Und aus irgendeinem Grund musste er in jenen Augenblicken an Saras Begegnung mit seinen Kindern im Vernehmungsraum denken.

Er hatte sich die Szene immer wieder in seinem Büro angeschaut, während er dort zu Mittag aß. Und wusste den Wortlaut auswendig, obgleich er das Gesagte noch nicht protokolliert hatte.

Die Kinder hatten in der Tür des Vernehmungsraums gestanden und nicht gewagt einzutreten, ehe Avraham ihnen ein Zeichen gab. Und dann war der jüngere Sohn zu Sara gerannt. Der ältere war in der Tür stehen geblieben, neben Maalul, und hatte sich nicht von der Stelle gerührt.

Avraham hatte nicht gewusst, was Sara den Jungen sagen wollte, und ihn gewarnt, sollte er den Eindruck haben, dessen Worte könnten entweder den Kindern oder der Ermittlung schaden, würde er die beiden umgehend aus dem Zimmer bringen lassen. Sara atmete schwer und streichelte seinem jüngeren Sohn über den Kopf, den der zwischen seinen Knien vergraben hatte. Als er dann sprach, war sein Blick jedoch auf den älteren, entfernt stehenden Sohn gerichtet. »Eser, man wird euch alle möglichen Dinge über mich erzählen, aber du darfst sie nicht glauben. Glaub nur mir. Du weißt, ich hatte keine andere Wahl. Schalom versteht das nicht, weil er noch zu klein ist. Von jetzt an wirst du auf ihn aufpassen. Du wirst jetzt wie Papa und Mama für Schalom sein. In Ordnung? Wie ich es gewesen bin …«

Und dann war er vor dem Kleinen auf die Knie gefallen, und seinem Mund hatte sich ein sonderbarer Laut entrungen, tief und dumpf, und Maalul hatte gerufen: »Genug, Avi, das reicht.« Avraham hatte die Hand des kleineren Jungen ergriffen und dann beide aus dem Zimmer geführt.

Wie immer spürte Ilana, dass etwas in ihm vorging, und fragte: »Avi, bist du in Ordnung?«

Ohne nachzudenken erwiderte er: »Da ist etwas, womit ich nicht klarkomme, Ilana. Etwas fehlt.« Er hätte nicht gedacht, dass er darüber mit ihr reden würde, war aber seit so vielen Jahren ihren Austausch gewohnt, in diesem Zimmer und zuvor in ihrem alten Büro im zweiten Stock des Kommissariats des Ayalon-Distrikts.

»Du meinst, in dem Fall?«, fragte sie, und er nickte. »Aber du hast ein umfassendes Geständnis des Verdächtigen, hast einen Mitschnitt der Tatrekonstruktion und eine Leiche, oder nicht?«

Sie fragte, ob ihn etwas an der Aussage störe, die Saras Mutter abgelegt hatte, und er verneinte. In den Morgenstunden, als der Landschaftsbaubetrieb die Leiche ausgegraben hatte, hatte Maalul die Mutter in ihrem Haus vernommen, wo sie bezeugte, ihr Sohn habe schlafwandelnd seine Frau umgebracht. Zumindest habe er ihr das so gesagt, als er die Leiche nach dem Mord zu ihr gebracht habe. Sara sei schon als Kind mondsüchtig gewesen, erzählte sie, sei nachts aufgestanden und habe unwissentlich Dinge getan, im Schlaf gewissermaßen.

Aber das war es nicht, was Avraham störte, denn die Polizei hatte die Geschichte ohnehin nicht geglaubt. Außerdem hatte Sara explizit einen vorsätzlichen Mord gestanden und nicht versucht anzudeuten, er hätte seine Frau ermordet, ohne sich dessen bewusst gewesen zu sein. Und auch die neue Aussage seines Sohnes über einen früheren Vater war nicht das Problem. Der Junge hatte wiederholt behauptet, sein früherer Vater hätte seine Mutter mit einem Koffer aus der Wohnung gebracht, hatte aber darauf beharrt, dass es sich bei dem früheren Vater nicht um Sara handle und dass Sara die ganze Zeit in seinem Bett geschlafen habe. Nach Saras umfassendem Geständnis waren sie auf die Zeugenaussage des Jungen nicht mehr angewiesen, zumal allen klar war, dass Eser schwer an dem trug, was er gesehen hatte, und deshalb die Verantwortung an dem Mord auf einen imaginären Vater schob, um so seinen echten Vater von der Schuld reinzuwaschen.

Maalul hatte, seinem Bericht zufolge, den Jungen gefragt, *Weißt du, wohin dein Vater die Mama mitgenommen hat?* Und der Junge hatte gesagt: *Ja. In ihr Land.* Und als er gefragt worden war, warum sein Vater sie dorthin mitgenommen habe, hatte der Junge gesagt: *Weil sie Heimweh hatte. Sie wollte in ihrem Land leben, mit unserem früheren Vater, und neue Kinder haben.*

Ilana verstand nicht, was Avraham meinte. »Und was genau passt nicht zusammen?«, fragte sie.

Was ihm zu schaffen machte, war nicht nur das Foto von Jennifer Salazar, das aus der Ermittlungsakte verschwunden war, oder der Brief, der sich nicht im Koffer hatte finden lassen. »Es gelingt mir nicht, ihn zu verstehen«, sagte er.

»Wen?«

»Ich verstehe Sara nicht. Warum hat er das getan?«

»Hat er es dir nicht erklärt?«

Das hatte Sara versucht. Aber je ausführlicher er erklärte,

desto mehr hatte Avraham das Gefühl gehabt, immer weniger zu verstehen. Das Geständnis, das Sara abgelegt hatte, war detailliert, aber dennoch war etwas daran unbegreiflich geblieben, und Avraham hatte das Gefühl, je mehr Einzelheiten hinzukamen, desto verschwommener wurde das Bild von dem Mord.

»Er hat gesagt, er habe es getan, um die Kinder zu schützen. Weil sie sie nicht geliebt habe.«

Laut Verhörmitschnitt war das erste, spontane Geständnis um 22.38 Uhr erfolgt. Avraham hatte ihn wiederholt zu seiner Absicht vernommen, die Kinder zu entführen und sie in Manila zu ermorden, was Sara vehement bestritten hatte, ehe er plötzlich im Affekt schrie: »Begreifen Sie nicht, dass ich Jenny um ihretwillen getötet habe? Um sie zu schützen?«

Avraham war fassungslos, als er auf dem Videomitschnitt sah, dass er bei diesem Geständnis gelächelt hatte. Aber Avraham lächelte, weil er genau dieses Geständnis die ganze Zeit über versucht hatte, aus Sara herauszuholen, und weil in diesem Moment klar war, dass er sich nicht geirrt hatte. Aber vielleicht hatte er auch gelächelt, weil ihn etwas erschreckt hatte.

Und ausgerechnet da war Sara erneut in Schweigen verfallen.

»Und was ist jetzt unklar?«, hakte Ilana nach.

»Ich weiß nicht. Klingt diese Erklärung für dich nachvollziehbar?«

»Warum nicht?«

»Wieso hat er dann geplant, die Kinder danach umzubringen? Und weshalb streitet er das auch jetzt noch ab, nachdem er den Mord bereits gestanden hat? Und warum hatte Salazar Fotos von den Kindern im Portemonnaie?«

Sie verstand nicht, worauf er hinauswollte.

»Jennifer Salazar. Das haben wir in ihrem Portemonnaie gefunden, das er in dem Schuppen versteckt hatte.« Er zog den von Maalul über den Fundort der Leiche verfassten Bericht aus der Akte. Saras Mutter hatte Maalul gezeigt, wo ihr Sohn den Koffer abgestellt hatte, und Maalul hatte darin etliche Kleidungsstücke, zwei Paar Sportschuhe und einige billige Schmuckstücke, Armreifen und wertlose Halsketten gefunden. In den Tiefen einer Werkzeugschublade im Schuppen war Maalul schließlich auf das Portemonnaie, den Reisepass und das Mobiltelefon gestoßen. *Im Portemonnaie befanden sich weder Kreditkarten noch Bargeld*, schrieb Maalul. *Es enthielt Quittungen, zwei Visitenkarten und eine elliptische Holzmünze, vielleicht eine Art Amulett, die alte Aufnahme eines jungen Mannes, offenbar ein Bild des Vaters der Ermordeten, und zwei Passfotos der Kinder.*

Ilana sah ihn verwundert an. »Avi, ich verstehe nicht, worauf du hinauswillst.«

»Ich versuche zu verstehen, warum er das alles getan hat.« Die Fragen formulierten sich, während er sprach. »Weißt du, dass er mir gesagt hat, er habe sie geliebt? Und dass er sie sogar manchmal vermisst, aber er habe keine andere Wahl gehabt, weil sie die Kinder seit ihrer Geburt gehasst und nicht gewollt habe. Hört sich das für dich wie eine Erklärung an?«

»Du versuchst gar nicht zu verstehen, Avi. Du versuchst, die Ergebnisse deiner eigenen Ermittlung in Zweifel zu ziehen.«

»Das stimmt nicht, Ilana. Ich weiß, dass wir den Richtigen gefasst haben. Und das gerade noch rechtzeitig. Ich versuche lediglich, ihn zu verstehen. Er hätte beispielsweise fahrlässige Tötung im Zustand des Schlafwandelns gestehen können, hat sich aber für vorsätzlichen Mord entschieden und wollte dies seinen Kindern erklären. Und jetzt versucht er mich davon zu überzeugen, dass er die Jungen mit auf die Philippinen nehmen wollte, um dort irgendeinen Abschied zu inszenieren. Und Jennifer Salazar verstehe ich auch nicht. Ich kann nicht einschätzen, was für ein Mensch sie gewesen ist. Also wenn das, was er über sie sagt, stimmt. Warum hat sie ihn überhaupt geheiratet? Oder mit ihm Kinder bekommen?«

Hätte er nicht das alte Foto, das Garbo ihm geschickt hatte, verloren, hätte er es jetzt auf den Tisch gelegt und Ilana gebeten, das junge Gesicht zu betrachten, das dem des Sohnes so ähnlich war.

Ilana sprach mit ihm, wie sie es immer getan hatte, als wäre nichts zwischen ihnen vorgefallen und als würde auch wenige Minuten danach nichts geschehen. »Aber das ist nicht deine Aufgabe, Avi. Du musst nur herausfinden, was passiert ist, nicht warum. Und mit Beweisen untermauern. Und genau das hast du getan. Sara hat seine Frau umgebracht. Und er hat vorgehabt, seine Kinder zu töten, weil eines von ihnen Zeuge des Mordes an der Mutter geworden ist. Es kann tausend Gründe geben für das, was er im Nachhinein im Verhör gesagt hat, und das weißt du. Vielleicht behauptet er, er hätte Jenny Salazar um der Kinder willen umgebracht, weil er dich davon überzeugen möchte, dass er den Kindern angeblich nie etwas antun wollte, oder? Und er ist bereit, den Mord an seiner Frau zu gestehen, nur um einer Anklage wegen versuchter Kindstötung zu entgehen. So einfach ist das.«

Daran hatte er noch nicht gedacht, aber andererseits erschien ihm Sara auch nicht derart raffiniert. Oder sollte er sich getäuscht haben?

Bereits als er ihn das erste Mal wegen des vor dem Kindergarten deponierten Koffers vernommen hatte, hatte ihn die Diskrepanz irritiert zwischen Saras kurzen, abgehackten Antworten und der wohlgeordneten, vollständigen Geschichte, die er über die Kontroverse mit der Kindergartenbetreiberin erzählt hatte. Und auch letzte Nacht hatte Sara die meiste Zeit geschwiegen, man hätte meinen können, er würde nie den Mund aufmachen, bis er nach der Begegnung mit seinen Kindern plötzlich mit leiser Stimme die Geschichte über seine Frau vorgetragen hatte, als würde er sie vom Blatt ablesen. Und gleichzeitig hatte er in einem fort vehement bestritten, dass er seinen Kindern etwas hätte antun wollen. Seine Erklärung für die Reise nach Manila aber war dürftig und sonderbar: Er hatte behauptet, die Kinder hätten sich dort von ihrer Mutter verabschieden sollen, damit sie begriffen, dass die Mutter sie nicht geliebt hatte. Und er hatte sich darauf versteift, in seinem Koffer befände sich ein Brief, der beweise, dass er genau das mit der Reise beabsichtigt hatte. Aber dieser angebliche Brief existierte nicht.

Avraham schwieg, und Ilana fragte: »Verstehst du, was der Junge meint, wenn er von seinem früheren Vater spricht?«

Er wusste nicht, worauf sie hinauswollte. »Ich denke, ja.«

»Tatsächlich? Und was?«

»Dass er Sara mit der Leiche seiner Frau gesehen hat. Aber dass es unerträglich für ihn ist, das zuzugeben.«

»Bist du dir sicher?«

Er hatte keinen Zweifel.

»Okay. Und verstehst du, warum du all das tust?«

»Ich meine, ja.«

»Wirklich? Du verstehst, warum du dich entschieden hast, Kriminalbeamter zu sein? Oder warum es dir so schwerfällt, über Ofer Sharabi hinwegzukommen? Oder warum wir beide, du und ich, in letzter Zeit nicht mehr miteinander klarkommen?«

Avraham schloss die Augen, aber als er sie wieder öffnete, nahm er noch immer nichts an ihr wahr. »Wir kommen nicht miteinander klar?«, fragte er.

Sie sprachen nicht länger über Sara, da die Zeit knapp wurde und Ilana ihn bat, ihr die Ermittlungsergebnisse des zweiten Falls zu erläutern. »Hier verstehst du doch, was passiert ist und warum?«, fragte sie, und er lächelte bestätigend.

»Ilanit Chadad hat, als sie noch in dem Kindergarten tätig war, Usen erzählt, Chava Cohen schlage die Kinder. Damit hat alles angefangen. Usen dachte, er könnte diese Information zu Geld machen. Chadad hat dann, auf Usens Geheiß, ein paar Fotos mit ihrem Mobiltelefon aufgenommen und versucht, die Kindergartenbetreiberin zu erpressen, aber Chava Cohen hat sich nicht erpressen lassen und ihr gekündigt, woraufhin Usen ausgerastet ist und beschlossen hat, die Erpressung mit mehr Nachdruck zu betreiben. Das war der Grund, warum Cohen nichts preisgegeben hat. Dabei hat sie die ganze Zeit gewusst, wer den Koffer vor dem Kindergarten deponiert und wer sie angerufen hat, genau wie ich vom ersten Augenblick an vermutet habe. Aber sie dachte, sie käme allein mit den Erpressern klar, und wollte nicht riskieren, dass wir von den Misshandlungen in ihrer Einrichtung erführen. Zu dem verabredeten Treffen hat sie ein Diktiergerät mitgenommen, offenbar um aufzunehmen, wie die beiden zugeben, dass sie den Koffer beim Kindergarten abgestellt haben. Aber Usen hat das Gerät entdeckt und ist auf sie losgegangen. Ob er auch versucht hat, Cohen umzubringen, weiß ich nicht.«

»Und wenn ich es richtig verstehe, hat Chadad gestanden, oder? Also ist der Fall im Grunde genommen abgeschlossen«, sagte Ilana.

»Noch nicht ganz. Ich möchte, dass du mir grünes Licht gibst, gegen Chava Cohen wegen der fortgesetzten Misshandlung von Kindern in ihrer Einrichtung zu ermitteln. Ilanit Chadad wird uns ihre Fotos zur Verfügung stellen, und es wird zumindest einige Eltern geben, die etwas zu erzählen haben.«

Er dachte an Saras kleinen Sohn und daran, was der Mann ihm über den Tag erzählt hatte, an dem er seine Frau umgebracht hatte. Und wie sich diese beiden Fällen auf so vielen, für ihn unerwarteten Wegen ineinander verschlungen hatten.

Ilana fragte: »Sollen wir damit nicht warten, bis sie aus dem Krankenhaus entlassen wurde?«

Avraham schüttelte den Kopf.

»Wir warten nicht.«

Und ausgerechnet in diesem Moment, als ihre Besprechung so gut wie beendet war, stand Ilana auf, öffnete das Fenster zur Salame-Straße und stellte einen Aschenbecher auf den Tisch. Sie fragte, wie er bis jetzt ohne Zigarette ausgekommen sei und ob er einen Kaffee wolle. Er zündete sich eine Zigarette an, und Ilana erklärte: »Ich wollte dir noch etwas sagen, schon lange, obwohl du es vielleicht ja bereits weißt.«

Bis zu dem Augenblick war er sich sicher, sie habe vor, ihm zu sagen, dass sie sich von ihrem Mann trennen werde. Wegen der sonderbaren E-Mail-Adresse, von der aus sie ihm ihren Bericht geschickt hatte, und wegen des Familienfotos, das mit einem Mal von ihrem Schreibtisch verschwunden war. Und vielleicht vor allem wegen ihrer Vermutung, Jennifer Salazar hätte ihren Mann angelogen und wäre mit einem Liebhaber außer Landes geflüchtet. Bis zu diesem Augenblick war er sich sicher, sie wollte ihm sagen, dass sie sich scheiden ließe.

»Das ist meine letzte Woche bei der Polizei. Oder zumindest meine vorerst letzte Woche.«

Er legte die Zigarette in den Aschenbecher. Aber er musste nicht nachfragen, da auf einen Schlag alles klar war.

»Man hat etwas bei mir gefunden. Ob es heilbar ist oder nicht, steht noch nicht fest. Aber die Therapie wird ein paar Wochen dauern. Vielleicht auch länger.«

Er wusste nicht, was er sagen sollte. »Bist du dir sicher?«, fragte er, und Ilana lachte.

»Ich meine auch, dass es ein Irrtum ist und die Schwestern im Krankenhaus die Untersuchungsergebnisse vertauscht haben. Aber die Ärzte sind sich sicher.«

Hätte er zu ihr gehen und sie in den Arm nehmen sollen? Das war es zumindest, was er tun wollte, aber er konnte nicht. Verstohlen musterte er ihr Gesicht und ihren Hals, und sie bemerkte seinen Blick und sagte: »Du kannst es nicht sehen, Avi. Das ist in mir drin. Ganz tief drin.«

»Kann ich irgendwie helfen?«

»Du kannst mir eine Zigarette geben. Es ist kein Lungenkrebs. Genau genommen ist das auch der Grund, warum ich wieder angefangen habe, eine mit dir zu rauchen.«

Er näherte sich ihrem blassen Gesicht mit dem Feuerzeug und sah die Flecken auf dem Handrücken, erinnerte sich jedoch nicht, ob die schon früher dort gewesen waren. Es gab so viele Fragen, die er ihr stellen wollte: Hast du Schmerzen, Ilana? Wann hat das alles angefangen? Und wieso hast du mir bis jetzt nichts davon erzählt?

Hast du Angst?

Sie waren sich vor über zehn Jahren zum ersten Mal begegnet und hatten kurz darauf begonnen zusammenzuarbeiten. Sich selbst fragte er daher nur eines: Wie würde er weitermachen können?

Sie schwiegen beide, doch Ilana wollte es ihm leichter machen und sagte schließlich: »Ich weiß nicht, wen sie für meine Stelle vorgesehen haben, mich hat noch niemand gefragt, aber ich habe vor, dich zu empfehlen. Ich hoffe, dieses Zimmer hier wird das deine werden. Nur auf Zeit, selbstverständlich. Du sollst mir darauf aufpassen, bis ich wiederkommen kann. Und jetzt, wo du über die letzte Ermittlung hinweg bist und diesen Fall hier gelöst hast, besteht vielleicht die Chance, dass es so kommt.«

Er konnte ihr nicht in die Augen schauen. Vielleicht, damit sie nicht sah, dass er ihr gerade hatte sagen wollen, dass sie im Grunde recht gehabt hatte. Dass er nicht darüber hinweg war. Dass er sich tatsächlich noch einen Vermisstenfall ausgedacht hatte, um wiedergutzumachen, was er bei der letzten Ermittlung verbockt hatte.

Und dass er, seit er zurück in Israel war, viele Stunden an dem Meer gesessen hatte, das die Leiche von Ofer Sharabi verschluckt hatte.

Dass er nur ihn hatte retten wollen.

Dass er eigentlich noch immer nach jenem Koffer mit dem Toten suchte.

Ilana umarmte ihn an der Tür, und erst da spürte er, wie stark sie abgenommen hatte. Ihr Körper wirkte so zerbrechlich und schien aus seinen Armen entschwinden zu wollen.

Er ging trotz der Müdigkeit und der Erschöpfung nicht nach Hause, weil er spürte, dass er die Einsamkeit und den Kummer allein nicht würde ertragen können. Stattdessen kehrte er aufs Revier zurück, das in den späten Abendstunden fast verwaist war, und machte sich einen Kaffee. Auf dem Tisch in seinem Zimmer stand ein Strauß Blumen.

Für den Rest des Abends dachte er nicht mehr an die Ermittlung, sondern nur noch an Ilana, und fand vielleicht deshalb die Kraft, sich den Videomitschnitt des Verhörs noch einmal anzusehen und eine Textfassung des Geständnisses zu erstellen. Er suchte in einer der Schubladen nach einem Stift und stieß auf das verloren geglaubte Foto von Jennifer Salazar, das er offenbar, ohne sich daran zu erinnern, dort hineingelegt hatte. Aber er hatte jetzt kein Interesse mehr daran und heftete es, ohne es noch einmal zu betrachten, in der Ermittlungsakte ab. Dann tippte und löschte er eine ganze Weile.

Frage: *Sie sagten vorhin, Sie hätten schon lange vorgehabt, Ihre Frau umzubringen. Warum haben Sie es dann ausgerechnet in jener Nacht getan?*

Antwort: *Weil der Junge am Tag davor mit Prügeln aus dem Kindergarten gekommen ist.*

Frage: *Welcher Junge.*

Antwort: *Schalom. Der kleine.*

Frage: *Gut, berichten Sie.*

Antwort: *Am Dienstag ist er mit einer ziemlich üblen Wunde auf der Stirn aus dem Kindergarten gekommen.*

Frage: *Richtig. Das sagten Sie. Und was ist dann passiert?*

Antwort: *Ich habe gefragt, wie es dazu gekommen ist, und Jenny hat gesagt, sie weiß es nicht und es interessiert sie nicht. Ich habe zu ihr gesagt, warum redest du nicht mal mit der Kindergärtnerin, frag sie, wie ihm das passiert ist, vielleicht hat irgendein Kind ihn geschlagen. Aber sie hat gesagt, rede du doch mit ihr, es sind deine Kinder. Mich interessiert nicht, wieso sie Prügel bekommen. So hat sie die ganze Zeit über die Jungen gesprochen.*

Frage: *Na und?*

Antwort: *Die Kinder haben dagestanden und alles gehört, beide. Sie hat das nicht leise gesagt. Auch Eser hat es gehört.*

Frage: *Wann war das?*

Antwort: *Als ich von der Arbeit gekommen bin, am Nachmittag.*

Frage: *Warum haben Sie Ihre Frau dann nicht noch am selben Tag umgebracht? Was haben Sie ihr geantwortet?*

Antwort: *Ich habe ihr nicht geantwortet, was hätte ich sagen sollen?*

Frage: *Und deshalb haben Sie sie umgebracht?*

Antwort: *Ja.*

Frage: *Hatten Sie den Verdacht, sie könnte Schalom geschlagen haben?*

Antwort: *Nein, sie hat es nicht gewagt, die Kinder anzurühren.*

Frage: *Dann verstehe ich nicht, was Sie sagen. Hat sie Ihnen gedroht, sie würde Ihnen die Kinder wegnehmen?*

Antwort: *Sie hätte sie nie mitgenommen, weil sie die Jungen nicht bei sich haben wollte. Einmal hat sie gesagt, sie würde sie mitnehmen, nur damit ich mal so leide, wie sie im Leben leidet. Sie wusste, wie sehr ich an den Kindern hänge, und deshalb hat sie mich vor ihnen beleidigt.*

Frage: *Wann war das?*

Antwort: *Schon lange her.*

Frage: *Und warum haben Sie damals nichts unternommen?*

Antwort: *Da hatte ich noch nicht daran gedacht.*

Frage: *Und an dem Tag, an dem der Junge mit der Verletzung aus dem Kindergarten gekommen ist, da haben Sie daran gedacht?*

Antwort: (Der Tatverdächtige nickt.) *Sie hat nicht mit der Kindergärtnerin reden wollen, und deswegen bin ich am nächsten Morgen in den Kindergarten gegangen, wo es dann den Streit mit der Betreiberin gab. Die hat auch nicht zugehört.*

Frage: *Das war am Mittwochmorgen?*

Antwort: *Ja.*

Frage: *Und was ist an dem Tag danach passiert?*

Antwort: *Nichts. Als ich von der Arbeit nach Hause gekommen bin, haben wir zu Abend gegessen, und danach hat Jenny die Jungen ins Bett gebracht und ist selbst früh schlafen gegangen. Ich habe die Arbeit in der Küche beendet und dann die Decke bereitgelegt.*

Frage: *Ist es an jenem Abend zu einem weiteren Vorfall zwischen Ihnen gekommen?*

Antwort: *Was für ein Vorfall denn?*

Frage: *Hat sie nicht gespürt, dass Sie vorhatten, ihr etwas anzutun?*

Antwort: *Wie sollte sie?*

Frage: *Haben Sie sie in der Vergangenheit geschlagen?*

Antwort: *Ich habe sie im Leben nicht angefasst.*

Frage: *Und hat sie sich an jenem Abend irgendwie anders verhalten? Beschreiben Sie mir, was sie getan hat.*

Antwort: *Gar nichts war anders. Sie hat im Wohnzimmer ferngesehen und ist dann schlafen gegangen.*

Frage: *Haben Sie in jener Nacht mit ihr geschlafen?*

Antwort: (Der Tatverdächtige antwortet nicht.)

Frage: *Hatten Sie Geschlechtsverkehr mit ihr in jener Nacht?*

Antwort: *Nein. Ich habe gearbeitet, und sie ist eingeschlafen.*

Frage: *Und wussten Sie da bereits, dass Sie sie töten würden?*

Antwort: *Ja … Ich habe den Wecker auf vier Uhr gestellt, bin aber nicht eingeschlafen.*

Frage:	*Warum haben Sie es nicht gleich getan, als sie eingeschlafen war?*
Antwort:	*Weil sie später in der Nacht tiefer schläft. Und die Kinder auch. Außerdem ist es dann leichter, sie aus dem Haus zu schaffen, ohne dass es jemand sieht.*
Frage:	*Also ist die Tat um 4.00 Uhr erfolgt?*
Antwort:	*Davor. Und ich habe noch nachgeschaut, dass die Kinder gut schlafen.*
Frage:	*Und dann? Wie haben Sie den Mord begangen?*
Antwort:	*Ich habe sie mit dem großen Kissen erstickt.*
Frage:	*Mit welchem Kissen?*
Antwort:	*Dem aus dem Wohnzimmer.*
Frage:	*Ist es noch immer dort?*
Antwort:	*Ja. Ein blaues Kissen.*
Frage:	*Beschreiben Sie mir, wie Sie es getan haben. Haben Sie es auf ihr Gesicht gelegt?*
Antwort:	*Ja. Ich hab's auf ihr Gesicht gelegt und mit den Händen draufgedrückt.* (Der Tatverdächtige streckt die Hände nach vorn aus.)
Frage:	*Hat sie sich nicht gewehrt?*
Antwort:	*Nein. Sie hat versucht, meine Hände zu packen, und hat mit den Füßen gestrampelt, aber nach einiger Zeit hat sie damit aufgehört. Ich habe das Kissen lange auf ihrem Gesicht gelassen.*
Frage:	*Haben Sie das Kissen seitdem gewaschen?*
Antwort:	*Nein.*

16

Die Kinder, die er um jeden Preis hatte retten wollen, sah Avraham noch ein einziges Mal wieder, bei der Messe, die in der Kirche des Heiligen Petrus abgehalten wurde, eine Woche nach dem Fund der Leiche. Es war ein grauer Sonntagmorgen Mitte Oktober, und obgleich der Winter noch weit entfernt war, wehte ein starker böiger Wind und rüttelte an den Wipfeln der Palmen. Avraham hielt nach Saras Söhnen Ausschau, aber er konnte sie nirgends entdecken.

Auf den Kirchenbänken hatten sich bereits Dutzende philippinische Frauen versammelt, zum Teil mit Kindern. Deswegen war Avraham gekommen. Zwei Tage zuvor hatte Garbo ihm ein Fax geschickt mit dem Hinweis auf die Messe zum Gedenken an Jennifer Salazar und der Mitteilung, die Schwester der Ermordeten würde aus Berlin anreisen und daran teilnehmen, ebenso ein Vertreter der philippinischen Botschaft in Israel. Avraham hatte den Eindruck gewonnen, Garbo würde auch sein Erscheinen bei dem Gottesdienst erwarten. Er erzählte keinem der Kollegen, dass er zu der Zeremonie ging, ließ sich auf einer der hinteren Bänke nieder und wartete.

Der amerikanische Priester, der ans Pult trat, sah wie ein Hippie aus, der in den sechziger Jahren aus dem Vietnamkrieg zurückgekehrt und fromm geworden war. Er trug eine weiße Mähne und einen langen Bart. Zu Beginn sagte er, er werde seine Predigt Jennifer Salazar widmen, einem geschätzten Mitglied der Gemeinde, das ermordet worden sei, um sie dann jedoch in der Predigt, die sich mit Wundern beschäftigte, nicht noch einmal zu erwähnen. Er versuchte die Gläubigen davon zu überzeugen, dass in ihrer Welt pausenlos Wunder geschähen, selbst wenn sie vielleicht noch kein Wunder erlebt hätten. Sie sollten nur fest bei ihrem

Glauben bleiben, eines Tages würden sie dann mit eigenen Augen die Offenbarung eines Wunders erblicken.

Avrahams Husten hallte wie ein Donner im Kirchenraum wider. Um ihn herum wisperten orangerote Lichter, und aus den Votivfenstern schauten farbenfrohe Gestalten auf ihn herab.

Er war sich sicher, jemand würde eine Gedenkrede für Salazar halten, aber das geschah nicht.

Hatte eine der Frauen, die hier in der Kirche saßen, Jennifer Salazar gut gekannt? Hatte der Geistliche sie wahrgenommen, wenn sie manchmal allein am Sonntag in die Kirche kam, wie Sara es in einer der Vernehmungen erzählt hatte?

Von Zeit zu Zeit erhoben sich die Gläubigen wie auf ein geheimes Zeichen von ihren Plätzen, und Avraham folgte ihrem Beispiel, um nicht aufzufallen, aber als sie auf den Holzbänken niederknieten, blieb er sitzen. Eine großgewachsene Philippinerin ging mit einem stoffausgelegten Strohkörbchen durch die Reihen, und die Gemeinde legte Münzen und Scheine hinein. Avraham mied ihren Blick und ließ sein Portemonnaie stecken. Er glaubte an keinen Gott, und dennoch ging ihm der Gedanke durch den Kopf, dieser Besuch in einer Kirche würde ihn noch teuer zu stehen kommen.

Die Kinder entdeckte er erst nach dem Gebet. Der Priester trat vor die erste Reihe und reichte den betenden Frauen die Hand, und da sah Avraham den älteren Sohn in einem feinen Hemd und auch seinen jüngeren Bruder. Neben den beiden saß eine Frau mit langem schwarzem Haar. Avraham erschauderte. Aus der Entfernung ähnelte sie frappierend der jungen Frau auf dem alten Foto.

Der Geistliche blieb vor den Jungen stehen und legte dem jüngeren die Hand auf den Kopf, als wollte er ihn segnen, und beugte sich dann herab, um ihm etwas zuzuflüstern, vielleicht tröstende Worte. Avraham fiel ein, dass er ein paar Tage zuvor noch gedacht hatte, er müsste die Jungen adoptieren, was aber bloß ein törichter Einfall gewesen war, der ihm wegen eines Romans gekommen war, den er vor Jahren einmal gelesen hatte.

Wenig später stellte er sich auf Englisch der Schwester vor, die aus der Nähe mit ihrem schmaleren und feiner geschnittenen Gesicht der Ermordeten weit weniger ähnelte. Er sagte, in der Asservatenkammer der Polizei befänden sich noch einige Sachen, die ihrer Schwester gehört hatten und die man ihr aushändigen könne. Sie dankte ihm und fragte, worum es sich handle.

»Hauptsächlich Kleidungsstücke und Schmuck, die sich in einem Koffer befanden«, antwortete Avraham. »Und einige Dokumente und Fotos, die wir in der Wohnung gefunden haben. Außerdem sind da noch die Briefe, die Sie ihr geschrieben haben und die Sie sicher gerne wiederhaben möchten.«

Sie schaute ihn überrascht an und entgegnete: »Ich habe Jennifer niemals Briefe geschrieben. Wir hatten keinen Kontakt mehr, seit ich nach Deutschland ging.«

Er reichte ihr das Foto des jungen Mannes, das im Portemonnaie gewesen war, aber sie wollte es nicht, denn entgegen Maaluls Vermutung war es nicht ein Bild ihres Vaters, sondern eine Aufnahme von Julius Andrede, dem ersten Ehemann von Jenny. »Der Mann, der ihr das Herz gebrochen hat«, meinte ihre Schwester.

Eser stand während des Gesprächs neben ihnen und ließ die Hand seines kleinen Bruders nicht los, als hallte in seinen Ohren noch immer Saras letzte Anweisung im Vernehmungsraum wider.

Avraham folgte den engen Gassen hinunter zum alten

Hafen und ließ sich neben einem Angler nieder, der mit seinem Netz kleine tote Fische einsammelte, die mit weit aufgerissenen Augen im flachen Wasser neben dem Bootsanleger trieben. Vielleicht, weil er die Kinder lebendig und gesund gesehen hatte, erwachte ein Gefühl der Befriedigung in Avraham, obwohl er noch immer spürte, dass das Rätsel nicht restlos aufgeklärt war, wie er nur Ilana gegenüber eingestanden hatte. Dabei war er sogar in einer der Nächte, in denen er wieder keinen Schlaf gefunden hatte, in die Lavon-Straße gefahren und hatte mit einer kleinen Stablampe den Hof inspiziert, in dem der Koffer mit der Bombenattrappe deponiert worden war, als würde er ausgerechnet dort nach so vielen Tagen noch etwas finden können.

Der Wind frischte auf, und die Wellen brachen schäumend an der Mole, spritzten über seine Schuhe und seine Hosenaufschläge und ließen ihn aufs Revier zurückkehren.

Auch das Interesse der Presse am Fall Salazar war flüchtig und oberflächlich. Meldungen über den Mord und den Plan, die Kinder in Manila zu beseitigen, tauchten in den meisten der Tageszeitungen nur auf den hinteren Seiten auf. In einer davon wurde auch Avrahams Name erwähnt, und am selben Tag wurde er telefonisch für ein Programm des israelischen Rundfunks interviewt. Aber nur zwei Minuten nach Beginn des Gesprächs wurde es zugunsten eines Berichts über die gezielte Tötung eines Hamas-Funktionärs in Gaza unterbrochen, sodass Avraham nicht einmal Gelegenheit fand, den Namen der Ermordeten zu nennen. Er blieb in seinem Büro neben dem Telefon sitzen und wartete, weil die zuständige Redakteurin der Sendung versprochen hatte, man würde ihn wieder anrufen, aber das geschah nicht.

Und das Leben ging weiter.

Saras Rechtsanwältin schlug einen Vergleich vor, demzufolge er den Mord an seiner Frau gestehen würde, während die Staatsanwaltschaft im Gegenzug die vollkommen absurde Anschuldigung würde fallenlassen müssen, er hätte seine Kinder töten wollen. Dabei deutete sie sogar an, die Polizei sei verantwortlich für das Verschwinden des Briefes, den Sara in seinem Koffer versteckt hatte und der seine Version vom Zweck der Reise bewiesen hätte. Aber Avraham wehrte sich mit Händen und Füßen gegen eine solche Abmachung, und niemand widersprach ihm, schließlich hatte er diesen Fall aufgeklärt. Seine Ermittlungsergebnisse bewiesen, dass der Plan zu der Reise in Saras Kopf geboren worden war, nachdem sein Sohn ihm signalisiert hatte, was er in der Nacht des Mordes gesehen hatte. Und die Tatsache, dass Sara sowohl für seine Frau wie auch für seine Kinder Rückflugtickets gekauft hatte, belegte, dass sein Aktionsmuster in beiden Fällen identisch war.

Saras Mutter würde wegen ihres Alters und dem Mangel an handfesten Indizien vor strafrechtlicher Verfolgung verschont bleiben.

In dem nächsten Fall, der Avraham anvertraut wurde, ging es um den Angriff auf einen Busfahrer der Egged-Buskooperative. Zwei Fahrgäste hatten ihn mit einer Eisenstange zusammengeschlagen. Und dann hatte Avraham noch einen weiteren, eher außergewöhnlichen und mysteriösen Fall zu bearbeiten. Begonnen hatte die Sache mit Botschaften, die überall in der Stadt auf Hauswänden und Mauern aufgetaucht waren, in schwarzer Schrift aufgesprüht: *Bald werdet ihr verstehen, warum.* Dann hatte es drei Einbrüche in die Wohnungen von alten Männern gegeben, die sich alle im Verlauf einer Nacht ereignet hatten. Gestohlen worden war nichts, aber in allen drei Schlafzimmern hatte jemand rostige Blechkästen hinterlassen, in denen jeweils eine alte Zeitungsseite zusammengefaltet lag. In der einen

Wohnung, in der De-Shalit-Straße, war eine Seite aus der *Jedioth Acharonoth* vom Donnerstag, dem 5. Mai 1949, gefunden worden. Der Aufmacher auf der zerbröselnden Seite berichtete von einem Flugzeugabsturz in Italien, am Wallfahrtsberg Superga südlich des Po, bei dem alle Spieler der legendären Mannschaft des AC Turin den Tod gefunden hatten. Darunter stand, mit schwarzem Filzstift eingekreist, eine Meldung über einen Mord in Cholon: *Leiche eines Witwers in den Dünen des Moledet-Viertels gefunden.*

In der zweiten Wohnung lag ein Zeitungsausschnitt vom 4. November 1979. Auch hier gab es einen Aufmacher, diesmal über ein Massaker in North Carolina. Mitglieder des Ku-Klux-Klans hatten auf Teilnehmer eines Protestmarsches geschossen, an dem sich Vertreter von Menschenrechtsorganisationen, Gewerkschafter und Mitglieder kommunistischer Bewegungen beteiligten, und insgesamt fünf Menschen getötet. Daneben stand eine kleine Meldung über eine achtzehnjährige Frau, wohnhaft in Rishon LeZion, die aus ihrer Wohnung entführt worden war.

Bei dem dritten Einbruch, der erst nach einigen Tagen angezeigt worden war, fand sich ein Ausschnitt aus der *Davar* vom 18. November 1962 mit einer Meldung über den Mord an einem verkrüppelten Schuster in Ramat Gan: *Der Schuhmacher Moshe Stolero, fünfunddreißig Jahre alt und von Geburt an gehbehindert, schloss seinen Laden für Haushaltsgeräte, Bücher und Zeitungen am Nagba-Weg 36 in Ramat Gan ab und beabsichtigte, die Wohnung seiner Eltern im 3. Stock desselben Hauses aufzusuchen. Bei sich trug er die Tageseinnahmen in Höhe von 300 Israelischen Pfund. Als er ins dunkle Treppenhaus trat, wurde eine Salve von drei Schüssen auf ihn abgegeben. Er wurde in die Brust, die Schulter und in den Kopf getroffen. Der Mörder konnte unerkannt entkommen.*

Auf allen drei Zeitungsausschnitten hatte jemand mit

schwarzem Filzstift geschrieben: *Bald werdet ihr verstehen, warum.*

Zum ersten Mal, seit er im Polizeidienst war, suchte Avraham die Kellerräume des Polizeiarchivs auf und traf dort auf den Leiter des Archivs, einen sonderbaren Mann von vielleicht Mitte siebzig, der, obwohl er gar nicht so hieß, allgemein Dr. Bartoschek genannt wurde. Trotz seines Alters war Bartoschek ruhelos. Er wirkte, als würde er innerlich brennen, und hielt, während er mit atemberaubender Geschwindigkeit in seinem Rollstuhl zwischen den Regalen mit den alten Akten umherkurvte, Avraham einen kurzen Vortrag über die Arbeit der Polizei. »Wissen Sie, dass ein Polizist vor dreißig Jahren, wenn er eine Straftat zu melden hatte, zu einem öffentlichen Fernsprecher laufen und mit einer Telefonmünze auf dem Revier anrufen musste?«, fragte er, und seine Augen funkelten. »Und das konnte er selbstverständlich nur dann, wenn er eine Telefonmünze hatte! Deshalb trug jeder Polizist in der Brusttasche seines Uniformhemds immer ein kleines Tütchen mit Telefonmünzen bei sich. Können Sie sich das vorstellen?«

Gemeinsam fanden Avraham und Dr. Bartoschek heraus, dass die drei alten Straftaten alle eine Gemeinsamkeit hatten: Nicht eine von ihnen war aufgeklärt worden. Und die hochbetagten Einbruchsopfer hatten keine Ahnung gehabt, warum man ausgerechnet ihnen die Blechkisten in die Wohnung gestellt hatte.

Der Fall weckte Avrahams Neugierde, gleichzeitig aber hatte er Mühe, sich darauf einzulassen. Er hatte das Gefühl, als hätte das Ganze etwas Romanhaftes an sich und würde ihn am Ende nicht zu einem Verbrechen führen, das ein echter Mensch begangen hatte. Als läse er in einem seiner geliebten Kriminalromane davon, ohne in Wirklichkeit zu ermitteln.

Als er den Fall aufklärt hatte, zeigte sich, dass er mit seinem Gefühl recht gehabt hatte. Viele Stunden lang stierte er auf die alten Meldungen längst vergangener Katastrophen, von Toten und Verbrechen, die keinen Zusammenhang ergaben. Außerdem konnte er nicht mit Ilana über den Fall reden. Er tat seine Arbeit scheinbar weiterhin wie immer, tatsächlich aber fehlte ihm Ilana. Es verging kein Tag, ohne dass er sich mit ihr hätte besprechen wollen, aber sie hatte gebeten, während der Therapie im Krankenhaus weder Besuche noch Anrufe zu bekommen. In seiner Vorstellung sah er sie auf einem Krankenhausbett sitzen, mit kahlem Kopf, gekleidet in ein grünes OP-Hemd, die Haut an den nackten Füßen rau und schorfig.

Ab und an wurde auf den Fluren des Reviers etwas über ihren Nachfolger geflüstert, aber noch war niemand benannt worden, und auch Avraham hatte nicht signalisiert bekommen, er würde die Stelle erhalten. Bis zum letzten Augenblick hatte er gehofft, Ilana würde ihn überraschen und zu der Feierstunde anlässlich der Verleihung der Auszeichnung sowie seiner Beförderung kommen, die an einem Mittwochnachmittag stattfand, abermals im Hof, wo man Anfang September auf das neue Jahr angestoßen hatte.

Der Innenhof des Reviers füllte sich erneut mit Kolleginnen und Kollegen in Uniform. Die Holztische waren mit Papierservietten, belegten Brötchen und Säften eingedeckt. Avraham suchte in der Menge nach Ilana und sah seine Eltern, die verlegen am Eingang zum Hof standen. Seine Mutter trug ein feines Kleid und war geschminkt wie in seiner Kindheit, wenn sie zu einem Konzert in Tel Aviv fuhr. Seinen Vater sah er zum ersten Mal seit langer Zeit in Jeans und mit dem schwarzen Barett auf dem Kopf, das er sich zugelegt hatte, als er in Rente ging.

Während Saban sprach, saßen sie neben Avraham in

der ersten Reihe. Sein Chef gab sich wenig Mühe und wiederholte ganze Passagen seiner Rede zum neuen Jahr über seine Vision eines sicheren Lebensraums, in dem es keine Gewalt gäbe, um am Ende hinzuzufügen, dank des Fleißes und des Mutes von Polizeioffizieren wie Avraham würde diese Vision Wirklichkeit werden.

Als Avraham sprach, herrschte vollkommene Stille, das zumindest erzählte ihm sein Vater hinterher. Und seine Mutter sagte, seine Dankesrede sei zu kurz gewesen und dass er nicht genug über sich selbst gesagt hätte.

Avraham dankte Sergeant Lior Seitouni und Unterinspektor Eliyahu Maalul, ohne deren Zutun der Fall nicht gelöst worden wäre, und vor allem Vizekommandantin Ilana Liss, für deren baldige Rückkehr in den Dienst alle Beamten des Distrikts beten würden. Wie der Priester in der Kirche des Heiligen Petrus und wie zuvor Saban in seiner Rede erwähnte auch er Jennifer Salazar nicht, obwohl in der ersten Version, die er am Vorabend in seiner Wohnung geschrieben hatte, einige Sätze zu ihrem Gedenken gestanden hatten.

Zwei Tage danach, an einem Freitagmorgen, flog Oberinspektor Avraham Avraham nach Brüssel. Auch diese Reise hielt er geheim und erzählte seinen Eltern, er wäre für drei Tage auf einer Fortbildung in Nazareth.

Er landete in den frühen Abendstunden in Belgien und nahm den Zug vom internationalen Flughafen zur Station Brussel-Zuid. Von dort fuhr er weiter mit dem Taxi zum Hotel Espagne, in dem er schon bei seinem ersten Besuch in der Stadt abgestiegen war. Zimmer 307, in dem er damals genächtigt hatte, war belegt, weshalb er ein geräumigeres und teureres Zimmer nahm, im siebten Stock und mit einem schönen Balkon, der nach Norden hinausging und von dem aus man die zum Stadtzentrum strebenden Wohnviertel überblicken konnte. Er ließ den kleinen Koffer im Zimmer und machte sich wie bei seinem ersten Besuch gleich auf zur Avenue Brugmann, nur dass er diesmal den Weg kannte und zügig den Straßenbahnschienen bis zur Kreuzung Rue de la Victoire folgte. Es wurde bereits dunkel, und die Straßen leerten sich, als er außer Atem den Square Baron Alfred Bouvier erreichte. Schon von weitem sah er, dass in dem Fenster des Zimmers, das drei Monate lang, den ganzen Sommer über, sein Zimmer gewesen war, kein Licht brannte. Dennoch ging er näher heran und blieb vor dem gräulichen Gebäude mit seinem Industriecharme stehen, von dem Marianka gesagt hatte, es sei das hässlichste Haus in Europa, und das in seinen Augen dennoch schöner als alle Paläste war. Ihr Name stand noch auf dem Briefkasten. Auch in den übrigen Zimmern der Wohnung im zweiten Stock brannte kein Licht.

Avraham blieb neben dem Hauseingang stehen, bis er begriff, dass Marianka ihn sehen könnte, wenn sie jetzt plötzlich auftauchte, weshalb er sich in die heruntergekommene Grünanlage in der Mitte des Platzes zurückzog und im Schutz der Dunkelheit und der nackten Bäume eine Zigarette rauchte. Ein Nachbar, dessen Gesicht ihm bekannt vorkam, führte seinen Hund in der Grünanlage aus, und der Hund bellte Avraham an, als würde er sich an ihn erinnern.

Immer wieder blickte er hinüber zu dem dunklen Fenster. Doch die Kälte nahm zu und wurde beißender, sie drang wie ein Messer durch seine dünne Jacke, bis er um halb elf beschloss, ins Hotel zurückzukehren. Unterwegs überkam ihn der Hunger, und er ging in das Restaurant Le Pretexte, wo ihm die Kellnerin zulächelte und fragte, wie es ihm gehe. Er antwortete mit den wenigen Worten auf Französisch, die er im Sommer gelernt hatte. Dann aß er Pasta mit Meeresfrüchten in fader Sahnesoße und beobachtete das Schachspiel, das zwei lautstarke alte Herren am Nebentisch austrugen.

An Mariankas Tagesablauf erinnerte er sich noch genau, also versteckte er sich am nächsten Tag, morgens um sieben, erneut in der Grünanlage vor dem Haus.

Sein Herz schlug wild, als er hinter den parkenden Autos die Tür sich öffnen und seine Marianka in dunklem Jogginganzug und Laufschuhen aus dem Haus kommen sah. Sie schaute sich um, ohne ihn zu bemerken, blies in die Hände, um sie zu wärmen, und machte sich dann auf ihre feste Laufstrecke in Richtung der Rue de Lausanne und verschwand. Dem Plan zufolge, den er sich zurechtgelegt hatte, würde er in einem Café warten, von wo aus er sie bei ihrer Rückkehr sehen konnte.

Aber er sah sie nicht wiederkommen.

Als er um Viertel nach neun zu dem Platz zurückkehrte, stand ein Fenster bei ihr offen. Die Fensterbank schmückte das kleine Alpenveilchen, das er ihr wenige Wochen vor seiner Abreise gekauft hatte.

Er beobachtete jede ihrer Bewegungen, als sie um kurz vor zehn das Haus abermals verließ. Ihren federnden schnellen Gang. Die Ledertasche, die von der Schulter baumelte. Auch wenn sie gemeinsam unterwegs gewesen waren, war er immer hinter ihr zurückgeblieben.

Er schlug den Kragen seiner Jacke hoch, band sich den blauen Schal vor Mund und Nase und folgte ihr in sicherem Abstand, damit sie ihn nicht bemerkte. Wie er vermutet hatte, machte sie als Erstes in dem polnischen Lebensmittelgeschäft Station, wo er ihr jeden Morgen, bevor sie aufgewacht war, ein schwarzes Roggenbrot gekauft hatte, und marschierte danach schnellen Schritts die Rue de la Victoire in Richtung Markt hinunter. Als sie vor einem Fußgängerübergang wartete, bis die Ampel umsprang, gab es einen Moment, in dem sie sich plötzlich umdrehte und ihn um ein Haar gesehen hätte, aber es gelang ihm gerade noch, sich hinter einem Altglascontainer zu verstecken. Sie passierte die Fleischstände und blieb stehen, um Obst und Gemüse zu kaufen, und auch er verharrte vor den Ständen und besah sich wie ein Kunde die Käseauswahl.

Auf dem Markt herrschte bereits reges Treiben, und er hatte Mühe, Marianka nicht aus den Augen zu verlieren, ohne ihr zu nahe zu kommen. Und dann war sie plötzlich verschwunden. Er ging schneller und bog in Sträßchen ab, die er nicht kannte, weil er glaubte, sie wäre dort hineingegangen. Er hatte keinen Stadtplan und kannte das Viertel, in dem er jetzt war, nicht. Obgleich er meinte, jede Abzweigung würde ihn zurück zum Markt bringen, entfernte er sich immer weiter davon. Regen setzte ein, und er ging ohne Regenschirm auf einer Straße, die sich endlos in die Länge zog, ohne dass er wusste, wohin sie führte. Plötzlich spürte er, dass jemand ihn an der Schulter berührte, und er fuhr herum. Marianka war genauso durchnässt wie er.

»Was machst du hier?«, fragte sie.

»Ich bin zu Besuch gekommen.«

»Ohne etwas zu sagen?«

»Ich wusste nicht, ob du mich sehen willst.«

Er hatte nicht erwartet, sie so nahe vor sich zu sehen, und ihr Gesicht brachte ihn aus dem Konzept.

»Verfolgst du mich?«

»Ich wollte dich sehen«, erwiderte er, denn es war die Wahrheit.

»Und du hattest nicht vor, mir mitzuteilen, dass du hier bist? Hast du gedacht, ich würde dich nicht sehen, wenn du mir seit dem Morgen hinterherläufst?«

Er hatte angenommen, er würde sie nur aus der Ferne betrachten.

Danach gingen sie schweigend durch die Straßen. Sie vornweg und er ein wenig hinter ihr, wie immer. Marianka fragte, ob er noch wisse, wo die Dusche sei und wie man sie bediene, und unter dem warmen Wasserstrahl hörte er, wie sie die Badezimmertür öffnete und trockene Sachen auf den Hocker legte. Das weiße Unterhemd gehörte ihm. Es war wohl in der Waschmaschine vergessen worden. Sie ging nach ihm ins Badezimmer, und er wartete in der Küche. Auf dem Tisch standen zwei dampfende Teebecher und Zuckerschälchen. Seine nasse Hose trocknete über der Heizung, die angenehme Wärme verströmte. Und am Kühlschrank hing noch immer das Foto von ihnen beiden, das im Sommer in Brügge entstanden war.

Nach einer Weile ließ sich Marianka auf dem Stuhl ihm gegenüber nieder, ihr kurzes nasses Haar schimmerte dunkel, und sie sagte: »Ich weiß, ich bin dir eine Erklärung darüber schuldig, was passiert ist, aber erzähle mir erst mal, wie es dir geht.«

»Ausgezeichnet«, gab er zurück.

»Bist du dir sicher?«

»Ja. Warum nicht?«

»Wie ist der Fall mit der Bombenattrappe ausgegangen?«

Als sie das letzte Mal miteinander gesprochen hatten, hatte Chaim Sara nur als Zeuge gegolten. Marianka wusste nicht, dass Chava Cohen angegriffen worden war, und auch nicht, dass sich herausgestellt hatte, dass der Zeuge seine Frau ermordet und vorgehabt hatte, dasselbe mit seinen Kindern zu tun. Also erzählte er ihr alles: von dem Verdacht, der in ihm erwacht war, und von Ilana Liss' Weigerung, Sara in Untersuchungshaft nehmen zu lassen. Von dem Ticken der Uhr und den fieberhaften Beratschlagungen mit Anselmo Garbo, von Saras Festnahme auf dem Flughafen, der nebulösen Aussage des Jungen, von Saras Geständnis und der Rekonstruktion des Tatverlaufs in seiner Wohnung.

Erzählte er ihr all das in dieser Ausführlichkeit, weil er es vorzog, nicht über sich selbst zu sprechen? Oder hoffte er vielleicht, dass Marianka wie beim letzten Mal etwas sagen würde, das ihm die Augen öffnen und all das erklären würde, was er nicht verstand? Aber diesmal schwieg sie, und als er ihr erzählte, dass er dank der Aufklärung des Mordes eine Auszeichnung erhalten und zum Oberinspektor befördert worden war, stand Marianka von ihrem Platz auf und meinte: »Warte einen Augenblick.«

Sie verschwand im Schlafzimmer und kam mit einem kleinen Päckchen wieder, eingewickelt in Goldpapier. Er versuchte es vorsichtig zu öffnen, ohne es zu zerreißen.

»Was ist das?«, fragte er.

»Ein Geschenk, für dich. Mach es endlich auf.«

Er öffnet die Holzschatulle und war überrascht. »Warum eine Pfeife?«

»Ich bin eines Tages an dem Laden vorbeigekommen, habe sie im Schaufenster gesehen und an dich gedacht. An deine Detektive. Magst du sie nicht?«

Er wusste nicht, wie man Pfeife rauchte. War aber glücklich, dass sie wenigstens an einem Tag an ihn gedacht hatte. Und er hörte das leise Knistern des verbrennenden Tabaks in Garbos Pfeife während des Telefonats, bei dem er dem Kollegen auf den Philippinen mitgeteilt hatte, dass Jennifer Salazar gefunden worden war. Würde er jemals Pfeife rauchen können wie Garbo? Er stellte sich vor, wie er auf den Treppenstufen zum Revier stünde und süßliche Rauchkringel in den grauen Himmel über Cholon aufsteigen ließe.

»Ich mag sie sehr«, sagte er schließlich. »Ich weiß nur noch nicht, wie man sie benutzt.«

Marianka erwiderte: »Ich werde es dir beibringen. Das ist einer der Gerüche, die ich am meisten liebe. Mein Vater hat immer Pfeife geraucht, deshalb erinnere ich mich an den Geruch von zu Hause. Schade, dass ich vergessen habe, Tabak zu kaufen.«

Etwas hatte sich zwischen ihnen aufgetan, und Marianka lächelte ein erstes Mal, als Avraham sich die Pfeife in den Mund schob und mit den Zähnen darauf biss. Er hatte nicht vor, Fragen zu stellen, doch ausgerechnet da sagte sie: »Ich bin nicht gekommen, weil ich Angst hatte.«

»Wovor?«, fragte er.

»Davor, diese Wohnung und die Arbeit bei der Polizei aufzugeben und zu dir zu fahren, ohne zu wissen, was mit uns passieren wird. Erneut ein ganzes Leben zu verlieren, wie ich es erlebt habe, als wir Slowenien verlassen haben und hierhergekommen sind. Und vor allem davor, in ein paar Monaten oder Jahren herauszufinden, dass es ein Fehler war. Ich hatte Angst, auf all das zu verzichten, was ich hier habe, mich von meiner Familie und von mir selbst zu entfernen und an einem fremden Ort zu leben, um dann festzustellen, dass ich dich nicht mehr liebe. Oder du mich. Dass du mich mit deiner Sekretärin betrogen hast, weil du mich satthast. Das passiert doch immer am Ende, oder? Ich liebe dich jetzt, und vielleicht liebst du mich auch noch, und unser gemeinsamer Sommer war die beste Zeit, an die ich mich erinnere, aber der ist jetzt vorbei. Ich kann mir nicht erlauben, noch einmal alles zu verlieren.«

Avraham lächelte, weil er noch immer die Worte hörte: *Ich liebe dich jetzt*. Leise sagte er: »Uns wäre das nicht passiert.«

»Wie kannst du das wissen?«

Er nahm die Pfeife aus dem Mund und blies imaginären Rauch in die Küche. »Das ist elementar. Ich weiß es einfach.«

»Ich dachte, Detektive irren sich immer, deiner Theorie nach«, flüsterte sie.

»Diesmal nicht. Außerdem habe ich keine Sekretärin.«

Aber Marianka lachte nicht. Sie sagte: »Avi, ich will dir etwas erzählen, um es loszuwerden. Denn das ist der eigentliche Grund, warum ich nicht mehr mit dir reden konnte. Ich wollte nicht lügen.«

Hatte er es bereits geahnt, aber nicht wahrhaben wollen?

»Ich hatte etwas mit einem anderen Mann. Ganz kurz nur. Es lief ein paar Tage und war dann vorbei. Aber danach konnte ich nicht mit dir reden, als wäre nichts passiert, und es vor dir verbergen. Und erzählen konnte ich es dir auch nicht. Ich glaube, ich habe das gemacht, um mir selbst zu beweisen, dass ich nicht zu dir fahren darf. Dass wir keine Chance haben. Und das ist mir gelungen. Hörst du mir zu, Avi? Bist du noch hier?«

Er legte die Pfeife auf den Tisch.

»Wer war es?«, fragte er.

»Ist das wichtig?«

Es war wichtig, aber er bestand nicht darauf, den Namen zu erfahren.

»Wo habt ihr euch getroffen?«

»Bei einer Familienfeier. Aber hör auf damit, Avi. Bitte. Das ändert doch nichts.«

»Bei einer Familienfeier?«

»Ja. Er ist ein sehr entfernter Verwandter. Er lebt in Slowenien und war zu Besuch hier.«

Er wollte, dass sie ihm noch mehr erzählte, und wollte es gleichzeitig auch nicht. Er musste an die Fragen denken, die er Sara über seine Frau gestellt hatte, in der Nacht, in der er den Mord gestanden hatte. Marianka lag im Schlafzimmer auf dem Bett, das im Sommer für drei Monate sein Bett gewesen war, und ein Mann, den er nicht kannte und dessen Gesicht er sich nicht vorstellen konnte, öffnete langsam die Knöpfe ihrer Bluse, vom Kragen bis zu dem Knopf über dem Bauchnabel, berührte die helle Schulter, die sich ihm darbot. Und zur selben Zeit hatte er seine Wohnung für ihre Ankunft vorbereitet. War hinter Koffern hergejagt, hatte in Krankenhäusern ausgeharrt und nur darauf gewartet, nach Hause zu kommen und sie anzurufen.

»Hat er hier mit dir geschlafen?«

»Ja.«

»Wie oft?«

»Ich erinnere mich nicht. Und es tut mir leid, dass dich das so verletzt.«

»Du erinnerst dich nicht, ob er eine Nacht hier verbracht hat? Oder eine Woche? Oder einen Monat?« Seine Stimme brach fast.

»Verhör mich nicht, Avi. Bitte. Ich versuche dir zu erklären, dass es ein Vorwand war. Und es hilft dir wirklich nicht, wenn du es weißt.«

Er hatte sie bis jetzt nicht angeschaut, und als er es nun tat, sah er Verzweiflung in ihrem Blick. Einen Schmerz, den er kannte, obgleich er ihn noch nie zuvor in ihren Augen gesehen hatte. Seine nasse Hose trocknete noch immer über der Heizung, aber er musste jetzt aufstehen und gehen. Und mit einem Mal verstand er nicht mehr, warum er überhaupt hergekommen war. Was hatte er erwartet, was geschehen würde, wenn er unter ihrem Fenster stand oder ihr auf der Straße nachging? Wäre er, wenn sie ihn nicht bemerkt hätte, nach Cholon zurückgekehrt, ohne mit ihr gesprochen zu haben? Und warum hatte er sich nicht gleich davongemacht?

Jemand klopfte an die Tür und hörte nicht auf, bis Marianka durch den Türspion linste, die Tür aber nicht öffnete.

»Du kannst ruhig aufmachen«, sagte Avraham.

Doch sie erwiderte: »Ich will nicht. Es ist die Nachbarin.«

Der Regen schlug ans Fenster, und von draußen war das Stampfen eines Lastwagens zu hören, der auf der Straße etwas ablud, und schließlich senkte sich der Abend herab, und in der Küche wurde es dunkel. Sie hatten kaum ein Wort mehr miteinander gesprochen, bis um kurz nach sieben sein Telefon klingelte.

Hinterher würde er denken, das wäre der Grund gewesen, warum er geblieben war, als hätte er gewusst, dass der Anruf kommen würde, und er ihn in ihrer Gegenwart annehmen hätte wollen. Marianka beobachtete ihn, während er sprach, und begriff, dass etwas passiert war.

Er stand auf und entfernte sich, kam zurück in die Küche und bat sie um Stift und Papier. Erst hinterher bemerkte er, dass seine Hand beim Schreiben gezittert haben musste.

Sie ließ ihn nicht aus den Augen, und als er das Gespräch beendet hatte, fragte sie: »Wer war das?«

»Eliyahu Maalul. Er hat vom Revier aus angerufen.«

Auch Maaluls Stimme hatte gezittert, als sie telefonierten. »Avi, ich habe hier Saras Rechtsanwältin bei mir auf dem Revier«, hatte er gesagt.

»Ist etwas passiert?«, fragte Marianka, und er nickte.

Den Namen Chaim Sara kannte sie nicht, weil er zuvor den Mörder nicht namentlich erwähnt hatte. »Sein Brief ist gefunden worden. Der Brief, den er im Namen seiner Frau an die Kinder geschrieben hat.«

Auch von dem Brief, den Sara behauptete, geschrieben und im Koffer versteckt zu haben, hatte er ihr vorher nichts erzählt, jenem Brief, der beweisen sollte, dass er nie vorgehabt hatte, seinen Söhnen etwas anzutun, sondern bloß einen Abschied von Jennifer Salazar inszenieren wollte, dem Brief, der unerklärlicherweise verschwunden war.

»Und wie hat man ihn jetzt auf einmal gefunden?«, fragte Marianka.

»Sein Sohn hat ihn zurückgegeben. Der ältere Sohn. Er sagt, er habe ihn in der Nacht vor der Reise aus dem Koffer genommen und bis jetzt bei sich aufbewahrt. Heute Morgen hat er seiner Großmutter davon erzählt oder der Rechtsanwältin, und die hat sofort Kontakt zu Maalul aufgenommen und ihm den Brief präsentiert. Es muss noch sichergestellt werden, dass es sich wirklich um Saras Handschrift handelt, und nach Möglichkeit auch, wann der Brief geschrieben worden ist, aber Maalul glaubt dem Jungen.«

»Und was heißt das?«

»Ich weiß es noch nicht. Aber vielleicht, dass der Mann nicht vorgehabt hat, seine Jungen auf den Philippinen umzubringen, wie ich gedacht habe. Dass er meinetwegen fast wegen versuchten Mordes an seinen Kindern angeklagt worden wäre und die Jungen das, seit er in Haft ist, immer wieder zu hören bekommen haben.«

Marianka betrachtete die für sie unlesbaren Buchstaben, die er geschrieben hatte, und fragte: »Und das ist der Brief?«

Er nickte. Und starrte auf die Wörter vor sich.

»Kannst du ihn mir vorlesen?«

»Wozu?«

»Ich möchte wissen, was darin steht.«

Er hätte es vorgezogen, ihn niemals gelesen zu haben. Wenn Saras Version stimmte, dann hätte Sara diesen Brief seinen Söhnen in Manila laut vorlesen wollen, und jetzt war es ausgerechnet Avraham, der ihn Marianka vorlas und dabei versuchte, ihr den Inhalt zu übersetzen, und gleichzeitig bemüht war, die Worte nicht zu verstehen oder sie zu vergessen, als hätte er Angst, sie würden an ihm haften bleiben.

Schalom und Eser, las er schließlich, *ich weiß, ihr seid von ganz weit hergekommen, um mit Papa nach mir zu suchen, und dass ihr mich sehen wollt und mich nach Hause zurückholen, aber ich kann euch hier nicht treffen. Ich habe beschlossen, euch und unser Zuhause zu verlassen, weil ich von Anfang an nicht eure Mama sein wollte. Ich weiß, es wird für euch zunächst schwer sein ohne mich, und dass es euch auch schwerfallen wird zu vergessen, aber ihr habt Papa, der auf euch aufpassen und sich gut um euch kümmern wird. Er liebt euch wirklich sehr und wird euch ein guter und starker Vater sein, und am Ende werdet ihr groß werden und mich vergessen und ein neues Leben beginnen. Ihr müsst ihm auch helfen, denn am Anfang wird er es nicht leicht haben ganz allein. Und vielleicht, eines Tages, wenn ihr groß und erwachsen seid, werden wir uns treffen können. Mama.*

Marianka verbarg ihr Gesicht vor ihm.

»Verstehst du?«, sagte Avraham. »Vielleicht hat der Junge seinen Vater gerettet.« Mit einem Mal ging ihm auch auf, dass er Maalul nicht gefragt hatte, ob Eser den Brief gelesen hatte und dachte, dass seine Mutter ihn geschrieben hätte, oder ob er wusste, dass sein Vater ihn verfasst hatte. Aber was war schlimmer? Avraham wollte es nicht wissen.

Marianka lehnte sich an ihn und legte zum ersten Mal ihren Kopf auf seine Schulter. Er räusperte sich und sagte: »Jedes Mal denke ich, es würde anders enden, weißt du? Zu Beginn jeder Ermittlung. Dass alles, was war, gelöscht ist. Aber nichts wird gelöscht, alles sammelt sich nur von einem Fall zum nächsten an. Ich war mir sicher, dass es diesmal tatsächlich so war, aber auch bei diesem Fall habe ich es nicht geschafft, irgendjemanden zu retten. Weder sie noch die Jungen und auch mich selbst nicht.«

Sie rückte noch näher an ihn heran. »Avi, ich glaube nicht, dass es möglich ist, Kinder vor ihren Eltern zu retten.« Sie verstummte und fügte dann hinzu: »Aber vielleicht gelingt es dir eines Tages.«

Er schloss die Augen.

Am nächsten Tag am Bahnhof, auf dem Weg zum Flughafen, sah er einen Jungen und ein Mädchen sich küssen.

Sie hatten schwere Rucksäcke auf den Rücken, und Avraham starrte sie so lange an, bis sie ihn bemerkten, während er darüber nachdachte, dass zwei Menschen, die einander umarmen, einander niemals ansehen können.

Und genau so waren offenbar auch in der vorigen Nacht ihre Worte gefallen. Ohne dass sie einander angesehen hätten, wie Blinde oder wie zwei Menschen, die mit sich selbst sprachen.

Er murmelte in ihr Haar: »Ich möchte, dass wir heiraten, Marianka.«

Und sie flüsterte an seinen Hals: »Nach all dem, was ich dir erzählt habe?«

»Gerade nach all dem, was du mir erzählt hast«, antwortete er und wusste, dass seine Antwort die richtige war. »Bist du einverstanden?«

»Ja, ich denke schon.«

Auf dem Tisch vor ihnen waren als stumme Zeugen zwei leere Becher und eine offene Zuckerdose zugegen, zwei Servietten und eine hastig aufgerissene Geschenkverpackung, eine Holzschatulle und auch eine Pfeife, die Avraham in seinen Koffer packte und mit zurück nach Cholon nahm.

Leseprobe

Ein weiterer Fall für Avi Avraham

Roman
Aus dem Hebräischen von Markus Lemke
Paul Zsolnay Verlag Wien 2018

1

Sie hatte die Pistole in jener Nacht gesehen, als sie aufs Dach gegangen war, um Coby zu überreden, ins Bett zu kommen.

Es war ein Uhr in der Früh, und die Pistole lag auf dem Tisch in der kleinen Kammer auf dem Dach, aber sie maß dem keine Bedeutung bei, weil sie zu verletzt und zu erschöpft war und vor so vielen anderen Dingen Angst hatte. Außerdem war die Pistole ja nichts Beängstigendes, sondern vermittelte im Gegenteil ein Gefühl von Sicherheit. Und erst ein paar Tage danach erinnerte sie sich an jene Nacht und verstand. Alles hätte anders ausgehen können, hätte sie Coby in jenen Stunden aufmerksamer wahrgenommen.

Am Morgen, als sie noch zusammen im Bett lagen, hätte keiner ahnen können, dass ihr letzter gemeinsamer Hochzeitstag so enden würde. Daniela und Noy waren vor ihnen aufgewacht, hatten auf dem Fußboden im Schlafzimmer elf Ballons verteilt und hüpften auf dem Bett herum. Als die zwei sich anziehen gingen und nur sie beide im Bett zurückblieben, rutschte sie an ihn heran und berührte ihn von hinten, flüsterte ihm »Herzlichen Glückwunsch« ins Ohr und war überrascht, als sie spürte, dass seine Schultern und sein Rücken sich unter der Berührung ihrer Hände regten. Sein Hals war warm vom Schlaf, und seine Wangen waren unrasiert. Durch das Fenster waren die ersten Regengüsse des Sturmtiefs zu hören und in der Wohnung alle Lampen angeschaltet, weil der Himmel dunkel verhangen war. In der Küche erwartete sie ein festliches Frühstück, das die Mädchen vorbereitet hatten: Orangensaft, von ihnen selbst gepresst, und Croissants, die sie am Vorabend im Geschäft an der Ecke gekauft und aufgewärmt hatten. Wasser durften sie allein noch nicht zum Kochen bringen, weshalb Mali den Kaffee machte.

Sie sah, dass Coby angespannt war, und verlor in Gegenwart der Mädchen, die am Tisch saßen, kein Wort über das Bewerbungsgespräch. Stattdessen bot sie an, ihm die dunkle Hose und das weiße Hemd zu bügeln, aber Coby sagte, er würde das selber machen, ehe er aufbräche. Sie redete nicht weiter darüber, auch nicht, als sie wieder allein im Schlafzimmer waren, damit die Enttäuschung nicht zu groß wäre, wenn er den Job nicht bekäme, aber als sie sich voneinander verabschiedeten, küsste sie ihn auf die Lippen und flüsterte ihm sogar ins Ohr: »Viel Erfolg heute.«

Sie fuhr Daniela zum Kindergarten und Noy zur Schule und hatte bis um elf Kundentermine.

Zumeist erschienen nur die Ehemänner, und selbst wenn ihre Frauen mitkamen, brachten die so gut wie kein Wort heraus, weshalb sie besonders darauf achtete, wie sie es immer versucht hatte, sich auch an diese zu wenden, ihnen die Unterschiede zwischen den verschiedenen Hypothekenarten und die jeweiligen Tilgungsformen zu erklären. Einer der Männer, dessen Frau die Haare über ihrem schönen, stillen Gesicht unter einem Kopftuch verbarg, starrte sie an. Er war bärtig, und sein Jackett, das er nicht ablegte, roch nach Mottenkugeln und altem, stockigem Tuch. Seine Frau schaukelte den blauen Kinderwagen vor und zurück, damit der Säugling darin nicht aufwachte. Als er dann doch zu weinen begann, öffnete sie zwei Knöpfe ihres Kleides und stillte ihn ohne Scham vor ihnen beiden.

Da sie zwischen elf und zwölf keine weiteren Termine hatte, bat sie den Filialleiter um Erlaubnis und verließ die Bank, um Coby ein Geschenk zu kaufen, obwohl sie vereinbart hatten, sich dieses Jahr nichts zu schenken. Sie überlegte, zu Fuß bis zur Sokolov zu gehen, fuhr wegen des stürmischen Wetters dann aber doch mit dem Auto zum Einkaufszentrum. Die Straßen waren überflutet und die Ampeln außer Betrieb. Und vielleicht wegen des Regens beschloss sie, ihm anstelle des einen, den er verloren hatte, einen Schirm zu kaufen und keinen Boxsack oder ein Businesshemd für die Vorstellungsgespräche. Bei »Zara« waren alle Schirme zu teuer, aber in einer Boutique »Für den Herrn« im dritten Stock sah sie einen schwarzen Stockschirm mit elegantem Griff aus Holzimitat. Die junge Verkäuferin, deren lange Fingernägel glitzernd schwarz lackiert waren, war einverstanden, mit dem Preis sogar noch ein bisschen runterzugehen.

Hatte sie die Verkäuferin zu lange angestarrt, als diese den Regenschirm in silbernes Geschenkpapier verpackte? Sie war so jung. Vielleicht sogar noch Schülerin. Als Mali den Laden betrat, las sie in einem Buch, das sie dann aufgeklappt und mit dem Rücken nach oben auf den Tresen legte. Ihre schwarzen Haare waren kurz geschnitten, ihre Lippen mit einem tiefdunkelvioletten Lippenstift angemalt, und in der Nasenscheidewand trug sie einen Ring. Als sie registrierte, dass Mali sie anschaute, fragte sie: »Ist was?« Und Mali sagte: »Nein, Entschuldigung. Haben Sie auch das Preisschild entfernt?«

Cobys Bewerbungsgespräch sollte um zwei beginnen, genau als sie ihren letzten Termin hinter sich gebracht hatte, und sie sah ihn vor dem Personalmenschen sitzen, bemüht, seine Aufregung zu verbergen. Wie immer wusste er bestimmt nicht, was er mit seinen Händen anfangen sollte. Spreizte sie auf seinen Knien und legte sie dann auf den Tisch, neben den Lebenslauf, danach erneut auf die Knie, um unter der Tischplatte die ständige Bewegung der Finger zu verstecken. Sie rief ihn vor dem Bewerbungsgespräch nicht an und auch nicht, als sie unterwegs war, um die Mädchen abzuholen. Sein Wagen stand nicht auf dem Parkplatz, weshalb sie sich sicher war, dass er noch nicht zurück sei, aber im Fahrstuhl, der sie in den siebten Stock beförderte, roch sie sein Aftershave. Und die Wohnungstür war nicht abgeschlossen, wie sie es hätte sein müssen. Als sie im Schlafzimmer war, hörte sie das Wasser rauschen. Harry lag auf dem Fußboden in einer Pfütze aus Urin und hob seinen Schädel nicht zu ihr. Und Cobys Handtäschchen, das er immer zu den Bewerbungsgesprächen mitnahm, lag achtlos hingeworfen neben ihm. Das war kein gutes Zeichen.

Es war drei Uhr, und sie war sich sicher gewesen, Coby würde nicht zu Hause sein.

Noy schaltete im Wohnzimmer den Fernseher an, und Mali machte den Mädchen Mittagessen. Als die Nudeln weich wurden, rauschte im Badezimmer das Wasser immer noch. Sie klopfte an die Tür und fragte Coby, ob er mit ihnen essen wolle, und er verneinte aus der Badewanne. Sie fingen ohne ihn an, weil die Mädchen Hunger hatten, und während des Essens hörten sie Coby aus dem Bad kommen und die Tür zum Schlafzimmer schließen. Daniela und Noy sagten kein Wort, aber Mali stand auf und ging hinüber. »Ist alles in Ordnung?«, fragte sie und war sich sicher, er sei wach, obwohl er mit geschlossenen Augen auf dem Bett lag.

Sie kannte seine Stimmungsumschwünge und hatte sich seit dem Morgen darauf eingestellt, dass es auch heute geschehen würde, und sei es unbewusst. War er bei dem Bewerbungsgespräch gefragt worden, warum er zuletzt so viele Arbeitsplätze gewechselt hatte, und hatte sich, anstatt die Wahrheit zu sagen, um eine Antwort gedrückt? Sie hatte ihn gedrängt zu sagen, es sei ihre Schuld, und wusste, das würde er nicht tun.

Coby öffnete die Augen nicht, obwohl sie ein, zwei Minuten lang dort stand. Über dem Bett hing noch das große Foto von ihrer zweiten Schwangerschaft, mit Daniela, wie eine bittere Reminiszenz oder wie ein Denkmal für sie beide. Sie fragte: »Bist du dir sicher, dass du nicht erzählen willst, wie es war?«

Am Nachmittag prasselten Hagelschauer gegen die Fenster, und danach herrschte Stille in der Wohnung.

Mali machte, während Daniela fernsah, mit Noy Mathematik-Hausaufgaben. Und Coby kam um fünf mit der Tasche für die Boxstunden aus dem Schlafzimmer, sagte, er fahre zum Training, und fragte, wo die Schlüssel seien. Sie erkundigte sich, was mit seinem Wagen los sei, und ob er gestern kein Training gehabt habe, bekam aber keine Antwort. Auch als sie ihn daran erinnerte, dass sie am Abend ausgehen wollten, sagte Coby kein Wort, und als sie fragte: »Wozu hast du vor dem Training geduscht?«, sah er sie an, als hätte sie etwas Schreckliches gesagt.

(…)